魔軍跳梁　赤江瀑アラベスク2

赤江　瀑

JN090225

好いた男と見る修羅や。おちる地獄や。おちとみやす――化野《あだしの》と呼ばれる風葬の地で、愛を喪った女の前に現れた二人の美童の幻影。過去の愛憎への壮絶な妄執と極限の恋を描いた「花《はな》曝《さ》れ首《こうべ》」、幼年期の記憶から這い上がる海魔の影を求めて帰島した男の恐怖と郷愁を綴る「魔」、宮中の女官となった華族の姉妹の相克を語る淫靡な運命譚「緑青忌《ろくしようき》」ほか、不世出の作家が幻視した、人と魔の織りなす情念の世界。全三巻で贈る傑作選の第二巻には、半数以上が文庫初収録となる十七の幻想怪奇短編に加え、著者の創作の源流に触れたエッセイ十四編を併載する。

魔軍跳梁　赤江瀑アラベスク2

赤　江　　瀑

創元推理文庫

AKAE BAKU ARABESQUE VOL. 2

by

Baku Akae

2021

目次

魔軍跳梁　赤江瀑アラベスク2

花曝れ首
はな　さ　　　こうべ

1

嵯峨《さが》の野の奥、小倉山《おぐらやま》の北山麓《さんろく》といえば、このあたりは夏のさかりの陽曝《ひざ》らし道を歩いていても、闇の黄泉路《よみじ》のおどろなかげが、ふと見あげた揚《あ》げ店造りの人家の軒端《のきば》や木立ちの葉裏、草間の底にさまよい出でて、眼を灼《や》く陽ざしにつつまれてはいるけれども、なにやら手まねき袖引きする黒い見えないものの手が、不意に間近で身をおどらす。

「あの、清滝《きよたき》へ出たいんですけど……」

と、学生らしい登山帽をかぶった若者の二人連れによびとめられて、篠子は眩《まぶ》しそうに手をかざした。

指の間を直射光がまっすぐに瞳の奥へなだれ込んできて、眼がひらいておれなかった。

「この道を行けばいいんですか？」

「へえ。ずっとのぼっておいきやす。峠《とうげ》を一つ越さはったら、落合どす。そこから、右手へおさがりやすな」

「どうも」

学生達は、ぴょこんとおじぎをして、大股に通り過ぎて行った。

小麦色の明るい額《ひたい》にみなぎっていた汗のしずくが、清潔だった。

屈託のない、はつらつとした体軀《たいく》の若い背に、篠子は束《つか》の間眼を泳がせ、眉根の陽ざしを指のひらで払うようなしぐさをした。かざした手をおろすとき、そんなしぐさは、はた目には苦《く》悶《もん》の表情かとも見えた。

嵯峨野めぐりの観光客が往き来する真昼間の道であった。

『おきなはれ。もう忘れてしまいなはれ』

と、耳もとで、低い艶やかな声がした。

衣《きぬ》ずれの音をともない、にわかに宙をさまよいわけて、身を寄せてくる声であった。

――春之助さんね？

『かなんなあ。まだわたしの声、おぼえてくれはらへんのかいなあ。秋童《しゅうどう》どす』

――ああ、秋童さん。

『そんな、殺生な。どこが春之助と似てますのえ。あんなおドサの飛子《とびこ》風情とわやくにしてもろうたら、堀江六軒町、花水楼《はなみずろう》の暖簾《のれん》が泣きます。よう聞いておくれやす。花水楼いうたらへエ、大江戸は日本橋、花の葭町《よしちょう》に軒をつらねる野郎茶屋は数あっても、六軒町きっての大暖簾。大上吉の色子《いろこ》をそろえた、権勢誇った妓楼どっせ。こう見えても、この秋童、その花水楼の看板を他人《ひと》にゆずったためしはおへん。助六《すけろく》のせりふじゃないけども、吸いつけ煙草を所望の客がひきもきらず、揚げづめで、葭町通りは花水楼の秋童が濡らしたきせるでもつ。きせるの雨が降るようだわエと、はばかりながら、歌われた身どす。おまえさんには笑止《しようし》かしらんが、同じかげ子はかげ子でも、春之助とは位がちがう。いっしょにせんといてほしいわ』

篠子は、眼を宙に放って、陽ざしの濃い藪《やぶ》下の道をゆっくりとのぼりはじめた。

みやげ物屋の軒先でジュースを飲んだりしている若い女の子達の間を通り抜けて、さっきの学生の二人連れは、まっすぐに先を歩いて行く。

ブルー・ジーンズにTシャツの飾り気のない健康なうしろ姿が、いかにもきびきびとしていさぎよかった。

『やめときやす。また薄情男のこと、想い出してはるのやろ。ここにきたら、もう忘れなはれ。ここは浮き世の行きどまり。苦界の憂《う》さのつきる所や。あだし、はかない、化野《あだしの》と、ひとはいうけど、生ま身のいのち捨てる場所や。もうさっぱり執着払うて、思い切っておしまいやす』

秋童の声は篠子と並んで、眼には見えぬが花染模様の振袖《ふりそで》に少し幅広の金襴《きんらん》の男帯、髪を島田《しまだ》に結いあげて、紅白粉《べにおしろい》の匂いもほのかに、篠子のかたわらを歩いていた。

嵯峨鳥居本《とりいもと》、念仏寺《ねんぶつじ》の下を抜けるだらだらのぼりのせまい旧道筋であった。

このあたりは、いまも化野とよび、いにしえの風葬、土葬の地。人が死ねば、この野へ運んで捨てたという、いわば一山野が広大な葬《とむら》い墓地とでもいうべきか、かつての地獄野なのであった。

地獄野といえば、京の東に鳥辺《とりべ》の野。西にこの北嵯峨化野と、二つながらに往古より名高い亡骸《なきがら》の捨て野であった。

かつては人骨、石塔婆《せきとうば》、おびただしい石仏群が、野を掘ればきりもなく土中から転がり出、これらを一寺に寄せ集め、八千体にもおよぶ野曝らしの石仏墓地となして、無縁仏の菩提《ぼだい》供養をたむけているのが、あだし野の念仏寺である。

いまでも、この土地のひと達は言う。

「ちょっと畠《はたけ》や山掘ったら、なんぼでも出てきまっせ」

篠子が、つい一カ月前、通りがかりに立ち寄った古い藁葺《わらぶ》き屋根の小さな竹細工屋の女主《あるじ》も、おんなじような話をした。

「へえ。うちもな、もう裏納屋《なや》がくたびれてまっしゃろ。あれ、奥半分建て直したんですねやけど、土台からいろうたもんやから、土少うし掘りましてん。まあ、気色《きしょく》ええ話やおへんけど、白い石くれみたいのがバラバラ出てきよりましてな。骨ですねんて。昨年の春どしたかいな。そんなところどっせ、ここは」

篠子がこの竹細工屋のせまい小暗い店先で足をとめたのは、一月前。もう精根つき果てて、歩きも動きもできぬような、夏のはじめの小雨もよいの午後だった。

雨にうたれた紗《しゃ》の裾が、足にべったりからみつき、うなじに散ったあげ髪のほつれの毛すじもおどろにみだれ、歩き呆《ほう》けて行きついた仮りの宿りの軒端であった。

薄べり敷いた店先の縁台に手をかけて、がっくり膝をついたとき、

「どうおしやしたのえ」

と、なかから小走りに出てきたのが、この家の女主だった。竹屑《くず》の散った前垂れがけの五十恰好の気さくそうな、指の太い女だった。

「まあま、ええべべこないに濡らして……ともかく、ちょっとおいなはれ」

「すんません……」

「ご気分悪うおすのんか……あらまあ、青い顔しなさって……さあさ、上っとくれやす。だいないさかい、遠慮はいらへん」

「おおきに……ちょっと休ませとくれやす」

篠子は上がり框《かまち》にもたれこんで、そのまましばらくわれを忘れた。

あの日、男の車をおりたのは、大沢の池の近くであったろうか。すがすがしい、優しい、屈強な男であった。このひとこそ、自分の一生を託す男と、信じ、信じられてきたと思ったこれまでの歳月は、夢であったのか。惚れた。飽《あ》いた。別れよう。いっそ、そんな言葉でも投げつけてもらえたら、これほど正体を失うこともあるまいに。このひとしかないと思った。思ってもよいと男は言った。あの清冽で、偽りのない眼の力強さ。あのがっしりとした、つつみこまれているだけで限りもなく奥深い安らかな胸。いつまでもつかまっていろと、さしのべてくれた精悍《せいかん》な腕。誰にも渡しはしない。君は僕だ。僕は君だ。と言ってくれたあの言葉は、あれはすべて、幻だったのか。確実にこの手の内にしっかりとあった、この手でつかむことのできた、あの輝やいていた歳月は、あれはいったい何だったのか。

「とめとくれやす」

篠子は、低く吐いて、泣くまいとした。

なぜとめずに走ってくれなかったのだろうか。なぜ、自分をおろしたのか。なぜ、つかまえていてくれなかったのか。

君を裏切ってはいない。

なぜその一言が、聞かせてはもらえなかったのか。

その言葉さえ聞くことができたなら、わたしはなにも言いはしない。どんな裏切りがあろうとも、黙ってあのひとについて行く。

(ついて行けたのに!)

と、篠子は、かぶりを振った。

車をおりて、嵯峨の野道をどうたどり、どれほど歩きさまよったか、篠子はおぼえてはいなかった。気がつくと、鳥居本の小雨の坂道をのぼっていた。念仏寺への道であった。

雨はかぼそく、糸垂れのように、音もなくまっすぐにおちてきて、化野の地を濡らしていた。化野は仇野《あだしの》とも書き、あだしなる悲しみ、恨みの野の謂《いい》もどこかでたちまよい、こめられてでもいるかのようであった。

「熱いおぶどす。一口どうどす」

梅紫蘇《しそ》の高い香りが、篠子に人心地をとり戻させた。

篠子はその日、日暮れどきまで、その見も知らぬ小さな竹細工屋の裏座敷で、軒の低い庇《ひさし》をけむらすような雨に眼をあずけ、ときを過ごしたのであった。

篠子が、秋童と春之助に出会ったのは、この裏座敷でのことであった。

女とみまがう染《そめ》振袖に裾《すそ》模様《もよう》、秋童は島田髷《まげ》にお高祖頭巾《こそずきん》、春之助は若衆髷に一本差《いっぽんざ》し。江戸草双紙《くさぞうし》や浮世本の極彩色の絵面を抜け出てたちあらわれでもしたかのような二人の色子は、齢《とし》なら二八《にはち》（十六歳）、脂粉の香も匂やかに、雨の庭先からほの暗い座敷の内へあがってきた。

篠子は一瞬、

「あ」

と、ちりけもとに妖かしの気のそよぎをおぼえ、めまいに耐えた。

「え？」

と、そばにすわっていたこの家の女主が、篠子の方へ顔を向けた。

「まだほっこりせんのやおへんか？　気随《きずい》にしといやっしゃ。なんぼ、休んどいやしたかて、よろしのえ」

「ええ……いえ、おかげで、もうすっかり……」

篠子は、このとき、まだひょっとして自分は悪夢のなかにいて、正体を失っているのではあるまいかと、考えた。疲れ果てて、体のしんに力がもどってこないのであった。

「あかん。まだ血の気のない顔してはるわ。かまへんさかい、横になっといやす」

女主には、篠子のわきにすわっている二人の色子の姿など、どうやら、まるで見えてはいないようであった。

（見えてはいない……）

と、思ったとき、篠子は、もう一度声をあげかけた。

その矢先に、耳もとで、

『秋童どす』

と、一人が囁《ささや》いた。

『春之助です』

と、もう一人も、たおやかな声で名乗った。

無論、その声も、この家の主《あるじ》には、聞こえてはいないらしかった。

雨は、樋《とい》の雨垂れだけを音にして、徐《しず》かにけむるように降っていた。


この日、篠子は、帰りぎわになってやっと、この裏座敷のどこか明かりのすくないほの暗さについて、納得したのであった。

小縁《こえん》の端の手水《ちょうず》の裏になっていて、篠子の位置からは見えなかったのだが、そこに、人間一人では抱えこめぬほどの太い幹まわりの、楓《かえで》の巨木が一本、大根《おおね》を張っていた。

梢《こずえ》は家の頭上に枝葉《しげ》を繁らせていて、屋根と小庭をおおいつくしていたのである。

「まあ、大きな楓……古い木なんですねやろ?」

「へえ。もう二百年近うにはなるやろと聞いてますねん。この家が建つ前からあったのやそうどす」

「まあ……」

「ほんまは、切りとおすのやけどもな、切れしまへんねん」

「?」

「そらま、夏場は陽よけになって、涼しことは涼しおす。秋になったら色づきますしね……それがまた、見事な色どすねや。しんから真赤な火色に染まって、花やかどっせ」

「まあ、そんな木切らはったら、もったいのおすやおへんの」

「そうですがな。もったいのおす。切りとうて、切ろ思うたりするんとちがいます。気色悪いのどすがな」

「へ?」

「いえなあ、いまではもう馴《な》れてもうて、べつだんどうということもおへんのやけど……」

「気色悪いて、どうしてですの?」

「実はな、この木、ちょっと因縁話がおしてな……」

と、主は、言った。

「このあたりではな、昔は、血潮《ちしお》モミジていうてましてん」

「血潮モミジ……?」

「へえ。血の色に染まるのやていうのどす。もっとも、もうそんなこと知っといやすひとも、少のおすけど」

主は、

「ほれ、ちょっと覗いとみやす」

と、言って、篠子に手水垣の奥を指し示した。

「幹の根本を見とみやす。いぶしこぶしになってるところがありまっしゃろ」

「ああ、少しふくらんでる……」

「そうどす、そうどす。あれな、木がしゃれこうべ抱えこんでるて、いうてんのどす」

「しゃれこうべ?」

篠子は、ちょっと息をのんだ。

「木の肉がな、土のなかのしゃれこうべ巻きこんでな、大きゅうなってるて話がおすの」

「まあ……」

「昔……というても、江戸時代の頃のことらしおすのやけど……あんたはん、知っといやすかいな。ほれ、陰間《かげま》茶屋いうて、男が春をひさぐお茶屋か揚げ屋かしらんけど……そんなのがあったていう話、聞きなさったことおへんか?」

篠子は、言葉を失っていた。耳の奥で、にわかにきしりをあげてとまる車の軋轢《あつれき》音が、谺《こだま》した。

「もちろん、京が都やし、芝居子《しばいこ》もこっちが本家やし、京にもぎょうさんそんなのがあったらしそうどすな。なんでも、そんなお茶屋の若い色子がな、ここに住んでたていうんですわ。その頃は、あんた、ここらあたりは、ひとも寄りつかん淋しい墓地の野でしたんやろ。ま、どんな話か、わたしら詳しゅうは知らへんのやけど、色子同志の刃傷沙汰《にんじょうざた》があったのやそうどすねん」

女主は顔をあげて、雨のなかの巨木を見た。

「その色子達のしゃれこうべやて、いうのどす」

篠子は、ふらふらと、座敷の内へよろけこみ、畳へべったりとすわりこんだ。

篠子が、二人の異様な人影をまのあたりにしたのは、この直後のことであった。

雨は、やはり音たてずに、しきりに降っているのだった。

2

念仏寺は、寺といっても、特別な山門寺門の構えがあるわけでなし、建物といえばごく簡素な民家風の小さな茅《かや》ぶき屋根の庫裡《くり》と本堂だけが、山麓の竹林と藪木立のなかにある。庫裡前庭の境内《けいだい》が、いまではこの寺の呼び物というか、観光客などの人気を集めている、無縁石仏群の大集団墓地なのである。

賽《さい》の河原、瓦礫《がれき》の原を思わす八千体ほどの出土石仏、石塔群は、かつてはこの化野の林野に散乱し、埋没していたものだと寺の説明書きにはあるが、雨露に磨滅《まめつ》し風蝕してほとんど石仏のかたちをとどめぬ石くれの群れ集《つど》うさまは、荒涼としてふと地をはう物《もの》の怪《け》のひしめきを伝えてきたりする。

小雨の降る夏のはじめの頃のある日、秋童と春之助に会った篠子は、夕暮れどき竹細工屋の店を出たが、二人は念仏寺の近くまで篠子のそばに身を寄せて、はなれなかった。

篠子はしかし、それが少しも不快ではないのが、自分でもふしぎであった。

二人に出会った瞬間の胴ぶるいは、奇妙にすぐその場で消え、二人の正体がわかってからも、篠子はまるで気心馴《な》じんだ仲間か友人にとり巻かれてでもいるような、得体の知れぬ気安さをおぼえていたのだった。うろたえもなく、恐怖もなく、奇異感もなく、ごく自然に彼等と口がきけ、話し合え、いっしょにいることができた。

平常心がもどっていたら、それは、つまり、篠子の五体が、いうなら死界に一足も二足も踏み込むか、死の真際《まぎわ》まで引き寄せられていたのだと、わかったかもしれないのだが、篠子はそれに気がついてはいなかった。

その日も、一時間近く、篠子は念仏寺の周辺を二人と共に逍遥《しょうよう》した。気がつくと、寺への細い参道をのぼっていて、小柴垣の拝観者通用門の前に立っていた。

門はもう閉まっていた。

『傘おとじやすな。雨、あがったようどすえ』

と、秋童が涼しい張りのある声で、篠子に呼びかけた。

篠子は、春之助と話し込んでいた。

「あら、ほんまに。これやったら、もう心配ないみたいやわね。ついでに、傘返して帰ろうかしらん」

『よろしよろし。またのときで、よろしがな』

と、秋童は、軽く褄《つま》をとるようにして、裾にかかる梢の雨しずくから身をかわした。

参道は、靄《もや》だってきていた。

「それで?」

と、篠子は、春之助の方へ顔を戻した。

「どうして、あなた、この化野へ住みつくようにならはったの」

『さっきも話しましたでしょ。わたしは、もともと、舞台子《ぶたいこ》の出。そっちの野郎修業を積んで、ゆくゆくは三座《さんざ》の舞台が立派につとまる役者になろうと思ってたんです』

『夢と現実《うつつ》は、地獄と天国。そうは問屋《とんや》がおろしの摺《す》り金《がね》。摺りへらしたはお江戸が三座。マ、どうせ摺るなら、スッテンテンに、摺った浮き世は大摺り鉢。摺り鉢割って、手にする摺りコギ。スルスル啜《すす》るは摺り大根……』

と、秋童が、せりふもどきに抑揚《よくよう》をつけ、澄んだ瞳をちらともそよがさずに、まぜかえした。

「秋童さん」

と、篠子がたしなめかけるのへ、

『いいんですよ』

と、春之助は、笑って応《こた》えた。

『あのひとは、あれがお自慢なんだから。あのひとにね、ひところ、中村座の座頭《ざがしら》役者がのぼせあがって、うでダコ、足だこ、揚げづめで、通いつめたことがあるんですってさあ。その役者に、枕語《まくらがた》りにせりふのメリハリ仕込まれたってのが、運のつき。筋がいいとかなんとかおだてられたのを真《ま》に受けて、なにかというとあの仕末《しまつ》。本気で役者にでもなれたって、信じてるんですからねえ。おまけに、洒落《しゃれ》たつもりかしらないけども、出てくるせりふは、チャリ敵《がたき》。お品のないも、いいとこでしょ。あれで、花水楼の看板つとめたてえんだから、いやんなっちまうよねえ。その贔屓《ひいき》の役者てえのも、おおかたどこかの道外方《どうけがた》。お里が知れようてえもんでしょう? 笑うにも笑えやしない』

『お黙り、おドサ。いえ。おドサやなんていえる代物とちがうがな。なあへエ、よう聞いてやっとくれやす。このひとは、いつもこうどすのえ。なんやしらん、どこぞの飛子の分際《ぶんざい》で、わたしをいっつも、鼻で笑うてみせはんのどっせ。そらまあ、高うもない鼻で、どうえらそうにあしらわれたかて、痛うも痒《かゆ》うもないけども、ちょっとまあ、聞いとくれやす。飛子いうたら、かげ子のなかでも、野郎、舞台子、かげ間、そのまた下どっせ。役者の位でいうたらへエ、大部屋の三階や。そら舞台子あがりかしらんけども、その大部屋もようつとまらへんさかい、飛子に落ちといやすのやろ。野郎の修業もつとまらん。芸も未熟。とうてい都《みやこ》の舞台など踏ませておかれへんさかい、地方めぐりの出稼ぎ子へまわされはったんどすねやろ。舞台もあかん。かげ子の世界一本でも、都の揚げ屋に並べておけへん。そやさかい、飛子になっといやすのとちがいますか? どの口押したら、わたしをコケにできますのん。なあへ、そうどっしゃろ?』

春之助は、笑っていた。

篠子は、二人の口舌《くぜつ》を聞きながら、かげ子の世界の仕組みを、このときおぼろげながら、知ることができたのである。

『かげ子』『色子』などと呼ばれるこの特殊な売色稼業にも、地位や種類が定まっていたらしいのである。

一つはいわゆる若衆歌舞伎からの流れで、色を売る若衆役者が風紀を潰乱《かいらん》するとして、公儀《こうぎ》の禁令を申し渡され、前髪を剃《そ》って、いわゆる野郎歌舞伎に姿を変える。

当時の芝居興行界には、芸の腕がたつ役者達と、そうではなく容姿の美色で見せる若い舞台子達の人気とが、二つながらに同居していた。舞台子達は、野郎役者の下地修業を積みながら、一方では容色《ようしょく》を売る行為もおこなっていて、この稼業の花の時期十五、六から、二十歳前後までは、この二筋道を兼用していたのである。二十歳をすぎる頃には、花の盛りもおとろえはじめ、舞台一本の修練に移って行くのだが、役者の下地ができてない子や、芸の未熟な者達には、その先の舞台の世界はとざされていて、そうした子達は、野郎の抱え主の手で地方へ出稼ぎに出されたのである。諸国まわりの旅役者の一団というかたちなどをとって、この稼業はつづけられた。

これを『飛子』と、呼んだ。

役者の芸もまずく、齢をとって妓楼の客達の好みにも合わなくなった者、また舞台をしくじったり、個人的な事情などで都落ちしなければならなくなった者と、立場はさまざまではあったけれど、飛子は諸国めぐりの、田舎僧侶や野暮大名、地方のお大尽《だいじん》などをいい稼ぎ相手にして、品を落した商いに身を染めなければならなかった。なかには、三十、四十を越えて、紅白粉に色子衣装で稼ぎをつづける者達もいた。

こうした芝居野郎達の流れとはまた別に、直接しろうとの暮らしから、妓楼の抱え主や親宿《おややど》の業者達へ、売られて入ってくる、いわばかげ子一本の子達もあった。

たいていは実家が貧しかったり、また人さらいにさらわれたりした不幸な境遇の子が多かったが、顔立ち美しい子でなければ抱え主も元手をつぎ込みはしなかった。

秋童は、八歳の折、旅まわりの角兵衛獅子に買われて京をはなれ、江戸に出て、秋葉屋という抱え屋に売り渡されたのだという。

『その日から、三味線《しゃみせん》持たされ、バチで叩かれ、舞音曲《まいおんぎょく》、手習い、一通りのたしなみはしつけられて、それればかりやおへんのえ。朝から晩まで、子守り、水汲み、走り使い、薪割り、拭き掃除、小僧同様にこき使われて、味噌だけなめて暮らしたこともおすのえ。十でかげ子のお供になって、十三のときには、もう湯島《ゆしま》のお店へ一本立ちで出ましたのえ』

『そろそろ、このひとのからみがはじまるよ』

と、春之助は、篠子を見てにこっと笑った。

『生粋《きっすい》のかげ子修業をやりあげたてえのが、秋童のまた大自慢なんだから。ねえ、ばかじゃないかと思うでしょ？　かげ子に生粋もヘチマもあるかてんだ。金襴緞子《どんす》に羽ぶとん、栄耀《えいよう》栄華のぜいたく三昧《ざんまい》。仕たい放題しつくして、わが世の春をうたったてえのが、あのひとの百万遍題目なんだ。なにをするにも、まず枕は、そこからはじまるんだ。あれを言わなきゃ、おさまんないんだ』

『だから、おまえさんは阿呆というのえ。ばかは、そっちじゃないのかえ。わたしは、この篠子さんへ、わたしの身の上一通りは話して聞かせたいと思うたからこそ、こうしてお喋りしてるのえ。おまえさんなんかは、余計者だよ。とっととどこぞへ消えておしまい』

「まあよろしやないの。いさかいは、せんときよし。秋童さんのお話も、聞いてるわ。はなは、湯島へ出はったのねえ」

『へえ。その店が火を出してねえ、そんで、六軒町へ移ったんどす。葭町、堀江六軒町の花水楼いうたら、そら、その頃大江戸で一、二を争う大きな野郎茶屋どした。これ、自慢でいうてるのとちがいますえ。錦《にしき》のべべ着て、手練手管、色と欲との渡り合い。客を騙《だま》すが商売で、心にもない起請《きしょう》も山ほど書きましたえ……』

秋童は、不意に言葉を切った。

篠子は、おやと、眼をとめた。

秋童の瞳の内が、濡れているように思えた。

『なんで、こんな暮らしが自慢になるのどす。だれが、こんな暮らし、わが世の春やと思います? 〝お下《くだ》りさん〟いうてな、京から江戸へ下った色子は、言葉もしなも柔らこうて肌《はだえ》のあたりがはんなりくるて、そら特別、客にもよろこばれ、重宝されます。そやけど、なあへエ、考えても見とおくれやす。わたしは、八つで、京を離れたんどすえ。わたしが使うてる京なまりも、これ、みんな地でおぼえたんとちがいまっせ。お下りさんの先輩衆や、朋輩《ほうばい》の言葉を見様見まねで身につけて、ふりしてるだけどすわ。こんなん、京の言葉やない。なあ、どうどす。

京に生まれた、ほんまの京の人間が、おのれの生まれた国の言葉よう喋れへんのどす。こんなんが、なんで栄耀栄華どす？　なんで、ぜいたく三昧、仕たい放題ていえるのどす？』

秋童は、一瞬春之助へ、するどい視線を投げつけた。

『このひとに、なにがわかるもんですか。ゆすり、置き引き、かっぱらい、美人局《つつもたせ》は序の口で、雲助《くもすけ》まがいの商いが骨の髄《ずい》までしみこんでるこんな飛子に、わかったような顔されて、どうして黙っておれますか？』

どうやら秋童の話というのは、喋りはじめると、かならず春之助への毒づきに移ってゆくらしかった。

けれども、春之助はまた、そんな秋童の毒づきを、ちっとも気にしている風には見えなかった。

いつもにこッと、篠子の方へ、眼で笑い返してくるのだった。

春之助の言う、秋童のからみというのは、これなのだろうと、篠子は思った。

『野郎役者にあこがれて、いうたら、このひとは、好きで入った世界どっしゃろ。飛子に落ちたのは、自業自得。わたしらとは、わけがちがいます。白粉水の泥味《どろあじ》も、苦界のどぶのしんの黒さも、このひとには、わからへん。なんにも、わかってぃィへんのや。わたしが、どんなにこの京へ、帰りたいと思うたか……一ン日《ち》やって、それを思わん日はなかった。江戸で暮らした十三、四年……ただその思いだけにすがって、わたしは看板張ってたのや。それをいうたら、このひとなあへエ、いつかてゲラゲラ笑いはるのや。こんながさつで、鈍《どん》なひと、ほんまに見てるだけでも虫酸《むしず》が走るわ。なんでいけませんのえ。かげ子の花の散りどきは、二十一、二。三になったら、京へ帰って、地道にまともな商いしよう。それが、なんでおかしいのどす？　わたしにかて、そのくらいの元手、ぽんと面倒見てくれはる旦那の五人や六人は、右から左へすぐどっせ。それも、大それた商いしようというのやない。家がへんぴな山里にあったさかい、貧乏せなならなんだ。せめて町なか近くへ出て、在所の家業継ぎたいと思うてただけどすねん。そら、家は貧乏どした。貧乏どしたさかい、子供も売らななならなんだのとちがいますか？　けど貧乏でも、家業は家業や。わたしは、それが継ぎたかったのや。それを、このひと、何様のご大家《たいか》の生まれか知らんけど、腹をかかえて笑わはるのえ』

『もういいかげんにしちゃあどうだえ』

と、さすがに春之助もうんざりした顔つきで、首を振った。

『おまえさんがなにをしようと、わたしの知ったことじゃない。したけりゃ、やったらいいじゃないか。そんなに後生大事なことなのなら、なぜおまえさん、やらなかったんだえ。げんにおまえさん、そうやって、絹のおべべも脱ぎもせず、島田の鬢《びん》もかきあげで、いまだに紅粉《べにこな》つけてるじゃないか。うじうじ愚痴るのはいいけども、はた迷惑てのも考えとくれな』

春之助は、あっさりと、言い捨てた。

『おまえさんにゃ、できなかった。故郷へ錦を飾ることも、なんの家業か知らないけども、その貧乏家業てえのを継ぐことも、おまえさんにはできなかったんだ。これが、肝心なことなのさ。ほかに、うだうだ言うこたあないやね』

『なにィ』

と、秋童は、花模様の袂《たもと》をひるがえした。

『つまり、おまえさんもわたしも、変りゃあしない。どうで、屑だということさ』

春之助は、平然とうそぶいた。

低い唸《うな》り声を発して、秋童は身をおどらせた。艶やかな時代振袖が、にわかにけもの影をおびたかにも見えたその一瞬は、すさまじく、奇怪な眺めだった。

篠子は、気づかぬ間に、眼をつぶっていた。

とびかかったと見えたのに、あたりは寂《しず》かなのだった。

崖の土肌を湧き水がしたたり落ちるのか、木立ちの葉末を洩れる雨滴か、かそけきものの音だけが、後に残った。

瞼《まぶた》をひらくと、二人の姿はどこにも見あたらないのであった。

参道は、うす闇がさしはじめていた。

篠子に、急に、悲しみが戻ってきた。

二人に出会う以前の篠子が、抱えていた悲しみだった。二人といっしょにいる間、篠子の体のなかから消え、消えたかに思えて忘れておれた悲しみだった。

麻酔剤がきれた後、なりをひそめていた傷がいっせいに頭をもたげたつような、現世の体に、篠子は引き戻されていた。

竹細工屋の店先にくずおれるように手をついた彼女が、そっくりそのままそこにいた。いや、篠子は気がつかなかったけれど、もっと深く、彼女は疲れ果てていた。

蛇《じゃ》の目傘をにぎりなおした。

手に、なにかつかむものがあるということが、このときの彼女には救いだった。

つかみなおして、篠子はあだし野を後にした。


この日から、四、五日おきの化野通いが、篠子にはじまったのであった。

痛みを忘れる薬剤をもとめていでもするようなところが、どこかにあった。

鎮痛の薬が癖《くせ》づくということを、彼女は考えてみもしなかった。

そんなゆとりなど、篠子には、なかった。

3

篠子は、ひかりに灼けた鳥居本の勾配道《こうばいみち》を、ゆったりとした足どりで歩いていた。

——変ね。今日は、なんでいっしょに歩いてくれはらへんの。

『歩いてますがな』

——姿、見せとくれやす。

『えらいイケズ、いわんときよし。こんなきつい陽ざしに出たら、ぶぶ灼けみたいにひりつきつくって、かなんし。これは、色子のたしなみどす。安心しよし。そばにちゃんとついてますがな』

――あら。あなた、おぼえたのね？

『へ？』

――その、よしっての。

『へえ、おかげさんで。篠子さんのがうつってしもうた』

――また、いさかいしはったのとちがう？

『へ？』

――春之助さん。見えへんやないの。

『いてますがな。篠子さんのうしろに。ついてますえ』

――まあ。

篠子は、背後を振り返った。

マイクロバスが、観光客をのせてのぼってきていた。一台で道いっぱいになるような旧道だった。

『いいんですよ』

と、春之助の声だけがした。

『気にしないで、歩いて歩いて。もう先《せん》から、見蕩《みと》れめがねの、コンコンチキさ』

――あら、なに？　それ。

『舞《まい》のひとは、さすがにちがうてえこってす。あなた、勉強してるて言いなさんしたが、わたしゃ、ひとかどの舞い手と睨《にら》んだ。芸を持ってるひとの姿は、こわいねえ。見飽きないんだからねえ』

——まあ。てんごばっかり。おいときよし。

『そうえ』

と、秋童が、引きとった。

『このてが、そのひとの十八番え。殺し文句にのったらあかんえ。飛子は、両方使うさかい。へえもう、このひとら、こわいのどすえ』

春之助の返事はなかった。

たぶん、またあのひとなつっこい眼で、にこっと笑ったのだろうと、篠子は思った。

それにしても、なぜ彼等といることが、自分には不快でないのだろうか。この化野へ、足を踏み入れさえすれば、彼等はかならず、迎えに出てくれるのだった。彼等に迎えられることが、なぜ自分には安らぎなのだろうか。彼等をこそ、いまこの世でいちばん憎い相手だと、かりに自分が思ったとしても、それはゆるされることなのに。

『おきよし。また薄情男のこと、思うてはる』

秋童が、バスをやりすごして道の端によった篠子の頭の上で、言った。

篠子は、声のする宙を振りあおいだ。

櫟《くぬぎ》の藪の葉群れごしに、夏の光る空があった。

『ちがうて。こっち。そばの石の上どっせ』

篠子はほほえんだ。自分が道いっぱいに避けたので、秋童の居場所がなくなったのだろう。すぐに声は、耳の高さの位置に戻った。

『そうやろ？　さっきの学生の二人連れ見て、また思い出しといやすのやろ。似てましたのか？』

篠子は、ゆるく首を振った。

――そうやないの。屈託のうて、羨ましいな思うただけ。さらしの白麻見てるようや。人間て、あんな時期がいちばんええな……そう思うただけ。

『きついこといわはる。そんな時期、あらへん人間かていてるのえ』

――あら。

篠子はあわてて、秋童の声を探した。

――かんにんえ。そういうつもりやなかったのよ。

『あほやな。そんな悲しい顔やめときよし。ええのやて。わたしらかて、思うもん。羨ましいなて、思うのえ。すがすがしいて、人間、白麻みたいな時期……そうえ。篠子さんは、もう通りすごしてきてはんのや。そやろ？　帰ってこんかて、ええやないの。わたしらには、はじめからなかっただけや。おあいこやないの。泣いたて、騒いだて、もうあんたにもわたしらにも、それは、無縁な白麻や。そんでええとしようやないの』

篠子は、うなずいた。ほほえんで、すなおにうなずいた。

──そうね。

うなずくたびに、涙があふれたけれど。

『で』

と、しばらくして、秋童は言った。

『その男はんていうの……イヤ、かんにんえ。しんどかったら、聞かんといてええのえ……』

──大丈夫。というても、話すほどのこと、なんにもないみたいな気もしてるのやけど……。

『そうか。そんなら聞いてもええな？』

秋童は、安心したような声になった。

『その男はんて、やっぱり、舞の方のひとやのん？』

──いいえ。ただの、平凡な会社員。婚約して、三年目なの。わたしが舞《まい》舞うてるさかい、わがままいうて、のびのびにしてたのやけども、この秋にはお式も決まってたの。あなた、薄情男っていうけど、そんなひとやないの。わたしには、すぎたひと。もう一生、きっとあんなひとにはめぐり会えへん。そんなひと。すばらしひとなの。

（ほんの、四、五秒間のことだった……）

と、篠子は、彼のアパートの部屋の内を眼先にうかべながら、思った。

日曜日の朝だった。アパートを訪ねると、彼は留守だった。あとでわかったのだが、煙草を買いに出ていたのだった。ドアが閉めきれてなかったので、篠子も、近所へ出かけたのだろうと思って、部屋にあがった。

あがると同時の、電話だった。

篠子は、受話器をとった。

「お兄ちゃん？　お早《はよ》うさん」

と、若々しいはずみきった男性の声がとび込んできた。

「今晩行くからね……」

その若い男の声は、篠子が口を開くまでに、それだけのことを言った。

そして、篠子の声を聞くと、あわてて、

「すんません。番号まちがえました」

と、言って電話を切った。

時間にして四、五秒たらずの、ほとんどなにを言うひまもない、一方的な電話だった。

篠子も、べつに気にもとめなかった。

彼は一人息子だったから、弟がいるわけはなし、まちがい電話だと彼女も思って、すぐに忘れた。待つほどもなくして彼が帰ってきたときにも、だから電話のことは話さなかった。話す必要もないと思っていたし、忘れてもいたからである。

その日一日、式の日どりや、会場の予約、こまごました準備のことなどで、二人は外を出歩いて、仲人《なこうど》の家をまわったりして、食事をとると、もう夜の九時近かった。篠子の家の方が遠かったから、タクシーは彼をアパートの前でおろした。なにげなく見あげた部屋に、灯がついていた。

「あれ」と、彼も首をかしげた。「じゃ、一ン日点《ちっ》けっぱなしだったんだぜ」と、彼は言った。

「そんなら、ゆうべから点けといやしたのえ」

「そういうことになるな」と、彼は頭をかいた。

日中点いている電灯は、気がつかないことがままあるものだ。篠子も、朝訪ねたとき、見落したのだと思った。

タクシーが走り出してから、篠子は、急に、電話のことを思い出したのだった。確かに、人影が一度、明かりのなかをよぎるのが見えた気がしたからである。

彼以外に、篠子も渡されていないあの部屋の鍵を、持っている人間がいる。

もっとも、篠子の場合は、挙式前から自由に男の部屋へ出入りする女にはなれなかったので、彼女の方で辞退したのだけれど。

みずみずしい、はつらつとした若者の声が、鮮やかに耳の奥で蘇った。

「お兄ちゃん。お早うさん。今晩行くからね」

そして一週間ばかり、篠子は、彼と会わなかった。彼も、連絡してはこなかった。どちらも、忙しかっただけのことだと思えば、それにちがいはないのだった。それで、すむことなのであった。

なぜあの日、彼の車で外出しなかったのだろうか。そうすれば、きっと、彼は篠子を送ってからアパートへ帰ったであろうから、あの部屋の灯も、見ずにすんだのに。あの部屋の灯さえ見なかったら、なにも起こりはしなかったのに。

篠子は、そう思うことがある。思っても、仕方のないことだったけれど。

そして、あのドライブの日がきたのだった。

篠子は、何度も思い返してみる。あの電話の話を持ち出したとき、自分はなにも疑ってはいなかったのだ、と。

先輩後輩、仲間、遊び友達、飲み友達……自分の知らない男友達のつきあいは、いくらだって彼にはあるだろう。あってふしぎはないのであった。

ただ、あの日の朝の電話を、自分が独り決めして、彼に伝えなかったことを、あやまりたかったのだ。悪いことしたわ。わたしがうっかりして。あれまちがいじゃなかったのよね。女が出たんで、先方もびっくりしちゃったのよね——そういう意味のことを、伝えたかったのだ。

鍵にしたって、男同志、親しい間柄ならば、どんな事情で渡してあったか、知れないではないか。渡してあってちっとも不自然ではない事情は、いくらでもある筈《はず》だ。

彼には、どんな答えかたでもできた筈だ。

また、どんな答えかたをされても、篠子はそれを信じただろう。なにかを、ただなにかを、答えてくれさえすればよかったのだ。

それはたとえ、嘘でも。そう。嘘であったって、よかったのだ。たとえ、口から出まかせのことだったとしても。

そんなつもりで、篠子は、電話のことを口にしたのだった。陽気な、なごやかな会話のなかで。あのときの彼の顔を、忘れることはできない。

それはまるで、世界が一転した瞬間だった、としか言いようがなかった。

彼は、なにも答えなかった。ただ、押し黙った。押し黙ったまま、やみくもに、車だけを走らせ続けた。

そういう男だった。嘘のつけない男だった。

(それは、わかっていたのに。よく知っていたのに。わたしは、心のなかで、『答えて!』と、叫んだ。『なんでもいいの。答えて。それを信じるわ。さあ、答えて!』わたしは、夢中で叫び続けた。願い続けた。祈り続けた)

でも、彼は、とうとう一言も、喋らなかった。

(どこで、なにが、どういう風にまちがったのか。わたしには、わからなかった。おそらく、彼にもわからなかったにちがいない。でも、なにかが、あのとき、まちがったことだけは、確かなのだ。大きく、それはとり返しのつかない方向へむかって)

あんな束の間が、この世のなかにあることが、篠子には信じられなかった。

恐怖だった。

「おろして!」

そう叫ぶよりほかに、自分になにができただろう。叫びたくはなかったのだ。

しかし、車のなかにいることも、できなかった。

(それにしても、なぜ、あの車が、とまったりなどしたのだろう。がむしゃらに、自分をのせて、どこまでも走り続けていてくれさえしたら……!)

篠子は、急ブレーキのかかる車のきしり音《ね》を、身辺に聞いていた。

——そう、あの車のとまったときが、わたし達のおしまいのとき。話してみれば、それだけのことなのよ。

『そのひと、しんからやさしいひとえ……』

と、秋童は、言った。

——そう。わたしには、もったいないくらいのひと。

『離してええのん?』

——仕方ないもの。もう、もとには戻らへんものねえ。

『やめときよし』

と、秋童は、いきなり振り返るようにして言った。振袖の紅絹《もみ》色が、ながれるようにして、篠子の眼前にあらわれた。

『もう、ここにくるの、やめときよし。そのひと、離したらあかんえ。そのひと、篠子さんに聞いてはるのえ。手の内さらして、ほんまの正体見せはって、そのうえで、あんたに選べというてはるのえ。騙すつもりが先《せん》からあったら、なんぼも白《しら》きれるところを、そうせなんだ。そうどっしゃろ? あんたに、おのれの身柄そっくり、あずけはったのとちがいますか? そら、人間、十人十色。生ま身のからだや。いろんな癖、持ってますやろ。持っててふしぎはあらしまへんやろ。この世は男と女の世界、それで天下泰平やと、すんなりいうてる連中こそ、わたしにいわしたら、大あほや。なんにも見えてへん、大ばかや。あほにならんといてや。そのひと、きっと、篠子さんに賭《か》けといやっせ。そやさかい、車とめはったのや。おしまいやない。いいや、おしまいにするも、はじまりにするも、あんたに選べというといやすのえ。そうやおへんか？』

秋童は、夏の陽ざしのなかに、その姿をくまなくあらわしていた。

篠子は、そんな秋童にむかって、やさしい眼の色を見せて言った。

――ええのえ、秋童さん。だから、選んだの。

秋童は、行手をさえぎった。

『好《す》いといやすのやろ？』

――ええ。好きえ。

『惚れといやすのやろ？』

――ええ。そうえ。

『そんなら、いますぐ、お往《い》によし。もう、ここへはこんときやす。二度と、この嵯峨へ近寄ったらあきまへんえ。そんで、しっかりつかんでなあかん。そのひと、離したらあかんのえ』

篠子は、じっと秋童をみつめた。

――そうえ。しっかりつかんでます。離したり決してしいへん。

『篠子さん……』

秋童は、瞳をみはった。

——そうやない？　それは、あなたが、いちばんよう知っといやすことどっしゃろ。しっかりつかんでおきたいさかい、もう二度と離したりしとうないさかい、わたしは、おしまいにしたのどす。いまやったら、わたしのここ……。

と、篠子は、白い上布の胸下を、帯のうえからしずかにおさえた。

——ここにいてはるあのひとは、死にたいほど好きやと、はっきりいえます。ここにいてはるあのひとを、消しとうはないのどす。

秋童は、なにかを言いかけた。

言いかけて、そのまま、篠子をみつめ返した。

——そうどっしゃろ。踏み込んだら、もう修羅や。修羅しかない。行きつくところは、地獄の果て。そうやおへんか？

このとき、秋童の瞳は、得体のしれぬ光をおびた。

『地獄が、怖うおすのんか？　修羅が、そんなに恐ろしおすか？　好いた男と見る修羅や。おちる地獄や。おちとみやす』

と、彼は、押し殺したような口調で、言い放った。

妖しい精気のこもる声だった。

篠子がほんとうの怪《かい》を見たのは、その直後のことであった。

真昼間の、人の往き交う化野の路上に、それはいきなりたちあらわれた眼を疑うあやかしの影であった。

きゃしゃなほのじろい秋童の手は、まるでおのれの顔面を一皮はぎとりでもするようにすばやく空《くう》をよぎり、古代紫のお高祖頭巾をむしりとっていたのである。

はじめて見る顔が、その下にあった。

4

『おちとみやす』

と、咽鳴《のどな》り声は真昼間の光のあわいにもえたつようで、色子裳裾《もすそ》のはためきと風をはらんだ紫布が、にわかに眼先に残るとみるまに、秋童は陽ざしに透けて見えなくなった。

――秋童さん……！

篠子は追いすがるように、あたりに視線をおよがせた。

『無駄ですよ』

と、背後で、春之助の声がした。

『もういやしません。帰っちまったから』

――帰らはったて？

『あの秋童が、人前で被《かぶ》りの布をぬぐなんて、わたしも見たのは、今日が最初だ。こんりんざい、あるこっちゃないんですよ。しかも、このお天道さまのさかりのさなかだ……よくせきのことだと思っておやんなさい』

春之助は、妙にしんみりとして、しかし、

『それにしても、あのオバケづらは、ひどかったねえ……』

と、嘲けりとも憐れみともつかぬ笑いを、その口振りの内にまぜた。

『もう出てきやしませんよ。あの顔見せちゃあ、六軒町の、花水楼のと、浮き名の夢の語り草に、見栄も悪態もつけやしない』

——でも、あの傷はいったい……なんどすのえ。どうおしやしたのえ?

篠子は、声をふるわせた。

一瞬眼の裏を灼いた光のなかの秋童が、恐ろしかった。

しばらく、春之助の応えは返ってこなかった。

『まだ話しちゃあいませんでしたよね……』

だしぬけに彼は、ぽつんと言った。

『わたし達が、この化野へ住みついたお話』

——ええ。はい。

『そう。話そうとすると、秋童が邪魔を入れたでしょ』

——そうやったかしら……。

『でも、自分であの頭巾をとったんだ。もう話したって、あのひとも、怒りゃしないでしょう』

春之助はそう言って、ひょいと道端の野溝をとびこえ、陽かげの藪口で腰をおろした。

姿は見えたわけではないが、そんな気配や衣ずれの音が、篠子には追えたのだった。

彼女も並んで、竹の枯れ葉でおおわれた乾いた地面にハンカチを敷き、足を投げ出してすわり込んだ。

藪には少し風があった。

『あれも、ちょうど夏でしてね……』と、春之助は、口を開いた。

『厭《いや》な夏でしたねえ……わたしら、その年、西の方の国をまわっておりましてねえ……備中《びっちゅう》、備前《びぜん》、美作《みまさか》、播磨《はりま》と、山陽道を逆《さか》しまに東へのぼって、摂津《せっつ》、和泉《いずみ》と、畿内《きない》を入り、京へのり込んだんですけどね……まあ、のり込んだと言やあ聞こえはいいが、ごらんのとおりの飛子稼業。着たきり雀《すずめ》の一張羅《いっちょうら》で、旅のどぶ泥、空きっ腹、かくすのがやっとのドサでしたわ。……十人ばかし、いましたかねえ。京へ入る二、三日前から、様子は変だったんですがね……』

——え？

『いやね。一人二人、仲間に具合いの悪いのが出ましてね……麻疹《はしか》じゃないかて、話してはいたんですよ。まあ、塗り膏薬の半貝《はんがい》あけたり、草汁しぼってかけたりね、てめえ手当てで、なんとかその場はつくろって、もたしてたんですよ。あせも、疥癬《かいせん》、虫さされ、腫《は》れもの、ただれは、しょっちゅうで、べつに珍らしかあないものね。ところが、京へ入る頃からねえ、三人、四人と、バタバタいかれはじめたんです。熱をもつわ、痛みは言うわ、ただれは膿《う》んでにおうわでね……そりゃもう、ひどい有様でしたわ……』

——まあ……。

『たまりかねて、木賃宿《きちんやど》でね、となり合わせた素人医者へみせたのが、運のつき。疱蒼《ほうそう》、麻疹のたぐいだてえんで、こっそり役人にご注進《ちゅうしん》。これがまた、えげつない役人でね。その夜の内に、わたしら一人残らず引ったてられてね……番所の空地か、施療《せりょう》小屋へでも連れてかれるかと思いのほか、一晩中歩かせられましてねえ、歩けないのは大八車に筵《むしろ》でくるんで……なんと、やってきたのが、あなた、この化野のとっつき口。あたりは、いちめん田んぼと草の野っ原だ。あるのは、深い山ばかりの、人家も見えない野っ原でしたよ』

春之助は、たんたんと苦もないような口振りだった。

『ぽつんとひとつ、肥《こ》え溜め小屋がありましてね、そこへぶち込まれたんです。外からかんぬき板渡され、板づけの、釘づけです。食べ物、飲み水、そんなもなあ、くれやしません。三日三晩。ただそうやって、ほっとかれたんですよ』

篠子は、言葉を失っていた。

『はなの内は、二人ばかり、遠まわりに見張り番がついてましたがね。泣いても、わめいても、知らん顔。そう。やつらは、そうやって、わたしらがくたばるのを待ってたんですねえ』

春之助は、地べたの草でもいじっているのか、竹の落葉がさやさやと地面で枯れた音をあげた。風が渡るのかもしれなかった。

『……ほんとに、死んじまったんですよ。四人ばかしね』

と、彼は言った。

『ほんものの、伝染病《はやりやまい》だったんでしょうね』

春之助が、見張り番の男の声を聞いたのは、三日目の宵口のことだったという。見張り番は、ときどき小屋のまわりに昼間姿を見せるだけで、近寄ってはこなかった。夜、遠くに焚火の火影《ほかげ》が見えたりして、彼等がいることはわかったが、逃げようと思えば、逃げ出せなくはなかったという。

小屋の板をはがしたり、手で土を掘ったりして、動ける者はその逃亡工作にとりかかったのだが、途中でみんな手足の力を失った。

飢えと熱病だけが、小さな小屋に充満し、飛子達は、暑さと悪臭にまみれて、萎《な》え、ただ喘《あえ》ぎ音《ね》をたてるのがやっとの状態だったという。

二日目に四人死に、三日目には、春之助のほかに、動けるものは一人もなくなった。その春之助も、小屋の隅っこで腰板にもたれ、水気の抜けた体を支えているのがせいいっぱいだった。動くのがおっくうだったし、物を考える力も失いはじめていた。

そんなときだったと、春之助は話した。

『もうそろそろくたばってる頃だろうから、あしたは、小屋ごと火をかけて、燃しちまえばいいてえ相談なんです。世間に知られりゃ厄介だから、こっそり仕末をしてしまおうてえことだったんですよ』

その夜、春之助は、はじめてこの土地が、噂に聞く、死人を葬《ほうむ》る化野だったということを、知ったのだった。

『どうで、ここは化野だわさ。そう言ったんですよ、見張り番が。わたしゃ、その晩、自分がなにをしたのかさ、さっぱりおぼえちゃいないんです。……気がついたら、体中、手も足も頭も血まみれ、泥まみれ……夜明けのね、山ンなかを、一人で這いずりまわってたんです』

また地面の竹落葉が、篠子のそばでかすかに鳴った。

『一口に化野といってもね、ここは奥深い山あいでねえ……その頃は、ほんとに人里遠い離れ地だったんでさあ。それが、この身のさいわいか、また禍《わざわ》いか、わかりゃあしませんけれどねえ……わたしゃ、精限り根限り、奥山深く逃がれ込んで、気を失っちまったらしくてね。眼をさましたら、人に助けられてましてね……樵夫《きこり》小屋で寝てました』

――まあ、で、病気の方は、どうどしたん？

春之助は、しずかに笑ったような気がした。

『よっぽど悪運つよいんでしょうね。三日ほど寝てたら、ふだんの体にもどりましたわ』

――そんなら、伝染《うつ》っといやさんと……。

『そうでしょうね。なんともなかったんだから』

――でも、逃げはったことはわかったでしょうに……追手はかからなんだのどすか？

『ええ。一、二度、探しにきましたよ。けど、助けたひとが隠してくれましてね……まあ、逃げたところで疫病《えきびょう》やみだ。どこかで野垂《のた》れ死にするだろうてなことだったんでしょうかね。それっきり沙汰なしで、命拾ったんですよ。そのひとと、一年ばかし暮らしました』

と、春之助は、言った。

――そのひとて？

『わたしをかくまってくれたひとです』

――樵夫さん？

『いや。石工。ほら、念仏寺の石くれ仏。あんなの彫ってたんですよ。石塔、石仏……早く言やあ、野の墓石彫りだわねえ』

春之助は、ふと往時を想い出してでもいるのか、沈黙した。

――そう。石仏をねえ……。

と、篠子は、独り言のように言った。

『変った男でね……』と、春之助も、独りごちでもするように、呟いた。

『山鳥捕ったり、木を伐《き》ったり……そっちで暮らしの銭《ぜに》はまかない、石は野石を掘り出してきちゃあ、仏や塔にして、また野にばらまいちまってさあ……それかといって、念仏三昧、仏心供養の心があるかてえと、そうじゃないんだねえ。殺生《せっしょう》はする、ときには追いはぎまがいのようなことでも平気の平左《へいざ》。わたしを助けて、三日目にゃ、もう押さえ込まれちまってねえ……』

――え？

と、篠子は、顔を上げた。

『やだよ。そんなに見ないでおくれなね。わたしゃ、飛子だよ。べつにおかしかないだろう。つまり、その、そういうことなのさ』

春之助の声に、はにかみとも媚《こ》びともつかぬ艶っぽさが、束の間ただよい、ゆらいで消えた。

篠子は、まじまじと、その声のするあたりに眼をこらした。

『やめておくれよ』

春之助は立ちあがったらしく、落葉の嵩《かさ》がまた鳴った。

――いや、かんにんえ。

と、篠子はあわてて、眼をそらした。

春之助は、篠子のまわりを歩いている風だった。

『ちょうど、一年目だったかなあ……その男、町へ出てった帰りにね、かげ子を一人、連れて帰ってきたんだよ』

篠子は、声の方を見た。

『そう。それが、秋童』

――でも……。

と、篠子は、声を追った。

――秋童さんは、江戸にいといやしたのやろ?

『ええ。大江戸日本橋は花の葭町。堀江六軒町花水楼の看板子。そりゃまあ、わたしらとはケタ違い。たとえて言やあ、雪と墨《すみ》。〽暗がりで見ても、助六さんと意休さん、どうとりちがえてよいものかいなア……てな具合でさあ。ぞべぞべ、しなしな、まあ花っぽかったのなんのって……』

篠子は、春之助の話し振りが、ふと口調を変えているのに気がついた。いや、変っているというよりも、それがふだんの春之助だった。つまり、秋童といるときの、春之助なのであった。そして、そんな春之助には、どこか微妙な精彩があった。

篠子は、心持ち耳をすました。

秋童が、どこか近くにいるのではあるまいかと、不意に思ったからである。

『ところが世の中、奇妙きてれつ。雪より墨がいいてえおかたも、あるんですよ。秋童がどうして京にきたかてえのは、篠子さん、もう秋童が自分の口で話したでしょう?』

篠子は、あ、と思い当った。

『そう。あのひとは、花水楼をうちあげて、恋しい恋しい、夢にまで見た生まれ在所へ、念願かのうて、錦のご帰還。と、まあ、ここまでは上々吉だったんですけどねえ……飾った錦の金《きん》財布《ざいふ》が、百両あったか、千両あったか、そいつあ、わたしゃ知りませんがね。とにかく、ゆすりにゆすられて……』

と、ここちよさそうに、春之助が抑揚つけて言ったときだった。

『お黙りよし。この生畜生《いきずきしょう》』

と、一声するどい声がとんだ。

やはり、秋童はいたのだ、と篠子は思ったが、振り返ったりはしなかった。そ知らぬ振りでいてやることが、秋童への思いやりなのだと、なぜだか篠子はそう思った。

『わたしは財布を奪《と》られたのえ。追いはぎに遭うたのえ。折角、店退《ひ》かせてもろうて、やっと京へ戻ってきた。桂川を渡ったら、もう一山で大枝《おおえ》の里。その矢先に、あの男が、ヌウッとあらわれくさったのや』

秋童は、歯ぎしりでも聞こえそうな、はげしい声でそう言った。

『財布が欲しけりゃついてこい。くるのがいやなら、往《い》にさらせ……て、まあどうえ、そうほざいたのえ』

『と、まア、このひとは、言ってじゃけども、ぶっちゃけて言やあ、手込めの味が忘れられずに、尾を引き尻引き、のこのここまでついてきた、と言うこってすのさ』

『アアついてきた。ついてきたえ。八つの年から苦界へ沈んで、十四年。やっとつかんだ、いのちの銭え。とり返さなんでおけようか』

『と、いうわけで、意気込みだけは健気《けなげ》だが、銭につられて、重なる手込め。一月、二月、重ねるうちに、もう銭のことなどうわの空。銭などいらぬととりすがり、洗った筈の色子の色の狂い咲き。染まった色のおそろしさ。夜も日もあけずしっぽり濡れて、交わす枕も鴛鴦《えんおう》の、と言いたいところだけどもね、そうは問屋がおろさないのさ。ここはあだし野。日本橋じゃあ花水楼の飛ぶ鳥おとした色子かしらんが、山家《やまが》育ちの悪党にゃ、なよなよしがらむ一方の、悋気《りんき》疝気《せんき》はもち焼き放題、なにかと言やあことごとしいお江戸の花は鼻につき、とどのつまりは、飛子が飛んで、あだし枕も独り寝の、化野暮らしがまア、はじまったてえことなんですよ』

篠子は、息をつめていた。

秋童の声も、気配もとだえて、春之助だけが喋っていた。そのことが、不気味であった。

一人の、おそらくは、屈強な石工であろう。無頼で、野放図な男をなかに、春之助と秋童の、奇態な山野暮らしがはじまった光景が、篠子には見えるのだった。

春之助の語った話は、篠子を動転させたけれども、そのおどろきよりも、篠子は、かなしみの深さの方に身をひそめて、動かなかった。

男は、春之助を愛《いつく》しみ、秋童をかえりみなくなった。秋童はただ、男と春之助の歓戯《かんぎ》を眺めているだけの、閨《ねや》の道具なのであった。そんな暮らしが、半年、一年と続き、なお秋童は、この化野を離れることをしなかったという。

奪われた財布への執着からなのか。

春之助の言うように、その山家育ちの悪党男への執着だったのか。

篠子には、最初わからなかった。

「帰れ」と再三《さいさん》追いたてられても、離れなかったという。

しかし、ある夜、男は言ったのだという。

「お前のその顔が気に入らないんだ」と。

『メッタ傷でもこさえてこい。すりゃあ、少しゃ変りばえもするだろうから、かわいがってやらぬでもないってね、こりゃまあ、冗談で言ったのさ。そこまで言われりゃ、秋童も、諦めるだろうてえことだったのよ。瓢簞《ひょうたん》から駒《こま》が出たとは、このことなんだねえ……』

と、春之助は、言った。

男は、石のみでぺたぺた秋童の頬をなぶりながら、その縁切り言葉を口にしたのだそうである。

秋童は、いきなり、その石のみにとびついたのだという。とびついて、自分の手をそえ、自らの顔を裂いたのだ、と。

『わたしも、気がつかなかったねえ』と、春之助は、言った。

血を見たとき、男の眼の色が変ったという。男は、やにわに秋童を抱き込んだ。

『血が、狂わせたんだねえ』と、春之助は、言ったのだ。

傷が一つふえるたびに、男は、秋童を抱くようになったという。

『これで、話はおしまいさあね。とどのつまりが、あの顔さ。行きつくところは見えてるのに、秋童は、よさないんだ。わたしゃ、何度も言ったんだよ。頭をさげて、頼んだことだってあるんだよ。もうよしなって。それを、このひとは、なんと言ったとお思いだえ。わたしの悋気だと笑ったんだ。この大馬鹿者の色狂いがさ。てめえの行き先が、わからないんだ。あんなオバケになってさあ、だれが、いつまで、相手になんかするものかい。いずれは秋風、厭気《いやけ》風、吹かぬと思うが大馬鹿さ。それが、てんからわからないんだ。どうで、相手は悪党さ。一時は眼先が変ってさ、めずらし物好き、なぶり物好き、のみでひき裂く花の顔に、血を湧かせたか知れないけれど、それも一時の気なぐさみさ。しゃぶれる飴がなくなりゃ、からけつ棒はポイと捨て、楊枝《ようじ》にだってなりゃしない。もう咲く花は、しゃれこうべ。弔《とむら》い花も、咲きゃあしない』

篠子は、このとき、眼前を、するどい風がよぎるのを見た。

風のはざまに、はっきりと、花染模様の振袖が、舞いたっていたのである。その振袖からあらわな腕が、一本の石のみを振りかざしてつかんでいた。石のみは、宙をおどり、はげしく何度も振りかぶられた。

それはちょうど、なにかをめった突きにして、刺し通し続ける動きに見えた。

『いくらでも、刺すがいい。何度でも、殺すがいい。それで気がすむのなら、なんべんだって殺されてやる。けど、おまえさん、わたしを何度殺したところで、その顔は、もうもとには戻らないんだよ』

春之助の声は、そう言った。

悪態をつく声ではなかった。苦しそうに、見えない刃物に刺し貫かれている者の声であった。

篠子は、その声の底に、かなしいひびきのこもるのを、聞いた。

やがて、ふと、物音は絶えた。

化野は、静かになった。

「秋童さん！」

と、篠子は、やにわに振り返った。

「春之助さん！」

と、声に出して呼んだ。

答えは、なかった。

『地獄が、怖うおすのんか？　修羅が、そんなに恐ろしおすか？　好いた男と見る修羅や。おちる地獄や。おちとみやす』

と、言った秋童の声が、耳の底によみがえってくるだけだった。

『おちとみやす』

その言葉を伝えるために、秋童は、いや、秋童と春之助は、わたしに会いに出てきてくれたのではないだろうか、と、不意に篠子は思ったのだった。

化野は、夏の陽にあぶりたてられていた。

白い光の旧道を、観光客の群れが往き来していた。

その道へ、篠子は走り出た。

道の彼方に、竹細工屋の店先が見える。

その屋根の上空に、抜きん出て高い青葉のしげりがあった。

あの楓の巨木の根が、二人の死んだ場所なのだろうか。とすれば、あの竹細工屋の家が、むかし彼等の住んでいた場所でもあるのだろうか。

とにかく、と、篠子は思った。

あの家に行けば、また二人に会えるだろう、と。

会って、伝えなければならない。

（おちてみるわ。わたしの好きなひとだもの。もし、それがおちるということなのなら、どこまでだって、おちてゆけるわ。あなたが、教えてくれたから。そうよね。好きだってことが、いちばん大切なのよね。それがあるだけで、いいのよね。ほかには、なにもいらないのよね。人間て）

篠子は、歩き出していた。

ひそかに、あたりに気を配りながら。

そして、ときどき立ちどまって、耳をすました。

（迎えにきてちょうだい）

と、彼女は、いっしんに呼びかけた。

化野は、もう答えてはくれなかった。

宵《よ》宮《みや》の変

1

夏がくると、あの宵山《よいやま》の、駒形提燈に火が入り、祇園囃《ぎおんばや》しに浮かれたった人ごみでごった返す鉾町《ほこちょう》の賑やかな路地の暑さが、せんど五体にもどってきて、なんやしらん、悲しいものが体じゅうに棲《す》みつくような気がしてな、と高秋はいう。

もっとも、それももう何年か前あたりまでのことで、近頃はそんな話も口にしなくなったが、しなくても、その宵山の夜の出来事が、彼のなかで雲散霧消し、すっかり彼がそのことから解放された暮らしにもどったということでは無論なかった。

そう。あれは、もう十年ばかり前のことになるやろか。高秋が高校を出て、手描友禅《ゆうぜん》の下絵描きの修業をはじめて二、三年はたった頃のことだった。

祇園祭に、有名な京のむし暑さはつきものだが、高秋がその宵山の夜のことを話すとき、きまって、その夜の鉾町通りの路地の暑さを口にしたし、わたしの記憶でも、その年の暑さは特別だったような気がする。

七月一日にふたをあける神事始めの吉符入《きつぷ》りから、二十九日の神事済奉告祭まで、ほぼ一箇月にわたる祇園祭のクライマックスは、十七日の山鉾巡行。

観光都市京都の大イベントでもあるこの行事は、三十一基の豪華な山鉾が市街を巡行する絢《けん》爛《らん》たる祭絵巻をくりひろげ、国の重要無形民俗文化財の王者格でもあるだろう。

その巡行の前日、十六日が宵山で、宵宮ともよばれる賑やかな前夜祭でもあった。

すでに三、四日前から、山鉾を出す鉾町の各町内では、鉾を組みたてる鉾建てもすみ、動く美術館とか音楽堂ともいわれる贅美をつくした飾りつけも完了して、町内だけで行う試《ため》し曳《び》きの曳き初めもすませていて、あとは宵山、そして次の本巡行の日を待つばかり。

鉾町の会所前に建ちあがった鉾や山は、準備万端整えおわった出を待つ姿で、この三、四日は連日、祇園囃しを奏でながら前景気を煽《あお》り、いやがうえにも祭気分を盛りあげていた。

わたしは、この宵山や本巡行をまだ何日か先に置いて、京の街を歩くとき、ふとどこかの町内から、それはどこからともなく定めがたい感じで流れてくる祇園囃しを聞くのが、好きだ。

鉦《かね》や、太鼓や、笛の音が、まだ本番はもすこし先、もすこし先と伝えながら、しかし艶冶《えんや》に調べを交《まじ》え、はなやかな息つくような曲趣を合わせて、

『コンチキチン……』

『コンチキチン……』

と、あの独特な情緒をかもす囃し音《ね》を、てんめんと風に流して運んでくる。

ふと立ちどまり、また歩き出しして、聞くともなく聞く耳もとへ、遠く、近く、きらびやか

に、流れ寄ってくる囃しの調べは、いつかわたしの気もそぞろにし、心もわくわくと躍り、浮かれたってくる。

京で生まれ、京で育った、わたしは根っからの京の人間やという自覚が、そんなとき、不意に涌くのである。

ごく自然に、そうや、と納得がいく。

そして、思うのだ。祇園囃しは、京の都が、ちょうど、息つく息音《いきね》のようなものやないやろか。この街の、古都の夏の呼吸音。そんな気さえするのだった。

すると、急に心が急《せ》き、

「はよ、行こ」

と、いつも思う。

「こんなところで、のらのらしとる場《ば》やいやない。みんなもう、精《せい》出してるがな。乗ってるがな」

一時《いちじ》に気は逸《はや》りたって、つい走り出したりもする。一刻も早くその囃し音のまっただなかへ駈けこみたいと、われを忘れて思うのである。

けど一方では、もっとゆっくりこのまま歩いて、どこからともなく聞こえてくる出鉾囃《のぼりばや》しや戻り囃しの数々に、耳をあずけて、聞くでもなく、聞かぬでもなく、そぞろ歩きに、歩く街もまた逸興《いっきょう》で、好きなのだった。

好きといえば、祇園囃しの囃《はや》し方《かた》は、みんな、好きでやっている。好きで集まり、団結し、祭に奉仕するのである。

囃し方という職業の玄人《くろうと》がつとめるわけではなかった。

鉾町の男たちが、小さいときから耳なじみ、肌で接しておぼえ、好きが嵩《こう》じて、稽古や修業で身につけた腕前を、代々伝えついできたものだが、鉾町以外の人間たちも、町に縁故のあるむきが、好きでこれに加わっている。

無論、稽古にはげみ、技をみがいて、熟達の腕を持たないことには、つとまらない、芸能の持ち場だった。

わたしも、高秋も、鉾町の人間ではなかったが、絹織物の問屋街としても有名な室町通りも、その鉾町の主要な一劃にあり、友禅の下絵描きの高秋も、その絵に色を入れる色さしの家に生まれたわたしも、縁故といえば、鉾町はあちこちに縁の多い町だった。

わたしと高秋は、どちらが誘ったというわけではなかったが、子供の頃からこの山鉾のお囃しには目がなくて、あちこちの稽古場をのぞき歩いたものだった。

そんなこんなで、高校を出る頃には、鉾町のあっちやこっちの町内から、

「うちの囃し方に、きてくれへんか」

と、引きはいろいろとあって、結局二人が入ったのは、同じ町の鉾だった。

高秋は、鉦方《かねかた》。

わたしは、笛方だった。

すでにその頃、わたしたちは、そのそれぞれの楽器にも、そう素人《しろうと》素人した不馴れな初心者

ともいえなかったから、いきなり本式練習の場に引っぱりこまれ、鉾町にとってはかっこうの戦力予備軍の一員といえばいいえた。

一つの鉾に三十人から、多いのになると四十人近くの人間が乗り、その大半は囃し方が占めるので、鉾によって構成の加減はあるが、だいたい太鼓方が二人、笛方十人ばかり、鉦方が八、九人。無論、それ以上を乗せる大所帯の鉾もあった。

祇園囃しは、この鉾々で、微妙に曲趣や色合いがちがっていて、囃し方が身につける曲目も、鉾それぞれで四十種近くは持っていた。

祇園祭は、だから、この鉾同士の、お囃しの競演場、もっといえば、闘い合いの晴れの舞台とでもいえようか。

どの鉾も、ひそかに闘志を燃やして、稽古を積んだ成果を、この都の夏の大舞台にぶつけてくるのであった。


その年の宵山は、わたしにも厄日であったか、ついていなくて、わたしは前日に腹をくだし、医者は軽い食中《しょくあた》りだから、一日見合せれば大丈夫だろうといったが、鉾町の会所へは出るだけは出た。

揃いの浴衣《ゆかた》に男帯、共布《ともぎれ》の鉢巻しめた仲間の囃し方たちは、会所の二階から鉾の櫓《やぐら》へ掛け渡された欄干橋を通って、入れかわり立ちかわり鉾へ上って、ここを先途《せんど》と、日頃鍛えた腕前を発揮していた。

ずらりと駒形状に並んで鉾の前後を飾るおびただしい紋提燈に火が入り、切れ間のない祇園囃しは宵山情緒を奏でに奏で、わたしも何度か、笛を手にとりはしたのだが、なにかもひとつ腹に力が入らなかった。

「おまえ、しんどいのんとちゃうか」

交替しておりてきた高秋が、声をかけた。

「顔、赤いで」

「そうか？」

「熱あるんとちがうかいな」

高秋は、ぶっかき氷をビニール袋に二、三個入れてもどってきた。

頬にあてると、目が覚めるように心地よかった。

「オ。あヽがと」

「今日は往《い》んで、寝たらどうや」

「あほらし。このお囃し前にして、寝てなんかおられるかいな。あの笛、野浜のオッチャンやな」

「そや」

「オオ、オオ……マァ、どうかいな。気持よさそう。遊びまくってはるやんか。あれはできんで。やっぱ、年季や。二味《ふたあじ》、三味《みあじ》はちごうてる」

高秋は、襟にたらした鉢手拭で、しきりに咽《のど》の汗をぬぐい、

「暑いィ……」

と、悲鳴のような声をあげた。

そして、わたしの方を見て、

「なんや？」

と、けげんそうな顔をした。

「うん……」

わたしは、軽い立ち暗みのようなものをおぼえたのだった。

「おまえな、あしたが、本番やで。今日も囃せん、あしたも囃せん、いうことになってみィ。元も子もないやないか」

「あしたは、乗るし」

「ああ、そうや。乗ってもらわにャ、鉾も困るし。おまけに、このジリジリ焼きの日照り天気や。あしたも照るで。なんせあの、高い所で、ゆっさゆっさ揺さぶられて、炎天下の長丁場や。若手の馬力が要《い》るねんさかい」

「わかってる」

「今日の代りは、なんぼもあるわい。お座敷囃子みたいなもんやさかいな」

「わかった、わかった」

と、わたしは、会所前の通りに出した床几《しょうぎ》から腰をあげて、立ちあがった。

「もうええ。はよ、往《い》ね。あとは、おれがあんじょういうとく」

高秋にそういわれて、まだ宵山の賑わいもふたをあけたばかりという夕暮れどき、心は後に残ったけれども、わたしはその鉾町の路地を出たのであった。

だから、出来事が起こったのは、わたしのいない宵山の賑わいのさなかであったと、いわざるをえないのだった。

2

山鉾巡行の日は、毎年先頭をつとめる長刀鉾《なぎなたぼこ》が四条烏丸《からすま》の出発点を出るのが午前九時と定まっているから、三十一ある山や鉾を出す町内は、どの町も、朝早くから、どこかてんてこ舞うような、一種浮き足立ったあわただしい祭気分に巻きこまれる。

その気分は、祭にたずさわる関係者、どの一人一人にもあっという間に伝染して、この日一日、なにをするにも、どこかで無我、夢中に身を置く感じがあって、うわの空、われを忘れているようなところがある。

わたしも、体調が快復したのか、そんなことを気にかける余裕もひまもなくしていたのか、前日の不調など嘘のように忘れて、その一日をすごした。

後で思えば、その日、高秋が、いつもの彼とはちがっていたことに気づかなければならないようなことは、いろいろあった筈《はず》なのに、まるでそうした様子にわたしは気をとめはしなかった。

高秋がその話をわたしにしたのは、奔騰《ほんとう》した祇園祭の大波がひとまず引いて、一息ついたかっこうだった、山鉾巡行の数日後のことだった。

鉾が組みたてられてからというもの、囃し方は連日連夜鉾の上で囃しを奏でつづけ、やがて宵山、そして巡行と、そのボルテージは日ごとに高まって、祭の頂上、三十一基の山鉾が都大路へ練《ね》ってくり出す本舞台まで、さながら囃しづけという状態におかれることになる。

好きで囃しに首までつかり、首から頭と、祇園囃しの海にすっぽり溺れるほどつかっていると、囃しを離れ、楽器を奏でていない時間も、笛や太鼓や鉦の音は耳の奥で鳴りつづけ、頭蓋の内はその残響で終日充《み》たされ、囃し音の消えるいとまはない。

京の夏を運んでくる雅びな音は、遠音《とおね》には美しくきらびやかに聞こえても、演奏者には暴力的な音量を強いているのである。

そのくらい強く、激しい音を出さなければ、祇園囃しは、祇園囃しになってはくれない。

都大路や小路をいろどるあのてんめんとした、はなやかな姿を整えてはくれないのだ。

だから、山鉾巡行を終えると、まだ後に出番の日は残ってはいるけれど、ほっとする。

音から解き放たれる放心感。

それが、やってくるのだった。

ぼんやりと、力がぬけて、五体がからっぽになっている。

なにもする気が起こらない。

頭蓋のなかで急速に退《ひ》いて行く囃しの残り音《ね》。それも遠く、あるかなきかに消えかかっている。

わたしに、母が電話をとりついだのは、そんなぐだっとした体を投げ出して、奥でひっくり返っているときだった。

夏支度に敷きかえた冷んやりした籐筵《とうむしろ》の清涼感が、眠りを誘いかけていたところだった。

「菊子ちゃん?」

「はあ」

「なんて」

「自分でお聞き」

起きあがるのが、たいぎであった。

「そういえば、おとといも、掛けてきはったわな。えらい夜さりに」

と、母はいった。

「そやったなあ……」

わたしは、その電話のことをまるで忘れていた。

一昨日。それは、宵山の夜だった。

その電話にも母が出たのだが、わたしは食中りの不運で、つとめを果たせず、早々と引きあげて床へ入って寝たのだった。

「起こしまひょか」

と母はいったのだが、

「いいえ。よろしゅうどす」

と菊子は応えて、切ったという。

翌日の、つまりそれは昨日であるが、山鉾巡行の日の朝に、起きて、母から聞かされた電話だった。

巡行のてんやわんやの昂奮で、そんな電話のことなど、どこかへ吹っとんでいた。

鉾町の大きな老舗《しにせ》の呉服問屋の娘である。

「のっこつしてんと、はよお出《で》やす」

母があきれるほど、腰をあげるのがおっくうだった。

まだ体調はもとへもどってはいないのかもしれなかった。

菊子は、近くまできているから、ちょっと出てきてはもらえまいか、と告げた。

その喫茶店で、菊子が口にした話の内容は、奇妙な感じがするだけに、聞き捨てにもできない気がしたが、どこかとりとめがなく、よくわからなかった。

「かんにんしとくれやす。お疲れのとこ、呼び出したりして」

「かまへん」

「こんなこと、哲夫さんしか、話せへんし」

「高秋が、どないしたいうねん」

「ゆんべ、遅《おそ》おしたんやろ?」

「ああ。飲み会のあと、街出たさかい」

「一緒どした？　高秋さんも」

「一緒やったで」

「いや、ほんま？」

と、菊子はいい、

「おひらきまで？」

と、つづけてたずねた。

「と、思うねんけどな。みんなメートルあがってたし……あちこち廻ったさかいな」

「ほな、そうとう酔うてはった？」

「酔うてたで。どないしてもどってきたんか、おれ、おぼえてへんもん」

「あのひとも？」

「さあ、そこまでは、ヨウ知リマヘン」

「いや、かんにんえ」

菊子は、あわててつけ加え、ふと独りごとのように、いった。

「ほな、やっぱり、人違いやったんやろか……」

そして、ちょっと口をつぐみ、それから、いった。

「ゆんべな、うち、あのひとを、見かけたん。四条河原町の手前で。白のTシャツにジーパン。そやなかった？」

「さあ……どやったかいなァ。ようそんなかっこう、してるやん」

「それに、サングラス」

「サングラス？」

「はあ。かけてはった」

「あいつが？」

「はあ」

「そんなん、見たことあらへんで」

「どっしゃろ？　うちかて、あらへん。そんでびっくりしたんやけど……確かに高秋さんやった」

菊子は、後をつけるつもりなど毛頭なかったといった。その道筋は彼女が家へ帰る方向だったから、それも嘘ではなかったろう。

「阪急デパートの前を通り、河原町の交差点を渡り、高島屋の横を歩いてはって、急に見失うたんえ。アラッと思うて、後追うたん。ほら、すぐに左へ四条通下った所に、お旅所《たびしょ》がありまっしゃん」

「お旅所？」

「はあ。祇園さんのお神輿《みこし》が、神社を出て、一週間ほど渡らはる」

「ああ、ああ……」

と、わたしは、うなずいた。

祇園祭の重要な行事の一つに、神幸祭《しんこうさい》というのがある。山鉾巡行がおこなわれる同じ十七日、巡行がすんだ後、夕方から八坂《やさか》神社を出た神輿が市中を練り、夜にこの四条寺町のお旅所へ入り、以後二十四日までの一週間、ここにとどまるのだ。

「いてはりましてん、高秋さん、そこに」

「ん?」

「ろうそくに火をつけて、お参りしといやしたん」

とっさのことで、なにがなしに言葉をのんだわたしを、見つめて、菊子はいった。

「『無言詣《むごんもう》で』、いうんどっしゃろ。知っといやすやろ?」

「む……うむ」

「四条大橋のたもとから、このお旅所まで、知った人に出逢《でお》うても、決して口きかへんと、黙って、喋らず、毎晩つづけて七回お参りすると、願いごとがかなう……いうんどっしゃろ?お神輿はんが還幸《かんこう》しはるまでの七日間。毎夜欠かさず。ちごうてます?」

「それ、やってた……いうのんかいな。高秋が」

「ちがいまっしゃろか。おろうそく立てて、手ェ合わせておいやした。それから……」

菊子の声が、不意にふるえた。

「うん?」

「お旅所、出てきはって……うちを、見はった。いきなりやったんで、隠れ場がのうて、うち……」

「で？」

「それきり。表情一つ変えんと、うちの前、スウッと通って行かはった。まるで縁もゆかりもない……赤の他人を見るような、無表情な顔どした……」

いって、菊子は、唐突に口をおおい、激しいしぐさで肩を揺すった。

「おかしんどす。変ですねん。宵山からのことやのん」

「宵山？」

菊子は、うなずいた。こくん、こくんと、大きく何度も首を上下して。

「なんやしらん、急にあのひと、変らはった……うちには、わけがわからへんの。お囃しの手があいたら、ちょっと宵山見物でもしょうかて、あのひとの方が誘わはったのに……途中で急に、うち一人ほっぽりだして、雲隠れしはって……もう、どんなに探して廻ったか……鉾町中たんねて歩いたんどっせ……」

「おとといの電話は、それか」

「すんまへん。お具合わるかったやなんて、知らしまへんどしたさかい……」

菊子は途方にくれたような眼をして、しきりにしゃくりあげていた。

「わからへんの……なにがあったか……なんにもあのひと、話してくれはらへんもん……」

事情は皆目つかめなかったが、どうやらそのお旅所話も、偶然出くわしたのではなく、彼女の方が尾行してぶつかった出来事のように思われた。

ひとしきり泣いて、菊子は帰って行った。

案外、たわいもない痴話喧嘩につきあわされているのかもしれないと、わたしは思わぬでもなかった。

いずれ二人は一緒になるだろうと、とうからわたしはふんでいたから。

しかし、それにしても、『無言詣で』というのが解せなかった。

この信心は、祇園や先斗町《ぽんとちょう》などの舞子や芸妓の間で行われるものだと聞かされていたのである。

3

明くる日、宵の口からわたしは、内心ばかばかしいとは思いながら、四条大橋のたもとで時間をつぶした。九時をすぎた頃だった。高秋はやってきた。

わたしは人ごみにまぎれて素早く彼の前方へまわり、彼とは逆の方角へ、つまり歩いてくる彼に向かって、その賑やかな人波をわけながら歩いた。高秋は、かなり離れた手前から、わたしに気づき、わたしも「ヨ」と手をあげて、どんどん彼に近づいて行った。彼も、平然と歩いてきた。

「ヨオ、ヨオ」

と、わたしはいった。

「ええタイミングや。ちょっと飲もか」

高秋は、まともにわたしと顔を合わせ、ゆっくりわたしを直視しながら、近づいてきて、そのまま通りすぎて行った。歩幅を変えることもなく。

しばらく、わたしは立ちどまり、そんな彼の後ろ姿を眺めていた。

わたしが高秋を強引に連れ出したのは、結局、神輿がお旅所を発って神社へ帰る二十四日の還幸祭がすんでからだった。

彼に心願があるのなら、あえてその成就の邪魔はすまいと、思ったのだった。

白梅町《はくばいちょう》の行きつけの飲み屋の小座敷へ上った。

一箇月つづいた祇園祭の行事も、あと一つ、二十八日の神輿洗いの儀式がすめば終る。京都に本格的な夏が腰を据えるのだ。

「冷えたのでいこか」

「ああ」

二人は、生ビールのジョッキを宙にかかげた。それはごく習慣的な、口あけのアクションではあったが。

「なんの、乾杯や?」

「そやな。ひとまず、お疲れさん。それに、黙《だま》くり詣での満願……いうのは、どうや?」

「ええやろ」

ジョッキが鳴る。

「通《かよ》たんか、ほんまに、七日」

「ああ」

「ヘエ、ヘエ、こりゃ驚いた。けど、あそこは、色町すじの綺麗どころの専売特許やなかったんかいな」

「かまへんねん。祇園祭の最中に見失うた失《う》せものや。祇園さんの神さんに、頼むのが筋道《すじみち》やろ。そない思うただけやねんさかい」

高秋は、無造作に、そういった。

「失せものて？」

わたしは思わず聞き返したが、「いや」と、すぐにとり消した。

「やめとこ。いくらおれたちの仲やからて、心願は心願や。他人に明かすもんやないしな。不謹慎やった」

「かまへんで」

と、これも、わけなくいってのけた。

「だれかれかまわずいうてまわるつもりはないけど、おまえには、話そ思うてたんや」

不思議でな、ほんまに不思議な目に会うたんや、と彼はいった。

「宵山の、ほれ、おまえが腹痛《はらいた》で帰った後や。一囃しつとめて、手替《てが》わりがでけたんで、屏風祭のお相伴でもちょっとしょうかいうてな……菊子ちゃんが顔出したもんやさかい、ぶらっと町内まわったんや……」

祇園祭の宵山は、別に屛風祭などともいわれて、この日、山鉾町の古い町家が表の格子戸、障子、襖《ふすま》などをとり払って、秘蔵の屛風や書画骨董などの品品を、梅雨明けの虫干しも兼ねて座敷に飾り、祭見物の通行人にも自由に見せるという慣例がある。

今では町家もビル化するし、昔の軒並み居並ぶ美術展の如き盛況ぶりはなくなったが、無論、涼やかな夏支度を整えて、情趣は現代風にもなったが、豪華な屛風飾りを見せる旧家もまだ残っている。

高秋が菊子と連れだって何軒か見てまわった後、立ち寄ったのが、菊子の生家、山藤の屛風見せだった。

「うちとこはええし、よそまわりまひょいな。パス。パス」

と、さかんに手を引っぱるようにして通り抜けようとする菊子に負けて、開け放たれた格式のある座敷の眺めを横目に見ながら歩いていたのだという。

畳は網代《あじろ》や籐筵《じ》敷き、簾戸《すど》や鴨居に巻きあげられた御簾《みす》、幾枚も連ねられた屛風の景色の中央に、その四曲一双の大屛風は据えられていた。

「右の四枚に二曲割りで、桜の大樹と菖蒲《しょうぶ》の群落、左の四枚に、同じように秋草と梅の老木を描いた、四季の花を一双に配した屛風やった。足は、自然にとまったのや。さすが、山藤の格やなァ思た」

「おれ、それ、見たことあるわ」

「そうか。おれも、あそこの蔵の中の物、ちょっとは見せてもろたことあんにゃけど、あれははじめてやったわ。菊子は、そない見たいんやったら、お父ちゃんに頼んで、なんぼでも、ゆっくり見せてもろたげるいうてな、子供みたいに、はよ行こはよ行こせがむしな……」

「それ、いえてるわ。あそこの婿《むこ》に入ったらおまえ、蔵は宝の山かしらんで。げっぷの出るほど見れるやないか」

「なんかすねん。冗談は、おけ」

「ホォ、ホ。いま、なにいうた。『菊子』て、おまえ、呼び捨てにしたで」

高秋は、そんなわたしのひやかしにも、さしてむきになって乗ってもこず、むしろ沈んだ眼の色に暗い光をみなぎらせた。

その眼が、宙にとまっていた。

なにかにスウーと吸い寄せられ、そこで静かにとまったような、一点を見つめるような眼であった。

卓上に置かれた手の指が、かすかに動いていた。

〽……コンコン　チキチン　チキチン
チキチキチキチン　コンコン　チキチン
…………

太鼓に合わせて、指は鉦を打っていた。

「蟋蟀《こおろぎ》がな……」

と、高秋は、いった。

「秋草の屛風の上に、とまってたんや……」

わたしは、いきなりだったので、黙ってただ彼の顔を見た。

「はじめは、なにか、わからへんなんだ。屛風の傷か、しみかなんか、そんなものかと思たんや。そんで、ちょっと近寄って、眼をこらした。うす淡い茶色の羽をたたんだ、小さい小さい蟋蟀や。かぼそい……頼りなげな……なんか幽《かす》かな、はかない、はかない感じのな……。そいつが、たった一ぴき、萩《はぎ》や撫子《なでしこ》、桔梗《ききょう》や尾花《おばな》のなかに咲いてる菊の花の上に、ちょこんと、とまってるのや。とまって、じっと動かへん。ひそとも動かへんのや。

そらそうや。暑い暑い祇園さんの宵山や。人間かて、青息吐息。暑さにうだって、頤《あご》だして、フウフウいうてる夏やもん。なに血まようて、こんなところへ出てきたか知らんけど……場違いなところへ顔出して、困ってたのやな。戸惑うてたのや。明るい光にさらされて、ぎょうさんな人目に居すくんで……手も足も動かへん。いや、もしかしたら、ほんまに弱って、体の力失うて、動こうにも動けへん。とまってるのが、せいいっぱい。途方にくれてたのかもしれへんねん」

宙にとまっている高秋の眼は、その蟋蟀を見ているようだった。

「あれ」

と、高秋は、その蟋蟀を指さした。

菊子に教えてやろうと思ったのだが、彼女もその虫を見つめていた。

そして、いきなり下駄を脱ぎ、その座敷へ駈けあがったのだという。

「助けに行ったと思うたんや。手ェかしてやろと思たにちがいない。おれも、そう思たんやさかい」

高秋は、寸時、沈黙した。

それから、いった。

「とつぜんな……ほんまに、あれ、とつぜんやった。袂《たもと》を、あいつ、つかんで振りかざした。そんで、上から打ちおろした。叩き落したんや、その小っこい小っこいやつを」

また、ちょっと沈黙した。

「死んだ、と思った。死ぬのがあたりまえや」

高秋の手の指だけが、動いていた。

祇園囃しを、刻んでいた。

「……畳の上でな、けど、そいつ、ヨタヨタと、はねたんや。ほんまに、ヨタヨタとな。はねて、這うて、ちょっととんで……いや、とんだように、おれには見えた……羽ふるわせただけかもしれへん。そんで、屛風の裏へ入ってもうた。菊子も、それ、追うてな……袂で何度も打って、打って、逃げこんだやつの後追いかけて、屛風の向こうへ入ってしもうた……」

それっきりや、と高秋はいった。

「それっきり、出てきィへん。いんようになってもうた。手品見てるみたいにな、眼の前で、屛風の向こうへ追うて入って、跡形ものう、消えてしもうた……」

「おい」

と、わたしは、声をかけた。

「それ、蟋蟀のこと、いうてんのか?」

「ちがう。菊子やがな」

「菊子……?」

「そうや。それっきり、屛風のこっちへ出てきィへん。もどってこんのや。そら、探したで。探して、探して……宵山の鉾町中を、探しまわった。けど、菊子、見つからへん」

「なにいうてるんや。菊子ちゃんやろ?」

「ああ、そうや」

「いてるやないか」

「いてへん」

「高秋……」

わたしは、息をのんだ。

「もしかして……おまえの、失せものいうのんは……それ、菊子ちゃんのことか?」

「そうや」

と、高秋は、いった。

平静な声だった。

「あの宵山の晩を最後に、菊子は、いんようになってしもうた。会いたいねん。探してるねん。

屏風の向こうへ入る前の……あの座敷へ駈けあがって行く前の……菊子に、もう一ぺん、会いたいのや。祇園さんの宵山で、行きはぐれた。あの座敷の屛風の前で、見失うた。あの宵山が、菊子をどこかへ連れて行った。祇園さんに頼むのが筋道やろ。ちがうか?」

わたしは、絶句して、彼を見つめるよりほかに方法を知らなかった。

いずれにしても、十年ばかり前のことだ。


それから何年か後、一度、彼は小躍りしてわたしに告げたことがある。

それも、祇園祭のさなかだった。山鉾巡行の鉾の上で、囃しの鉦を打ちながら、見たというのだ。見物の群衆のなかに、確かに菊子がいたと。

「おれを、見てた。鉾について歩きながら、おれを見てた。あれは、菊子や。おれの知ってる、きれいな眼ェした……純な眼ェした……。やさしい女の……」

そういって、彼は、ぽろぽろ大粒の涙をながした。

夏がくると、あの宵山の、駒形提燈に火が入り、祇園囃しに浮かれたった人ごみでごった返す鉾町の賑やかな路地の暑さが、せんど五体にもどってきて、なんやしらん、悲しいものが体じゅうに棲みつくような気がしてな……といった高秋の声が、今は懐かしい。

まるで彼は、もうそのことを口にしなくなったから。

月《つき》迷《めい》宮《きゅう》

1

ちょっと、うとうとしたらしい。

誰かに呼ばれて、邦彦《くにひこ》は瞼をひらいた。

うずたかい書籍の山に、散乱したノートや原稿用紙、幾本も転がっている洋酒の壜、飲み残しのグラスやコーヒーカップやサイフォン、倒れたインク壜に浸かったままのペン先……。

邦彦はそのペン軸を握ったまま、転《うた》た寝《ね》の机の上に落とした頭を、ゆるゆるともちあげた。

確かに誰かが呼んだ気がして、まだなかば覚醒しきらぬ眼であたりを見まわし、やがてその眼はゆっくりとテラスに面したガラス戸に向けられて、とまった。

そして、少しずつ、だが見るまにぼんやりとした眼の色を払い落とし、正気をとり戻していた。

広いガラス戸にはレースのカーテンが引かれていて、外の景色は見えなかったが、いつの間にか夜がやってきているらしく、ほの暗い室内から見ると、いちめんに青青とレース模様が鮮やかに浮かびあがって、檸檬《れもん》色に音もなくもえたっていた。

邦彦は、しばらく息をのみ、瞠《みは》ったままの瞳《め》を、そのレースのカーテン越しに外へ、外にやってきているものの上へ、声もなくあずけていた。

（そうか。仲秋《ちゅうしゅう》……）

と、邦彦は、思った。

しばしの仮睡《かすい》の間に、夜と共に訪れてきた思いがけない客を、そして迎えに立ちでもするように、彼は立ちあがり、カーテンを開け、ガラス戸を押しひらき、その外のテラスへ出た。

地上十一階のマンションの最上階のテラスは、心地よい風が吹き抜けた。

視界は、邦彦の眼には、濃密な檸檬色に染まっていて、大都会の天空はどうやら晴れているらしく、暗黒の宙空にまだ上りきらない満月が映え映えしく浮かんでいた。

邦彦の眼が、ふっと和《なご》む。柔らかく、なつかしそうなまなざしになり、口もとがひとりでに動いた。ごく自然に、ゆっくりと、奇妙な言葉がその口から洩《も》れて出る。

「……月夜の晩に　ピエロどの
　文《ふみ》が書きたや
　筆貸しゃれ……」

歌うような、呟くような、嗄《しゃが》れた声だった。

彼が以前、どこかの新聞か雑誌に書いた随筆に、この言葉について触《ふ》れたものがあるから、説明はそっちにまかせよう。

この場の彼のある心情を理解する助けにはなるかもしれない。

《月夜の晩に　ピエロどの　文が書きたや　筆貸しゃれ……

昔、学生の頃に読んだ確かベルトランの著書『夜のガスパール』の中にあった詩句だったと思うのだが、いまその本が探し出せず、訳者の明記もできなくて、引用の礼を欠くけれども、この詩片、なにかのはずみに、昔から、奇妙にひょいと口の端にのぼってくることがある。

戯文調のちょっと古怪な風韻に、大時代な幻術でも跳梁《ちょうりょう》しそうな小世界があり、月夜の明りの妄想性には見合っている。鵞毛《がもう》のペンのインクの匂い、羊皮紙《ようひし》の書面に躍るあやしの言語や絵文字の形……中世風の、古びたロマネスクの情趣、そんなものが、つとたちこめて、謎《なぞ》めいた月光の或る雰囲気を、身辺に運び込んでくる。

たとえば物に倦《う》んでいるとき、無為に時間をつぶしている折、そうした場合が多いようだが、どういうかげんかこの詩句を、とつぜんわたしは口ずさんだり、頭の中に思い浮かべていたりする。ちょうど呪文でも、唱えるみたいに。まあ呪文にしたところで、まるで意味はないのである。何もしたくなくなって、グダッとわたしはひっくり返るか、物ごとすべてに飽き果てて、呆《ほう》けていたいと思ったりしているさなかのことだから、文などついぞ、書きたい筈《はず》もわけもなく、まして筆など、誰に借りようか。見るのもご免蒙《こうむ》りたいといった状態にあるのだから。

いや、そういう状態のさなかだからこそ、わたしがわたしの知らないところで、逆に、もっと文を書け、どんどん書け、筆を借りても文章書けと、自分に向けて発信するこれは一種の無意識信号みたいなもので、呪文といえば、それはまさしく意味ある呪文で、いわばわたしの潜在意識が自己発奮をうながすには恰好の文句だと、記憶にとどめた詩句かもしれぬ。奇妙にひょいと出てくるのは、奇妙でも不思議でもなく、生来怠け癖のあるわたしを、どこかで、わたし自身が、そういう形で自動制御しているのだ……などと、昔、勘ぐってみたこともなくはなかった。無論、当たってはいない。

ただ単に、語路《ごろ》のよさで口馴じんだ言葉であるのは、まちがいない。

じっさいそれは、思わぬときに不意に訪ねてくる遠来の客みたいなところがある。客の種類や用向きは、まあ何であるにせよ。訪れてくるものに、ひとつの光芒の世界があるのが、案外、わたしの気に入っているのかもしれないと、わたしは考えることにしている。

密かに背戸《せど》でも叩くような物腰が、その客にあるのもいい。迎えに立つと、音もない明るさが射し込んでいる。

「ああ、客がやってきた」

と、わたしは思う。

物に倦んで、飽き果てて、動くものの何もない、静まり返ったがらんどうのわが視野に、光だけが逍遙《しょうよう》している。物言わぬ客の気配がその光の奥でする。しだいに増してくる明るさ。あたりに満ちる光の嵩《かさ》。相変らずひっそりと、その光の深みの奥で、客は逍遙しつづけている。と、幽《かす》かなものが、めざめかける。五感の音律、あるいは精神の諧調のようなもの、そぞろな気分、ふとした遊心のようなものが。

夢想が羽をのばしかける。その羽に、なにかがしきりに戯れかかる。それが、光の、あるいは客の、手や、足や、息づかいの感触だとわかる。

わたしの内で、静謐《せいひつ》なものが、いま動いている、と感じる。静かで、動く筈のないものが。

〽　月夜の晩に　ピエロどの……

たわいもない、西洋の戯言《ざれごと》めいた言葉の破片に、蠱惑《こわく》的な力がこもりはじめている。

月の光。

なにやらこれには正体不明な、微妙な惑乱力がやはり、腕を揮《ふる》う境地があるのかもしれぬと、
そんな刹那、わたしも思う。

わけても秋、月の季節がやってくると。

（映画監督）》

という一文だった。

期せずして、その言葉が、いま彼の口をついてこぼれ出たところであった。

邦彦は、どこかうっとりとした様子に見え、彼をおしつつんでいる檸檬色の夜のしじまに眼を遊ばせ、心をあずけ、無心に漂わせていたが、やがてそのまなざしは、ゆるやかに下方へ向かっておりて行った。

その眼下には、黒黒とひろがった広大な樹林の茂りが見おろせた。

公園の森である。

その森も、邦彦には、あわあわと青ずんで遠く檸檬色に靄《もや》だって見えた。

（ルナ・パーク……）

邦彦の唇が、呟く。

眼を細め、破顔して、体を乗り出すようにして、地上の森をなつかしげに飽きず彼は眺めおろしていた。

一すじそのまなじりを涙の露《つゆ》がこぼれ落ちた。

——そういう名前なんですか？

——うむ？

——この公園。

駈け出しの若い女優の舌ったるい声がする。

昔、二、三度、その声のおもしろさで使ったフラッパーな女の子だったが、もう顔は想い出せない。

いや、彼女に限らず、誰もが聞いた。邦彦の住まいに足を運んだことのある者なら、たいてい一度くらいは耳にした筈の名称だったから。

——ルナ・パーク？　洒落《しやれ》た名前がついてるんですねえ。

とか、

——ルナって、あれでしょ、お月サマのことでしょう？

とか。

——そうだよ。

——月の公園？

——そうだ。僕がつけたんだ。

——へえ?

——もひとつ凝《こ》れば、月世界とでも言うかなあ。古風に言やあ、月宮殿。

——この公園がですか?

——そうだ。月が美しいんだ、素敵に、この森は。月の光や、明かりがね。木立ちに一歩踏み込むと、もう……絶妙だね。病みつきになる。月夜がいいんだ。じつにね。

遠い定めがたい所で、かすかに、切れ切れに、そんな声とも空耳ともつかぬやりとりが、起こったり、消えたりした。大女優の声もあった。男優や、脚本家や、カメラマンや……昔よく出入りした裏方たちの声もまじっているようだった。

月の光に濡れたその森木立ちの奥の世界が、邦彦には、いま、つぶさに見えはじめているのだった。

2

現在ではすっかり公園らしい設備や体裁も整って、煉瓦だたみの広場には噴水あり洒落たベンチあり、子供向けの遊び場には遊動円木、砂場、ブランコ、散策路も縦横にめぐらされ、芝生あり、植込みあり、花壇あり、池には橋が掛けられて、明るい瀟洒な公衆便所や、通路灯も備わって、テニスコートなんかもある。

ぐるりは繁華な商店街などもひらけ、ビルや住宅に囲まれた都会の谷間の緑地帯といった趣《おもむ》きだが、邦彦がルナ・パークと呼んだ頃の森は、公園とは名ばかりの、所どころ樹林の切れ間の小広い空地に赤錆びた鉄のベンチが二つ三つ見当たるだけの、あとは一つの野池と、木立ちの奥まったあたりに小さな権現《ごんげん》社の祠があるだけの、まさに素朴な森だった。

むろん、このマンションもまだ建ってはいなかったし、邦彦の住まいも、その森と地つづきの地上にあった。

ちょうど家の裏手がすぐに森になっていて、電車道路へ出るのも、表通りへ抜けるのも、みなこの森の中を行くのが近道だった。

しかし、昼間見馴れた森も、夜になると、寄りつきがたい闇穴や迷い径《みち》をいくつもつくった。木立ちの奥は、大人でも独り歩きは物騒な深い闇の巣窟だった。

はじめて、その森の変相ぶりに眼を瞠ったのは、六、七歳の頃だった。

森の池ぞいの径をちょっと入ったあたりに大きな山桃の木があった。

夏、暗紅色の実を鈴なりにつける円蓋状に枝をはった姿のいい大木だった。

この木に登る要領を邦彦に教えたのは、隣の家の書生だった。

甘い果汁をたっぷり熟《みの》らせた飴玉くらいの大きさの実は、口の中が真赤《まっか》になるほど頬ばり食っても、飽きなかった。

「君は、ほんとに、それ好きだなあ」

「うん。あそこに櫓でも作ってさ、寝ては食い、起きては食いって具合にいかないもんかなあって、思うくらい。たんびたんびに、登ったり降りたりするの、人の眼にもつくだろ。宝の山を、わざわざ教えたりするみたいなもんだからさ。おい、その枝おれにも一つ折ってくれなんて言うのも、なかにはいてね。おちおち食ってもいられない」

その書生がまた人のいい男で、瓢簞《ひょうたん》から駒、たちまちに丈夫な荒縄でハンモック状のつり床をその枝間に作ってくれたのである。

生い茂った枝葉に隠れて、それは実に気の利いた樹上の休息場になってくれた。

山桃の季節が終っても、邦彦は、よくそこへ登った。

そんなある日のことだった。

つい眠り込んでしまって、眼がさめるとあたりはすっかり暮れ落ちて、夜だった。

いや、夜だということを、しばらく邦彦は忘れて過ごした。

山桃の枝や葉を洩れて射し込む不思議な明るさ。邦彦の全身を染める無数の葉影や枝影のあまりの鮮やかさのせいだったか、とっさに、五体が消えてなくなったという気がした。

高い樹上にいたことも、枝葉の茂りにかこまれて眠ざめたことも、その消身感に奇妙な現実性を持たせたとも言えなくはない。

邦彦は要するに、そんなに動転しなかったのだ。山桃の木の中に溶けて消えているような幻覚に、なりをひそめ、身をあずけていたとでも言えばよいか。

音もなく、その不思議な明るさは、森全体に満ちていた。

明るんで見えながら、しかし木立ちの奥は闇に溶けて見とおせなかった。その闇の奥を、不意になにかが、ひらりとよぎった。ほの白い、柔らかなものが。

息をとめて、眼を凝らすと、今度は別の方角で、また一つ。さらに一つ。気にしはじめると、あちらでも、こちらでも、同じように垣間見えて、消えるものが、動いた。

どうやらそれが、木の間隠れに月の光の中をよぎる人影の着衣や体の一部であるらしいと気がついたのは、しばらくたってからで、邦彦は、当分の間、固唾《かたず》をのんで、その正体不明の浮遊物に見とれていた。

子供心に、それは、どこかしきりに闇夜を飛ぶ螢《ほたる》を眺めてでもいたような気さえする記憶となって残っている。

そして、日暮れれば真暗闇になるだけの夜の森に、こんなに人がひそんでいたのかと、呆れもし、驚きもしたのだった。

森が、はじめて見せた、邦彦の知らない姿だった。

だが、見たことのない森のその夜の不思議な光景は、月の光が照らし出した姿でもあったせいか、邦彦の童心を妙にそそり、そぞろに躍らせるものがあった。

月の出る夜、邦彦がこっそり家を抜け出して、山桃の木に登ることがままあるようになったのは、この夜をさかいにしてからである。

事件が起こったのは、次の年の秋だった。

邦彦は、その年の夏にも、雨ざらしのハンモックを隣の家の書生に新しく作り直してもらい、山桃狩りに精を出した。

仲秋の名月の夜だった。

母は、鼓《つつみ》の師匠の宅で稽古仲間が集まって鼓打ちをする恒例の月の宴に出掛け、父は役所の碁仲間の家へ宵の口から碁を打ちに行って、邦彦の家の月見は十六夜にすることになっていたから、彼は、誰に遠慮もなく山桃の木に登ることができた。

父よりは母の帰りの方が早いのはわかっていたし、女の夜道は人力車で帰ってくるのにきまっていたから、通り抜けは、外燈のある池ぞいのこの道を母はいつも選んでいた。

山桃の木は、その道のごく近くに立っていたから、俥《くるま》が二つ三つ手前の外燈の明かりに見えたとき、木をおりれば、充分に母より先に家に帰っていることができる。

邦彦は、安心して十五夜の月の森が満喫できた。

もうこの夜の森で大人たちが現《うつつ》を抜かす密《みそ》かごとの世界の意味もあらかたのみこめるようになっていたし、なかには山桃の木の下で、あられもない情景をくりひろげて行く人間たちもいた。

月明かりの夜でさえ彼等は臆面もなくもつれ合うことができるのだから、明かりのない闇夜の森が無人で静かな筈はない。どんなに人気《ひとけ》なくひっそりとして見えても、森は人間たちをどれほどのみ込んでいるか、知れたものではない。

そんな風に思うようにもなっていた。

しかし、月の光に浸る森は、なにがあっても、幻めいて、すべてが現実ばなれのした、夢の中の出来事であるような気がどこかでした。

その夜も、そうだった。

母の人力車を遠くの外燈の燈影の中で見て、邦彦はあわてて木をおりようとした。

彼がおりられなかったのは、すぐ前方の木立ちの陰に人影を見たからだった。父であった。

（どうして……）

と思いながら、身をひそめているほかはなかった。

碁が早く終って、母を迎えにきたのだろうとは思ったが、それならばなおのこと、二人よりは先に帰っておかなければと、心が急いたが、父はその木立ちの傍からいっこうに動いてくれなかった。

そうこうする内に、人力車はどんどん近づいてきて、やがて山桃の木に一番近い外燈の明かりの中へその車体を現わした。

おや？　と思ったのは、途端に父が木陰の裏に身を隠したからである。

人力車は、その前を当然通り過ぎて行くだろうと、邦彦は思った。

その当然も、また外れた。人力車は、ちょうど明かりの真中あたりで急にとまった。

幌《ほろ》の内から丸髷《まるまげ》に黒い羽織のよく似合った母の姿が現われ、赤い膝掛けをとって、車夫は蹴込みに立ち上った母にちょっと手を貸すようにして、地上におろした。わずかに母の足許がよろめきでもしたように邦彦には見えた。

若い頑丈そうな体をした車夫は、車賃を受けとると、

「大丈夫ですかい」

と、言った。

「ええ、大丈夫よ。すぐその先だから」

と、母が応えた。

俥はそこで引き返して行った。

それだけのことだった。

しかし、その直後に、父はいきなり姿を見せ、びっくりした様子の母のそばまで無言で近づき、その頰を張りとばし、そのまますたすたと帰って行った。

一瞬ぼうぜんとした母の、しんから驚いたような顔が、邦彦には忘れられなかった。

その夜のことで邦彦に知ることができたのは、俥をおりる母に手を貸した車夫と母の姿が、父の位置からは、横面を張りとばすに値するなにか特別な姿に見えたらしいこと、母にはそれは青天の霹靂《へきれき》で、鼓の会ですすめられてほんの少し口にした酒が、俥に揺られている内に気分を悪くさせ、あそこで俥をおりたのだというようなことだった。わが家はもう眼と鼻の先だったから、夜風に吹かれて帰れば気分も直ろうかと……。

母はいっしんに父にそのことを伝えたが、父は一言も言葉を発しなかった。

声を殺して泣く母のうろたえた泣き声を、夜通し邦彦は聞いた。

明《あ》くる朝、母の死体は森の池に半ば沈みかけて浮かんでいた。手首を切って失血しきってい

た。

邦彦はその後、幾度となく繰り返し巻き返し、仲秋の十五夜の森の人力車と、外燈の明かりの中で起こった出来事の一部始終の光景を、想い出した。

すべてが、ほんの束の間の出来事だった。

そして、母が嘘を言っているようには思えなかった。

それとも、邦彦にはわからないもっとほかのなにかの事情が、父と母の間にはあったのだろうか。

そんな思いにとらわれるたびに、眼に灼きついている人力車の赤い膝掛け布と母の丸髷姿が、妙にどきりとなまめいた艶色《えんしょく》を蘇らせるのだった。

しかし、それも、あの夜の月の光が見せたあやかしの色かもしれないけれど。

もともと無口だった父は、一層寡黙な男になり、母の三周忌を待たずして、その父もこの世を去った。

関東大震災で、勤務中の遭難だった。

邦彦が十歳の初秋だった。

3

檸檬色に染まった眼下の森を見おろしている邦彦の眼に、四《よ》つ身《み》の絣《かすり》の筒袖《つつそで》を着て山桃の大木に登っている少年の姿が見える。

十歳で両親も住む家も失って遠い田舎の遠類に引き取られて行った少年は、しばしば母がごく身近にいるような気がして、表に走り出てみたり、寝ていてもとび起きたりすることが絶えなかった。

そんなとき、たいてい、空に月があった。

薄い月や、濃い月や、満ちていたり欠けていたり、月の姿はさまざまだったが、少年は母がやってきているんだと、疑わなかった。

藁ぶき屋根の農家の裏山から檸檬色に満ちきった秋の月がのぼる夜には、終夜、母の息づかいを近近と感じとった。

五、六年もその家にいただろうか。ある日、町の映画館で見たスクリーンの中の女優に、唐突に母の面影が重なって、うろたえた。ちょっとしたしぐさや、物腰に、母を想い出させる束の間が、きりもなくあった。

邦彦が東京へ舞い戻ったのも、その後映画の道へ入ったのも、この女優の近くで生きたいとやみくもに思ったからだった。

人の暮らしの小車《おぐるま》は、思わぬ廻り方をした。

戦後の映画全盛時代に、幾本も名画と折り紙のつく評判作を撮って、いわば彼の全盛期と映画の隆盛期とがうまく歩調を合わせて進んだのは、邦彦の幸運だった。

母に似た女優を使うことは、結局一度もなかったが、それは現実に近づいてみると、意外なほど母とは似ても似つかぬ女であることがわかったりして、幻はたちまちに消え果ててしまいもしたからであった。

けれども、それもまた、或る意味では、母が邦彦をこの世界へ導くために、女優の姿を借りてその上に見せた空似《そらに》の幻影ではなかったかと、邦彦は思うことがあった。

あの女優に母を見なかったら、映画界などへ足を踏み入れることは、まちがってもなかったであろうから。

ひょんなことから入った世界で、邦彦は自分の道を花にする本領を発揮したのである。

やはり母の導きかと、思わないわけにはいかなかった。

そして、導きといえば、これほどそれを確信したことはないという事柄が、この四十代に入って迎えた彼の映画監督業の全盛期に、もう一つあった。

両親の死で人手に渡った彼の生家が、同じ場所に新しい持主が建て替えた家ではあったが、いま売りに出ているという話を、これもひょんなことから、邦彦は耳にしたのである。

山桃の木のある森も、ほとんど昔ながらの姿をとどめて、その傍に残っていた。

東京に出てきた当初、足は自然にこの森へ向くことはあったけれど、決して森そのものへは近づかなかった。他人の物となった家も土地も、また、眼にしたくはなかった。

数十年、同じ東京にいても、そこは禁忌の土地だった。

邦彦は長年住んでいた借家が手狭になって、塒《ねぐら》を替えたいと思っていた時期だった。それを知っている仕事仲間が、持ち込んできた話だった。

耳を疑ったし、値段も張った。だが、一流監督の仲間入りも果たし、仕事も好調な上げ潮に乗りきっているいまなら、買えなくもないと思った。思うと、この生地とのめぐり合わせの偶然が、決して偶然ではないことのような気がした。

母の顔が眼先に浮かんだ。

母が、そうしろと言っているのだと思った。

邦彦は、こうしてこの公園の森のある昔の生地へ、何十年ぶりかで帰ってきて住むことになったのだった。

そして、さらにその後の二十年近く、彼が発表した後半期の作品は、みんなここを根城にして世に出したものである。

（ルナ・パーク……）

と彼は、呟く。

（僕の故郷……）

その口許が、かすかにもつれる。

歯のない口唇がめくれる。よだれにまみれた柘榴《ざくろ》のように。

彼はいま、微笑んでいるのである。

瞳を、陶然と足下の地上へ放って。

白斑に濁り落ちたその眼はもうなにも現実には写さなくなっているけれど。

しかし、音もなく四周に充ちる光の気配だけは見えているようだ。

項垂《うなだ》れて、もうもとに戻りそうもない折れた首を、邦彦はゆるゆるともたげるようにして、手摺りにつかまりながら、ゆっくりと後ろを振り返った。

最上階の彼の部屋は、開け放しのガラス戸が夜闇の宙の高空にぽっかりと口を開いた洞《うろ》を思わせ、月光はそこにもあふれたっていた。

「ねえ、母さん。そうでしょう？　僕は、帰ってきましたよ。帰って……きましたよね？」

一足歩み出しかけて、よろよろと邦彦は踏みとどまる。

部屋の方へ、顔をあげる。

「母さん……そこに、いますよね？　聞こえますか？　僕の話す声が。……聞いてくれていますよね。もっと、大声で話せたら、いいんですけどね。そしたら、あなたの耳にも、届くのに」

邦彦は、片手をさしのばす。開け放たれたガラス戸の方へ向かって。

「話そうと思うんですよ、僕も。でも、これが、もう、せいいっぱい。出ないんですよ、声が。なくなっちまうんでしょうかね。これほど大声あげてるのに、蚊の鳴くような声にしか、僕の耳にも聞こえないから……あなたの耳には、もっと聞こえないでしょうね。厭《いや》ですねえ。長く、生きなきゃならないってことは」

邦彦は、しばらく押し黙り、そして、また呟いた。

(ルナ・パーク……)

(僕の故郷……)

口にしながら、ふらふらとガラス戸へよろけかかり、這《は》い蹲《つくば》って、その部屋へ上がり込むと、机の上に散乱する原稿用紙を掻《か》き集め、その一枚一枚に眼を接するほど顔を近づけ、不思議な声音《こわね》で、呟きはじめる。

「――昔は芙蓉《ふよう》の花たりし身なれども、今は藜藋《れいじょう》の草《くさ》となり、……このれいじょうというのはね、アカザのことですよ。つまり粗末な山野の雑草ですね。――顔《かお》ばせは憔悴《しょうすい》と衰《おとろ》へ、膚《はだえ》は凍梨《とうり》の梨《なし》の如《ごと》し。……皮膚はコチコチにひからびた梨のようだと言うんですね。――杖つくならでは力もなし。人を恨《うら》み身をかこち、泣いつ笑《わろ》うつ安《やす》からねば物狂《ものぐるい》と人はいふ。

さりとては捨てぬ命の身に添ひて、面影《おもかげ》に九十九髪《つくもがみ》かからざりせばかからじと昔を恋《こ》ふる忍《しの》び音《ね》の、夢は寝覚《ねざめ》の長き夜《よ》を、飽き果てたりなわが心、飽き果てたりなわが心」

「これはね、才色兼備、宮廷で並ぶ者ない小野小町《おののこまち》も、百歳の老《おい》には勝てず、世にも人にも忘れられて、いまでは草深い野のあばら屋で、物乞いの身に落ちぶれ果てている。そんな小町を主人公にした、能の曲の一節なんですよ。

――人更《ひとさら》に若きことなし。終《つい》には老《おい》の鶯《うぐいす》の、百囀《ももさえず》りの春は来《く》れども、昔に帰る秋はなし。あら来《こ》し方恋《かたこい》しや、あら来し方恋しや」

きれぎれに喉を鳴らして、息をつぎ、

「……ねえ、母さん。僕はねえ、この小町を映画にしたいんですよ。いいえ、きっと、してみせます。僕が、このシナリオを書きあげたら、みんな、腰を抜かすでしょう。映画会社がとびついてきます。そしたら、また、僕の時代がやってきますよ。八十ですからねえ僕も。この齢《とし》にならなきゃあ、これは書けないシナリオです。何年も、何年も、暖め暖めして、手塩にかけて、練りに練ってきた作品ですからねえ。もう一息のところなんですよ。大作ですからねえ……」

邦彦はそう言って、ふふふふ……と楽しそうに含み笑った。

「……誰がいいだろうねえ、母さん。まあ、そうそうこんな大役が演《や》れるような女優なんて、いやあしませんがね。とにかく、大女優でなきゃあ、だめです。大女優です。そう……サラ・ベルナール、ヘレン・ヘイス、ベティ・ディビス、キャサリン・ヘップバーン、イングリッド・バーグマン……あのクラスの人たちだねえ。田中絹代、杉村春子……」

そしてまた、愉快そうに、彼は長い間、想い出し想い出しして、独りほくそ笑みつづけた。

仲秋の名月は、かなり高い上空にのぼっていた。

「〽 月夜の晩に　ピエロどの

文が書きたや

筆貸しゃれ……」

邦彦は、子供のように、無心な眼を細めながら、急に歌いはじめたが、その顔を、ふと真顔に戻して、言った。

「母さん。ほんとに、書きたいんですよ。文が、あなたに。月夜の晩には、ほんとにね、矢も楯《たて》もたまらずに、書きたくなるんです。あなたが、どうして死んだのか。ただ、それが聞きたくてね……」

邦彦は、頻《しき》りに話し掛ける。

だが、その邦彦も、話し掛けられている人間も、どちらの姿も、誰にも見えない。

見える筈はないのである。

全盛期に彼が買い戻した家に、彼は七十代のはじめまでは住んだ。もうその時分、仕事の声はまるでかかってはこなくなっていた。

そして十年ばかり前、彼は自らの命を絶った。住み馴れた家と共に。自ら放った炎の中に座して。

この十一階のマンションは、その後、さらに歳月を経《へ》て、その焼け跡の上に建てられたものである。

無論、どの階の区劃《くかく》にも住人たちは入っていた。この最上階の部屋にも。

ただ、その住人たちには、もう一人別の人間が、いまもここをわが塒にして住みついていることが、わからないだけである。

邦彦は、自分では、この最上階のマンションを、『月窟《げっくつ》』と名づけている。

ちなみに辞典を当たろう。

月窟——月の中の岩穴。

　だれも訪れる者がなく、月だけがむなしく照らす岩穴の意。

と、ある。

徒《あだ》しが原《はら》

1

遺族の男たちにかかえられ金襴《きんらん》の荘厳布に覆《おお》われた寝棺《ねかん》が、ゆっくりと眼の前を通り過ぎて行く。

「おい……」

と、一彦は、身を乗り出すようにして、会葬者の人垣のなかから呼びかけた。

むろん、棺の内の人間にしか聞こえない声であったが。

「どうしたっていうんだよ。おい！　秋武！　応えろよ……」

葬儀の間中、祭壇に横たえられた柩に向かって、繰り返し呼びかけた言葉だった。

初冬の薄ら陽を浴びて、寝棺はわずかに左右にかしぎ、上下に揺れして、幽《かす》かなきしみ音をたてながら、霊柩車の待つ表通りへ出て行った。

「今夜、空《あ》いてるか?」

と、いつものように、仕事の退け時近くに秋武が一彦の会社に電話を掛けてきたのは、つい三日前のことだった。

「オウ。空いてるよ」

「つき合っていただけましょうか」

「オ、元気が出たな。いただけますよ、いただけます。いや、冗談はともかくさ、ここんとこ、おまえ、やに静かだろ。あれ以来、ウンでもない、スンでもない。本気で、酒も夜遊びも絶っちまったのかと思ってさ。今日は、おれの方から電話でもしてみようかと思ってたところなんだ」

「休みがとれなくてさ。先週も、その前の定休も、臨時の貸切りがとび込んできて。馴《な》じみのお客さんだしな、断りきれなくてさ」

「なんだ、ガバガバ稼いでたのか。おれはまた、例の一件で、くよくよ考え込んじゃってさ……ほんま物のノイローゼにでもなってさ、下手すると寝込んじまってるんじゃないかと思ったりしてたんだぞ」

「すまん、すまん」

「ま、その声の調子だと、心配はなさそうだよな」

秋武は、それには応えず、しかしいつもと変らない明るい声で、

「じゃ、いつもの所で」

と言って、電話を切った。

秋武が夜の街に飲みに出て羽をのばせる日といえば、盆か正月休みのほかは、月に二度、第

一と第三木曜日の定休日に限られていた。

彼の家は、この港町では名の通ったレストランの老舗《しにせ》で、客筋の高さや通好みの味の本調子には定評があった。

秋武は、当代の一人息子で、家業を継ぐには、当然西洋料理の腕を身につけなければならない立場にあったが、彼は高校を卒業すると、すぐに京都の有名な京料理の老舗の板場へ入り、十三年修業して、昨年帰ってきたばかりだった。

京都で学んだ日本料理の世界や味を、家業の西洋料理のなかに生かしたいというのが、どうやら彼の狙いのようだった。

この古いレストランの、いまもって評判の高い格調や味を守ってきた彼の父親や、古い料理人たちが、そうやすやすと彼のしたい放題のことをさせる筈《はず》もなかったが、二年前に、つまり彼が帰ってくる一年ほど前に、店を新改築したりしたのも、秋武が見つけ出す料理の新境地をどこかで期待する思惑などがあってのことかもしれなかった。

一彦との高校時代からの親友づき合いも、秋武がこの街へ帰ってきて再び復活し、また身近なものとなった。

二人が顔を合わせ、夜の街で飲んだりするのは、たいてい秋武の店の定休日の前の晩ということになっていた。

三日前の夜も、ラフな街着《まちぎ》に着かえて伸びやかなスポーツ選手のような長身を、少しかがめるようにして、行きつけの小さな飲み屋の暖簾《のれん》を割って入ってきた秋武は、仕事あがりのくたびれた様子も見せず、きわめて元気そうだった。

「さばさばした顔してるじゃないか」

「そうか?」

「陽にも灼けたみたいよ」

と、横から姥桜の女経営者が口を入れた。

「いい色」

「山歩きはしてるみたいだな」

「ああ。キノコに、木の実に、山野草、秋は宝の山だからな。人まかせにはしてられないよ。市場で仕入れられない材料、これが自然の山野にはまだまだごまんと眠ってる。見る眼と、知識と、腕さえあれば、びっくりするような美味珍味に変ってくれる。ま、今のところは、どこになにがあるってのを、頭に入れるリサーチ歩きみたいなもんだけど」

一彦は、うん、うんと頷きながら、屈託のなさそうな秋武の横顔を眺め、

(すっかり、元にもどった……)

と、ほっとした気分になった。

秋の初めの頃、会って別れた時の、別れ際に見せたなんとも頼りなげな、一瞬、途方に暮れたような、すがりつかんばかりに投げて寄越した眼の色が、ずっと忘れられなかったからだ。

怯《おび》えとも、恐れともつかぬ、暗澹《あんたん》たるものをにわかにみなぎらせた、いたいけな子供の瞳を思わせもする、ふるえる眼だった。

（でもまあ、よかった）

と、一彦は、思った。

「おまえなあ、早《はよ》う嫁さんもらえ。山歩きして、摘草探して、料理つくって、嫁さんかわいがってりゃあ、言うことないやんけ。こんな夜の町へ出て、高い金絞り取られて、牛頭馬頭《ごずめず》相手に酔っぱらって廻ることはないんだ」

「アレ、もう出来あがってるのか？」

秋武が、ママにたずねた。

「いいえェ。そんな玉ですか。さっきはじめたばっかりよ」

女経営者は、そして、

「ちょっとォ」

と、一彦に向かった。

「そのゴズメズってのは、なんのこと？」

「牛の頭や、馬の頭をした、地獄の獄卒。番人のことですよ」

「そう。それで安心したわ。わたしのことかと思ったわ」

「なに言ってるんですか。ママはねえ、あれですよね、あれ。酒もうまいし、惣菜料理も年季の入った港町の懐かしい味。飲んで、食って、ある時払いの、催促なし。地獄に仏のようなひとだよ」

「一彦！」

と、女経営者が凄い眼で睨んで見せた時、ちょうど客が入ってきた。

そっちへ彼女が移ったのを見て、一彦は声を落として秋武の方へ首を寄せた。

「もう、あのことは、いいんだな？　済んだんだな？」

「いや……」

と、言って、秋武は真顔にもどり、黙って猪口を飲みほした。

「これから、行くつもりだ」

「なに？」

「確かめなければ。おれの頭がおかしいのか、あそこに、わけのわからない力を揮《ふる》うなにかが、やっぱり存在するのか。そうだろ？　うやむやにはしておけないだろ？」

秋武は、真剣な眼で、一彦を見た。

「よせ」

「よせたらいいと、おれも、思うよ」

「なに言ってるんだ。あそこには、もう近づくなと、言ったろう。近づかないと、おまえも約束したじゃないか。あの街角は曲らない。決して、もうあの街角の奥の酒場には寄りつかない。そう約束した筈だぞ」

一彦のまなざしも、真剣だった。

あそこ。

あの街角。

街角の奥の酒場……。

(そう。あそこの角《かど》を、曲りさえしなければよかったんだ)

それは、今思っても仕方のないことだったが、思わないわけにはいかなかった。


ゆるゆると霊柩車が動きはじめていた。

2

秋武がその話を口にしたのは、八月のはじめ頃だっただろうか。

前の晩飲んで、翌日、彼の傘を持って帰っていることに気づき、一彦はちょっと知らせておこうと思って電話を掛けたのだった。

部屋の電話は出ず、この雨のなか山歩きでもあるまいに……と思いながら、不意に、その日が金曜日であることに気がついた。そういうこともあった。休みの日に彼が飲みに出ることも。思い直して店の方へ電話を入れたが、彼は出ていないと言う。

「部屋にいる筈ですよ」

と、彼の父親は言った。

「具合いが悪そうでね。本人は風邪《かぜ》だと言っとるんですが……なに、二日酔いですよ。だらしがないったらありゃあしない」

一彦は、退社後、彼の部屋を訪ねてみることにした。

秋武は、籐《とう》の寝椅子にパジャマ姿のまま仰むけに寝転がって、顔だけ廻してぼんやりとした眼で一彦を迎えた。

「ヤア……」

「風邪だって？」

「二日酔い」

「珍しいな、おまえが店休むなんて」

「ならないんだ、起きる気に」

「熱、あるんじゃないか？」

「ない」

「そんなに飲んだかなあ」

「飲んだんだろ。どうやってここへ帰ってきたのか、わからんもの」

「おいおい」

「おれ、払ったかなあ、勘定、ちゃんと」

「払ったさ。きちんと割り勘で」

「そう。なら、いいんだけど」

「覚えてないのか？」

「いや、覚えてるのも、あるさ。おまえと行った店は、だいたい、覚えてるんだけど……」

「ん？」

一彦は、ちょっと、秋武を見た。

物憂そうに、秋武は寝返りを打った。

「どこで別れたんだっけ、おまえとは」

「おい、冗談だろ」

「いや、覚えてないんだ」

「驚いたなあ。いつものおまえと、ちっとも変った風には見えなかったがなあ。そりゃ何軒か廻ったから、それなりにメートルは上っちゃいたけど、それも、いつものことだ。いつものコースを、いつもの程度に、飲んで引き揚げたんだから。お開きに、ラーメン食って、おまえ、タクシーに乗ったんだ」

「そうか……。じゃ、やっぱり、そのあとだ」

「そのあと？」

一彦は、再びけげんな顔をして、秋武を見た。

「うん。ドンドン街《がい》で降りたんだ」

「ドンドン街……？」

一瞬、一彦はきょとんとし、確かめ直すようにして聞きとがめた。

「降りた……って？」

「うん。あの角の薬局の赤いネオン。あの前を歩いて通ったのは、覚えてるんだ。そうか。やっぱり、あそこで飲んだんだ……」

一彦は一度口を開きかけて、止めたまま、しげしげと秋武を見つめ直した。

「なにを言ってるんだ。ゆうべ、おれたちが飲んで、お開きにしたのは、ドンドン街だぞ。おまえ、あのあと、独《ひと》りでまた引っ返して、あそこで飲んだって言うのか?」

秋武は、急に、寝椅子の上に起きあがった。

そして一彦へむけた顔からは、あのどこかぼんやりとした感じは消えていた。

「それ……ほんとうか?」

「おい。しっかりしろよ。ほんとも嘘もあるもんか。いいか。ゆうべはおれたち、西のあの婆さんの飲み屋を出たあと、二、三軒、西で飲んで、それから東へ移ったんだ。ドンドン街の入口のあの薬局の前でタクシーを降り、そのあとお開きまで、ずっとドンドン街のなかにいたんだ。『錨』、『ガボール』、最後が『アルカザール』で、おまえは、どの店でも、ちゃんと自分の勘定は、払った。足腰ふらつきもしなかったし、ロレツがまわらないなんてこともなかった。普通に、陽気に、飲んで喋って、カラオケのある店では、演歌を何曲か歌った。終始しゃんとしていたし、すくなくとも、これだけは言える。記憶がなくなるほど、酔っぱらっていたとは、ぜったいに思えないくらいに、おまえは、しゃんとしていた。一時過ぎに『アルカザール』を出て、ラーメン屋でラーメン食って、おまえはあの薬局の前で、車に乗った。続いてきた車を、おれも拾ったんだ。さあ、これが、ゆうべの、おれとおまえの、全行動のあらましだ……」

秋武は、無言で、聞いていた。

一彦が話し終ってからも、しばらく、彼は黙っていた。

そして、

「そうか」

と、独りごちた。

「まるで、覚えてないのか？」

「ない」

「きれっぱしでも、思い出すとか……」

彼は、首を振った。

「変だと、思うだろうな」

「いや、変なんてことじゃなくて……」

と、口を濁す一彦に、断定するように、彼は言った。

「変なんだ。そうじゃないか。おまえと飲みはじめたのに、途中で、その記憶が消えている。思い出せない。どこかで、別れたんだと、おれは思った。思わないわけにはいかないから。なぜって、あの赤い、真赤な『ミモザ薬局』っていうネオンの光が、点いたり消えたりしてるのを、確かにおれは覚えてるから。あそこの角を、曲ったんだ。曲って、ドンドン街へ入ったんだ。そう思うほかはないだろ？　おまえとは、西で飲んだ。それは覚えている。その後のおまえの記憶がない。おれはドンドン街に行っている。だとすれば、おまえとは別れたんだ。そう思ったんだ。しかし、今のおまえの話を聞いて、そうじゃないってことが、よくわかった」

秋武は、

「いいかい」

と、一彦の顔を見て言った。

「西で拾ったタクシーに、おまえは一緒に乗ったと言う。そのタクシーが、東のドンドン街のあの入口で、おれを降ろした時には、おれは一人だった。つまり、車の中で、おまえは消えたんだ。そう考えると、辻褄《つじつま》が合う」

「辻褄？」

「そうだ。だって、ドンドン街の中の店で、おまえと一緒だった記憶が、おれには、まるでないもの。ないってことは、おれが、記憶をなくすほど、酔っぱらっていたか、それとも、おまえが嘘を言っているか……」

「なんだって？」

と、一彦は、色をなした。

「まあ聞けよ。嘘だと言ってるわけじゃないよ。おまえが、そんなことする筈がないだろ」

「当たり前だ」

「だから、聞けって。嘘をつく筈がないだろ。だから、これもあり得ない。といって、だったら、おれが酔っぱらっていたかというと、おまえは、酔ってはいなかったと言う。正体なくすほど、酔ってはいなかったと」

「その通りだ」

「すると、あとは、どうなるんだ？　どう考えればいいんだろう。酔っていなかったのに、おまえの記憶が、おれにはない。ということは、おれには、おまえが見えなかった。おまえと一緒ではなかった。おまえは、ないに等しい存在だった。そう、消えてなくなってたんだ、おれの傍《そば》からは。そう考えることはできないだろうか」

「なにをばかな……」

「いや、そうなんだ」

と、秋武は、確信的な口調で言った。

「おまえは、消えてしまったんだ。おれの傍から。あの薬局の前で、おれがタクシーを降りた瞬間から」

「秋武……」

一彦は、なにがなしに、背筋のすくむ感じがして、言葉を失っていた。

「おまえだけじゃないんだ」

と、彼は、言った。

まっすぐ、眼を硝子《ガラス》戸の外の雨脚にあずけていた。

夏のその雨のむこうに港町の夜景がかすんで見えた。

「『アルカザール』のマスターも、バーテンダーもボーイたちも、『ガボール』のママも、『錨』のママも……見えなくなるんだよ、時々」

「……なんだって？」

一彦は、息を呑《の》んだ。

「そうなんだ。最初は、時たま、ふっとね。消えてたように思うんだけど……すこしずつ、すこしずつ、その回数も多くなってね。ママも、マスターも、客たちも、みんな消えてなくなってることがあるんだ。いや、うまく言えないなあ……。それも、みな、おれ、ここへ帰ってきて……この部屋で、朝になって思い出すことなんだから。ほんと、なんにも覚えてなくて……こう、からっぽの頭のなかに、ひょこっ、ひょこっと、出てくるっていうか……浮かんでくる情景なんだ。ああ、あの時、おれ、なにしてたんだろうって、一生懸命、思い出そうとするんだけど、わからない。そんな記憶の空白がね、すこしずつ、すこしずつ、ふえてくるんだ」

「…………」

「確かに、バーで、自分は飲んだ。でも、どんな飲み方をしたのか。そこで、なにを自分がしたのか。それがまるで思い出せない。いや、出せない瞬間瞬間が、あっちこっちに出来てくる……。怖くてねえ。恐ろしくてねえ……しまいには、居ても立ってもおられなくなって……気が狂いそうになるんだ。ほんとに、息がとまりそうな気がするんだ……」

秋武は、静かな口調で話していた。

「それが、みんな、あのドンドン街。あそこで飲んだ夜に限って、そうなるんだ。記憶が、とぎれとぎれになくなる。最初は、酒のせいだと思った。酔い癖が悪いんだと。おれはそういう体質なんだと……。でも、ほかで飲んだ時には、そうならない。西の酒場街ならどんなに飲んだって、大丈夫だ。東の、それも、あのドンドン街。あそこでなきゃあ、大丈夫なんだ。あの赤いネオンの薬局の角を曲った奥の小路。行きどまりのあそこの小路の両側に、ずらっと並んだあの酒場たち。あそこで飲むと、そうなるんだ」

一彦は、あっけにとられて聞いていた。

沈黙がやってきた。

雨の音だけがした。

それを縫って、時折、船の長い汽笛が交錯した。

海は靄《もや》立っているのだろう。

沈黙を破ったのは、一彦の方だった。

「いつ頃からなんだ？」

「うむ？」

「その……ドンドン街に限って、そんな風になるってのに、気がついたのは……」

「むろん、今度、こっちへ帰ってきてからだよ」

「どうして、おれに黙ってた」

「ひとに話せることじゃないだろ。おまえ、どこかがおかしいんだ。病院へ行け病院へって、言われるのが関の山だろ」

「行ってみようとは、思わなかったのか」

「思わなくてよかったと、今、思ってるんだ」

「ん?」

「だって、どう説明するんだ。先生、ボクは、そう言えば、その赤いネオンの薬局のある街角の前にはじめて立った時、なんだか、変な気がしたんです。うまく言えませんが、ゾクッとしたというか、なにか気になったというか……ふっと足の方が先に止まって、しばらくその行きどまりの小路の奥を、眺めていました。あの時の、変な気持……アア、どう言えばいいんでしょう。ふっと、不安な……こう胸騒ぎがするような……わけもなく、懐かしいような……いいえ、違います。そんなふうに言ったら、嘘になります。魚臭い……これも違います。潮臭い風の匂い……これも違います。エエ、でも、なにか、そんなふうなものなんです。アア、港町……と、思ったんです。そして、入ろうか、入るまいかと、しばらく迷ったのを、覚えています。その後、その小路へ踏み込むたびに、一瞬、その変な感じに襲われます。そして、つい、つい、曲ってしまうんです、その街角を」

秋武は、言葉を切った。

「こんなことを、だらだらと、いくら喋っても、あの変な感じの説明にはならないんだ。でも、それを言わないと、おれの足が、どうしてあの街角を曲るのかは、理解してもらえない」

「しかしな」と、彼は、一彦を見た。

「今日、はじめて、わかったよ。おまえが、それを教えてくれた。おまえと一緒に、あの街角を曲ったのに、そして一緒に、あそこで飲んで、一緒にあそこを出てきたのに、おれには、おまえと居た記憶がない。それは、やっぱり、おまえは、あそこには、居なかったってことなんだ。それは、おれのせいじゃない。酒のせいじゃない。おれが酔ったからじゃないんだ。なにかが、おまえを、消したんだ」

「待て」

「そんな力が……あそこには、存在するんだ。きっと、そうだ。われわれの眼には見えない、そんな力を揮うものが、あそこには、いるんだ。潜《ひそ》んでるんだ。いや、棲《す》んでいると、言った方がいいかもしれない」

「なんのために、そんな力を揮うんだ」

「そんなこと、知るもんか。それがわかれば、苦労はしない」

「じゃあ、聞く。なぜ、おまえだけに、揮ってみせるんだ？」

「おれにわかるわけがないだろ」

そう言って、秋武は、苦笑した。

「気に入られたのかもしれないよな」

「よせ」

やりきれなさそうに、一彦は、頭を振った。

「本気で、そんなこと、考えてるのか」

「考えてるんじゃないよ。今、わかってきたんだよ。なにかが、いるんだ。きっと、いる。眼に見えないものが、あそこには」

「なんだ。それは、なんだと言うんだ」

「わからないって、言ってるだろ。わからないけど、いるんだ、きっと。あの、小路の奥の夜の酒場街には、きっと」

秋武は、雨の屋外へ、眼を移した。

しきりに霧笛が鳴っていた。

「そして……」

と、彼は、言った。

「おそらく、そうだ。おれと同じような目に遭《あ》ってる奴が、ほかにも、いる筈だ」

「秋武」

「おまえが、今日、それを教えてくれたんだ。そうじゃあないか。おれを、こんな目に遭わす。どんな理由でかはわからなくても、そういうものが、あそこにはいるんだ。おれ一人にだけと考える方が、不自然だ。たぶん、いるんだ、お仲間が」

秋武は、断じるように、そう言った。

その口振りのどこかに、なにかたのしげにさえ聞こえる、耳を疑わせるような響きが、一彦にはあるような気がした。

3

火屋《ひや》の空に、薄い煙がのぼっている。

その冬の空を、一彦は見あげていた。

秋口のある一日が浮かんでくる。

日曜日の早朝だった。

寝込みを襲うような呼鈴の音に起こされて玄関のドアを開けると、パジャマ姿の秋武が立っていた。

「人を殺した」

と、彼は、言った。

昨夜、確かに、自分は人を殺した、と。今朝、それを思い出したんだ、と。

「誰を」と、一彦は聞き返した。

はっきりはしないけど、『アルカザール』のマスターではなかったかという気がすると、彼は答えた。

「違ったかもしれないけど……」と、血の気の失せた顔を硬張《こわば》らせ、秋武は、ふるえていた。

さいわい、マスターに異変はなかった。

「問い合わせれば、すぐにわかることじゃないか」と、言っても、彼は、「じゃ、ほかの誰かだ」と言って、きかなかった。

しかし、ドンドン街で、その夜、殺人があったという話は、結局、どこからも出なかった。

それでもなお、彼は、「確かに殺した」と言い張った。

一彦には、その時の秋武の眼が、忘れられなかった。

（だから、言ったんだ。やめろって）

一彦は、黙って、あるかなきかに高空を流れて渡る煙を眼で追った。

やめたと思った秋武が、つい三日前、またあの街角を、曲ったのだった。

夜明け前に、彼は、小路の奥の路上で俯せになって倒れているのを発見された。

死因は、心臓停止と言わざるを得ないものであったという。

なんの変哲もない、どこにでもある、ただの街角。
二、三十軒ばかりの酒場が軒を連ねる細い小路が、その街角の奥にある。
誰がつけたのかは、誰もはっきりとは知らない名が、その酒場通りにはついていた。

ドンドン街。

「ドンドン入っていらっしゃいってことよ」

と、あるママは言う。

「そうじゃない。ドンドン飲んで、ドンドン酔って、ドンドン稼げっていう、景気のいい名前なのよ」

と、言う経営者もいる。

「呑め呑め。呑呑《どんどん》じゃないのかなあ」

「ドンドン節《ぶし》の、ドンドンよ」

と、由来を詮索しはじめたら際限がない。

いずれにせよ、古い港湾都市の西と東にわかれた繁華街の賑《にぎ》わいの一角に根をおろした小さな酒場通りが持っている肌馴じんだ愛称、俗称、通称の類いである。

青い灯、赤い灯、花めいて、夜が息づく歓楽の吐息も聞こえてきそうな風情の色濃い小路だが、どこか小暗く、哀切な、薄い闇の匂いもした。

覗き込むと、

（アア、港町——）

と、足を止めさせる束《つか》の間があった、と秋武は言う。

それにしても、と、一彦は思うのだ。

なにが、彼の手をつかみ、心をつかんで、あそこへ引きずりこんだのだろうか。

ドンドン街の酒場には、現実に、一彦たちの眼に見える酒場の夜と、もう一つ、見えない夜の酒場がその奥に同時に存在したのではあるまいかとさえ、一彦には、思われるのだった。

二人一緒に酒を飲んでも、一彦は見える酒場で、秋武は見えない酒場で、グラスを傾け、歓を尽くしていたのではなかろうか。

そんな思いも涌くのであった。

醒めれば消えて記憶に残らぬ空白の世界。

しかし、醒めない酔いの内にあっては、秋武はそこで酒を飲み、そこで夜の歓楽の時を過ごしていた。

どんな歓楽が、そこにはあったのだろうか。

それを聞かせてくれないまま、秋武はいなくなった。

そう思うと、港の町は、この時、一彦には、不意に、無常の風の吹きとおる徒し原野《はらの》の形相を帯びて観じられた。

薄むらさき色の煙は、とめどなく薄く、淡く、冬の空にひろがって、きれぎれに流れて行く。

「どうしたっていうんだよ。おい……。秋武……。応えろよ……」

一彦は、仰むいて、その高空を渡る煙の流れに、呼びかけた。

空耳だろうか。

遠くで、船の汽笛が鳴っている気がした。

玉^{たま}の緒^およ

玉(たま)の緒(お)よ

1

その光景は、ちょっと忘れられなかった。

しかし、忘れられはしないのだが、どうかすると、瞬時の内に、記憶は、夢界の気配をおびて、現実感が欠落しはじめてくる。

見たのに、見なかったのかもしれない、という気が絶えずした。

本当は、見えないものを、見たのか。

あれは、見えるはずのないものだったのかと、高彦自身が、思ったりした。

「なに揉《も》めといやすのんえ?」

宮川町《みやがわちょう》のお茶屋・桜井のバー『丹子《たんこ》』のカウンターは、まだ松の内、正月気分の抜けない客たちで宵《よい》の口から賑やかだった。

「そうですねんよ。ママ。ちょっと聞いとくれやす。うちら、まだ、初詣《はつもう》でもしてしまへんのよ」

「したやないか。そやから、さっき」

「あんなん、初詣でて、言えますのん？」

信子は、すねたふくれっつらを、一度高彦の方へ向け、再びママの丹子の上へ戻した。

「この人な、お正月は、元旦から仕事がらみで、東京の人たちとあっちゃこっちゃ動いてはりましたやろ。そやから、うちも、その手が切れたら、一緒にお参りしまひょなて、いうて待ってましたんえ。今年は、石清水八幡《いわしみずはちまん》とか、比叡山《ひえいざん》とか、どっか高い所へのぼるんもええなていうてはったさかい、ほんならメインはそないして、とりあえず、うちは一人で、北野《きたの》の天神さんに行きましてん。けどこれは、サブですがな。そうでっしゃろ。かっこだけでもつけとかんと、年明けた気ィがしませんもン。けどこれは、サブですがな。本式の初詣では、この人待ち。そのつもりでしたんよ。ところが、この人、そのあと、風邪《かぜ》ひかはってダウンでっしゃろ。やっと、外歩きがでけたンが、ママ、今日ですのんよ。十日えびすも、残り福も、過ぎてしもて、もう松もとれかかった今日ですねん」

「よろしおっしゃん。お揃いの破魔矢、こやって授からはって。そのメインを、すまさはったンどすやろ？」

「これ、叡山でも、八幡さんでも、おへんのっせ。この雪でっしゃろ。山も遠出もやめとこなって、言わはるさかい、そんなら、上賀茂《かみがも》神社にしょうかて、うちはいうたんですンやけど。近場でいこ。これですねん。平安神宮でええやないかて」

「よろしやおへんか。京都を代表する、大神宮さんどっせ」

「そらよろし。よろしけッど……ほんなら平安神宮さんかとおもたら、この人、どうですやん。連れてかはったンは、そこの、八坂《やさか》の祇園《ぎおん》さんでしてんで」

「祇園さん、あきまへんか？」

「イヤ、そんなことというてんのと、ちがいます。祇園さんの八坂神社は、大晦日《おおみそか》のおけら参りにも行ったたし、去年も、おとどしも、毎年、初詣ではあそこですやん」

「うちら、みんなそうどっせ」

「なあ、ママ」

と、高彦が、言葉をはさんだ。

「なにが不服やていうねんや。大晦日には新年のお竈《くど》さんの火をもろて、その火でお雑煮たいて祝う。昔からの京都のこれはしきたりや。言うたら、八坂の神さんは、京都のうぶすな神のようなものや。まして、こやって祇園で飲んでる僕らには、ぴったりやんか」

「そやから、そういうことというてンのやないて、いうてまっしゃん。うちは、おうちの、気ィのなさが、かなんていうてンのす」

「気ィのなさ」

「ちがう？　遅れに遅れた初詣で。それもな、ちょっと、ママ聞いて。二時間、いやもっとやったかいな。えらい遅れて、遅れ放題遅れに遅れて、この人、きはったんよ。そのあげくが、祇園さん。手軽な所で済まそういう気が、見え見えでっしゃん」

「そやから、それは……」

「もうよろし。そんなけったいな言いわけ、聞いたかてしょがおへん。この人な、ママ、幽霊が邪魔したて言わはんのっせ」

「へえ?」

たわいもない痴話喧嘩のなかにいきなりとびだしてきた言葉だったので、ママはびっくりもし、きょとんともして、聞き返した。

「幽霊ですがな」

「幽霊て……それ、なんどす?」

「ほれ、なんどすて、ママかて言うてはりまっしゃん」

信子が、高彦を見る。

高彦は、顔では苦笑してみせたが、手にしたグラスを口もとへ運びながら、束《つか》の間、その眼は宙空のあらぬ辺りでつととまり、わずかに行きつ戻りつした。

視界がにわかに靄《もや》だってきて、奥深い雪景色に変わりはじめていた。

2

大北山《おおきたやま》の裾《すそ》の山べりをめぐる観光道路へ嵯峨《さが》の方から入って、御室《おむろ》の仁和寺《にんなじ》前を抜け、金閣寺の方向へむかって、車は走っていた。

見なければ、どうってこともなく、そのまま通り過ぎて行くいつもの見馴れた車窓の風景だったのに、

「?」

と、高彦は、左に首をまわしながら、思った。

べつにとりたてて気になったわけでもなく、訝《いぶか》しむほどのことでもなかった。

言ってみれば、ただ、一つの空《から》っぽの駐車場が、眼にとびこんできたというにすぎないことだった。

それは、龍安寺《りょうあんじ》の駐車場だった。

ふだんは、見ていても見ていない。事あらためて眼にとまるような風景ではなかった。

京都は大観光都市である。

大きな駐車場を持つ社寺や観光史跡や名所などは目白押しである。街じゅうに、いや郊外、山野を問わず、いたる所に存在する。

そこに車があろうとなかろうと、珍しくもなんともない。普通なら、そうだった。

確かに、龍安寺は、有名な『石庭《せきてい》』を持ち、この庭一つで、京都を代表するような観光寺中の観光寺、人集めではトップクラスのお寺さんである。

この道沿いにある仁和寺や金閣寺などと並ぶ繁盛寺の一つと言える。

しかも、売り物は、桜や紅葉なんかと違い、シーズンとかオフに関わりはない、祭りや催しごと、年中行事などにも左右はされない、木も草もない、石と砂の庭である。

どっと人が繰り出すシーズンや、都じゅうが祭りで賑わい立つ時期などが、この寺にも人が押しかける時ではあるだろうが、総じて、龍安寺は、『石庭』と特別に称《よ》ばれるほどの庭で名を売っている、四季を問わない観光名所である。

まあ、松も終りの頃合いで、正月客のおのぼりさんも一段落した跡切《とぎ》れ目だったかもしれないし、雪も朝から降っていた。

その駐車場内に、ほとんど車の姿が見えなくても、そう不思議がるほどのことではない。

そんな日も、あるであろう。

あったとしても、平素なら、その空っぽの駐車場が、高彦の関心を引くようなことはまずなかった。

「おや、まあ。お茶挽《ひ》いてはるわ、今日は」

くらいのことは、思うかもしれないけれども。

そして実際、高彦は、ちらっとその駐車場が眼に入った時、そう思ったのである。

思って、通り過ぎたのだ。

一度、通り過ぎた車が、そのあと、引き返したのも、不思議だった。

ハンドルを切りながら、信子との待ち合せ時間にはまだ早い、と思った自分にも、高彦は首をかしげた。

時間はある。

要するに、ことあらためて、そんなことを考えた自分が、不審であった。

『石庭』か。

そうではあるまい。

その庭は、もう何度も見た。

見飽きるほどに、見て、知っている庭だった。

「あんなん、おのぼりはんが、溜め息つかはる庭でっしゃろ?」

信子は、こともなげに、言い捨てた。

「龍安寺?　いまさら、何え?」

と、あきれ顔に、信じられないものでも見るような眼で、高彦を見た。

当然である。

高彦自身が、自分でも、そう思ったからである。

では、雪か。

雪の『石庭』か。

それも、違うだろう。

「今、見たい」

「この雪のさ中のあの庭を」

そんな思いや衝動などが、とつぜん、涌《わ》いてきたわけでもなかった。

では、何か……。

車を、その駐車場へ乗り入れながら、高彦は、あれこれと、そんなことを考えたのを、憶えている。

この不意の寄り道の、意味や、理由がわからなかった。

魔が差す、という言葉がある。

あるいは、こんな時間の内でのことを、それは言うのではないか。

ふりかかる綿雪《わたゆき》を規則正しく払いのけていたワイパーをとめながら、高彦は、車の中で、そう思った。

まさに、そう言えた。

気紛《きまぐ》れな、目的のない道草だった。

3

その方丈の広縁に接して東西に長くひろがる庭は、檜皮葺《ひわだぶ》きの小屋根を持つ丈《たけ》の低い油土塀《あぶらどべい》で三方を囲まれている。

粗《あら》めの白砂敷きの平面に大小十五個の石を配したほかは、一木一草もないとよく言われるが、石の根には杉苔《すぎごけ》が残されている。

赤みや黒みを帯びた油土塀の地肌の色が、茶とも、白とも、紫とも、判じがたく、古びた時代色でこの庭を囲っている所などは、熊手曳《び》きの砂紋の中に、いわくありげに置かれた石と、あとは砂のひろがりだけが存在するこの庭に、

「さあ、見ろ。見て、観賞をしろ。ここに、何があるか。どれほどの、見るべきもの、観賞に値するものが、存在するか。展開されているか。それを、考えろ」

などという、一種、観劇的な、劇場性とでもいえる趣《おもむき》を与える仕組みになっている。対面者に、或る種の思索や、想像や、観賞を迫る、それを強いるような所がある。美の庭。芸術の庭。哲理の庭。瞑想の庭。想念の庭。永遠の庭。

……などなどといわれる一方で、十五の石は「虎の子渡し」という石組みで、どこから眺めても十四石にしか見えず、一石が常にどれかの石の陰に隠れて消えているともいう。川渡りをする虎は、一子を必ずわが身で隠す。その心性を描いているのだとか、京都五山の縮景だとか、五智五仏、十六羅漢遊行とか、砂は海、石は五大州だとか……まあ、この庭の解釈や、説明は、あげつらうときりがない。

おまけに、作庭者も、その時代も、正確にはわからない。

つかみどころのない所が、謎の庭と呼ばれるゆえんでもあるのだが、その名高さは群を抜く、不可思議な庭だった。

その日、高彦が方丈の広縁にすわった時、庭も、方丈も、ただ実に深深《ふかぶか》とひっそりとして、ひたすら音もない雪が降る無人の時間が、そこにはあった。

寺は、静謐《せいひつ》。

天地は、静まりかえっていた。

しばらく、その静謐の中にいて、背すじをのばし、居住まいを正したまま、高彦は、思った。

ああ。こうした庭は、いい。

これまでになく、いい。

今までに、こんな感じを持ったことも、また、眼にしたこともない庭と、対峙《たいじ》しているように思われた。

その静寂が、ある瞬間、ふと揺らいだような気が束の間したのは、何のせいだったのか。

高彦は、うっすらと閉じかけていた眼を、ひらいて、首をまわした。

石も、砂も、油土塀も、白一色に雪をかぶり、さかんに雪に降られていて、動かなかった。

そんな視界の中で、右端の、いちばん手前の石組みが、わずかに揺らぎ、やがて、ゆっくりと動きはじめるのを、高彦は、見た。

その人影は、石組みが、その時、のっそりと身を起こし、見ている内に、人の姿の形になって、音もなく動き出した、という風に、高彦には見えた。

暗めの地味なふだん着をぞろりと着て、厚い真綿の袖《そで》無しを羽織った上から、長い角巻《かくま》きのような灰色のショールをかぶっていた。

そのショールは、人影のほぼ全身をおおってでもいるように見え、ゆるゆるといえばよいか、ふらりふらりとでもいうか、不思議な感じで、音もなく、庭から広縁にあがってきた。

かぶった雪を払いもせず、声一つたてもせず、その広縁を歩いてくる。

おぼつかない、まるで夢の中の地面を踏みわけ踏みわけしてくるようなその足どりは、よろけよろけて心もとなく、力も失《う》せて弱弱《よわよわ》とはしているが、倒れもせずに、高彦のそばまで近づいてきた。

近づいて、そばを通りすぎる時、高彦は、かすかにぜいぜいと喉の鳴る音を聞き、灰色のショールのかげに、半ば隠れ込んだ顔と、髪の白毛と、そして、その白髪の毛束《けたば》の先を結わえていた緋色《ひいろ》の鹿《か》の子《こ》の布地を、見た。

鮮やかな京鹿の子の手絡《てがら》の布と思われた。

老女は、そのままとまりもせず、やがて方丈を出て行った。

まるで、高彦の存在など、気づきもしないといった様子だった。

長いショールの裾を引きずり、ゆるゆるとではあったけれど、見る間に消えて行ったその女の後ろ姿を、高彦は、ただただあっけにとられ、言葉を失って、見送っていた。

どのくらいの時間がすぎただろうか。

高彦は、われに返って、その場所を振り返った。

西の端に大小三つの石を置いたその一かたまりの石組みは、雪をかぶってこんもりとした扁《へん》平《ぺい》な山形に見え、そこに人間がいた痕跡など、もうどこにもとどめてはいなかった。

砂も、同様だった。

老女が踏んだ足跡も、平らかに消していた。

ぼう然として、われを忘れた時間は確かにあっただろうと思えはするが、そう長くはなかったはずだ。

高彦は、やにわに立ちあがり、その人影が消えた入り口へ向かった。

広土間の靴脱ぎ場までおりた時、庫裏《くり》に声をかけようかと思った。

国の史跡で特別名勝でもある庭に、人が踏み込んでいた。どんな事情があったにせよ、今見たことが見まちがえではなかったら、あのショールをかぶった人影は、禁を犯した庭への闖入《ちんにゅう》者《しゃ》ということにならないか。

とにかく、眼にしたことだけは、話しておいた方がよくはないか。

広くて暗い土間の簀《す》の子敷きに立って、高彦は、拝観料の受け付け口の方を見た。

誰もいないようだった。

「そんでも、かけてみはづたら、よろっしゃん」

と信子は言った。

「そんなけったいなナリしたお婆さん、明らかに、不審人物やおへんか。おうちが、嘘いうてはるゝやなかったら、いうとくべきや。ほかでも、なにしはるか、わからしまへんで」

高彦も、同じことを思ったのだった。

だから、後を追って出てきたのだ。

余計なおせっかいかと、一度は靴をはきかけたが、声だけはかけてみた。

奥から、若い僧侶が顔を出した。

「あの、ついさっき、出て行かはったお婆ちゃんのことですけどね……」

「はい？」

と、僧侶は、けげんな顔で、高彦を見た。

「いや、長いショールをかぶらはったお婆ちゃん。いてはりましたやろ？」

「さあ……」

と、僧侶は、首をかしげ、

「あったかいな。そんな人」

と言うなり、奥へ入って行った。

高彦の拝観料を受けとったのは、中年の婦人だったから、たぶん確かめに入ったのだろうと、思った。

「そんな人はなかったと、言うとりますが」

出てきて、僧侶は、そう答えた。

「午後からの拝観者は、あなたが、お一人きりやそうです」

「はあ？」

と、解《げ》せない顔で問い返したのは、今度は高彦の方だった。

「そやからな、この坊さんにくどくど説明してもしょうがないと、僕は思たんや」

実際、高彦は、なぜであったか、急に気がせいて、庫裏をとび出したのだった。

龍安寺の境内《けいだい》は広い。だが、さっきの今やという気がある。それも、あの年寄りの足どりや。

まだ遠くにはとても行けない。

そこら辺りを呑み込んで、探しまわったが、見つからない。

車に戻ってからも、ちょっと走ってみては引き返し、あっちへ入り、こっちへ入りして、年寄りの足で動けそうな範囲をまわりながらの運転だった。

一人の老女を追っている理由が、自分でもはっきりと説明できなかった。

魔が差した時間は、龍安寺にもあったのだということが、一層、高彦の神経を刺戟《しげき》していた。

一人の老女が、あの寺へ入り、あの方丈へあがり込み、あの庭へ出て、何事かをした。

何をしたのかは、高彦にはわからなかったが、何かを、彼女はしたのだと、思わざるを得なかった。

音もなく、降りしきる雪の庭から静かにあがってきた老女は、その何かをし終え、そして、出て行った。

寺へ入って行った老女も、また、出て行った老女も、寺は、知ることがなかった。

誰も、知らなかった。

この観光寺にも、そうした時間があったという点が、不思議だった。

魔が差した時間、と呼べそうだ。

高彦は、そう思った。

思うと、悔《くや》まれてならなかった。

なぜ、あの広縁で、自分の後ろを通りすぎて行く彼女を、自分は呼びとめなかったのか。

声が出なかったのか。

金縛りにでも遭ったのか。

するすると引きずられて行くショールの音は、はっきりと聞こえていた。

夢界の出来事ではなかった。

しかし、すぐその後を追ったはずの彼女が、現実には、追えない、見えない、まるで姿を失《な》くし、消えた存在になった。

そのことが、高彦の心からは、離れなかった。

「幽霊?」

と、信子は、すっとん狂な声をあげた。

高彦も、同じ思いだった。

幽霊なんかであるはずはない。

夢界の人間などではない。

行きつ戻りつ、そうした思いにとらわれながら、車は元の速度をとり戻し、金閣寺の方向へ走っていた。

その大道路の前方に、探しあぐねて諦めた獲物は、いたのだった。

雪げむりに舞いあがるショールが、朧《おぼろ》な薄墨色《うすずみいろ》にかすんだ視界の中で、奇妙に生き物めいて見え、高彦は、思わず身を乗り出すようにして眼を凝らした。

「乗せたて?」

「そうや。道の端で、うずくまったり、よろよろ、また歩き出したりしてな、見てられへん」

「乗ってきはったン？」

「ああ。簡単にな」

「へえ。幽霊なんかやあらへんやン」

「けど、手ェかす造作もいらへんねん。スーッとひとりで乗り込まはってな……」

老女は、一言、

「ほしょうじ」

と、言っただけだった。

「法勝寺《ほっしょうじ》？」

「そうや。僕もな、いろいろ訊いたンや。あの東山の、岡崎《おかざき》の、法勝寺町か？　てな。ウンでもスンでもないンや。なに訊いても、応答なし。具合でも悪いンやないやろかて、こっちは気が気でないねンやけど。なんや知らん、ケロッとした顔してはンねん」

「かなンなあ。お人よしやさかい。そんな時には、すぐ交番。警察へ行ったら、エエのンよ」

高彦も、何度か、そうしようと思った。

思い思いしながら、車は東へ向かい、公園があるかとか、美術館、動物園、疏水《そすい》や、平安神宮など……岡崎近辺のめぼしい目標になるような物の名をあげるのだが、まるで反応はなし。

その内に、鴨川を渡り、車は岡崎法勝寺町へ入っていた。

突然だった。

「なんぜんじ」

という声が聞こえた。

南禅寺。

確かに、法勝寺は南禅寺に隣接している。

老女は、まともなことを言っているのだ。判断力は確かなのだ。

高彦は、厄介な荷物を背負い込んだと、半ば途方にも暮れかかっている所だったので、ほっと一息つける思いがした。

バック・ミラーの中の彼女を、注意深く見ながら言った。

「南禅寺は、どこの辺です？　町名なんかがわかりますか？」

しばらく、もとの無視状態がまた続いた。

「お寺さんの、な、近く」

と、これも、不意にだった。

かぼそい、そっけない声だった。

「南禅寺さんですか？」

寺も、この辺りから山麓《さんろく》ぞいには幾つもある。車はその周辺部へ入っていた。

「ここ」

と、老女は、言った。それも、いきなりだった。

大きな屋敷構えが続く、いずれも高垣塀や忍び返しのついた竪板塀《たていたべい》をめぐらす邸宅地の一郭であった。

ドアを開けに立とうとする前に、彼女はもう車外へおりていた。

間が悪く、後続車がクラクションを鳴らす。ひとまず進路をあけねばならない。

老女は一人で歩いて行く。挨拶一つ残すでなく、ひょろひょろとはしていても、どんどんと彼女は歩いた。

いったん車を置いて、小走りにもとの場所へ高彦が戻った時には、もう老女の姿はその道の上にはなかった。

この折にも、高彦は、なにがなしにではあったけれど、

(また消えた……)

と、思ったのだった。

不思議な老女であった。

不可解な言動を、こともなげにやってのけ、その謎めいた物腰が、ごく飄然《ひょうぜん》と身についた、なにか、ちょっと総毛《そうけ》立つ気分にもつつまれる、あやしい身ごなしが、不思議だった。

不思議で、したたかささえ、感じさせた。

現《うつつ》かと思えば、夢界に消え、消えたとしか思えぬ所で、現実の姿を見せる。

この日、高彦が体験した一人の老女との接触感についての様相は、第三者に話してみたところで、とても正確には伝えられはしない。

説明しがたい現《うつつ》の外《そと》のものの気配が、どこかで絶えず、つきまとったという気がした。

その見えない気配に振りまわされ、手玉にとられたという思いさえ、高彦には涌くのである。

終日、雪が降りやまない日の出来事だった。

4

京都は、四季を通じて雑誌の世界でも大見出しの特集が組める、取材の素材やテーマにはこと欠かない。蠱惑《こわく》のネタなら無尽蔵の都である。

その京都についての水先案内とでもいうか、さまざまな専門界の事情にも通じ、造詣《ぞうけい》も深く、巧みな紹介もやってのける、言わば京都通の物書きや、エッセイストたちが、有名無名を問わず、当然この都にはたくさんいるのだが、最近殊に、玄人《くろうと》好みを離れ、むしろ素人《しろうと》風な眼や感性でこの都を見直すというか、切り口を持った、コーディネーター様《よう》のライターがふえていた。

京都自体にも、新しく様変《さまがわ》りした要素がふんだんに持ち込まれはじめているからだった。

高彦も、そうしたエッセイストの一人だったと言えようか。

桜の蕾《つぼみ》が目立ちはじめるようになった頃のある日だった。

某婦人雑誌に載せる散策路のネタ探しに、あちこちぶらぶら歩きをしてまわっている途中、

「ちょっと、あんさん」

と、険《けん》のある声で、呼びとめられた。

振り向くと、古い屋敷の脇門が開かれていて、その前の敷石道で側溝との間に芽ばえた草むしりをしていた老婦が、しゃがみ込んだまま、高彦の方へ顔を向けていた。うさんくさげなその眼つきにも、咎《とが》めるような険があった。

「僕ですか？」

「さよですがな」

「僕が、なにか？」

老婦は、おもむろに腰をあげて、近寄ってきた。

そして、高彦の上から下までを、まるで点検でもするように見た。

「なにしてはんの？」

「はあ？」

と、高彦は、たずね返した。

「なにか、この辺に、ご用どっか？」

「いいえ。べつに」

「わてな、こないだ内にも、あんさん、見かけましたンやで」

「はあ？」

「しらばくれはったかて、あかん。二度も、三度も、見てまっせ。それもな、うろうろ、なにするいうことものう、うろつかはって。そうでっしゃろ？　ちゃんと見てまっせ」

高彦は、ちょっと口ごもった。

べつにそれが目的ではなかったけれど、東山のこの近くへくると、時間があれば、南禅寺近くのこの道を、確かに何度か、歩いてみることはあった。

それは、あの老女への、興味や、執着などがさせるのではなかった。

ただ、なんとなく、足が向くだけのことにすぎない。

雪の中から姿を現わし、消えたり、また現われたりして、結局、跡形もなく消失した老女との、不思議な離合感、接触感が、心のどこかに残っていて、そうさせるのかもしれなかったが、高彦自身は、そう思っていた。

なんとなく、足が向くだけなんだと。

そんなことを、眼の前にいる老婦に話したところでしようがない。

けれど、この老婦が、高彦のそうした挙動に眼をとめていたということは、驚きだった。

「それにな、あんさん、今、なにしてはりましたんや?」

「なにて? なんです?」

「まあ、空とぼけて」

「言いがかりは、やめて下さい。僕は、この道をただ歩いていただけです」

「へえへえ。歩いてはりました。そやけど、眼ェは、高い所を、見ながら歩いてはりましたわな」

「高い所?」

「違いましたか?」

「高い所……」

と、高彦は、くり返してみて、顔を上にあげてみた。

「そうそう。そやって、この高い塀の上の、あの並んで尖《とが》った鉄の忍び返し……あれを見ながら、歩いてはりましたやろ？」

「ああ……」

と、高彦は、なんだそのことなのかといった顔になって、老婦へうなずいてみせた。

「ええ。そうでした。あれを見て、歩いてました。でも、僕が見てたンは、忍び返しなんかじゃありません」

「まあ、いけしゃあしゃあと、よう言わはる」

「なんですか？」

と、高彦は、たずね返した。

聞き咎めたのだった。

「あの鉄の針のような忍び返しは、知ってはりまっしゃろな。この辺りの、どっこの家にも、みんな張りめぐらしてありますがな。あれ、な、泥棒よけどっせ」

「はい。知ってますとも」

と、高彦は、老婦の意図がやっとのみ込め、笑って応じた。

「でも、僕が見てたンはですね、あの忍び返しの上に、もっと高う頭をのぞかせてる木がありまっしゃろ。松と、も一つ枝をのばした……。ほれ、あの枝にからみついてる蔓《つる》。葉のしげった。あれですねん。あれ、見て、歩いてましたんや」

高彦は、そして、真顔になって、むしろ老婦の顔をのぞき込むようにして、言った。

「あの蔓、定家葛《ていかかずら》と違いますか？　もしそうやと、ちょっと、野放図やなァと、思い思いして、見とったんですわ」

老婦の方が、今度は、口ごもって、うろたえ顔になった。

「知ってはります？　定家葛」

「そ、そら、知ってますがな。定家葛のことくらい」

「ようのびる葛ですさかいなァ。手入れせんと、のび放題にしげりまっせ。定家いうのンはな、昔の、有名な歌人の名前なんやけどな」

「知ってるて、いうてるやろが。そンくらいのこと」

「いや、そうか。そんなら、ええねンけどな」

「かるたの、百人一首。あれ、編まはった人やろが」

「そうですそうです。いや、お婆ちゃん、詳しいねェ」

高彦は、少しいたぶりすぎかとも思ったが、こっちを泥棒呼ばわりもしかねなかった老婦である。構うことはないという気にもなっていた。

「その藤原定家さんや。あの人のな、恐ろし恋の妄執ばなしが、この蔓葛《つたかずら》には、あってなァ」

「それも知っとる！　もうええ！」

と、老婦は、怒鳴った。

「はよ、去《い》ね。去んでくれ」

「そら、言われんかて、去にますけどな。これだけは、言うとかんとな。このお屋敷町の道は、ここに住んではる屋敷のお人たちだけの道やありませんで。この道、僕は、好きでしてね。これからも、何度も、通らせてもらいまっせ。その折には、よろしゅうにな」

それだけ言うと、

「ほな、さいなら」

と、高彦は、背を向けた。

だが、その直後に、意外な事態が、起こったのだった。

高彦は、歩き出しながら、再び、高い塀の上の忍び返し越しに見える樹木を仰いだ。その枝にからみついている定家葛に眼をとめながら、しかし、その眼は動かなくなり、同時に足もとまっていた。

そして、ゆっくりと顔をまわして、背後を振り返った。

老婦は、まだそこに立っていた。

立って、高彦から眼を離してはいなかった。

しばらく、二人は、黙ったまま、見合う形となった。

「ちょっと、待ってや……」

と、高彦は、独り言でもつぶやくみたいに言って、あらためて、しげしげとその眼を凝《こ》らした。

「もしかしたら、あんさん……あの、松原《まつばら》通りの、お漬け物屋さんに、いてはったことありませんか？」

「へえ？……」

明らかに、老婦の方も、驚いている様子を見せた。

「もう何年か前になるけど……僕、取材させてもろたことがありますねん」

東京の雑誌の仕事だった。

「ほら、帰りしなに、お婆ちゃん、ぎょうさん漬け物くれはって……」

「知りまへんな。それに、そのお婆ちゃん、お婆ちゃんいうの、やめとくなはい。えらい、気安ゥに。まだな、そないもうろくはしてまへん」

「あ、こりゃ、すまんことでした。そやけど、どっかで見たことあるなァ、あるなァて、さっきから、思てましてン」

「知りまへん」

「僕な、あそこのお漬け物、大好きでしてン。大きな有名店は、ほかにもぎょうさんあるけども、地《じ》の人間が毎日買いに行って、京都の暮らしに溶け込んでる、あんな店こそ、本物なんやて、雑誌社くどいて、あれ、寄せてもらいましたンやがな。ほしたら、おばちゃん、えろうよろこびはって、お土産《みや》たんともろて……」

「かなんなァ」

と、老婦は、渋面をつくって、首や手を派手に振った。

「なんで、こないな所で、こないなことに、なンねやろなァ」

「思い出してくれはりましたか？」

「そんなことが、ありましたいな。あんさんの顔は、よう覚えてはいてしまへんねやけど」

「僕な、洋酒のアテになるようなン、ありませんかて、半分冗談で訊いたんやけど、ありまっせて言わはって、奥から、お香香《こうこ》の煮《た》いたん、持ってきてくれはって」

「はァはァ。あん時の。ウイスキのアテにしはるていうた……」

「そうですそうです」

「けったいなことといわはる人やと思たけど、わても、ウイスキ、ちょいちょいやりまっさかいにな」

老婦は、やっと、思い出してくれたようであった。

おコーコのな、これ古漬けきざんだもんどすねや。水につけて、塩気もくさみもしっかり抜いて、昆布とお酒と醬油とだしじゃこ。これで煮つけますンにゃわ、と彼女は言った。

その後、何度も自分で作って、すっかり要領は身についた、高彦自慢の酒の肴《さかな》になっていた。

「あの煮《た》いたん、おいしかった！　そやけど……」

「古漬けが、ないのんでっしゃろ」

「そうですねん」

「おコーコの古漬けなんか、今どき、金のわらじで探して歩いても、手に入らんのとちがいまっか」

「お料理屋さんの、珍品になってますわ」

「そやろなァ。始末《しまつ》始末で出来《でけ》たお晩菜《ばんざい》やのになァ」

と、老婦は、いくらか和《なご》んだ声で、ふんふんと穏やかに、うなずいてみせてくれた。

後で思えば、この日の、この出会いの一時《いっとき》も、不思議なめぐり合わせのような気がしてならないのであった。

定家葛を、もう一度、なにがなしに、高彦は見あげた。

5

「イヤ。それはまた、偶然やわなァ」

と、信子は、ママの丹子の方を見ながら、言った。

「あれ、いつどした？　ママと表で会うたンは」

「おととい」

「そう。おとといや。ママな、能楽堂へ行かはってん。お能の演目は？」

「『定家』」

と、ママは、応えた。

「どうどす?」

と、信子は、しっかり、高彦を見た。

「あれは、しっかり、定家葛が主題になってるお能でっしゃろ?」

「うん」

「定家の執心が、死んだ恋しい女、式子内親王《しょくしないしんのう》のお墓に、蔓葛になって這いまとわりつき、離れもせず、死んだ後までも、内親王を苦しめるという演目でっしゃろ?」

「うん」

「またかいな」

と、ママの丹子が、寄ってきた。

「おうちら、顔合わすと、始めはるんやねェ」

「あら。なにを」

「ボクシング」

「そやないンえ、ママ。この人な、お正月のあの幽霊、まだ追うてはったんよ。びっくりしたわ。もう、ええかげんで忘れてはると思たのに」

丹子は、バーテンダーのつくった水割りのお替りを、高彦の前へ置きながら、黙って頬笑《ほほえ》んでいた。

「せっかく、うちが、話に乗ってあげてンのに、なに訊いたかて、生返事《なま》え。見て、この顔。

うわの空どっしゃろ」

「そうどッなァ」

「えらい探偵はんしはって、南禅寺のお屋敷へ、潜り込まはったんよ」

「そうらしおすなァ」

バカラのグラスの中で、氷が一つ、美しい音をたてて鳴った。

「そんで、見つかりましたんか？　あの雪の日の幽霊はん」

と、ママが、たずねた。

「いや。そこまでは、まだねえ……」

と、高彦は、言葉を濁した。

「これですッや」

と、信子。

「なんて言わはッの？　そのお屋敷の名」

ママが、たずねた。

「そうよ。ママなら、知ってはるかもしれへんで。あの辺のお屋敷は、政財界の大物やとか、なんたら界の黒幕やとか、隠然たる勢力持たはる、かげのブイ・アイ・ピーの別荘やとか……よう聞きますやん。ただ者が、なかなか住めへん所でっしゃろ。どんな人が住んではるか。それがわからん所でっしゃん。あそこら辺りのこと、知ろうと思たら、ママなんかの力借るのが、いちばん正解やと思わへん？　幽霊探しには、うってつけの人なんかもよ」

「イヤ。そこまで言わはったら、どうどすやろねェ。花街で生きてる人間、口は貝より堅《かと》おっせ」

「ママ。いったいどっちの味方してはンの？」

「さあ。どうどっしゃろねェ。味方になれるかどうかは、聞いてみんことにはねェ」

「ほら！　ママが、言うてはりまっしゃん。お話し、しよし！　素人には、ちょっと手の出せん所のことどっせ」

信子がえらく入れ込んでやきもきするのもわからなくはなかった。

春に向かって季節が動き始める京都は、高彦の仕事にも手をとられる時間がふえて、信子と顔を合わせる機会も、なかなかとれない。

その鬱憤《うつぷん》晴らしも、手伝っているのである。

「横棒の一とな、野原の野」

と、高彦は、告げた。

わざわざママの手を借りるほどのことではない。あの漬け物屋のおばちゃんが、もっけの手駒に、どうやらなってくれそうな気がしていたのである。

「一野《いちの》はん……？」

と、ママが、受けた。

「あかんわ。聞いたことない名前や」

「よろしよろし。そんなご大層なことやないさかい」

高彦は、そう言いながら、胸ポケットで携帯電話が鳴る音を聞いていた。

東京の雑誌の編集者からだった。

高彦が、スコッチを一本買って、一野家の裏手の切戸口のブザーを押したのは、そのふきという名の老婦に出会ってから四、五日後のことだった。

通話口では極端に警戒色の濃い応対だったが、切戸から顔を出した老婦は、ウイスキーを手渡すと、途端に、まだ残っていた不審げな身構えを一気に解いた。

「まァ、あんさん……」

「こないだの、失礼のおわびです」

「ウイスキ。外国物の」

「はい。また、怒鳴られへんかとも思たんですけど……」

「なんのなんの。これな、一番のお好きさんでしてな。まァ、なによりの物を、あんさん……」

と、老婦は、相好《そうごう》を崩した。

的は当った、と高彦は思った。

「いえな、こないだ、帰りしなに、あんさんがちょっと言わはったことがな、わて、気になってましてンや」

「なんでしたかいな」

と、高彦は、そらとぼけたふりをした。

「ほれ。幽霊見たて、言うてはりましたやん」

「ああ、ああ。あれですか。いや、幽霊やないかと思たぐらい、ど肝抜かれましたよってな」

「ちょうど、この道で……」

「はい。この辺やったと、思うンです」

「雪の日に」

「はい」

「長いショール、引きずって」

「はい、はい」

老婦は、すうっと声を低める口調になって、

「いえな……」

と、言った。

「こんなこと、ご近所はんの、よその口からあんさんの耳に入ったら、ぐつわるいしな。隠してもおけんかなァとも思てな。そんで、言うンどっせ。よそで吹聴《ふいちょう》なんかせんとくれやっしゃ」

「はい。それはもう」

老婦は、さらに声を低めて、すうっと高彦の耳もとへ囁《ささや》き込んだ。

「それな、うちの婆《ばば》どすがな」

「へえ?」

「いやいや、わてとは、なんの関係もない人どっせ。ま、この家の、な、言うたら、居候《いそうろ》です

わな。へえ、もう、長いこと、居据《いす》わってはゝねやわ。ここがな……」

と、自分の横頭を老婦は小突いて、

「おかしことになってますねん。そ。ぼけてますねん。あんさん。ニンチ！」

「ニンチ？　ああ、認知症でっかいな」

「そう。それ。それどす。そんでな、徘徊しまゝのや。ちょっとも油断がでけしまへんの」

高彦は、ひそひそ話をする老婦の顔が、奇妙にけろっと冷めていて、時に、にっと笑ったのかとさえ思えもする表情を見せるのが、気になった。

「このお家の、どういう方なんですか」

「そやから、居候ですがな」

「居候て？」

「ある日な、突然ここへ入ってきて、そのまま、住みつかはったんどすがな」

よく意味がのみこめなかった。

「わかりまへんわな。そら、わからしまへんわ。けどな、あんさん、あの人の素姓明かしたら、これ、えらいことになりまっせ。そや、そや。あんさん、雑誌のお仕事やったいな？」

「はい」

老婦は、両手の指先で口もとをいきなりおおい、出てくる忍び笑いをおさえた。

「おお怖《こわ》。もちっとで、とび出しそうやった。怖。怖」

と、一度は肩をすくめてみせた老婦が、数日後には、平気でその禁を破ったのだった。

「あんさんだけに、言うのンどっせ。なぜかというとな、これも、なにかの縁かと思うからどっせ。そやかて、あんさんは、わてが、二十過《はた》ぎた頃から、先代のお世話になって、ずうっとこの方、何十年もご奉公してきたこのお屋敷を、お暇《ひま》出されて、途方に暮れてた頃のわてを、知っといやしておくれやしたお人やからどす」

「あの……お漬け物屋さん……？」

「そうどす。あこな、わての、出所《でじょ》先どンねや」

「親もと、ですのか？」

「そうどすねん。一生おまえはここで暮らせ。この屋敷のめんどう見ててくれたらええ。亡うなった先代に、くれぐれも言われてな。この一野の別宅は、このわてが、守ってきたつもりどす。その一野から追い出されて、行き場ものうて……そうでンなァ、十年近こうは、あこにいましたやろかいな」

「そうだったんですか」

「へえ。もうなさけのうてな。あの出戻った頃のこと思たら、腹が煮えますわ。ちょっとまあ、聞いとくれやす。こうどしたんで。ある時な、東京の本家のご総領が見えてな、頼まれてくれ、言わはンの。お世話にならはった人が、事情があって、東京を離れたいと言わはンのやて。ここは広い。部屋も多い。あんたも、寄る年波やし、一人で無用心なこともあるやろ。どうや。茶飲み友達ができたと思うて、一緒に住んでもらえんやろかて、言わはりましてん。

わてに、厭《いや》やて、言えまっか？

ここは、先代から、おあずかりした家。わては、その家守《いえもり》どす。『どうぞ』て、言うて、承諾しましたがな」

老婦は、当時のことを思い出しでもするのか、ちょっと眼を遠くへ投げた。

「もうええお年の婆《ばば》さんが、お二人で、見えましたがな」

「お二人？」

「へえ」

表情のない声だった。

だが、冷え冷えと聞こえもした。

「なにしろ、あんさん、こうどっせ。人に顔見られとうない。ここに住んでることも、知られとうはない。われわれのことは、けっして、人に喋らんといてくれ。世間に悟られとうないて。こない、言わはる人達でっしゃん」

「ええ？」

と、高彦は、聞き咎めた。

「いったい、どういうことなんですか」

「そうでっしゃろ？　そんなこと、でけますか？　かりにでけても、いつまで続けられまっしゃろか。けど、そない言わはゝの。人に隠れて、世間の眼を逃れて、自分たちは、暮らしたいのんやと」

老婦は、言った。

「わてな、ご総領に言いましたんや。ようおあずかりしまへんて。そこを曲げて、頼むんやて。そない言わはるさかい、つぶれん目ェもつぶったんどす。なるほどな。端《はな》の内は、静かに暮しといやしたわ。けどな、それもこれも、みんな、わてがいるから、でけることでっしゃん。ま、黙って、めんども、みてあげたわ。

東京に住めんということは、東京を逃げ出してきはったということや。どんな事情かは知らんけど、犯罪者やなんかやないて、ご総領が言わはるさけ、ま、人助けやと思てな。手間も、厭《いと》いはせえへんかった」

この折、老婦がふっと押し黙り、長い沈黙の末に、ゆるゆるとその顔のおもてにひろげた声のない笑いのことを、高彦は、しばらく、忘れかねた。

「五年くらいでしたやろか。そんな暮らし、続けたんは。五年も、一緒にいてますとな、そら、正体のわかる日が、ごくごく自然にやってきますわ。くるもんどっせ」

そう言って、彼女はまた笑った。

「姉妹やない。友達同士でもあらへん。けど、ひっそりひっそり、寄り添うてはる。昔の言葉で言うたら、主従。主人と、その付き人。侍女。ま、これに間違いはおへなんだけどな。ある時、わてな、それこそ急に、霧が晴れたみたいにな、はっとわかりましたッや。あっと、息のみましたがな」

二人の老女は、それぞれ相手を、

「アキコさん」

「ハルコさん」

と呼んでいたが、時々、それが、

「センセイ」

になり、慌てて言い直すというようなことがあったというのだ。

「わてが聞いたのは、めったにないことやったけど、二人きりの折にはな、たぶん、そんな呼び方をしてはることがあゝのやと、思たんどす。するとな、眼がさめたみたいに、眼の前にある顔が、その正体が、わかったんどす。

年寄らはって、それはもう、見る影もない顔になってはったけどな、それに気づいて、そう思て見れば、間違いおへん。わてらが、昔、よう知ってた、有名な人の顔ですねん」

老婦は、ゆっくり区切るようにして、言った。

「生駒宝子《いこまほうこ》」

「え？」

「知ってはりまっか？」

「いや。名前だけですけどね。聞いたことは、何度もあります」

「そうでっしゃろな。あんさんたちの時代の人やあらへんもゝな」

生駒宝子。

戦後の日本映画が迎えた黄金時代と呼ばれる全盛期に、掛け値なしに、銀幕を飾った大スターと指折られる主役女優の一人だった。

「あれでしょ。地位も人気も、絶頂期だったのに、不意に、映画に出なくなった。はっきりした理由や、原因が、わからない。臆測はなにかとされたが、どれも当っているとは思えない。その内に、引退かと囁かれるようになり、そのまま姿は見せずじまいで、二度と映画界には戻らなかった」

「そうどすそうどす。マスコミにも、ずいぶん追っかけられはったし、居所探しで、大変やったわなァ。東京と、鎌倉に、家持ってはったていうけど。その家にも、おちおちしてられへんわなァ。そうでッねや。そんな騒ぎが落ちついて、あれ、もう十年も、二十年も、たった頃でしたで。望遠レンズで撮ったとかいう写真が、どっかの新聞やったか、なにかに、載りましたで。ピンぼけみたいな写真でな、どっかの庭かなんかで、干し物してはる写真どしたかな。もう、似ても似つかん、面影もないようなもんやったで」

「あ、そういう話も、ちょっと聞いたことがあります」

「なあ。世間て、そういうもッどすがな。恐ろしこと、平気でしはる」

「それで」

と、高彦は、その先をうながした。

「言わはったんですか？」

「なにをいな」

「つまり、正体がわかったってこと」

「生駒はんにかいな」

「ええ」

「なに言うといやすのん。そんなこと、言うもんでっかいな。おくびにも出しますかいな」

「ずうっと?」

「へえ。ずっと」

「どっちが、どっちやったんですか」

「なにが」

「名前です」

「アキコさんが、生駒はんで、ハルコさんがな、あれ、ほんまの付き人や。映画時代からのな。きっとそうや。大部屋か、ワキの役者やな。そんで、付き人してはったんやわ」

「で?」

と、高彦が、言った。

「なにがいな」

「なにが、あったんですか。十年前に」

老婦は、わずかの間、口をつぐんだ。

そして、造作もなく、言ってのけた。

「アキコさんがな、ぼけはったんや」

「え?」

「女優時代の、あることないこと、嘘か本当か知りまへんで。ひょい、ひょいと、喋りはってな……平気で、口に出さはるンですわ」

高彦には、思いがけないことだった。

「ハルコさんは、もう、あたふたしてな……うろたえたり、動転したり……しまいには、泣き叫んで、アキコさんにとりすがってな。まあ、家の中は、大騒動や。どないしはる？　あんさんやったら」

「わかりませんよ。どないしたらええかなんて。僕に、そんなこと聞かれたって」

高彦は、実際にも、不意に、うろたえていた。

「そうですねん」

と、老婦は、その時、言った。

「わてはなァ、あの婆たちに、追い出されましたんや！」

「ええ？」

「そうでっしゃろが。わてがいてたら、あの二人、どないして暮らして行かはるンや？　お暇はもらいましたけどな。心では、思てます。あの二人に、わては、追い出されたんやとな。これ、忘れはしまへんねん。忘れられまっか？」

高彦に、返事などできなかった。

理由もなく、胸が、どぎまぎした。深い所で、うろたえている自分が、いた。それが、わかった。

「ほしたら、なんで、今ここに、このわてがいるのんかて、あんさん、お聞きになりとおっしゃろ?」

高彦は、唾をのみこんだ。

口の中が少し渇いていた。

「アキコさんがな、頼みはったからどすねん。帰ってきてくれと。わてがいィひんと、暮らして行けへん。どうか、どうか、戻ってきてくれと、な。短い手紙やったけど、書いて寄こさはったんどす」

「それ、ハルコさんが、ですやろ?」

「いいえ。アキコさんがどす」

「でも」

「ぼけてはゝのにと、言わはゝのやろ? わてもな、そない思いましたわ。ハルコが、アキコはんの名で、これ書いた手紙やと。ぼけた老人の世話、とうとう、投げ出したなと。音をあげて、泣きついてきたのゝやと、思いましたわ」

「……そや、なかったんですか?」

「へえ」

「へえて、あんさん……」

と、高彦は、言った。

老婦は、平然として見えた。

「十年ぶりで、この屋敷を訪ねたことになゝのでっけどな、きてみて、あんさん、わてな、腰、抜かしましたわ。まあ、散らかり放題、どっこも、かしこも、わやくちゃで、荒れ放題どしてなァ。もっとびっくりしたんは、あんさん、ぼけとンのはハルコの方でしてん」

「ええ？」

「そうですのンや。ハルコさんが、ぼけて、アキコさんが、正気に戻ってはりますのや」

高彦には、まだよく呑み込めないところもあった。

一度、追い出された女は、こうやって元の屋敷へ戻ってきた。

今、その屋敷を取り仕切っているのは、本来の主《あるじ》、ふきであった。

では、と、高彦は、思ったのだった。

雪の日のあの老女。

長いショールを引きずったあの女が、ハルコなのか、と。

降りしきる雪の、音もない雪景色が、眼の前に戻ってきた。

6

雑誌社の知人に調べてもらったのだが、生駒宝子の家は、東京にも鎌倉にも、もうなくなっていて、行方がわからないという。しかし、死んだという話は聞かないし、戸籍も消されてはいないという返事だった。

「その一野さんのご総領に訊いてみはったらよろしやん」

と、信子は、言った。

そのつもりは、高彦には、なかった。

しかし、ふきには、話してみようと思った。龍安寺の雪の『石庭』でのことを。

「へえェ……」

と、彼女は、眼を見張ってみせはしたが、さして驚いた風もなく、応えたのだった。

「そうどっか……。あのお庭でな、女優時代に、映画撮らはってますねッや。名作ですわ。わても見てますけどな、その作品。けど、なにかあったんですわな。その時分に。いまだに、忘れられへんことなんでっしゃろなァ。わてなァ、流産しはったんやないかて……思うことがおますんや。いえいえ、確かなことやありまへん。ただな、二人が喋りはることや、老いぼれはっての世迷言《よまいごと》か、なんやかんやと、言い合うてはる話なんかはな、いやでも耳に入ってきますがな。お子をな、流さはったんとちがいますか。映画撮ってる最中のな。寒い寒いお庭のことは、時々、口《くち》にしはりまっせ。どこやろ。わても思てましたん。へえ。そうでっかいな。龍安寺さんどしたんかいな。けどなァ、女のな、心の中は、わからしまへん。まして、女優はんのな。なんせ、『永遠の聖女』と言われはったお人どすよってなァ」

そう言って、うっすらと、笑ったのか、そうではなかったのかわからない、この老婦がよく見せる、冷めた表情の下のどこかが、にっと崩れて、動くような笑みを浮かべた。

「恋もしはりましたやろに。なんも、かんも、のうなって。女の命は……、玉の緒は、老いさらばえて行くだけどっしゃん。物狂いも、しはりますがな。させといておあげやす。人の心の奥なんて、覗き込めはしまへんがな。かなしゅうて。恐ろしゅうて。そんなん、誰にも、でけしまへん。違うてますかいな？」

ふきは、まっすぐに顔をあげて、高彦を見た。

「当てて見まひょか？」

「え？」

「今、あんさんが、考えてはること。その雪の日のショールの女は、ハルコはんやったのか。それとも、アキコはんどしたんか。違います？」

高彦は、無言でいた。

あの老女は、ほんとにぼけていたのだろうか。正体なくした人だったのか。

そうではないような気が、してならなかった。

その時、ふきが、言った。

「わてな、ハルコはんが狂わはったから、アキコはん、正気に戻らはったんやないやろかて、思うことがおすのゝえ。自分が、しっかりせな。しっかりせなと、心が心を、知らん間に、奮い立たせて、正気の息、吹き返しはった。そない、思うてますのゝや」

その声を聞きながら、高彦は、意味もなく、五体がしんしんと冷えはじめて行くのを感じた。

その逆も、またその逆も、あったのでは……と、考えている自分が、そこにいた。

〽　玉《たま》の緒《お》よ　絶《た》えなば絶えね　ながらへば　忍《しの》ぶることの　弱《よわ》りもぞする

誰が詠《うた》うのであろうか。

式子内親王の歌が耳の中で消えなかった。

わたしの命よ。絶えて消えてくれるのなら、早く絶えよ。もうこれ以上生きながらえていなければならないなら、人には隠してきた恋を、忍び忍んできた心を、隠しおおせる力ももう、なくなってしまいそうだ。

絶えよと叫ぶ声のまわりに、まとわりつくものの姿が見えた。絶えさせはせぬ。絶えさせは。そのえたいの知れぬものは、つる草のようにはびこり、歌声にからみついていた。

一野の屋敷は、いつ通っても、高い塀越しに、今も、蔓葛のしげりを見せている。いつも、その前を通る時、一瞬、高彦には、ショールの奥に隠れていた京鹿の子の手絡の緋色が、目の先をよぎるのである。

春喪祭

1

この世のなかには、というよりも人間の暮らしには、符牒《ふちょう》が合うというような事柄が、往々にしてあるものだ。

たとえば暗合とでもいうべきか。身辺のできごとにふしぎな辻褄《つじつま》が合い、偶然の一致だなどとはとても思えぬような、それはなにか眼に見えぬ巨《おお》きな仕組みの糸をたぐり合わせる、或る企らみの手をふと思いつかせでもするような、物事の奇妙な重なり合いである。

野田涼太郎にとって、吉村深美《ふかみ》の場合がそうであった。

涼太郎が深美の消息に接したのは、五月の初旬。彼女がいなくなってからほぼ一年ぶりのことだった。

連休明けの第一日目で、午後からの授業に出席すればよかったから、彼は昼近くまでベッドのなかにいて、やっと起き出したところであった。

洗面所の窓から、母屋の庭に咲いている牡丹《ぼたん》の木叢《こむら》の一部が見える。京都西賀茂《にしがも》にあるこの涼太郎の下宿している農家には二十株ばかり牡丹を植えた畑がある。主《あるじ》が自家用の漢方薬にするためだ。その根は頭痛、止血、鎮痛にききめがあるという。その牡丹の木叢のそばを、大家《おおや》と柏木新子が歩いてくる姿が見えた。

「野田はん。お友達でっせ」

大家は離れの表から声をかけると、さっさと引きあげて行った。

涼太郎は歯ブラシを口にくわえたまま、パジャマの下穿きをジーパンにはきかえて入口のドアを開けた。

新子はしばらくぼんやりと涼太郎を見つめて立っていた。

「どうした。元気ないじゃないか。連休ぼけか？　まあ、あがれよ」

涼太郎は離れの窓を開け放って、手早くベッドの乱れをかたづけ、洗面所の方へとって返した。

「講義出てきたのか？　おれは、これからなんだ。ゆうべのバイトが遅くなってさあ。三時だぜ、寝たの。水商売ってのは杓子定規にいかないからな。客がたてこんできてるのにさ、おれだけ、ハイ時間デス、サヨナラてわけにはいかないだろ……世のなか、不景気だとかなんだとかいうけどさ、やっぱり陽気のせいですかねえ。この連休、京都の夜はシッチャカメッチャカ。浮かれ放題。けっこう賑《にぎ》やかだったもんな。古都千年の観光都市。王者の貫禄《かんろく》といいますか。いいや、こわい街ですよ、この街は」

涼太郎はタオルで顔を拭きながら、振り返った。

新子は、まだ戸口の外へ突っ立ったまま、身動きもしないのであった。

「どうしたの……とって食おうなんていわないぜ。あがったらいいだろ。コーヒー飲む時間くらいあるからさ」

「野田さん……」

と、新子は、低い声をもらした。

「深美が、見つかったの」

「ん？」

涼太郎は、首すじをのばした。

「奈良。奈良にいてたの」

新子はやにわに顔をおおって、しゃがみこんだ。はげしい嗚咽《おえつ》の声をあげた。

「今朝、福岡のお母さんが学校に見えたの……お葬式も、もうすんだのやて」

「お葬式？」

涼太郎は、息をのんだ。

「そう。死んだのやて。深美、死んでたのやて」

「まさか……」

「ほんとうよ。ほんとうなのよ。お母さん、学校の方の後始末しにみえたのよ。見つかったのは、もう一週間も前なんやて。深美……自殺したていわはるの」

「自殺？」

咽《のど》につまったような声を、涼太郎はたてた。

「奈良の警察からしらせがあって、わかったのやて。桜井市《さくらい》のね。初瀬《はせ》の旅館で働いてたらしいのよ。旅館の仲居さんしてたんやて。一年住みこんでたいわはったから、いなくなってすぐそこに行ったのよね。ずっとそこに住んでたのよね」

「仲居さんて……？」

「お客の接待する人よ。お料理運んだり、お酒をついだり、泊り客の面倒みたりする女中さんがいてるでしょ。ね、深美に、そんな仕事がつとまると思わはる？　資産家の一人娘で、望みの大学通わせてもろうて、頭がようて、成績も抜群で、マンション住まいで……好きな人かて、ちゃんといてはる。なんにもいうことないやないの。なに不自由ない学生生活、満喫できる人やないの。なんで旅館の仲居さんなんかせんならんの。なんで奈良の山奥へ、逃げ出したりなんかせんならんの」

「ちょっと待てよ」

涼太郎は、さえぎった。

「逃げ出したってのは、どういうことなんだ」

睨みつけるような眼であった。

「だって、そうでしょ。自分で頼んで、その旅館に住みこんだていうのやもの。この京都での暮らし、捨てるか、逃げるかしたと思うよりほかないやないの。わけがわからんて、お母さんもいうてはったわ」

「一人だったのか？」

「そうやッて。まじめに、よう働いてたそうやねんよ」

「どうして……」と、涼太郎は、不意に昂ぶった声を放った。

「自殺なんかしたんだ。どうして」

「それが、わからへんのやて。夜明け方にね、初瀬川の川べりに、水につかって倒れてたんやて。川いうたかて、浅い川や。わたしも先《せん》に、いっぺん長谷寺《はせでら》お参りしたことがあるさかい、おぼえてる。膝めくって渡れるような川やねんよ」

新子は、眉根をゆがめた。

「手首をね……撥《ばち》で掻き切ってたのやて」

「撥？」

「そうよ。琵琶《びわ》の撥よ」

涼太郎は、ぼうぜんとした。

吉村深美が愛用していた和楽器の、一本の扇《おうぎ》のように先のひらいた鋭い木製の弾《ひ》き道具が、眼先に浮かんだ。

「咽も、何箇所か、突いたり切ったりしてたのやて。血を出しつくして死んだのよ。あの琵琶ね、胸のなかに、抱くようにして死んでたそうやねんよ。お母さん、泣かはるの。どんなわけがあったか知らへんけど……あの子に琵琶を習わせたのは、自分やて。昔、自分も習うてたさかい、趣味を持つのもええやろと、思うて習わせた琵琶やのに……て。お母さん、わたしに聞かはるの。大学に入って、和楽器のクラブがあるて、よろこんではいたけれど、あの子の琵琶は、琵琶に打ちこむとかなんとかいうようなものとはちがいましたんやろ、て。そりゃあ、深美は、クラブではいちばん琵琶の腕は確かやったわ。わたしなんか、かなわへん。けど、わたしかて、あのひとが、琵琶に打ちこんでたかと聞かれたら、すぐに『そうです』とは答えられへん。すくなくとも、撥で手ェ切って、琵琶を抱えて死んだりせなならんほど、あのひとが琵琶に執着持ってたやなんて、とても考えられへんわ。好きでやってたクラブやもん。そりゃあ、将来腕が立って、専門家になれたらなる人もいてたかもしれへんけど、音楽大学やあらへんし、趣味は趣味よ。真剣にはやってたけど、楽しんでたわ。生きるか死ぬかなんてこと、思いつめようがないわ。わたしの知る限りでは、深美にも、そんなこと、とてもあったとは思われへん。ね、ちがう？　野田さん。あなたにも、そんな心当り、あらへんでしょ？」

涼太郎はこのとき、別のことを考えていた。

いや、考えていたというよりも、ふとそのことが気になりはじめた、といった方がよい。

不意に頭のなかをよぎった思念だった。

彼は、明るい陽ざらしの、どうかすると汗ばむような光さえもえはじめている戸外へ眼を投げかけていた。薄桃色のぼったりとした花を咲かせている青い茂みが、開け放されたドアのむこうに一塊《ひとかたま》り見える。

五月の真昼間の陽光は、実際もう夏めいて眩しかった。

涼太郎は、そのあふれたつ光線に瞳をあずけたまま、口を開いた。

「たしか君は、いま、長谷寺っていったよな?」

「え?」

「初瀬ってところに、その寺があるのかい」

「ええ。だって、初瀬は長谷寺の門前町《もんぜんまち》ですもん。長谷寺一つで栄えた小さな町やもの。でなきゃ、あんな山奥に家並みをつらねて、いままで町が残ってることでけへんわよ」

「おれは、寺のことなんか詳しくないからよく知らんけど……その長谷寺っての、もしかしたら、牡丹が咲く寺じゃないのかい?」

「そうよ。牡丹で有名なお寺さんよ。ほら、『源氏物語』や『枕草子』なんかにも出てくるでしょ。昔は長谷詣《もう》でいうて、観音さまのご利益《りやく》受けに、たくさんの人達がつめかけたのよ。いまでこそ交通も便利になったけど、けわしい山のなかにあるお寺やもん、昔は気の遠うなるようなお参りやったと思うわよ。それでも、全国から人がおしかけてた所やねんよ。初瀬は、その人達めあてにできた町よ。いまでも、そうえ。長谷寺一つでもってる町え。早《は》よいったら、その牡丹見物で、もててるような町なんえ」

新子は、けげんそうな眼で、涼太郎を見返した。

「牡丹が、どうかしたん?」

「うん? いや……」

と、涼太郎は、言葉を濁した。

「そういえば、いつか、その寺の名前、彼女から聞いたような気がしたんだ。寺中《てらじゆう》に牡丹が咲きみだれる寺だって……」

「そうよ。深美のお母さんも、そういうてはったわ。どんな事情があったのか、さっぱりわからへんけど、牡丹の咲くお寺のある町で、あの子が死んだということが、せめてもの供養になりますやろうて。あなたも、知ってたのね？　深美、そんなに牡丹の花が好きやったん？　わたしは、ちっとも知らへんかったわ」

「おれだって、長谷寺っていうから、急に思い当ったんだよ。深美って、彼女の名前な、牡丹の花のことなんだ」

「え？」

新子は、おどろきの眼をみはった。

「これも、彼女から一度聞かされただけだから、そのままおぼえてるんだけどな。牡丹の古い別名に、『フカミグサ』ってのがあるんだって」

「フカミグサ？」

「古語では、そう呼ぶんだって。古い歌なんかに出てくるそうだ。もっとも、文字は一字ちがうけどな。『深く見る草』と書くんだそうだ」

「深見草……」

「そう。深美は、その読みをとったんだそうだ。彼女が、お袋さんのお腹のなかにいる頃にな、お袋さん、何度か牡丹の夢を見たんだって。牡丹の花畑のなかで、彼女を産み落してる夢なんだってさ」

涼太郎は、話しながら、

――ふふ
と、いたずらっぽく笑った深美のあどけない笑顔を、想い出していた。

――ばかみたいでしょ。だから、わたしいってやるの。母さんのそのときの顔が見たいわって。畑のなかで赤ン坊産み落したりして、いったいどんな顔してたかしらねって。さぞかしあわてて、びっくり仰天、うろうろしてる母さんの顔想像する方が、よっぽどおもしろいわよね。

――いいえって、母はいうのよ。おまえは、ほんとうに楽に生まれてきてくれた子なのよって。わたしは知らないんだけどね。わたしが生まれた頃の家には、ほんとに牡丹の木がたくさんあったらしいのよ。牡丹って、二十年おきくらいに、土を全部入れ替えなきゃ、だめになってしまうんですって。いくら肥料をやったって、うけつけないんですってよ。ちょうどそんな時期だったんで、面倒くさがり屋の父が、思いきって畑全部を枯らしちゃったんだって。だから、わたしの記憶にはないの。

――でも、そういう話を聞かされると、わたし、ときどき、思ったりするのよ。夢じゃなくて、ほんとのことなんじゃないかしらって。母が牡丹の手入れをしてて、ほんとにわたしはその畑のなかで生まれ落ちたのかもしれない。

――ふふふ
と、深美は、また笑った。

その忍び笑いは、妙になまめかしく、いたずらっぽかった。

涼太郎は、身辺にふと漂いたつ花の芳香にむせ、幻めいたその香りを追った自分を想い出していた。

深美が、はじめてこの離れで、涼太郎に抱かれた日の記憶であった。

そして、その数日後の日の午後には、もう深美は涼太郎の前から姿を消していた。

それっきり一年間、吉村深美は行方を絶《た》って、音沙汰がなかったのである。

彼女のマンションの部屋からは、持ち出されているものといえば、誰にでもはっきり確認できるのは、薩摩《さつま》琵琶一つだけであった。

あるいは、簡単な旅行支度をしたかもしれないと思われるふしはあった。たとえば、もっとも彼女と親しい、彼女の部屋のなかの様子はいちばんよく知っている筈《はず》の柏木新子は、スーツ・ケースが一つ見当らないようだ、といった。しかし、深美は、幾種類ものスーツ・ケースを持っていた。古いスーツ・ケースは処分したのかもしれないとも思われた。つまり、眼にたつもので失くなっているのは、なにもなかったともいえるのだ。彼女は、かなりな額の現金を、いつも自由に使える身分である。それを、そっくり持って出ていた。

このことが逆に、彼女の身に不幸なできごとを想像させる不安の種ともなったけれど、あるいは気まぐれな旅へでも出て、懐がつきればひょっこりと帰ってくるのではないかという望みも、絶えず起こさせる気休めにもなっていた。

無論、捜索願いは出されたけれども、深美の手がかりはどこからも得られなかった。

そして、一年の歳月が流れたいま、深美の消息はもたらされた。

牡丹の花の咲く季節に、牡丹の花畑のなかをとおってやってきた柏木新子が、そのしらせを涼太郎にもたらした。

(牡丹……)

と、涼太郎は、思った。

思わざるを得ないのだった。

吉村深美の身のまわりに、まるで暗合するかのように、牡丹という文字が重なり合って現われるのが奇怪であった。

涼太郎は、いま、そのことを考えているのだった。

2

野田涼太郎に、長谷寺を訪ねなければならないという念《おも》いがやみくもに湧きたったのは、深美が遺書のようなものを残していたと、新子に聞かされたときであった。

それは『遺書』という断り書きがあったわけではなかったが、彼女がこの世に残した言葉、すくなくとも初瀬の地で彼女が自らの手で書きとどめた、たった一つの記述であることにまちがいはなかった。

その一群の文字は、死んだとき深美が胸奥ふかく抱くようにしてかかえこんでいたという一槽の薩摩琵琶の裏甲に、細字用のマジック・ペンで書きつらねてあったという。

次のようなものであった。

吾《わ》が夫子《せこ》が　その名告《の》らじと　たまきはる　命は棄《す》てつ　忘れたまふな
夢《ゆめ》の逢《あひ》は　苦しかりけり　覚《おどろ》きて　かき探れども　手にも触《ふ》れねば
事しあらば　小泊瀬山《をはつせやま》の　石城《いはき》にも　隠《こも》らば共に　な思ひ吾が夫《せ》

いずれも、万葉の古歌であるという。

国文専攻の新子にそのあらましの意味は教わったが、涼太郎は畑ちがいの万葉集を自分でも当り直して確かめた。

簡単に訳せば次の如き現代語となるだろう。

第一首は、

——あなたのお名前など、決してひとには明かしません。そのために、わたしは命を絶ちました。忘れないで下さいね。

また、第二首は、

——夢幻《ゆめまぼろし》のなかでお逢いするのは、苦しいことでした。眼がさめて、はっとあたりをかき探っても、手に触れるものはもうなに一つ消え失せて、ないのですから。

そして、最後の古歌は、

——もしなにかの事が起こったならば、小泊瀬山の墳墓のなかへだって入ります。あなたといっしょに隠《こも》れるのなら、黄泉《よみ》の墓穴だろうと厭《いと》いはいたしません。心配しないでくださいね。

と、いうようなものであった。

ちなみにつけ加えておけば、一首と三首は作者不詳、二首目は大伴家持《おおとものやかもち》の歌である。一目《もく》してわかるように、深美が書き残したこれらの古歌は、いずれも『恋歌』と呼んでもよいだろう。

そして、恋の歌とわかったとき、涼太郎の心は一時に騒いだ。

国文科専攻の深美とは学部がちがったが、同じ大学のキャンパス内で顔を合わせるたびに二人は惹《ひ》かれ合うようになり、そして結ばれた。それがちょうど昨年の今時分のことだった。深美にとっては、涼太郎は、はじめての男性体験であったことにまちがいはなかったと、涼太郎は確信していた。

涼太郎の腕のなかで、初々しくはにかんで染まる深美の裸身は、無垢だった。無垢にこだわりはしなかったが、無垢だとわかることの素晴らしさが、涼太郎を有頂天にした。抱いても抱いても、抱ききれぬみずみずしさが、まだその奥にあふれていた。汲みつくせぬ、きりもない初々しさだった。もう離しはしない、と涼太郎は何度も誓った。離れないわ、決して、と深美も応《こた》え返した。あどけない歓戯の底に火が走り、その火がさわやかで、清冽な炎をたてる感触や、眺めに、涼太郎は酔った。骨抜きにされそうだ、と彼は思った。深い満足感だった。

やがて深美は、肌を合わせただじっとしているだけで、はずかしそうに溶けはじめるようにさえなった。深美は、皮膚の下で花びらがそよぐといった。いたるところの五体の深みで、薄い大輪の花びらがひらく、と訴えた。無数の華麗な花びらが触れ合う気配や、さまよう姿や、ひしめく賑わいなどを、彼女は告げた。告げるたびに、彼女の言葉はたどたどしく、幼児のように舌足らずな口調に変って行った。

甘やかな、だが壮《さか》んな征服感に、涼太郎は、酔い痴《し》れた。

彼女がいう。涼太郎が、応える。

——いいんだよ。それで、いいんだ。

——ほら、咲くわ。大きな花びらよ。ああ、咲いたわ。また、咲くわ。ほら。

——もっと咲かせろ。いくらでも。咲かせていいんだ。好きなだけ。

——だめよ。そんなことしたら、わたしは花だらけになっちゃう。花になっちゃう。ほんとうよ。わたしはなくなっちゃう。

涼太郎は、疑わなかった。深美は、誰のものでもない。自分一人のものになった、と。

その日、離れの窓の外の畑には、鮮紅色の牡丹が花ひらいていた。うっとりと潤《うる》みきったまなざしを、いつまでも見飽きるふうもなくその花冠へ投げかけていた深美。彼女が、それから数夜明けた後《のち》の翌日にはもう跡形もなくかき消えて、行方を絶ったということが、涼太郎にはしばらく信じられなかった。捜せるだけは捜しつくした。気がつくと、ふと狂気にも似た暴暴《あらあら》しい衝動に誘いこまれてもいるような毎日だった。

一年の歳月が明け暮れて、いま涼太郎が眼にしているものは、彼女がこの世に遺《のこ》したという三首の万葉の恋歌だけだった。

涼太郎の心が波立つのは、わけても、一首目と三首目の古歌の内容なのだった。

『命を棄ててでも、あなたの名前は口外しない』という歌は、男に尽《つく》し、恋に殉ずる一途な女の心情を吐露している。かりにこの男が、涼太郎だったとしたらどうだろう。命を絶ってまで涼太郎の名前をひた隠しにする必要がどこにあると考えればよいだろうか。深美と涼太郎の仲は、学内でも公然の間柄だった。肉体の交わりこそなかったが、誰もそんなことを信じはしなかった。交わりがあって当り前の仲だった。その交わりができた途端、名を秘すという理由がどこにあるだろうか。かりにそんな理由が深美の方にあったとしても、秘すならば、最初から二人の恋愛関係は秘め事の形をとるべきではなかったのか。この歌にみなぎっている『命を賭しても名を明かさない』という切迫した状況は、涼太郎と深美の間では成立しようがないように思われた。

そして、第三首である。

この歌は、もっと具体的に深美の死の状況を説明していると思われる。小泊瀬山とは、奈良県桜井市初瀬町にある長谷寺が、その山腹に伽藍《がらん》をひろげて建っている現実の山の名前である。古代、この初瀬の地は、山深い隠れ国、墓所墳墓の地といわれ、人の世の果てる場所、終末の土地と伝えられている。

吉村深美は、その泊瀬の地で、一人手首を切り裂き自害して果てた。つまり、この三首目の古歌どおりに、彼女は黄泉の国へ旅立ったのである。『あなたといっしょなら、泊瀬の墳墓の闇穴《やみあな》へも入れます』と、古歌は詠《うた》っている。彼女が、その『闇穴』へ入ったからには、『あなたといっしょ』だった、と考えるのが自然であろう。『あなたといっしょ』だったから、彼女は黄泉の人となったのだ。――この歌は、そういう意味のことを伝えている。

ということは、彼女といっしょに黄泉の国へ旅立つ男がいた、ということだ。そして、その男も旅立ったのだ。彼女がもうこの世の人間ではないように、その男も、すでにこの世にはいないと見るべきではなかろうか。だからこそ、深美は死んだのだ。死ぬことができたのだ。

この歌は、吉村深美の恋い焦《こが》れた男が涼太郎以外にあったということを、なによりも瞭然《りょうぜん》と物語っているのではあるまいか。

涼太郎は、そう思った。

もしそうならば、それは、彼女が涼太郎の前から姿を消した後に、現われた男であるにちがいない。すくなくとも、涼太郎の腕のなかにいた彼女は、涼太郎以外の男のものでは決してなかった。

涼太郎は、そのことが信じたかった。

一年。涼太郎には知ることのできないその空白の歳月のなかで、深美の身の上に何が起こったのか。それをつきとめたい、と彼は思った。

「わたしも行くわ。つれてって」

と、柏木新子も同道を申し出た。

なにかが起こった。それが、初瀬の地で起こったことだけは、確かなのだった。

3

近鉄大阪線を長谷寺駅でおりて二キロ足らず。国道百六十五号線から旧街道へ折れて山際へ向かって歩くと、家並みは一段と狭まって、長谷寺へのぼるこの二、三百メートルの街道筋は、小さな旅館や食べ物屋、土くさいみやげ物屋が両側に軒《のき》を接して長々とつづく。遠く鎌倉、室町の頃から繁昌したという、いわゆる長谷の門前町である。

背後を山脈《やまなみ》でかこわれ、一筋山ふところに向かってのびる細長い蛇体を思わす町だった。

『美濃屋』という旅館は、寺寄りの道筋にあり、すぐに見つかった。深美が一年間住みこんだ旅館である。

牡丹のシーズンも終りにさしかかってはいたが、さすがに人の出は多かった。最初から泊りこむつもりできていたから、二人はその旅館にあがった。最近は日帰り客がほとんどで、稼ぎは昼食や鉱泉浴《こうせんよく》に立ち寄る客の貸席商売に頼っているらしかった。案内した年増の女は、よく喋ったが、深美のことを切り出すと、急に眉間にしわを寄せた。不快がっているのかと思うと、そうではなかった。

「お友達？　そうね？」

と、彼女は前掛けで小鼻の脇をおさえながらうなずいた。涙ぐんでいるのだった。

「けど、その話、せんときよ。おかみさん、えろう警察でしぼられなさっとってやから。身元もわからん子を使うて、届け出もちゃんとせなんだて、そら尻叩かれてはるからね」

涼太郎達は、この仲居から、深美がここへ住みつくようになったいきさつを聞き出した。

彼女の仕事の合間をみては聞き出した話であるが、それによると、深美は最初三日間ほど泊りたいといって、客として投宿したのだった。朝から晩まで一日中、寺に通っていたという。

「牡丹見物ですかと聞くと、そうですて答えなさっただけでね、ほかにはなんにも話しなさらんひとやったわ。三日が十日、十日が二十日になってね。花の季節がすんでもまだ泊ってはるでしょ。お宿料はきちんと入れてはるからね、わたしらにとってはええお客さんやわねえ。手間もかからんし、お行儀もええし。お掃除なんかも自分でしてね。まあしまいには旅館の仕事もちょいちょい手伝うたりしはってね、どっちがお客やらわからんようになってしもうたんですわ。ある日、十万円ほどお金を出さはってね、これがなくなったら、わたしはここを出んといかん。けど、この土地を離れとうはないのやていわはるの。ここで働かせてもらえんやろかていわはるの。給料はいらんさかい、置いてもらえんやろかてね。そらもうびっくりしましたわ。けど、なんやしらん気心が知れるていうのか、お馴じみにもなっててね……事情を聞かしておくなはれていうことになったのよ。そうしたら、あのひと、琵琶歌を作りたいのやて、いわはるの」

「琵琶歌……？」

「はあ。実は、それ作るためにやってきたのやけど、どないしても想がまとまらん。まとまるまで、置いてもらえんやろかて……そりゃあ思いつめて頼まはるの」

「深美のお母さん、そんな話、ちっともいわはらへんかったわ」

と、新子が独《ひと》り言のように呟《つぶや》いた。

「そうですか。ちゃんと話しましたんですよ」

「まあいいじゃないか。先を聞こう」

と、涼太郎は促した。

「おかみさんも根っから人情もろい人でね……そんならまあ、従業員というたら大げさになるさかい、食べることとくらいは手伝うてもろうて、うちの寄宿人と思うたらええがな。そういうことになったのよ。ほんまいうたらね、おかみさんは大助かりやったのよ。いまでこそ、仲居は五人も入ってるけど、これ、シーズン終ったらみんなほかへ流れていきよりますねんよ」

「じゃ、臨時の仲居さん？」

「はあ。シーズンたんびにやってくる人達でっさかいね、わたし一人になりますねんよ」

「へえ」

「そやないとあんた、こんなところ、お商売になりますかいな。けど、お店開いてる以上、いつお客さんあるかもしれまへんやろ。時期はずれにどかっと見えることかてありますしね……

そやから、あのひと重宝してましたのや。ただねえ……」

と、仲居は、急にいいよどんだ。

「なんですか。どんなことでも聞かせてほしいんです。お願いします」

「いえね。家族のかたがこられたときにも、これは話してませんのです」

と、仲居はいった。

「あんな死に方しはりましたやろ。警察でも、男関係をしつこう聞かれましたさかいね。これ以上、亡《の》うなったひとをとやこう曝《さら》しものにするのがかわいそうでね……」

「と、いいますと？」

「あのひとね、ときどき夜中に、裏口からこっそり出かけて行きはるの。いえね、隠しだてしてはるのとちがうのよ。琵琶の曲に、夜中の初瀬も必要なのて、わたしらにはちゃんというてはった。それが証拠に、惚れたはれたの噂なんか、あのひとには毛ほども出てこんでしょ。こんな小さい町やもん、そんな噂がもしあったら、隠せるものやありませんがな。あのひとは、ほんまに一生懸命、琵琶の曲考えてはったのや。わたしは、そう思うてます。けどねえ、これ親御さんに話してみなさい。それでのうても、胆つぶしてはる親御さんや。心のどこかで、きっとしこりになりまっしゃろ。男があったんとちがうやろか。そう思いなさっても、仕方おへんわ。それがわたし、あのひとに気の毒でなあ……とうとう、よう口に出せへんかったのよ」

「じゃ、あなたは、彼女がどうしてあんなふうにして死んだと思ってらっしゃいますか？」

「わからしません。あのひとのこと、よう考えたら、わたしら、なんにも知ってへんのでっさかい」

「死ぬなんてこと、思ってもみなかったってことですか?」

「はあ、そうです。そりゃまあ、今年の牡丹の季節になって、夜中に抜け出さはることが急に数ふえましたけどな……死ぬ前の頃には、ほとんど毎晩みたいやったけど、曲が浮かんできてるのやなて、陰で話してたくらいですわ。そりゃもう、眼に見えてやつれてきはってねえ。見てるのが辛《つろ》うおしたわ。あんた、体こわしたら、元も子もないよていうてはいたんですけどなあ……」

仲居は言葉をとぎらせて、急に涙声になった。

「……きっと、うまいこといってへんかったんでっしゃろな。それにしても、死ぬほど思いつめてはったやなんて……わたしら、よう知りませなんだわ」

涼太郎達が聞いた話は、ほぼそんなものだった。深美はときたま、琵琶をかかえて出掛けることもあったという。日中は、楽器にかまっているわけにもいかなかったのだろう。

初瀬川の川上で、真夜中に琵琶の弦がかすかに聞こえることもあったという。

人家を遠く外れた場所で、ひそかに弦をかき鳴らす深美の姿が眼にうかんだ。

涼太郎と新子は三日、初瀬の町を歩きまわった。深美が一年過ごした町のありとあらゆる場所に立って、二人は時を過ごしたのだった。

しかし、この門前町に足を踏み入れて一番最初に立った場所、長谷寺が、最も美しい姿を見せるといわれている仁王《におう》門から遙か山腹の本堂へ掛けてつらなる長い登り廊下の前に立ったときの、奇妙な胴震いが、涼太郎には忘れられなかった。

それは、この登廊建築の持つ美しさのせいではなかった。いや、確かに登廊は美しかった。全長百八間《けん》、切妻《きりづま》屋根に吹き放しの柱組み、二間ごとに優美な丸吊燈籠《つりどうろう》をさげたゆるやかな石階段の登り廊下は、世界でも類を見ない建築美を構成していると賞讃する声も高い。気品にあふれた華麗な廻廊にはちがいなかった。

牡丹は、この登り廊下の両脇を埋めつくしていた。

古木新木ととりまぜて百数十種、全山七千株にもおよぶという高雅な花の氾濫するさまは、登り廊下の美と溶け合って、あるいは競い合って、絢爛《けんらん》たる眺めであった。

踵《きびす》を接してひっきりなしに続く見物客の人群れさえなかったら、どんなにそれは圧倒的な光景であったろうかと、涼太郎もそのことを思わぬわけではなかったのだ。

だが、この騒然とした人群れさえなかったらと、不意に思ったその瞬間に、涼太郎はえたいの知れぬ昂奮《こうふん》が身内を走り抜けるのを感じたのだった。

おそらく、深美もまた、そう思ったにちがいないと、確信した。

無人の寺。そのなかに立ちたい、と。

しかし、この花季《はなどき》の寺にそんな時間を探すとなれば、人の起き出さぬ早朝か、夜更けてからでなければなるまい。光の射さぬその時間、花は花勢を失ってはいるであろうけれど、深美は多分、その時刻を選んだのだ。

宗務所《しゅうむ》でたずねると、朝はまだ小暗いうちから、そうした客達が出はじめるという。夜も、十時までは、仁王門の門前だけをそんな客達に開放して、照明をつけ便宜《べんぎ》をはかっているのだという。

するとと無人の寺に立つとなれば、夜明け前か、十時以後を選ぶしかない。しかし、十時になると門前の照明は消します、という返事だった。

「寺内は、九時に消灯します」

つまり長谷寺の牡丹は、闇のなかに姿をうち沈めるまでは、衆目から逃れ出ることはできないのだった。

「あなた、くるつもりね、今夜」

「君だって、そうだろう。深美が見た闇の牡丹を、おれ達は見なきゃならないんだ」

涼太郎達がその夜、再び長谷寺を訪ねたのは、午前零時をすぎてからだった。深美が『美濃屋』の裏木戸を抜け出す時刻なのだった。

小泊瀬山の麓《ふもと》から山腹にかけて巨大な寺領を擁した長谷寺の境内《けいだい》は、坂あり谷あり階《きざはし》ありで、大小多様な石積垣を上へ上へとはりめぐらせて、木造舞台造りの本堂がある高みまで壮麗な規模を展開しながら山肌をおおっている。末寺三千寺の総本山を誇る大殿堂である。

門扉は閉されていると思ったのに、意外に通行は自由であった。闇の高みや樹間の石道に水銀燈がともっていて、塔や木立や堂舎を淡くうかびあがらせていた。さすがに昼間の賑わいは消え果てて森閑としていたが、アベックや一人歩きの人の気配が不意にたったりとだえたりして、深夜も無人とはいい難《がた》かった。しかしそれも、一時間ばかりするとすっかりおさまり、物音の絶えた寺となった。

闇のなかで、ひっそりと七千株の牡丹の息づく香気だけが、後に残った。

次の夜も、その次の夜もそうだった。

午前一時をすこし過ぎていた。登り廊下の脇の僧房から、一つの人影が現われた。墨染めの衣に白衣の裾《すそ》をひるがえし、素足に下駄ばきの青年僧だった。僧は、すたすたと登廊をのぼって行った。

「ねえ、帰りましょう。きっと、巡回のお坊さんやわよ。境内見まわってはるのよ。ゆうべも、その前も、そうやったやない。こんなところ見つかったら、わたし達、アベックとまちがえられるわよ。牡丹のしげみのなかにひそんで、なにしてるって怒鳴られるわよ。格好つかんやないの」

涼太郎の吐く息が、新子の耳もとに触れた。

「君、ほんとうにふしぎじゃないのか」

と、涼太郎は、声を殺して、囁いた。

「え?」

「見てみろよ。あの登廊の明かりは消えてるんだぜ。水銀燈もここにはない。僕達は、闇のなかにいるんだぜ。しかも、これだけ離れていて、どうしてあの廊下をのぼって行く坊さんが、あんなにはっきり見えるんだよ。よく見ろよ。彼は墨染めの衣を着てるんだぜ。白衣の裾や襟の白さ、下駄の鼻緒……あんなに鮮明に見える筈はないよ」

「だって、見えるんやもの、仕方がないやないの」

「じゃ、あの下駄はどうだ？　君にも、確かに彼が下駄をはいてるのが見えるだろ」

「ええ。はいてるわよ」

「だのに、なぜ音が聞こえないんだ？」

「音？」

新子は、わずかに身じろいだ。

「ゆうべ、君に話そうかと思ったんだ。でも、もう一晩確かめたかったんだ。どうだ？　下駄の歯音がしているかい？　あの廊下は石の階段なんだぜ」

「……ゴムでも打ちつけてるのとちがう？」

「気休めは、よせ。君だって、変だと気がついてたんだろ？　見ろ、あの坊さんがのぼって行くそばの廊下の柱が見えるかい？　もうおれにはなんにも区別がつかないよ。だのに、彼の黒衣だけは、はっきりわかる」

新子の息をのみこむ音が聞こえた。

二人の背後で、低いしわがれ声が起こったのはちょうどそうしたときであった。

「そうや」

と、その声はいった。

おどろいて振り返ると、腰のかがまった小柄な女が近寄ってくるところだった。

「ああ、お婆さん……」

涼太郎は、ほっと肩の力を抜いた。

それは、昼間二度ばかり会っている、初瀬川の上流に住む農家の老婦だった。

一軒ぽつんと川べりにあるその藁葺《わらぶき》屋根の農家を見つけたとき、涼太郎はためらわず軒下へ入って行ったのである。深美の琵琶を、ここなら間近で聞いたかもしれないと思ったからだ。

老婦は、あっさりと、

「ああ、あのひとやったら、うちの納屋《なや》で、琵琶弾いてたのやで」

と、いった。

「ええ?」

「真夜中にあんた、川っぷちの淋しいところで、娘さんが一人、琵琶弾いてててええもんかいな。物騒やないの。そやから、うちの納屋使うたらええわ、いうてあげたんや」

気さくな、しわまみれの手をした女だった。

「あのひと、亡うなったんやてなあ……」

と、しんみりした口吻《くちぶ》りでいったきり、深美の話はあまりしようとはしなかった。

その老婦なのだった。

「あんたがた、おおかたここやろと思うたら、案の定や。気になってしかたないさけえ……きてみてよかった。あの坊んさまと話したら、あかんで。見てしもうたら、しょうもない。忘れてしまい。さ、早うお帰り……」

「なぜですか。あの坊さんは、いったい……」

「あれは、お坊さんやない。生身《なまみ》のおひとやあらへんのや」

「え？」

「誰にでも見えるていうひとやない。牡丹の花に執着絶てんひとだけに、ときどき、ああして見えるのや。執着いうても、男と女の色恋沙汰がからまりおうてるとかな……心の乱れのあるひとやろな……」

涼太郎は、なにかを思わずいいかけて、その声を深くのんだ。

「あんたがたも、昼間見て知ってなはるやろ。この登り廊下の両側には、六坊いうてな、僧房が六つあるのや。昔はまだまだ、それどころやあらへん。二百や三百も僧房があってな、学僧三千人てゆわれたもんやそうやで。ちょっと思うてもみなはれや。若い、血気ざかりのお坊さんが、何年もこの山深いお寺に籠《こも》らはって修行してはる。そのお寺に、こんだけの牡丹が咲くのやで。起きても、寝ても、飽《あ》くる眼《め》ものう、花の色香にむせて、あんた、つつみこまれてなならんのや。何百年て、このお寺さんは、そういう歴史を重ねてきてなさるお寺やねんで。若いお坊さん達の、それこそ何千何万たらいう妄執が、もうもうと、たちまようてる。たちまようても、ふしぎやないやろ」

涼太郎も、新子も、不意に息をつめた。

「いまかて、若い学生はんが、二十人ほどいてはるで。修行中の二年間は、たまにお休みがあるだけで、家にも帰してもらわれへんのやで。花のさかりは陽気ももえる。若い心は騒ぐやろ。あれはな、そういう若いお坊さん達の煩悩《ぼんのう》が、長い間に宙にまよって、生身をはなれてつくった影や。ときどき、影が表に出るのや。この花が咲く時季にな」

老婦は、ふと弱々しい声になった。

「あのお坊さんと口をきいたらあかんのや。聞いたが最期《さいご》、魅入られて……あの琵琶の娘さんみたいに、なってしまうで」

「なんですって?」

「そうや。色香に執心《しゅうしん》たかぶらせて、さまよい出てはるお坊さんやもの。つかまったが最期、あんた、もうはなさはらへんで。この世のひとやないのやさけ」

「お婆さん……」

「あんたがたにはな、いわんとこと思うたんやけどもな……あの娘さんも、ふびんなひとや」

と、老婦はぽつんと、独り言のように呟いた。

「あんまり熱心にうちの納屋へ琵琶弾きに通うてきなさるさけな、わたしも感心してな、尋《たん》ねたことがあんねや。あんた、琵琶師はんかてな。ちがういわはんね。長谷寺の牡丹を曲にしたいのや、いわはんね。結婚するひとがでけたさけな、そのお式のときに弾きたいのやて、いわはんねや。その曲つくりにきてるのやてな。まあわたしもな、昼間の牡丹を見はってな、夜、曲つくりにきはってるのやろと思うてたのや。宿に泊ってるいわはったさけ、町なかでは曲つくりもでけんのやろとな。その内に、どうも様子がおかし。一年たってもまだ通うてきなはるさけな。それで、わたしも気がついたのや。けど、もう遅かったのや。結婚するひとのことも、忘れてはる。お家《うち》へお帰りいうてもな、家のことも忘れてはる。こらあかんと思うたわ。あんた、夜の牡丹に通うてはるなて、問いつめたのやけどな、いわはらへん。ひょっとしたら、あんた、好きなひと、でけたんとちがうかて聞くとな、急にとり乱さはって、駆け出して行きなさった。……明くる日やったわ、死なはったんは。わたしはな、四十年、このお寺の牡丹の手入れで下働きに出てる人間やさけ、めったなことは口にはでけん。なにがあったのか、娘さんから聞いたわけでもないしな。けど、悪いことはいわん。早《はよ》うお帰り。そんで、もう忘れておしまい。ええな。誰にも喋ったらあかんで。あかんで。忘れたらええのや。な、そうおし」

唐突に、涼太郎の頭のなかを、三首の、歌が流れた。

風を切る矢羽のように鋭い唸りをあげ、その歌は流れ去り、また襲いかかってきた。

人を焦れる、激しい、古代の、恋歌であった。

花の匂いに囲まれて、涼太郎は眼をあげた。

かなたの闇の花かげに、黒衣の姿が現われた。

凜々しい面だちの、眉涼しげな屈強の青年僧であった。

彼は、花のしげみをわけて、近づいてきた。

その墨染めの裾が切る花木の葉ずれのそよぎ音《ね》が、なぜであったか、ふと濡れ濡れと黒衣にまとわりつく幽《かす》かな弦のさんざめきに聞こえるのだった。

「知らん顔して。口、きいたらあかんで」

老婦は、もう一度、耳もとで囁いた。

琵琶の弦は、もえるような春の雅歌を奏ではじめているかのようだった。

階段の下の暗がり

1

華子《はなこ》の酒場は、エレベーターのないビルの三階にある。

繁華な歓楽街の目抜き通りには面しているが、店の中までついでに繁華で目抜きといった按《あん》配《ばい》にはいかないのが、世の中の無情なところで、華子にとっても、むろんそれがなにより癪《しゃく》の種だった。

しかしまあ、日がな一日、癇癪玉《かんしゃくだま》をぽんぽん打ちあげ、なにかというと、ところかまわず、四方八方八つ当たりに当たり散らし、派手にくだ巻き荒れてまわるという時期も、今ではさすがに通り過ぎ、落ち着いたといえば聞こえはいいが、なかばは諦め、なかばは根気や体力もついていかないところもあって、二、三年前あたりから、すっかり彼女は静かになった。

げんなりとして暮らしていたとでもいえばよいか。

たとえばこのエレベーターのないビルの、曲がりくねった狭い汚い階段の昇り降り一つにしたって、以前の彼女なら、腹の立たない日はなくて、人が聞いたら仰天するような悪態を、口汚く罵《のの》しりながら、蹴とばした階段の角で逆に靴の踵《かかと》をへし折ったり、草履《ぞうり》の鼻緒を踏ん切ったり、足の生爪をひっぺがしたり、ときにはもんどりうって転げ落ちたりすることなんかは、しょっちゅうだったが、今では、そんなこともなくなっていた。

癇癪玉を破裂させるのは、近頃では、もっぱら華子以外の人間たちであった。

その夜のちょっとした騒動も、まさにそのてのものだった。

正月の松もとれて、わりあい暖かな夜だった。

大びけの午前二時をまわって、華子が帰り支度をはじめたところへ、勢いよくドアを押し開け、つい最近隣の店に居抜きで入って商売をはじめたばかりの新参ママ『胡桃《くるみ》』が、ひどく酔っぱらった足どりで、見幕《けんまく》立《だ》って入ってきた。

髪のほつれもうなじや頰に乱れかかって、眼もすわっている感じだった。

「よしなさいよォ、胡桃さん……」

と、その手をつかんで外の通路へ引き戻そうとしているのが、筋向いの店『金子《きんこ》』の女主人で、枯れぎわの姥桜《うばざくら》。

しきりに華子の方へ目くばせを送って寄こしながら、

「ほら、看板の灯《ひ》も落ちてるじゃない。華子さんも帰るところよ」

「ドアが開いてます、ドアが」

「ちょっと、胡桃さんたら……」

「いいのよ。放してよ。わたしだって、伊達《だて》や酔興《すいきょう》でお商売やってるわけじゃないんですからね。いったい、どういう料簡《りょうけん》なのか、聞いとかなきゃあ。やってけないわよ、こんなこと」

息まきながら、『胡桃』は『金子』の手を振りほどき、いささかあっけにとられて眺めていた華子の前までやってきて、乱暴にカウンターの椅子へどっかと腰掛けた。

「なにごとなの、ママ」

と、華子は、そんな『胡桃』には眼もくれず、うしろの『金子』の方へ問いかけた。

「いえねえ……」

と、『金子』は渋面《じゅうめん》をつくったが、仕方なしに彼女も店へ入ってきた。

「いいのよ、わたしが話すから」

と『胡桃』は言って、ちょっと店内を昂然《こうぜん》と、なにかを物色しでもするような眼で、見まわした。

それから、手に持っていたハンカチーフを大げさにカウンターの上にひろげ、中のものを指でつまんで、ぱっぱっと自分の体に振りかけた。

「なんの真似？」

と、華子がたずねた。

「波の花」

と、『胡桃』は、答えた。

「波の花？」

華子の声が、さすがに一瞬険しく硬張《こわば》った。

「そうよ。だって、出るんでしょ、ここ」

「出る?」

「ええ。幽霊よ」

ぶちまける忿懣《ふんまん》物を一ぺんに投げつけるような口調だった。

「わたし、お客さんに聞いてサァ、ひっくり返ったわよ。『華子』のママは、店の中で幽霊飼ってるって言うじゃない。まァ、天地がすってんドウって鳴って、グラグラきたわ」

「ちょっと。人聞きの悪いこと、言わないでちょうだい。幽霊飼ってるって、どういうことよ」

「ええ。わたしもそう言ったわ。悪い冗談言わないでよって。もちろん、冗談だと思ったからよ。そしたら、お客の方が呆れた顔してサ、『ママ、あんた、知らないの?』って言うじゃない。知るわけないでしょ、隣の店に幽霊が出るなんて。知ってたら、こんなところに店を出したりするもんですか」

「妙なこと言うわね。あなたがどこに店を出そうが、そりゃあなたの勝手だけど、要するに、出したお店がお茶引きっ放しで、泡食ったってことなんでしょ? 青息吐息。ひっそり閑《かん》の閑《かん》古鳥《こどり》が鳴き通し。まあ頭にくるのはわかるけど、だからといって、そのお臀《いど》をこっちに持ってこられたって、そりゃあお門違いというものよ」

「なんだってェ」

『胡桃』は柳眉《りゅうび》を逆立てた。まあ柳眉というほどの、飛び切りの器量でもなかったけれど。

華子は、びくともしなかった。

「伊達や酔興のお商売じゃないんだったら、一国一城構える場所の事前の調査くらいは、あなた、しっかり済んでる筈《はず》でしょ。ヤドカリだって、入るヤドの下調べくらいは、きちんとするわよ。波の花を撒くんだったら、まずあんたの店から撒いたらどうなの。帰って、自分の店から お撒き」

「ママ……」

と、口をはさみかけたのは、傍でうろうろしている『金子』の方だった。

「いいのよ」

と、華子は言った。

「こういう人には、はっきりさせといた方が。現実認識が、まるで出来ちゃいないんだから。お客がこないのは、みんなウチのせいで、えらそうに口泡《くちあわ》吹いて、なんでもかんでも、隣が隣がって言われたんじゃ、こっちだって大迷惑よ」

「なにィ！」

と、『胡桃』は色めき立った。

「大的はずれの、コンコンチキって言ったのよ」

華子も負けてはいなかった。喧嘩《けんか》は昔とった杵柄《きねづか》。器量も、腕も、数段上。昨日今日出た青っ尻の駈けだしママなど、歯が立つ代物ではなかった。

華子は、こともなげに、言った。

「幽霊？　ええ、出るわよ。今だって、そこに、いるわよ。あんたの後ろ。行ったり来たりしてるわよ、さっきから」

『胡桃』は一声、言葉にならない声をあげてとびあがった。

「そんなに驚くことないでしょ。あんたの所にもいるんだから」

「……なんですってェ？」

『胡桃』は大きく息を呑んだ。

「毎日、一緒に暮らしてるでしょ、あんただって」

呑んだ息を咽《のど》にあえがせ、一層瞳《め》を彼女は見張った。

「そのお客さん、言わなかった？　あんたの店の、前の住人のこと」

「住人……？」

「前のママのことよ。どうしてお商売やめたのか」

「そんな人のこと、知らないわよ」

「でしょうね」

華子は、極細の長い煙草を口に銜《くわ》えて、ゆっくりと火をつけた。

うすい薄荷《はっか》の香がながれた。

「気の優しい、性格いい人でねえ。なんであんなに災難ごとが続くのか、気の毒で見てられなかったくらいだったわ。ボヤは出すわ、それも何度も。冷蔵庫が破裂するわ、グラスや酒壜並べた棚が抜け落ちるわ、お客の頭に照明器具が落っこちたり……ママ自身も店の中で、なんでもないことなのに、物のはずみで手の骨折ったり、滑って転んで肋骨折ったり、足の骨を折ったりさあ、なんだかんだってあったわねえ。トイレに入ったお客さんが、鍵が開かなくなってさ、出られないのよ。あれこそ雪隠《せっちん》づめだわよねえ。錠前屋を呼ぶわ、大工道具屋へ走るわして、それでもびくともしないのよ。とうとうドアごと打ち壊したわよねえ」

と、『金子』の方へ同意を求めた。

「ほんと、一騒ぎだったわよね」

と、『金子』も頷いた。

「トイレといえば、ほら、水がとまらなくなって……」

「どんどん溢れ出しちゃって、まあ、店の中まで水浸しで……」

「あのときも、びっくりしたわねえ。数えあげたら、きりがないわ。ほんとに、よくまあこれほど続くって、呆れるくらい、いろんなことがあったのよ。しまいには、ママも悲鳴をあげて、お寺さんとか、お宮さんとか、あちこち手をつくしてねえ?」

「そう、祈禱《きとう》師なんかもいろいろ頼んで……」

「見てもらったり、お祓いしたり、あれこれ特別念入りに、あの人、したのよねえ」

「ええ」

『金子』も、相槌を打った。

「逃げ場がないんだってよ」

と、華子はその顔を、いきなり『胡桃』へ向けて言った。

「え?」

とっさに意味がよくのみこめない顔をして、しかし『胡桃』はびくんと体を硬張らせた。

「霊の逃げ場よ。逃げ場が、ここにはないんですって。そりゃそうよ。このビル全体が、あなた、墓場の上に建ってるんだから」

「エエッ?」

『胡桃』の色を失った声を、華子は半ば小気味よげに、半ばかわいそうな気もして、煙草のけむりを吐き出しながら、聞いた。

「知らないんでしょ? あなた。そうなのよ。ここは、墓場の上なのよ。まあ無理はないけど。どこもかしこも、こうビルがにょきにょき建っちゃあ、表からは見えないもんねえ。でも、今だってあるのよ。このビルの裏手には、お墓が少し残ってるわ。窓がないから、見えないだけ。まわりもみんなビルだから、よっぽど遠まわりして、裏の丘から覗いて見でもしない限り、人眼にはつかないわ。ここはそういう所なの。幽霊だって、行き場がないのよ。塒《ねぐら》を占領されちゃってさ、安住の地を失って、夜の蝶蝶どもがあんた、蝶だか蛾《が》だか知らないけども、積木の箱を重ねたみたいな巣箱をごちゃごちゃ並べちゃってさ、『わたしの店』『うちの店』って、てんでに黄色い声張りあげて、紅い灯青い灯きんきらともして、やることといったら、馬鹿の一つ覚え、どこへ行っても、カラオケ小屋。ほんとに、カラオケ・マイク一本ありさえすりゃあ、お商売になると思ってる手合いばっかり。なんのことはない。くる夜もくる夜も、夜通しガアガアがなりたてる、カラオケ小屋の巣じゃあないの。いいかげん頭にくるわよ、幽霊だって。

あなたみたいに、向こうっ気の強い人じゃないからさ、霊がうようよいるなんて言われたビルの中の店で、理屈に合わないご難つづきの目に遭って、それでもじっとしおらしく、辛抱して、来ない客を待ってさあ、ぽつんと一人で素面《しらふ》じゃ、とっても時間なんてつぶせる人じゃなかったわよ。今、病院に入ってるわ。アルコール中毒。ノイローゼ。あなた、そのママのいた店のあとに入ってるのよ」

むろん、『胡桃』は酔いもひき、青ざめきって、華子を眺め、その眼を『金子』へも移した。

不意の沈黙がやってきた。

「そうよ」

と、華子は言った。

「このビルに入ってる店は、そりゃあそこそこ客のついてる所も、ひっそり閑もあるわよ。でもみんな、大なり小なり、厭《いや》な目に、なにか遭ってるわよ。ちょっと言うに言えないような感じの……厭ぁな気分のする目にね。それを、口に出して言う人と、言わない人の違いがあるだけ。しょうがないのよ。ここを出て、よそでお店を張るだけの甲斐性《かいしょう》がなきゃあ、ここにいるよりほかはないでしょ。もっとましな、気持いいビル。みんな、そう思ってるわよ。ねえ？」

と、『金子』へ、言った。

「え、ええ……」

と、『金子』は、ふとわれに返りでもしたように、真顔になって頷いた。

「『胡桃』さん。あなた、さっき、幽霊飼ってるって、言ったわねえ。飼ってるわけじゃないけども、ここにいる間はさあ、一緒に暮らさなきゃしょうがないのよ。早く言や、同居人なのよ。いくら『出てけ』『出てけ』て怒鳴《どな》ったってさ、出て行かない同棲者なの」

『胡桃』は、言葉を忘れた人間のように、ひたすら口をつぐんでいた。

さしはさむ言葉が出てこないのだった。

華子も、はじめてこのビルのちょっと風変りな性格について聞かされたとき、そうだった。あいた口がふさがらなくて、ばかばかしくて、しかしわけもなく、思考力のおよばないところでじんわりとそのばかばかしさに体の自由を奪われて、身動き出来なくなるような束の間が、あるのだった。

そんな昔のわが身が一瞬想い出され、華子は眉根をしかめはしたが、すぐにもとの顔へもどった。

「……わたしもねえ、ここへ入って、もう十年目。この『金子』さんなんかは、もっとずっと長いわよ。もう怒鳴るのも、喚《わめ》くのも、頭をかかえて嘆《なげ》くのも、くたびれちゃったの。くたびれ果てちゃったのよ。どんなに追っ払おうとしたって、出て行っちゃくれないんだもの。くれないどころか、おたおたしてちゃあ、こっちが追ン出されることになる。隣のママみたいにさ、人間ボロボロにされちゃって、放り出されるのはこっち」

「そうでしょ?」

と、華子は、『胡桃』をまともに見て、言った。

「それだけはごめんだからねって、だからわたし、尻まくっちゃったのよ。

『あんたたちも、いるならいなさい。でも、見損わないでちょうだい。わたしにしたって、ここは、人には明け渡せない場所なんだ。いのちを張ってる生き場所よ。泣きの涙で、尻尾を巻いて、逃げ出すような玉じゃあないから、そのつもりでいてちょうだい』

たんかを切って、尻まくったら、胸がすうっとしちゃったの。びくびくしたり、おどおどしたり、顫《ふる》えあがって怯《おび》えて暮らすのなんか、あんた、もうもうごめんよ。まっぴらよ」

威勢のいいたんかだった。

「そりゃさあ、お客さんには見えないけど、ほら、ここ」

と、華子はカウンターを叩いた。

「このカウンターの下にはね、お札《ふだ》も張ってるわよ。見てみる？　毎日、お燈明も、お線香もあげるわよ。コップ酒も、ちゃんとわたしお供えするの。今も供えてるわよ。見たけりゃ、こっちにまわってきて見て。でも、これだけは、毎日わたし言ってやるの。わたしも働いてるんだから、あなたたちも働いたらって」

『胡桃』も『金子』も、凝然《ぎょうぜん》とした顔つきで華子を見まもっていた。

「そうよ。客の一人も引いておいでって、言ってやるのよ。ねえ、そうだわねえ」

と言って、華子は、ちょっと腰をかがめ、カウンターの内へも話し掛けた。

「でなきゃ、お線香代も出やしないのよって。それがねえ、不思議なのよ。二、三日したら、お酒もかえてやるんだけどね、すっかりお水になっちゃってるの。わたし、何度も試したのよ。家へ帰って、同じお酒を、同じ日数、コップに入れて放っておくの。ちゃんとお酒の味も、匂いも残ってるわよ。そりゃ気は抜けちゃってるけどさ。でも、はっきり違うのよ。この店のコップ酒は、ほんとに水になってるの。いるのよ、ここには。間違いなく、そうよ。眼に見えない同居人たちが、いるの。隣のママも、いるって言って、決して疑わなかったけど、ほんとにそう。わかるの、近頃わたしにも。長く住んでると、あっちも、それが、わかってもらいたいんじゃない？　ふっとね、気配がするの。なにかのはずみに。どうかすると。ほんとうよ。あ、と思うの。そこに、いる。こっちに行った。それが、はっきりわかるのよ」

突然、『胡桃』が叫びをあげた。

「もう厭！　たくさん！　もう結構！」

彼女は金切り声をたて、一度椅子から滑り落ち、なりふり構わずといった取り乱しようで、華子の店をとび出して行った。


静寂が戻ってきた。

「飲む？」

と、華子。

「帰るわ」

と、『金子』。

「そう」

と、華子は頷いた。

「どうだった？　今夜」

「ひま。たった一人。それが、あれ」

「『胡桃』？」

「そう。厭んなっちゃう。ごめんね。乗り込むって言って、きかないから……」

「いいのよ」

「騒がせちゃって」

「騒ぎたかったの、わたしの方かも知んない。パアッと。酔いどれて。飲んだくれて」

「やめてよ、ママ。それだけは。隣のママの二の舞だけは」

「ほんとね。みんな討ち死にしちゃっちゃあね……」

つと、華子は眼を泳がせた。

「こいつらが、のさばるだけだもんね」

「じゃあね」

『金子』はボックスから立ちあがった。

はずみに、涼しい音色《ねいろ》がした。

「……なに？」

「ああ。これ」

と、言って、ゆるい帯の間から小さい柄つきの振鈴をとり出して、彼女は見せた。

「お大師さんでね、もらってきたの」

「金剛鈴《こんごうれい》?」

「うん。じゃママ、おやすみ」

「おやすみなさい」

『金子』が出て行った後も、華子はしばらくその場に立って、動かなかった。

眉間《みけん》に深い皺《しわ》を寄せて。

(いったい幾つ、魔除けを持ったら、あのひとの気は済むんだろう……)

眉間の皺は、もっと深く、色濃く刻み込まれていた。

ゆっくりと、彼女は振り返った。

壁に吊《つる》した飾り鏡のなかを、よぎって行くものがあった。

低い忍び笑いの気配が、そしてした。なにかのささめきのようなものが。

聞こえる筈のないものに耳を貸してはならないのだと、華子は、思った。

いつも思うことだった。

2

正月の松のとれる日、狭い一間間口の縄暖簾《なわのれん》をわけて硝子格子の戸表に人影が立ったとき、この飲み屋の女主《おんなあるじ》は七草粥《ななくさがゆ》を炊いていた。

すこし開きかけて止まった戸へ、

「ああ、下を蹴って。かまわないから、どんと足で蹴ってみて。その戸、ガタがきてるから……」

と、声をあげた。

入ってきたのも、女だった。

鼠《ねずみ》色のセーターに同じような色のだぶついたカーディガンを重ね、毛糸編みの薄茶の肩掛をあてたその女は、「ごめんください」と何度も小腰をかがめながら入ってきて、おずおずとカウンターの端に立った。

「いらっしゃい。なんにします？ まだ、おでんがちょっと早いかも知れないけど」

「いえ、あのう……」

と、女は口ごもった。

「どうぞ。こっちの方へ掛けてくださいな」

一杯飲み屋ふうの狭い店内には客はなく、女主が一人、カウンターの奥に腰掛けていた。

「あのう……『華子』さん……ですよね、ここ……」

「ええ。そうですが」

「昔、寿ビルに……お店を出してらした……」

女主は、ふと手をとめて、改めて女客を見た。

「……そんなこともありましたけど……？」

「じゃ、やっぱり……あの、あなたが……」

「華子は、わたしですけど?」

「まあ……」

と女客は、急に顔をくしゃくしゃにして、手で口をおおった。

「ママ……『胡桃』です。覚えていらっしゃいません? ママのお店の隣に、ほんのちょっとの間いました……『胡桃』です」

女主は、しばらく、客を眺めていた。

「ほんとに、びっくりしたわねえ。あんたがあの『胡桃』さんだなんて、名乗らなきゃ、絶対にわからないわ」

「二十三年たってますもの。それに、短い間でしたから」

「それにしたって、あんた、あのぽちゃっとした、はねっかえりの若いママが……こんなになるなんてねえ……」

「ママだって、わたし、わかりませんでしたよ」

「そりゃあ、あんた、一回りもあんたたちとはちがうもの。年をとるのも早いわよ」

「でも、凄い美人ママだったから」

「まあご挨拶《あいさつ》。似ても似つかぬ皺くちゃ婆ァになったたっていうの?」

「いえ……こうして見てると、やっぱりママはママだけど……その白い髪に、わたしびっくりしちゃって……」

「もうね、めんどくさくなっちゃったのよ。こんな屋台に毛の生えたような飲み屋やってるとね、色気もへったくれもないの」

「いいお店じゃありませんか。こぢんまりとして、小綺麗で……暖かそうな湯気がたって……おでんの匂いがして……」

『胡桃』は、不意に涙ぐみ、

「よかった。ママをたずねてきて」

と、しみじみとした声になった。

「母が亡くなったもんで、お葬式にちょっと帰ってきたんです」

「まあ、そうだったの。あんた、こっちの人だったの。いえね、あんたが、ほら、幽霊飼ってるって怒鳴り込んできたでしょ。あの明くる日から、お店閉めちゃって、出てこなくなったでしょ。聞けば、やめたっていうからさ、あの頃、気にはしてたのよ。どこかよその土地へ行ったって聞いたもんだから……」

「ええ。九州の方へね……でも、そこを振り出しに、あっちこっち……ずいぶんしました。どこへ行っても、腰が据わらなくてねえ。恥ずかしいけど、この街へ帰ってきたのも、あの時以来なんですよ」

「そうだったの……」

「なにしろ、あの『胡桃』が、わたしの人生口切《くちき》りの店だったもんだから……懐かしくてね……そりゃ近寄るの怖くもあったんだけど、つい足がふらふらとこっちに向いてて……でも、びっくりしました。昔のあの寿ビルなんか跡形もなくて、見あげるような大きなビルディングになってるでしょう。駐車場なんですって？」

「そうよ。後ろの敷地も目いっぱい拡げて、地下もあんた掘り返しちゃって、あれ地下二階建てなのよ」

「そうですってね。わたしポカンとしちゃって……なんかドキドキしながら帰ってきて、いきなり玉手箱をあけた浦島太郎みたいな気分になってね」

「そうだろうねえ」

「それでね、駐車係のおじさんに、寿ビルのこと、たずねたんです。そしたら、『華子』さんならまだ店やってるって言うでしょ。とびあがっちゃった。もう懐かしくて、矢も楯《たて》もたまらずに、お会いしたくて……」

「そうだったの。よく訪ねてきてくれたわね。尾羽《おば》打ち枯らした裏通りの赤提燈《ちょうちん》だけどもね」

「いいえ。嬉しかったわ。あのおじさんが、『華子』のママの名前を口にしてくれた時」

「そりゃあんた、知ってるわよ。あの人も、寿ビルにいたんだもの」

「ええ？」

「ほら、うちの階の一番奥の突き当たり。えらそうな名の店があったでしょう。覚えてない？『将軍』って」

「ああ、ええ。ゲイのお店の……」

「そうよ。あそこのマスターよ」

「ええ？　あの駐車場のおじさんが？　まあ……信じられない。ちょっと色っぽい、いなせな二枚目だったでしょ？」

「ひげ剃り跡を青青させてね」

「そうそう、そうでしたよね。でも、そんなこと、おくびにも出しませんでしたよ。『寿ビル？　よく知らんなあ』って顔、最初したくらいですもの」

「そりゃそうでしょ。思い出したくもないんでしょ。あのビル焼いちゃったの、あの人だもの」

「ええッ？」

『胡桃』は、息を呑んだ。

「そうね、あなたは知らないわよね。それも、あんたのいた、あのお店から出た火なのよ」

「なんですって？」

やせた血色のない顔を、『胡桃』は一層青ざめさせた。

華子も、遠い彼方の日に、ふと遡って行く想いに身をあずけるような眼になった。

「……あんたの出て行ったあと、そうね、一年くらいだったかしら、空き家だったの、あの店。あの頃だってあったでしょ。入り手のない空き家が、上にも下にも。その空き家へ入ってきたのが、京都の女でね。ちょっとこのあたりじゃ見かけないタイプの、いい女だったわよ。『金子』さんとも言ってたの。いつまで続くかしらねえって。ところが、どっこい。不思議なくらい、お客摑《つか》んじゃってねえ。これが繁盛するの。それも二年、三年と、しっかり保《も》つのよ。感心したわねえ。わたしら、シャッポ脱いじゃったわよ。なにしろ、あんたの前にいたママが、あんまりひどかったものねえ。一人で悪厄《わるやく》しょったみたいに、悪戦苦闘して討ち死にした店でしょう。それがガラッと、手の平返したみたいに、繁盛しはじめたんだからねえ。みんな首をかしげたわよ。つく人と、つかない人って、あるのねえって噂したものよ。そりゃ陽気で賑やかな店が、一つでも増えてくれればね、人の出入りもそれだけ増えるし、ビルの気分が活気づくわよ。わたしゃね、いい人が入ってきたと思ったの。これで幽霊ビルも、明るくなるかもしれないって。

まあ、そりゃや、閑と繁盛が同居しちゃあ、妬《ねた》みも嫉《そね》みも出るわよ。面白くない人たちもいて不思議はないわよね。それが、積もりに積もってたってことだったのかもしれないけどね。『将軍』のレコと京都のママが出来たとか、一番のパトロンをとったとかとられたとか、お定まりの鞘《さや》当てだわよね。乗り込んだのよ、『将軍』が。ちょっとした刃物騒ぎになっちゃってさ。喧嘩を売ったの売られたのって、すったもんだやったのよ。揚げ物してた油鍋をひっくり返しちゃってさあ……あっという間に火がまわったの」

「まあ……」

「おんぼろビルだものね。怪我人が出なかったのが目《め》っけ物《もの》よ」

「……全焼ですか?」

「同じようなものよ。八分《はちぶ》方《かた》は焼けちゃったもの。あとは取り壊して、あのビルが建ったのよ」

「じゃママ、幽霊は……どうしたんですか?」

「幽霊?」

ちょっと華子は、『胡桃』を見た。

「……さあねえ。カラオケ小屋の蝶の巣は取っ払われて消えちゃったけど、代りに今度は、車の巣になったんだものねえ。おまけに、地下の底の底まで掘り返されて」

「…………」

「あそこへ入った車はさ、時間がくれば、外へ出てくる。どこへでも行けるもんね。そんな車が、街中を走ってる……」

華子は、急にかぶりを振った。

「わたしね、その先は、考えないことにしてるの。もう、あのビルには近づかないの。でもあれよ。ほんとうにあんた、いい時期に出て行ったわよ」

「そうでしょうか……」

『胡桃』は、呟くように言った。口重い、言い淀んだ声だった。

「……わたし、今、お話を聞いていて、あっと思ったんですけどね……その京都の人が繁盛して、うまく行ってたっていうの……不思議でもなんでもないことなんじゃないのかしら……。あの店にいた疫病神は、わたしが背負《しょ》って出たんじゃないかしらって、そんな気がしたんです」

「ええ?」

華子は手をとめて、『胡桃』を見返した。

「幽霊だか、なんだかしりませんけど……ほんとにわたし、あれからね、することなすこと、ろくなことがなかったんです。あの日、ママ、このビルの店には、同居人がいるんだって、言いましたよね。その同居人、わたしにくっついて、わたしと一緒に、あの店を出ちゃったんじゃないかしら」

「『胡桃』さん……」

まじまじと、華子は『胡桃』の顔を見たが、とっさには、言葉が返せないのであった。

「だったら、辻つまが合うでしょう？　帳尻《ちょうじり》が、合うんじゃありません？」

そう言って、ふっと、弱弱しく彼女は笑った。

声のない、顔に沈んだ笑みだった。

「……男なんでしょうかね。女なんでしょうかねえ。わたしの店にいた同居人は。わたしみたいなのにくっついて、長い間住み馴れた塒を捨てるなんて……ドジな幽霊。それとも、よっぽど見込まれたんでしょうか。惚れ込まれたりなんかして……」

『胡桃』は、また、うっすらと微笑《ほほえ》んだ。

「ママ。焼酎ください」

「え？」

「ママも、なにか。一緒に飲んでくださいよ」

「え、ええ、ええ……」

わずかな間の放心から、華子は覚め、

「あらま、そうだったわねえ。せっかくの遠来のお客さんに、なんにも、まだ出しちゃいなかったわねえ……」

そそくさとその用意にかかった華子へ、『胡桃』は、問いかけた。

「わたしの店の前のママね、どうしていらっしゃいます？　会ったことのない人だけど……ときどき、想い出してたんですよ。確か、病院暮らしだって、ママ、おっしゃいましたよね」

突出しとグラスをカウンターへ置きながら、華子は答えた。

「亡くなったわよ。もう、とっくに」

「まあ……」

瞬時、沈黙がきた。だが、すぐに華子はそれをおしのけた。

「おでん、食べる？　食べてよ。そうそ、七草粥もご馳走するわ。今炊いてるところだから」

ちょうどそうした時だった。

裏口から、背をまるめた老婦がビニール袋を一つさげて入ってきた。

「いらっしゃいませ」

と、彼女は『胡桃』に挨拶して、カウンターの中へ入った。

「デビラのいいのが、ないのよ、華子さん。カマスの生乾《なまぼ》しとね、イワシの蒲鉾《かまぼこ》。牛蒡《ごぼう》巻き……そうそ、鯨のウネのいいのがあったわ……」

彼女は奥にしゃがみ込んで、小さな冷蔵庫へ袋の中身を一つ一つ移しにかかった。

そして、抑揚のない声で、

「雪になったわよ、華子さん」

と、言った。

そんな老婦へ、華子は弾んだ声をかけた。

「ちょっと、いらっしゃいよ、こっちへ。いいから、そんなもの放り込んどきゃ。あんた、まあ、珍しいお客さんよ。『金子』さん」

『胡桃』は、少し口をあけて、思わず腰を浮かせかけた。

老婦が立ちあがるはずみに、微《かす》かに涼しい音色がこぼれた。

むろん、『胡桃』には聞こえなかったけれど。

月曜日の朝やってくる

1

幽霊という言葉を聞くと、私はすこし眉根《まゆね》をひそめ、どちらかと言えば、その非科学性を鼻で笑ってとりあわない部類の人種に入るだろう。では、科学性とはなにかと反問されると、これにもやはり、私はすこし眉根をひそめ、

『それ、地球の科学のこと？』

と、たぶん、たずね返すにちがいない。

つまり私は、幽霊などというものを決して信じてはいないけれど、それとおなじ程度にまた、この地球上に存在する科学とよばれる世界にも、信をおきかねている人間である。

早く言えば、幽霊の出現する領域にも、科学万能の世界にも、似たり寄ったり、おなじ程度の迷妄《めいもう》さを、その先に見るのである。

それはともかく、しかしまあ、私は一応自分では、精神的にも肉体的にもどこと言って欠陥のない、ごく健康な、人並みの常識人だと思っている。

三十過ぎだが、まだ独身で、趣味と言っては、肩肘《かたひじ》はらないSF物の漫画や小説に限ってたまに読んだりする、ほかに取り柄もさしてない、ごくありふれた地方公務員である。

さて前置きはこれくらいにして、幽霊の話にもどろう。

私は、幽霊を信じはしないけれど、つい先《せん》だってのようなめに遭《あ》うと、まだしも人間の霊や魂の所業を問題にする幽霊話のほうが、はるかに現実的で、ありうることのような気さえしてくるのである。

人の肉体は生身《なまみ》だから、これにはなにか奥深い、えたいのしれぬ妖《あや》しさが、かりに存在したとしても、まだ納得のいく余地がありそうな気もしなくはないが、先日、私が体験したできごとだけは、理解できぬ。どう考え直しても、それはこの現実に起こりうる筈《はず》のない事柄である。

それを信じるくらいなら、まだ私は、人間の幽霊話のほうを選ぶ。

しかし、とは言っても、これは実際に、私が眼《ま》のあたりにした話である。

2

ついこの間、そう、十日ばかり前のことだ。

私は夜明けがた眼をさますと、もう眠れないたちで、そんなときは雑誌を見たり、新聞をとりに立ったりして、起床時間がくるまでだらだらと起きたり寝床へもどったり、とりとめもなく刻《とき》をすごす。一月《ひとつき》に二、三度は、きまってそうした朝があり、これはもう、一種の癖《くせ》みたいなものだった。

その日の朝も、そうだった。

外はまだまっ暗で、起き出して門口《かどぐち》に出てみたが、新聞もまだ配達されてはいなかった。近くに牛乳屋がいるらしく、配達壜《びん》の触れあう音が聞こえていた。

私は急に、咽《のど》のやけつくように熱い牛乳が飲みたくなって、ちょっとあたりを眼でさがしたが、どこかの小路にでも入っているらしく、牛乳屋はなかなか門口の前の道へあらわれてはくれなかった。

いつも、その前の道をくだって、街の方角へ出て行く筈だった。ときどき私は、よびとめて、余分のやつをわけてもらったりすることがあったから、その中年の牛乳屋とは顔見知りになっていた。

私は、いったん家の内へひき返して、小銭入れを手にとると、パジャマのうえにガウンをひっかけ、ふたたび門口へ出て待った。

小銭入れがすぐに見つからなくて、すこし手間どりはしたけれど、そんなに長い時間ではなかった。それに、家の前の道を彼がくだって行くならば、バイクの音も聞き洩《も》らしはしなかったろうと思われるから、私はしばらく道に立って、彼のくるのを待ち受けた。

このあたりは最近、アパートや新興住宅が建ったりして、配達路も入り組んでいる。すこし行ってはバイクをとめ、配って歩く仕事は、かなり時間がかかる筈だった。私も、むかし、新聞配達をやっていたことがあったから、そのへんの呼吸はわかっていた。

しかし、待てどもいっこうに牛乳屋はあらわれず、ついさっき近くでした壜の触れあう音も、聞こえなくなった。

(変だなあ)

と、私が首をかしげたとき、壜が鳴った。

しかしそれは、かなり遠くで鳴る音だった。

(そうか。反対がわの道を、彼はとおっておりるつもりだな)

と、私は、思った。

私の家の前の道をくだって行けば、その道とは表通りで出くわすから、走っておりればまだ間にあうだろうと、私は考えた。

とにかくひどく、熱い牛乳が飲みたかった。

私はそのまま、表通りまで走ることにした。

ちょっと距離はあったけれど、一気に坂道を駈《か》けおりて、通りへ出ると、二、三百メートル先の街角を、牛乳屋はとおり抜けるところだった。

私は大声でよびとめながら走ったが、バイクの音で聞こえなかったのかもしれない。牛乳屋は、そのまま行ってしまった。

その方角へ通りを行くと、さらに大きな通りに出て、この大通りを横切って、なお十分ばかり商店の並ぶ筋を歩いたところに、牛乳屋の店がある。そこまで行けば、牛乳は手に入った。

ここまで出てきたのだ。ついでに足をのばして、大壜を買って帰り、温めてたっぷり飲んでやろう。

私は、ガス・レンジのうえでふつふつと盛りあがりそうになる、湯気のたった純白の乳液を、ふと眼先にうかべると、急に咽が鳴り、もう歩き出していた。

夜から朝にかけての街は、がらんとして人どおりもなく、ほんとに空《から》っぽという感じがする。誰もまだ起きない街。誰もまだ歩いていない街。閉じられた暗いビルの窓。シャッターをおろした商店街。明けきれぬ夜がまだ充分に色濃く、名残りのようにぼんやりとともっている街灯の光。

私は、そんな夜明けの街を、久しぶりに見る気がした。

週末の夜などに、飲み疲れ、遊び疲れて、つい朝帰りになることは、私も独り身、人並みに、ちょくちょくあった。

だが、この日の朝は、妙に新鮮で、その人気《ひとけ》ない静けさも、ひとしおだった。

あちこちの街角にうずくまる闇《やみ》。その闇影も、もう一息で動きはじめ、白い靄《もや》だつ街並みにやがてはながれ出して消えていく、そんな微妙な、夜と朝との背なかあわせの時刻であった。

「新聞です。朝刊です」

白い息を吐きながら、毎日、毎朝、この街を走ってまわった遠いむかしが、不意によみがえってくるような朝であった。

いたるところで夜の影が、静かに、ほのかに、さまよっている冬の朝。霜やけ性《しょう》で、まっ赤

に耳朶《みみたぶ》をほてらせた少年が、走っている。聞く人もないのに彼は、一軒ごとに、

「新聞です。朝刊です」

と、元気のいい声をあげながら、街並みを走っている。

私はその日、実際久しぶりにふと、そんな少年時代の自分の姿を、幻《まぼろし》のようにその夜明けの街で見たのである。

いま思えば、それもふしぎと言えばふしぎな物事の一致であった。やはり、前触れのようなものではなかったか、という気がするのである。

ともあれ、私は、そんな少年の頃の私の声を、耳もとによみがえらせながら、なにかとてつもなく懐かしい、せいせいした気分になって、牛乳屋までの無人の通りを、歩いていた。

長い商店街の中通りから、その先の大通りへ抜けようとするときだった。

私は、なにがなしに、立ちどまった。

昼間は繁華な大通りも、その時刻、まるで人影はなく、車もとおらず、見渡す路上はいちめんに、濃い靄がかかっていた。

私は、ちょっと、耳を澄ませた。

ある物音が、聞こえたと思ったからだ。

かすかな地ひびきのような、重々しい音だった。鈍く、ゆっくりと空気を打ち揺るがせながら、それは遠くから伝わってきた。

しだいに、ゆっくりと、その物音は鮮明になり、も早や耳のせいだとは疑えない現実音とな

り、やがてとつぜん靄のはざまに、その物音の主《ぬし》は姿をあらわし、見るまに近づいてきて、私の眼の前をとおりすぎた。

轟然《ごうぜん》と、だがゆるやかななにかの叫喚《きょうかん》を思わせもする、通りを揺さぶる音を残して、それは私の前をよぎると、靄のかなたへのまれて消えた。

電車だった。

そう。一台の市内電車なのだった。

この大通りを、電車が走るのは、べつにふしぎなことではない。しかし、それは、七、八年前までのことである。すくなくとも、その頃までは、ここは、電車のとおる路面であったから。

広い通りの中央に、二車線の路面レールが敷かれていた。緑色の車体に黄色い屋根と窓枠の市内電車が、上下線行き交《か》って走っていた。

私が、この朝見た電車も、その市内電車とおなじものだったし、おなじ路面を走っていた。たった一つのことを除けば、だからそれは、そんなに仰天するほどには奇異な眺めでもなかったのである。

たった一つのこと。

そう。それは、この大通りから路面電車が姿を消し、もう七、八年にもなるというそのことである。現在では、この街には、もう市内電車の走る路面は、どこにもないのだ。

無論、架設電線も路面のレールも、完全にとり払われていて、道路はすべて舗装し直されている。

つまり、電車の道がなくなってから、もうずいぶん久しいのであった。

しかし私は、その朝確かに、一台の電車を見たのである。ゆっくりと、朝靄のなかからあらわれ、私の前をとおりすぎ、また靄の奥へ消えて行った。むかしレールが敷かれていた路面を、まちがいもなく、一台の電車が通過したのだ。

それは、幻ではなかった。

私は、しばらくぼんやりとして、その電車の消えたあたりを、ただ見まもっていた。

恐怖は、もっとあとからやってきた。

無論、咽のやけつくような熱い牛乳のことなどは、跡形もなく忘れ果てていた。

3

私の名は、山村健介《やまむらけんすけ》。新聞を配りはじめたのは、小学校四年生の頃だった。いまから二十年前である。

家庭の事情が苦しかったわけではないし、新聞配達などべつにする必要はなかったが、最初は友達に誘われて物珍しさではじめてみると、案外性《しょう》にあっていて、稼《かせ》いだ金がそっくり自分の物になる楽しさも格別で、両親も、「いつまでつづくか」と笑いながら、まあ体力づくりや気力の鍛練《たんれん》にもなるだろうと賛成してくれ、結局、高校を出るまでやめなかったから、かなりつづいたほうだろう。

あれは、その新聞配達をはじめた年の、冬に入ったある朝だった。

現在ほど区劃《くかく》整理の行きとどいてない街は、大通りの道幅も半分くらいにせまく、ビルや商店舗のたたずまいもいまはすっかり近代設備に姿を変えたが、当時はまだどこか古びて、明治の頃の煉瓦《れんが》造りの商館やドームのある郵便局の建物などが、歴史のある商港都市らしい味わいを残していた。大通りのまんなかを走る石畳の電車道も、この街の主要な交通機関であった。

その冬の日の朝も、街には靄がおりていて、いつものように大きな新聞紙の包み束《たば》を左脇に肩からつるし、商店街を人気ない大通りへむかって抜けようとしていたところだった。

（アレ。変だなア……）と、私は、ひょいと立ちどまった。

（そんな筈はないんだがなア）

電車の音が、したからだった。

（始発かな。いや、一番電車までには、まだ間がある筈だ。始発がくるなんて、そんな筈が……）

と、私は、乳色の靄の奥をすかし見た。

（やっぱり、電車だ。うちの時計が遅れてたのかな。いつもは、帰り道にもっと先で出会うんだけどな……）

そう。二度目の配達区域をすませて帰ってくる途中で、私はいつも一番電車に出会うのだった。その時刻までには、まだ一時間近くもあると、私は思っていたのである。

（だったら、急がなきゃあ）

と、私は、自分が時間をまちがえたのだと信じ、ピッチをあげなきゃあ、と駈け出しかけたときだった。電車が、姿をあらわしたのは。

ゆっくりとその電車は靄をわけて近づいてきて、眼前をとおりすぎ、そして靄のなかへまたのまれて、遠ざかった。

私は、あっけにとられて、見送った。

（そんなことが……そんなばかなことが……）

と、口のなかで呟《つぶや》きながら。

そして、

「待て！」

と、いきなり叫んだのだった。

叫びながら、電車道へとび出した。

（大変だ。大変なことになる……）

私は、遠ざかって行く電車のあとを追って夢中で走りはじめていた。
二、三百メートル走った頃、うしろから私をよびながら追いついてくる自転車の音を聞いた。振り返ると、牛乳配達の若い店員が、うしろと前にふくらみあがった牛乳袋をぶらさげて、賑《にぎ》やかな壜の音をたてながらペダルをこいで近づいてきた。

「オッス、健坊。今朝は、バカにスピードあげてるじゃないか」

「あ、お兄さん」と、私は彼に走り寄った。

「それどころじゃないんだよ。お兄さん、見なかったの？」

「おいおい、なんだい。すっとん狂な顔しちゃって」

「ね、お兄さんもあれを見ただろ？　大変なんだ。このままにしてたら、大変だよ」

「落着けよ、健坊」

と、牛乳屋の若い店員は、白い息を吐きながら、とめた自転車を両足でふんばって支えるようにした。

「落着いてたら、大変だよ。衝突しちゃうよ。ぶっつかっちゃうよ」

「なんだかちっともわからねえな」

「電車だよ」

「電車？」

「そうだよ。たったいま、ここを電車がとおっただろ？」

「まだそんな時間じゃないだろ」

と、彼は腕の時計をちらっと見て、私の前へつき出した。

「ほれ。見ろよ。始発電車は、いま時分まだ車庫でおねんねさ」

「それがそうじゃないんだよ」

と、私はつき出された時計の文字盤を見つめながら、肩で息をきらしていた。

時間はやはり、私の思いちがいではなかった。

「ぼくもはじめは、変だなと思ったんだよ。でも、電車がとおったんだよ。たったいま、このレールの上を。ぼくのそばを」

「じゃ、始発の時間が変《かわ》ったのかな」

「お兄さん。おどろいちゃいけないよ」

「なんだい、おっかない顔をして」

私は、生唾《なまつば》をぐっとのみこんだ。

「その電車には、誰もお客がいないんだ！　一人も乗ってないんだよ！」

牛乳屋の店員は、べつにびっくりもしなかった。

「そりゃあこんな朝っぱらから、満員電車ってわけにもいくまいさ」

「ちがうんだよ。空っぽなんだったら！」

「おいおい、健坊。今朝はどうかしてんじゃないの？　なにも電車にお客が乗ってなかったからって、おまえ……」

私は、さえぎるように叫んだ。

「お客だけじゃないんだよ！　お客がいないだけじゃないんだ。車掌も……そうなんだ……車掌も、運転手も、いないんだよ！　空っぽなんだ。誰も乗っていないんだ」

「健坊……」

牛乳屋は、喘《あえ》いでいる私の口もとをまじまじと見返した。

彼にも、私のただならぬ様子がどうやら伝わったようだった。

「ほんとなんだ。ほんとにぼくは見たんだよ。チンチン、チンチンって、合図のカネも鳴ってたよ。ちゃんとこの耳で聞いたんだ。車内の電灯も点《つ》いてたよ。無人電車なんだ。無人電車が、たったいま、このレールの上をとおって行ったんだよ」

牛乳屋はひらっと自転車からとびおりて、いきなりレールに耳をつけた。私も、いっしょにはいつくばって、地面に耳を押しあてた。

なんの物音も、しなかった。


その日、夜が明けはじめた頃、私と牛乳配達員は、べつの路上でまた鉢《はち》あわせした。

「健坊、すんだのか、配達は」

「うん」

「ヨッシャ。乗れよ。おれも帰り道だ。運んでってやるよ」

「うん……」

「どうした。まださっきの無人電車のこと、心配してるのか?」

彼は、がっしりとした両腿《りょうもも》をひろげて、力強くペダルを踏みながら背中の私へ話しかけた。

「よせよせ、夢のつづきでも見てたのさ。おまえ、今朝顔洗ったか? そうだろ。頭ンなかが、まだ半分寝ぼけてたのさ」

「でも、ぼくは確かに……」

「わかったわかった。そいじゃおれが、眼をさまさせてやるよ。ほーれ、やってきた」

と、彼は、ペダルのピッチをあげながら、前方を顎《あご》でしゃくってみせた。

私にも、その音は聞こえていた。車体も見えていた。

「な、時間どおりだ。いつものとおりだ。あいつが、ほんとうの一番電車だ」

彼は、その電車へむかってペダルを漕いだ。

「待ってな。あの停留所で、車掌に聞いてみりゃあ、なにもかもはっきりするだろうが」

そして彼は、停留所にとまった一番電車に追いついた。

車掌は乗降口をあけたまま、

「そうですよ。これが始発です」

と、眠そうな眼で答えた。

「そいじゃ、今朝このレールをとおるのは、この電車がはじめてですね？」

「そうです」

車掌はけげんそうに牛乳屋を見た。

「すると、この前に、ここをとおった電車はないんですね？」

「ありません」

「そのう……つまり、試運転とか、廻送車とかいうやつも？」

「とおりません」

と、車掌は不機嫌そうに答えた。

「乗るんですか。乗らないんですか」

「いや、いいんだ」

と、牛乳屋は言って、

「どうだい、健坊。これで気がすんだだろ」

と、私のほうを振り返った。

「車掌さん。だってぼくは、この眼で見たんだよ。見たんだ。まちがいないんだ」

と、私は叫んだ。

「発車しますよ」

と、車掌はつっけんどんに応え、信号紐《ひも》をチンチンとひっぱった。

一番電車は、三人ばかり客を乗せたまま、出て行った。

朝靄はもう吹きはらわれていて、街は明るくなりはじめていた。

4

二十年前に、そんなことが、私の身辺にはあった。

そのときとおなじ電車を、そう、私はつい先だって、また見たのである。つまり、二十年ぶりに。

無論牛乳配達員は当時の「お兄さん」ではなかったけれど、牛乳が飲みたいとふと思いたって出た夜明けの街だった。ふしぎな縁と、言えば言えた。私は思うのである。その電車を見せるために、なにかしら、私を街へ誘い寄せたものがあったのではあるまいかと。

二十年前の電車は、レールの上を走っていた。だが先だって見た電車は、レールもないのに、同じ道を走っていた。私は、あの無人電車が、やはりこの世のものではなかったということを、認めざるを得ないのだった。しかし、現実に見たのだから、この世のものでないとすれば、どの世のものであったのだろう。いったいあれは、どこからやってきた電車なのだろうか。

私は、その電車を見たあと、二、三日、夢中で二十年前の記憶をよびもどそうと、努力した。

小学校四年生の私は、当時、二度、その電車を見ているのである。

あれが、この世に存在しない幽霊電車だなどとは、私にはどうしても信じられなかったから、翌日の朝から毎日、その時刻、一番電車がとおるまで、辛抱強く大通りをはなれずに待ったのだ。父のカメラを持ち出して。なんとしても、あの電車が現実に存在するということを証明したかったから。しかし電車は、もうあらわれはしなかった。

ちょうど、一週間目だった。とおる筈のない電車が、また姿を見せたのは。

そのときの昂奮《こうふん》を、私は忘れはしない。口もきけず、ただがむしゃらに、カメラのシャッターを切った。とおりすぎる車体に追いすがるようにして、何枚も切った。確かに何枚も写したし、父のカメラは日頃扱い馴《な》れていたから、操作に不手際はなかったと思ったのに、写真屋から手渡されたフィルムはどれも、一様に真黒に焦げあがっていた。

当時しばらく、私はそのフィルムを大事に保存していた。この暗黒のなかに、きっとあの電車は写っている筈だ。誰が信じてくれなくても、このフィルムだけは、あの電車を知っている。私はそう思って、捨てたりはしなかったから、物置の整理箱のなかを探せば、どこかにまだ残っているかもしれない。

私は、二、三日、物置のなかをひっくり返してすごした。

フィルムは、出てこなかった。代りに私は、何冊もの日記帳を見つけた。小学校時代のものばかりがヨマ紐で束ねてあった。私は日記が残っているとは思わなかったので、ちょっと懐かしい気分にもなって、思わずその頁《ページ》をめくり返しはじめていた。父が教員をしていたので、きちょうめんに保存していたのだろう。

四年生の冬。その折の部分を抜萃《ばっすい》してみると、私は次のように書いている。

——十二月×日。月。晴。

無人電車。

母のおなか、朝から痛み出す。僕にも弟か妹ができるわけだ。学校から帰ると、今日は生まれると産婆さんがいった。夜中まで待っていたが、急に痛まなくなった。

それから六日ばかり、私は、電車のことをなにも日記には書いていない。『母のおなか』のことばかりを書いている。『今日も、痛まなかった』と、簡単に。

この数日間、私は無人電車の正体をつきとめようと猛烈に心奪われていた筈なのに。たぶん、なにを書いてよいのか、とりとめがなかったのであろう。目撃したという確信も、気のせいかもしれないし、半信半疑で、なにか薄気味がわるく、うかつには口にできなかったのかもしれない。記述がないということが、逆にその折の奇妙な子供心の屈託や不安さをもてあまし、自力では整理がつかなかった心の状態を、よく物語っているような気もするのであったが。

そして、次の記録につづいていた。

——十二月××日。月。曇《くもり》。

やっぱりきた。やっぱり電車は本当だった。牛乳屋のお兄さんに見せてやろう。バッチリ、カメラにとったから。

朝学校に行く前に、産婆さんがきた。母、もうれつに痛みはじめた。帰るまで心配だった。学校から帰ると、おひるに生まれたと産婆さんが赤んぼを見せてくれた。弟だった。母はとてもつかれていた。早くよくなるようにいのる。

この翌日の日記に、フィルムが真黒に焦げていたことが書いてある。そして、その翌々日から、当分、私はなにも記していないのだった。四年生の日記は、つまりこのあと、まったく白紙の状態なのだった。

そう。私はこの日記を見て、その頃のことが理解できた。あの一台の電車のことなどかまってはおられないようなできごとが、その直後に起こったのだった。

母の死であった。

母は、弟を産むと三日目に死んだ。ふだんは丈夫な母だったのに、産後急に衰弱がひどくなり、あっけなくそのまま死んだ。

日記の空白は、ただひたすら、私の悲しみの時期だった。

私は、そんなことを回想しながら、小学校時代の日記をことごとく読み返してみた。

一台の電車のことを記しているのは、この四年生の十二月、二つの月曜日の欄だけであった。

母の陣痛がはじまった日と、母が弟を産み落とした日。電車は、この日にあらわれたのだということが、私には確認できた。

なにかとてもそのことが印象的な気がして、私の頭のなかをはなれなかった。

あのとき生まれた弟が、今年二十歳。しかも、私よりも先にもう結婚して、つい先日、子供も生まれた。

私は物置をひっくり返してすごした二、三日、そんな感慨にあれこれとひたっては、

（しかしなぜ、二十年ぶりに、あの電車を私は見たのだろう）

と、そのふしぎさに首をひねってみるのだった。

あれ以来一度もあらわれず、いつのまにか忘れて久しい電車だった。

（なぜだろう）

と、しきりにそれを考えてすごした三日目に、弟から電話がかかってきた。

弟は、おなじ市内の東部のアパートに住んでいる。鉄道員だった。父は大学までやろうとしたが、高校を出てさっさと就職してしまった。母親なしで育ったせいか、どこか情操の面でうるおいのない、現実的な男だった。

「なんだって?」

と、私は、その弟からの電話を聞きながら、思わず絶句したのである。

「死んだんだよ、あいつが。さっき。病院で」

と、彼は、言った。

弟の妻が、死んだというのである。つい先だって、赤ン坊を産み落としたばかりの女だった。

私は、このとき、受話器をつかんだまま、不意にある肌寒さにおそわれた。

なぜ、このことに気がつかなかったのだろうか。そう言えば、そうだ。弟に子供が生まれたのは、

（あの日……あの電車を見た日、だったではないか）

そして、その妻が、産後間もないベッドで死んだ。

難産だったとは聞いたけれど、母体は大丈夫だと言うことだったので、父も私も安心していたのである。そして私は、二十年ぶりにあらわれた電車の奇怪さのことのほうに気をとられて、それがおなじ日のできごとだったのを、すっかり忘れてしまっていた。

（しかしいったい、だとすると、これはどういうことなのだろうか……）

二十年前、あの電車があらわれた日とおなじことが、私の身辺で、また起こっている。

これは、偶然なのだろうか。

二十年前のあの日生まれた弟に、子供ができた。その子供の生まれた日に、再びあの電車が姿をあらわしたという、この奇妙な現象の一致は。

しかも、どちらも、子供を産んだ母親は、そのすぐあとに死亡した。これはいったい、どう

考えればよいのだろうか。

あの電車と、これらのできごととは、なにか関《かか》わりがあるのだろうか……。

私は、一昨日の新聞を見るまでは、だがそんな考えを、まともに信じたりはしなかった。それこそ、ＳＦ物の漫画や小説にでも出てきそうな荒唐無稽《こうとうむけい》さが、そこにはあったから。

その新聞というのは、近頃流行《はやり》のＵＦＯ・謎《なぞ》の宇宙飛行物体が、この街の上空にも出現したという記事であった。

十日前あたりから目撃者があちこちに出ている、と、写真入りで報じていた。

（十日前……）

ふと、私は、息をのんでいた。

私がちょうどあの電車を見た頃ではないか。

人間の記憶というやつは、ある日とつぜん、思いもかけなかった事柄を、思い出させる。

私は急に、その記憶をたぐり返そうとしたのである。二十年前にも、確かおなじような記事が、この街の新聞紙面を賑わしたことがあった、と。

そして、なぜだかはわからないが、あの電車があらわれた日、一つの新しい生命《いのち》がこの地球上に生まれ出たということが、唐突に、恐ろしかった。

十日前の、夜明けの電車に出会った日。

それも、まちがいなく、月曜日なのであった。

悪魔好き

1

魔がさすという言葉がある。悪魔が、心に入りこむことだ。

入りこむとは、どういうことか。僕にもわからないのである。わからないところが、魔なのである。わかっていれば、魔がさすなどとは、いいはしない。すべて、知らぬ間にことが運んでいる。自分でも気がつかないで、ついやってしまっている。いや、ほんとうはやらされてしまうのだが、まあ、ここのところが、入った側の魔にしてみれば、悪魔たる面目とでもいえようか。

さて、前口上は、これでよい。

僕はいま、『僕』という一人称代名詞を便宜《べんぎ》上使ったけれど、これはべつに『僕』でなくてもよいのである。

『私』でも、『おれ』でも、『わたくし』でも、『あたい』でも、つまりなんだっていいわけだ。第一人称、自称代名詞でさえあれば。

なぜこんな愚にもつかない断わりごとを、最初にやっておくかというと、つまりこれが第二の前口上となるのであるが、僕はじつは、誰であるか、正体を明かすことができないのである。こうして話しはじめたからには、誰であるかということは、いずれ理解してもらおうとは思っているが、話のどこにその部分が登場するやら、それは話さない筈《はず》だから（いや、話さないのではなくて、これは話せないのである）、勝手に探してもらうしかない。

ただ、登場することだけは確実だから、さしあたってこの『僕』という代名詞を、使わせてもらうのである。つまり僕が、僕のことを話すときでも、僕は決してそれらしい表現を使ったりはしないから、そのことを最初に断わっておきたかったのだ。

だから、この『僕』という男性自称代名詞には、深い意味などないのである。ただ僕は、一人称自称代名詞のなかでは、わりかしこのコトバが好きだから、便宜上、使わせてもらっているだけである。いわばこれは、僕の好みの問題だ。

そのへんの事情を一言、前口上にしておきたい。

さて、二の枕も、これですんだ。

好みという話が出たから、まずこの好みの話から口火を切るのも悪くはあるまい。

好みといえば、ほら、あの温室わきの水道口で、美人の女性と話している（いや、彼女を美人といえるかどうか、これも好みの問題だが、まあ十人並みではあるだろう）、あの少年を見ていただきたい。

年齢は確か十二歳。身長一メートル四十センチ。ちょっと小柄で、風采《ふうさい》もさしてパッとはしないけど、あの上下つづいた泥まみれの小型のナッパ服みたいな身なりが、じつは彼の好みであって、体裁だけ見てるぶんには、どこの腕白坊主《わんぱく》かとおどろくほどの汚しようだが、あれで無口で、特別彼はおとなしい少年なのである。あの服装にしたってダ、あんなに汚す必要はないのだけれど、あの泥ンこまみれが、好きなのだ。あれを着ているとき彼は、すこぶる機嫌がよいのである。

その証拠に、聞こえない？　あんなに彼はふだんは喋ったりはしない子なのだ。

「まあ、ハルオちゃん、それじゃあ悪いわ」

「いいよ。どれでも好きなの、持っていったら」

「ほんとに、もらっていいかしら。わたしね、前から欲しいなって、思ってたのよ。お玄関にぴったりでしょ?」

「そう。これはもともと、そういうふうに改良された花だからね。室内装飾。ウィンドウボックス。テラスの花壇。ぴったしだよ。どのハイドランジアにする?」

「あら、そういう名前なの？　わたし、アジサイかと思ったわ」

「アジサイだよ。西洋アジサイは、普通、そんな風《ふう》によぶんだよ、ハナアジサイとか、ハイドランジアとかね。ヨーロッパや、アメリカで、さかんに抑制栽培されてる、改良種だよ」

「まあ。詳しいわね、ハルオちゃん」

「子供をからかったりしないでよ。さあ、どれにする?」

「あの真っ赤なのも、きれいだわね」

「ああ。フランビュー。ドイツの輸入品種だよ。背丈がちょっと高いのが難点だよな。四十センチはいってるだろ？　ハイドランジアはね、矮性花《わいせいか》だから、やっぱり背は低くなきゃ。あいつ、どうしてものびちゃうんだよな」

「まあ、そうなの。でも、あの……ワイセイカって？」

「ああ、背丈の低い性質の花ってこと。それ以上のびないように、わざわざ背の低い性質をつくりあげたんだから。鉢植え用にね」

「へえ。そうなの」

「同じ赤なら、あっちにしたら？　あれは、極矮性の逸品だよ」

「まあ、ほんと。あら、見事だわねえ。こんなに小っちゃな木に、こんな大きな花が咲くのォ？　花のほうが大きいじゃない」

「そう、二十センチはあるだろうね、その花玉の直径は。花つき、分枝は抜群だし、繁殖力きわめて旺盛。促成用の鉢植えには、まず最高だろうな。アルペングリューエンて、いうんだ」

「あら、それ、この花の名前？」

「そう、品種名だよ」

もうおわかりではあるだろうけど、このハルオという少年は、花作りが好みなのだ。

ついでに、そばで、しきりに「まあ」とか「あら」とか感歎の声を連発している若い女性も、紹介しておく必要がある。

角田京子。二十二歳。この温室の持主の長男の嫁である。つまり、ハルオ少年の義理の姉にあたるわけだ。昨年結婚し、目下お腹《なか》に二世がいる。ただし、彼女はまだそのことを知らないが。

彼女の夫の信介は、都心勤めのサラリーマンで、ごく平凡な男である。マージャンで終電車に乗りそびれ、しょっちゅうタクシーで帰ってくる浪費ぐせさえ大目にみれば、まあ格別可もなく不可もないありきたりな男である。もっとも、京子は近頃よく、

「あなたって、怖い。怖い」

と、いうけれど、これはベッドのなかでのこと。つまりまあ、彼が人並みには、そっちのほうもおこたりなくつとめているという証左にはなるだろう。それも新婚一年目なら、あたりまえのことではあろうが。

「どう怖いんだ?」と、彼は、いつも聞く。

「わからなくなっちゃう」と、彼女は、答える。

「それが、どうして怖いんだ」

「はじめてだもの。こんなになるの」

信介は、そこで満足する。はじめてだということは、どういうことなのかとは追及しない。ほかにくらべるものがあったから、はじめてだとわかるのか。くらべるものがなかったから、それがはじめてとわかるのか、そこらへんの問題にはいっこうに無頓着なのである。いうほうもいうほうだが、いわれるほうもいわれるほうだ。まあ似合いといえば似合いだろうし、要するに、その程度の夫婦である。

彼等は、角田家の離れに住んでいる。

信介の父親は、つまりハルオ少年の父親でもあるのだが、角田信太郎。近辺では大きなほうのこの農家の当主である。六十歳を越しているから、二人の息子はかなり晩生《おくて》の産である。連れ合いは、つまり息子達の母親は、昨年死んだ。

相当耕地があったから、息子夫婦に家業を手伝ってもらいたがっているのだが、二人にはてんでその気がない。と、いうより、嫁の京子がサラリーマン好きなのだ。つまり、農家嫌いなのである。街からやってきたのだから、まあ一概に彼女を非難はできないけれど。

「あらァ。赤もいいけど、あの白いのも素敵ねえ。まるで雪の玉みたい。真っ白じゃない。立派だわァ」

「あれは、イマキュラーダ。新種だよ。あいつも大型のボールになるからね。純白種の王様どころだな」

「ほんと。真っ白いボールか、手毬《てまり》みたいね」

「あれがいいかもしれないな。青や赤だと、pHの加減で色が微妙に変っちゃうからな」

「あら、そのピーエッチってのなあに?」

「水素イオン濃度さ。ペーハーともいうだろ。溶液中の水素イオンの濃度をあらわす単位だよ」

「へえェ。凄《すご》いのね、あなたって。もの凄く科学的ね」

ほら、やったのが見えなかった? とたんに、興ざめしたみたいに小鼻をピクピク。あれが、この少年のくせである。かなり彼女は、軽蔑《けいべつ》されたようである。

「でも、そんなにハイドランジアって、面倒な花？　わたし、面倒見よくないから、もしかして、枯らしちゃったりしたら悪いわ。やっぱりここに置いといてもらって、ときどき眺めにやってくるわ」

　ほら、また小鼻をピクピクだ。

「これ、温室花じゃないから、平気だよ。ただ、花芽が寒さに弱いから、アジサイみたいにはいかないけど。越冬《えっとう》方法さえまちがわなきゃ、丈夫なもんさ」

「だって、色変りするんでしょ？　せっかくハルオちゃんが素晴らしい色出してくれてるのに、わたしが台無しにしちゃあ、申しわけないわ」

「pHっていったのはね、つまり土壌の問題なのさ。土のなかの酸度や肥料の関係でさ、アジサイは色を変えるんだよ。土壌の酸度が強いとさ、青色が勝っちゃうし、酸性度がうすいとさ、桃色がかってきちゃうんだ。日本の土壌は酸性だから、まあ、そのへんの注意が栽培には必要だけど。僕がちゃんとしちゃってるから、大丈夫だよ。赤系統の花には、pHちょっと高くして、中性土壌ないし弱アルカリ。紫系は、pH5から6の間が、最も美しい色を出すんだ」

「あら、ますますわからなくなっちゃうわ」

「僕がやってあげるから、いいよ。赤いのだったら、石灰でときどき中和してやればいいだけだから」

「わたし自信がなくなったわ」

ハルオの鼻が、またピクピク。

「つまりさ、アジサイってのはさ、色が変るようにできてるんだ。アジサイの七変化《へんげ》って、いうだろ？　あれはさ、アジサイの細胞の中にね、アルミニウムと鉄分が含まれているからなんだ。この成分が、土の酸度や肥料によって、色の変化を起こすのさ。まあ、こんなことは、わからなくたっていいんだけどさ。面倒なら、白にしたら？　白は、酸度に関係ないから」

「そう！　じゃ、そうしようかしら。それにするわ」

京子は、大輪の純白玉が三つひらいたイマキュラーダの鉢をかかえて帰っていく。ほら、ハルオ少年が、また小鼻をすぼめている。

そう、彼は、この京子という義姉を、あんまり尊敬はしていないみたいである。けれども、あれで、結構いい気分ではいるのである。彼がつくったハイドランジアを、とにかく義姉は、「まあ」とか「あらァ」とか「へえ」とかをさかんに連発して、観賞してくれたのだから。

こういうときが、彼のいちばんご機嫌のいいときなのだ。

しかし、これは、じつは一年前のこと。

僕の話は、この純白のハイドランジアを京子がハルオにもらった日から、そう、一年とちょっとばかり後のできごとなのである。

せっかくこの日、二人は仲よくなれそうだと、おたがいに思ったのに。

世の中というものは、うまくいかないものである。

2

その日、ハルオは、温室の中だから多少早く咲きすぎたハイドランジアを一鉢持って、離れの京子の家をたずねた。

ハルオの部屋とこの離れは、ちょうどくっつくようにして建っていて、窓をあけると、それは顔をつきあわせて話せるほどのくっつきようだが、ハルオはたいてい、学校にいる時間を除けば、日中はほとんど温室に入りびたっている少年だから、窓越しに離れの京子と話す機会なんかはめったにない。京子が温室でもたずねない限り、二人が顔をあわせることは、だからごくごくまれだったのである。

母屋《おもや》のほうの食べごとは、ハルオの祖母が賄《まかな》っていたし、兄夫婦はたてまえとして別所帯の形をとっていたから、それもふしぎではなかったが、ここ三カ月ばかりは、ことにその疎遠《そえん》がはなはだしく、ひどいときには一月近く一度も出会《でく》わさなかったりした。

原因は京子のほうにある。彼女に、二世が生まれたからだ（彼女はその子を、妊娠中から、「わたしの二世」というふうに呼んだ）。ここのところ、その二世にかかりっきりで、母屋のほうへはろくに顔も出さなかった。

ハルオはその日、そんなわけで、今年咲いた一番花をとどけてやりに出向いたのだ。

離れは、洗濯機の音だけが聞こえていて、ほかはひっそりと静かであった。眼のさめている間は、泣きつめる赤ン坊だったから、眠っているのだなと、彼は思った。声をかけても返事がないので、あがってみることにした。買い物にでも出かけたのか、赤ン坊は、一人でふとんに眠っていた。

いや、一人だったというのは、正確な表現ではない。赤ン坊の上に、犬が一匹乗っかっていた。

ハルオが飼っている日本犬だった。

飼っていることにちがいはないが、ハルオは目下ハイドランジアに夢中だったから、餌《えさ》なんかも祖母や父親まかせの状態で、近頃はとんと見向いてもやらなかった。「ラン」という名の、おとなしい犬だった。

そのランが、なぜそんなことをしたのか。ハルオにはわからないのである。

ランは、赤ン坊の首根っこをなめていた。

赤ン坊のほうはというと、これもじつにおとなしく、なめられるにまかせていた。

それはその筈なのである。もう息をしてはいなかったのだから。

それも道理ではあるのである。ランは、べったりと赤ン坊の上にもろに乗っかっていて、ハルオ少年の眼に入った光景を正確に伝えるならば、それはちょうど赤ン坊の上に長々と寝そべって、ランは、自分の下腹へ頭をつっこむような姿勢で、赤ン坊の首根っ子をなめていたのである。

この直後に、ハルオ少年がとった行動は、まことに迅速《じんそく》、かつ綿密であったといわざるをえない。

無論、彼はランを追っぱらい、ふとんおよびその周辺から細心にランの痕跡を消しさることに専念し(彼は縁側《えんがわ》にあった電気掃除機を百パーセント活用したのだが)、やがて赤ン坊を裸にして、着衣はきちんとたたみなおし、押し入れの赤ン坊衣類のいちばん下にしのばせると、おむつカバーはおむつカバー類の抽《ひ》き出しへ、よごれたおむつは同種のものが投げこんである洗濯機のなかへほうりこみ、さて、やおら赤ン坊を抱きあげると、持ってきたハイドランジアの植木鉢もいっしょにかかえて、離れをあとにしたのである。

ここでいい洩《も》らしてならないことは、彼がランを追っぱらうとき、じつに落ちついた物腰で口にした言葉である。

「ヨシヨシ。魔がさしたんだよな」

ハルオ少年は、そういった。

「心配するな。まかしとけって」

それはとても慈愛にみちた、心やさしいひびきのこもる声だったということを、僕はつけ加えておきたいのである。

さあ、このあとがたいへんだった。

それも、また、道理というものだ。

なにしろ、生後三カ月、這《は》いも歩きもできない赤ン坊が、身ぐるみごっそり、わずかばかりの留守の間に跡形もなくかき消えたのだから、買い物かごをさげて帰ってきた母親の動転ぶりは、それはまあ尋常一様のものではなかった。

たちまち、角田家は、母屋、離れをあげての大騒ぎとなったのである。

僕は思うのだが、こういうときの人間の行動というやつは、じつに非理性的である。

歩けも這えもしない赤ン坊がいなくなったという騒動なのに、家のまわりや近所をやたらと探しまわり、まあ京子が夫の信介に電話連絡をとったのはよいとして、結局、

「赤ン坊がいなくなりました。さらわれました」

と、警察にとどけ出たのは、彼女の二世が姿を消してから、かれこれ一時間はたった後のことだった。

京子は、すっかりとりみだしてしまい、警察官との応対にもしどろもどろで、

「ほかに盗まれたものはないか。家内を荒されてはいなかったか。物色した跡などはなかったか」

などという、通り一遍の事情取りにも、ろくに満足な答えもできず、

「ありません。出たときのままでした。赤ちゃんだけがいなくなっていたんです」

といったような意味のことを、彼女はくり返し口にするだけだった。

夫の信介が帰ってきて、金品その他窃盗《せっとう》にあったものはほかになかったと確認し、代りに答えたくらいだから、京子の狼狽《ろうばい》ぶりといえば、それはひどいものだった。

「まあ、無理もないですよ。じゃ、早速手配しますから」

といって、警察署の巡査は帰っていった。

京子は、その後二、三日は、ずっと気の抜けた状態で、ただやたらぼんやりとして、手のつけようのないていたらくだった。

家事も、信介や母屋の祖母が代ってやる始末で、たとえば赤ン坊のおもちゃなどが眼についたりするとする。彼女はやにわにそれを引っつかみ、家の外に投げ出したり、哺乳器やおむつなどを、だれかがいじっていたりでもしようものなら、

「見せないで！」

と、たちまち、かんしゃくを起こした。

赤ン坊の名前を口にすることさえ禁句であった。

信介が、赤ン坊の着衣のことに気がついたのは、十日ほどもたってからだった。

「おまえ、いなくなったとき着せてたってのは、これじゃないのか」

無論そのあとで、オムツカバーの数も確かめられ、ちゃんと揃っていることがわかり、ただおむつだけが数も多いしもうとっくに洗われてしまいこまれていたものだから確認はできなかったが、とにかく、赤ン坊の衣類は家内に残っていたということが、明らかになったのである。

さて、僕は思うのだが、こういう場合にも、人間、じつにあっけなく理性を欠いてしまうのだねえ。もっとも、ハルオ少年のように、沈着冷静、事に臨《のぞ》んで適確な判断力を失わない例外もあるにはあるがね。

彼は、きっと、もう死んでしまった一人の人間の赤ン坊よりは、まだ生きている一匹のおと

なしい犬のいのちのほうが、大切だと思ったんだろうね。このままでいたら、きっとこの犬は人間どもの制裁を受け、叩き殺されるにちがいない。その残虐行為が、見るにしのびなかったのだ。

いや、彼のことだから、もっとほかにもいろいろと、考えるべきことは考えたかもしれないけれど、とにかく彼が、一匹の性《しょう》おとなしい犬のいのちを、このとき、助けてやったことだけは確かなのだ。きたるべき残虐な、しかも無益な報復的な殺生《せっしょう》から。

無益ではない？

どうしてであろうか。

ハルオ少年も、看破しているではないか。

ランが赤ン坊を殺したのは、ランのせいではないのである。それは、魔がさしたのである。なにかのせいだというならば、それは、ランの心の中に入った悪魔のせいにこそ、するべきだ。

なに？　それが悪魔だというならば、その悪魔が心のなかに入るのをゆるしたランも同罪だと？

冗談をいってもらっては困る。悪魔から心の扉をとざしきれる人間が（いや無論、犬だっていいわけだがね）、どこかにいるといわれるなら、お眼にかかりたいものだ。悪魔を見くびってもらっては困る。

十三歳のハルオ少年だって、そんな愚昧《ぐまい》なことはしなかった。

彼は、よく知っていたから。悪魔の手をよせつけぬことなど、誰にだってできはしないのだということを。ランのいのちを奪ったところで、死んだ赤ン坊は生き返りはしないのだということを。

ランのいのちを断ったところで、この種の犯罪が絶《た》え、二度と起こらなくなるというようなものでもない。

それにランは、おとなしい犬だ。ただ赤ン坊の首をなめてやっていただけだ。なめてやっていたことが犯罪なら、なめさせていたものも犯罪者だ。ランが罰せられるのなら、赤ン坊一人を残して買い物かごをさげて出ていった女も、同罪者だ。同じ罰を受けるべきだ。

「ヨシヨシ。魔がさしたんだよな」

じつに適確な、いい言葉である。

魔がさすということは、そういうことなのだ。

買い物かごをさげて出ていった女。それも、魔がさしたというべきことなのだと、ハルオ少年は知っているのである。

理性とは、そういうものだ。

悪魔がこの世にいることを、よくわきまえている人間。真《しん》に理性的な人間とは、そうした人間のことをいうのだ。

ところで、話は横道にそれたけれど、理性のない人間もいる。

赤ン坊の衣類が出てきたことを公にした角田京子も、その内の一人である。

「ご主人が見つけたんですね？」

と、警察署の巡査は、念を押した。

「そうです。早く探して下さい。きっと、なにかが起こったんだわ。もう、生きてないかもしれないわ」

彼女の昂奮《こうふん》ぶりは異様であった。

しかし、警察側は、きわめて冷静だった。

「どうして、そんなふうに思うんですか？」

と、聞き返した。

「だって、そうじゃありませんか。あの子は、なにも着てないんですよ。身ぐるみはがれて、真っ裸なんですよ」

「連れていった人間が、別の衣裳を着せてるかもしれませんよ。そのほうが目だたないですしね。よくある手ですよ」

「だったら、なおのこと早く探して下さい。あの子にもし万一のことがあったら……ああ、そうしたら……」

京子は、身も世もないといわんばかりの愁嘆場をみせて、泣きくずれた。

十日あまりもわが子の着衣のことに気づかなかった女。

警察側が認識したのは、むしろそのことのほうだった。

赤ン坊の行くえは、いぜんとしてつかめなかったのである。

3

信介の顔色が冴《さ》えなくなったのは、京子のある言動が表だちはじめるのと歩調をあわせた、といってもよかろう。

信介は、なにかふさぎこんでいるかと思うと、急に短気にあたり散らしたりすることが多くなった。それはまた、妻の京子にも、同じことがいえた。

まず、京子の言動というのから話さねばなるまい。

彼女のその行動の変化に最初に気づいたのは、ハルオ少年であろう。

京子と顔をあわせる機会が急にふえはじめたからである。と、いうことは、ハルオはたいてい温室にいたから、京子が、温室のあたりへ出かけてくることが多くなったということでもある。

じっさい、ふと顔をあげると、硝子越しに温室のなかを覗《のぞ》きこんでいる彼女と眼があったり、なんとなく前をとおりすぎていく彼女を見かけたりするようになった。

それは、ある日、ふと京子がなんでもないことをたずねでもするように、ハルオにある質問を投げかけた日をさかいにして、はじまった現象だった。

　そのときも、ハルオは、温室の入口にいた。水道で、油カスの水肥によごれた手を洗っているところだった。

「ねえ、ハルオちゃん」と、彼女は不意に声をかけた。ふり返ると、京子がネズミ取りのかごをさげてたっていた。

「なに?」

「ほら、子ネズミが三匹もかかっちゃった。どこに捨てたらいいかしら、土の中に埋めちゃ、だめかしら」

「べつに、かまわないだろ。腐るだけだから」

「じゃ、肥料になるわね」

「そんなもの、どうしようもないよ。酸性化するだけだから」

「あら、酸性化するの?　じゃ、人間なんかもそうかしら」

「人間?」

　ハルオは、ちょっと顔をあげた。

　あんまりそれが唐突で、しかもいかにもスラリといってのけられた言葉だっただけに、ハルオの顔にはむしろポカンとした表情があった。やがて、彼の小鼻が、少し動いた。

　そして、ハルオは苦笑した。

「そうだろうね」

　と、彼は、いった。

「埋める土壌にもよるけれど」

「ここの土だったら、どう？」

と、京子は、足もとを指さした。

「日本の土は、ほとんど酸性土壌だからね。土のなかに人間の体があったとしたら、脂肪は、まず酸敗するね」

「サンパイ？」

「食べ物が腐ってくると、すっぱくなるだろう？　あれと同じことだよ」

「そうなの」

「そうだよ。次が、蛋白質《たんぱく》。これは、動物の体じゃ主成分となるいろんな元素の化合物だけど、土の中じゃ、アンモニヤが発生して、腐敗して蒸発するね。次は、炭水化物か。これも酸性化して酸敗する。水素イオンは、粘土にひきつけられて、これも酸性化するよね。結局、残るのは、骨だろ。でも、この骨も、カルシウムのなかにある無機質は、酸性化するからね。以上、人間の体を土のなかに埋めたって、肥料にはならないってこと。わかった？」

ハルオ少年は、事務的な口調で、こともなげにいってのけた。

この日から、京子は、なんとなく温室のまわりに顔を出すようになったのである。

藍《あい》、青、紫、空、紅、桃、赤……などなどの、濃淡あざやかなハイドランジアの鉢植えに、すうっと眼を据え、

「あら。すこしその赤、色が濃くなったんじゃない？」

とか、

「ねえ、ハルオちゃん。そのライトブルーの花、ちょっと青みが濃くなったみたい」

とか、花色の濃淡を、真顔で見つめて批判した。

「そうかねえ。僕には、理想的に見えるけど」

「あら。昨年の青のほうがきれいだったわ」

「そうかな。できは、ずっと今年のほうがいいんだよ。レメンホフ。ブルーキング。ほら、そのなんか、凄い色に出てるだろ。今年は、青系統が特にいいんだ。そう思わない？」

と、ハルオが振り返ってみると、もうそこには京子はいなかったりした。

そんな日がつづいた、ある日のこと。

離れでは、一騒動もちあがったのである。

「ばかやろう！」

と、凄《すさ》まじい見幕で、信介は、京子を横なぐりにした。

「なにすんのよ！」

「なにすんだと？　もういっぺんいってみろ。女房だって、ただじゃすまねえぞ」

「ただですまなきゃ、どうだというのよ。わたしは、もう決めたんだから。あなたがやってくれなきゃあ、わたしがするわ。いいえ、警察の手をかりても、あのハイドランジア、みんな調べさせてもらうわ」

「なにい」

信介は、青みを額《ひたい》にみなぎらせて、唇をふるわせた。

「そうでしょう。調べるくらい、調べてもらったっていいじゃない。わたし達の子供なのよ。あなたの子供なのよ。あなた、自分の子供がかわいそうじゃないの。身ぐるみはがれて連れてかれたのよ。もう、何日たつと思って。いつまで、こんなことつづけてたらいいのよ。警察が探し出してくれるまで、わたしたち、手をつかねて待ってるの？　思いついたら、なんでもしてみるべきよ。可能性があったら、調べてみたっていいじゃない」

信介の手は、もう一度とんだ。前よりも、もっとするどい音をたてた。

「いってみろ。聞いてやる。ハルオが、そんなことをしなきゃならないわけを、いってみろ。さあ、いえ」

信介の語気は荒かった。押し殺した低い声ではあったけれど。

「どんなわけが、あるというんだ」

「あるわ」

と、京子も、にらみ返した。

にらみ返しながら、肩でしばらく息をついた。

「そりゃあ、ハルオちゃんに聞いてみなきゃわからないけど……でも、あるかもしれないわ」

「前置きはいい。要点をいえ。それから、もう一つ。いっておくけど、おまえは、いまどえらいことを口にしかけているんだぞ。一度口にしたら、もう引っこみはつかないからな。そいつを、ようく胸のなかへ叩きこんでから、いえ」

短い間があった。

だが、京子は口をひらいた。

「あの子の、夜泣きじゃないかしら」

吐き出すように、彼女は言った。

信介の体が、ぴくっと動いた。

「ハルオちゃんの部屋には、毎晩、あの子の声は筒抜けだった筈よ。ハルオちゃんは、おとなしい子だわ。頭もいいし、それだけに、神経質な子だわ。静かに、一人で打ちこむことの好きな子だわ。ひっそりと、いつもなにか考えごとをしてるような子だわ。夜遅くまで、お部屋で起きてるわ。勉強してるわ。あんな声が一晩中つづいたら、ハルオちゃんは、なんて思うかしら。毎晩、毎晩、わたしだって、ろくに寝せてくれなかった子なんだもの……。下の家のピアノがうるさいからって、人殺しした人だっているでしょ? そりゃあ、ハルオちゃんは、しんぼう強い子よ。おとなしく、じっとがまんできる子だわ。でも、まだ十三歳よ。子供よ。大人だって、ピアノの音で人殺しをするわ。つい、してしまうわ。ハルオちゃんが、したって、ふしぎはないわ。あの子の夜泣きは、ひどかったんだもの。がまんできなかった筈よ。魔がさすってことも、あるわ」

信介は、不意に太い息を吐いた。

こめかみのあたりがふるえていた。

信介の声は、低かった。

「おまえは、どうなんだ?」

と、彼は、言った。

束《つか》の間、京子は、けげんそうな眼をあげた。なにかを手探るような眼でもあった。

「あなた……」

「そうだ。おまえは、どうなんだと、聞いてるんだ」

京子は、ふと、息の根をふるわせた。

「まさか」

「そのとおりだ。そのまさかを、聞いてるんだ。いった筈だぞ。用心して喋れと、おれはいっておいた。忠告してやったんだぞ」

「……忠告?」

「そうだ。忠告だ。おまえのために、いったんだぞ。おまえが口にしたからには、おれも、聞かなきゃならない。聞きたくはない。聞くまいと思って、おれは、がまんしてきた。だが、もうおまえは、喋ってしまった。自分の口で喋ったんだからな」

「待って」

「待つことなどない」

「あなた」

「答えろ。あの子の夜泣きが、いちばんがまんできなかったのは、おまえだろ」

「なんてことを」

「どこへやった」
「どこへですって？」
「そうだ。あの子を、どこへやった」
「あなた」
「これで辻つまがあう。なにもかも、あう。おまえしか、できない。おまえが、やった」
「やめて！」

僕も、辻つまがあうと、思っているのである。いや、すくなくとも、信介のなかでは、それは辻つまのあうことなのである。彼が、疑心を抱いていたのは、わかっている。あの二世の着衣が出てきた日からだ。

信介も、じつは京子と同じように、二世殺しの動機を考えつづけていたのだった。なぜ、妻が自分の子を殺したか。なぜ、母親が自分の子を亡きものとしたか。

それを、考えていた。

考えつくことは、一つしかなかった。

夜泣き。

それは、父親である信介でさえ、たびたび、

（一思いに）

と、ふっと殺意に似た想念がかすめる、幼児の恐ろしい暴力だった。

彼の二世は、病的な夜泣きっ子なのであった。

その恐ろしさを、信介がいちばんよく知っていた。

離れの窓のすぐ隣にあるハルオの部屋で、ハルオがどのような殺意を抱いたとて、ふしぎではない、と信介も思うのだ。

『殺意』

と、言葉に書くか、いうかしてしまえば、それは非人間的な要素をおびる。人間にあるまじき振るまい、という反省も湧く。

けれども、一瞬よぎる、『聞きたくない』『やめてくれたら』という思いは、言葉にあらわせば、『殺意』と同義語なのである。

『殺意』にかわる言葉がない限り、自分は『殺意』をもった、と思わないわけにはいかないのだった。

京子が、それに参っていることは、信介がいちばんよく知っている。また、じっさい、何度か京子は、夜の寝間で、それを口にしたことさえある。

「ああ、もういや。もうしらない。もういらない。子供はいらない。どこにでも、やって。早くつれてって」

もっと具体的な言葉も吐いた。

自分が親であり、二世が子であるとわかっていても、一瞬よぎる、

(厭《いや》なやつだ)

と、いう思念の強さや深さや濃さは、『殺意』と等質のものである。ただそれを、『殺意』だとは考えまいとするだけだし、考えてはならないと思うだけだ。

一思いに枕をかぶせればすむ行為を、そのとき、強烈に恋い焦《こが》れて夢想しているのだ。しないという人間がいたら、僕も、お眼にかかりたい。この信介夫婦の二世と、三カ月寝間を共にして。

もしそんな人間がいるならば、それは逆に、人間ではない。人間失格者だ。もっと、下等な動物だ。この信介夫婦の二世といっしょに寝たら、『殺意』をもってこそ、人間である。

彼等はだから、その点では、とても人間的な夫婦であった。そうである。魔さえささなければ。

魔。

僕は、何度もいっているだろ。魔から人間は逃れることなどできないのである。そんな力は、人間にはない。あると確信しているところに、人間のつまらなさがある。愚直さが。

思いあがりには、それ相応の報復はあるものだ。

信介の場合も、彼は、魔がさしたのだとは思わないのである。

彼がいまその脳裏に思いうかべているあの光景を、おしらせしよう。

それは、彼が、妻を背後から抱きながら歓楽のときを迎えようとしている情景だ。彼の妻は、二世に乳をふくませている。ふくませながら、われを忘れているのである。

信介は二、三度、そのまま妻が二世をおしつぶしかけて、なお気づかずにいた過去の経験を、いま頭のなかによみがえらせているのである。

自分が気がつかなければ、あのまま赤ン坊は窒息したかもしれない。そんな妻の、ある歓楽の光景を。

そう。身勝手な、虫のいい話だとは、僕も思う。しかし、そこがそれ、人間なのだ。

信介にしてみれば、真剣な追憶なのである。

過去、そういうことが、京子の上に二、三度あったということの回想が、いま信介をとらえてはなさないのである。それは京子が、子供をないがしろにしたということではないだろうけれど、夜泣きへの『殺意』と重ねあわせるとき、信介の疑心に、ある火をつける起爆剤にはなるのであった。

「どこへやった。いえ」

と、彼は叫んだ。

京子も、叫び返したのである。

「もう遠慮はいらないわね。ええ、答えてあげるわ。ハルオちゃんのハイドランジアを、みんな調べさせてもらってからね」

「おお、調べさせてやるとも。ついてこい。おれがこの手で、叩き割って調べさせてやる。そのときに、吠《ほ》え面《づら》かくな」

二人は無論、そしてその言葉どおりのことを、やってのけてしまったのである。

五、六十鉢にもおよぶ華麗な西洋アジサイは、ことごとく、その根をふるわれ、引き抜かれ、鉢底の土はひっくり返された。
ハルオ少年はというと、黙って、そんな二人を見まもっていただけである。

正確に摂氏二十度前後に保たれている温室は、数知れない花たちが一気に美の姿を破壊され、凌辱されるという、じつに絢爛《けんらん》たる狼藉《ろうぜき》をゆるして、しずかだった。

君には見えないだろうね。ハルオ少年の小鼻が、ピクピク、さかんに動いているのが。

死体など、もちろん、どこからも出てきやあしないさ。

ハルオ少年を、見くびってはいけない。

そうだろ？　たとえば、ちょっと考えてごらん。彼がいのちよりも大事に丹精したハイドランジアの鉢に、どうしてそんな異物を隠したりなどするであろうか。

そんな愚直なことをするくらいなら、豚に食われて死んじまったって、人間やめたほうがいい、と彼ならきっと、憤然として思うだろう。

まして、毎晩、憎悪と罵倒の言葉をあびせつづけてきた生き物の死体なんかをだ。

この角田家には、もっといくらも、その程度のことにだったら適当な、広い耕地がほかにあるだろ。そうは思わないかい？

そう。彼がいますることは、もう一つしかないさ。

その耕地を掘り返して見せることだけさ。警察を連れてきてね。そして、彼は、なんというだろうね。その巡査たちにむかってさ。

そうだろ？　なにかを、彼はいうはずだよね。告げるはずだ。そのときの彼の言葉を、じつはぜひ、考えてみてほしいんだよな。

彼はきっと、彼にふさわしい言葉を喋って聞かせてくれるだろうからね。

そして、そういうことは、『魔がさした』とはいわないのだよ。

ハルオ少年はただ、僕と握手しただけだ。

魔

1

暗い海には近寄るなと言ったのは、祖父だったという気がするけれども、その祖父の顔を、龍彦はよくおぼえていなかった。

記憶の中にいる老人は、いつも、船溜りの石の階段をあがった所に腰をおろし、陽のあたる地面にひろげた漁網の破れやほころび目を黙黙として繕《つくろ》っていた。

かげろうがさかんにもえていて、老人はちょうどその透明な光のカーテンにつつまれて、すぐ傍にいるのに、どこか遠くの人影のようにも思われて、その輪郭は絶えず揺らめき立っているように見えた。

「暗い海って?」

と、龍彦はたずね返す。

「夜の海?　日が暮れたらってこと?」

夜釣り、夜船の漁《いさ》り火漁《びりょう》は日常茶飯事。島の暮らしの見馴れた景色だ。漁師が漁に出かけて行く夜明け前の海だって真っ暗がりじゃあないか、と龍彦は思う。

そりゃまあ、そうだ、と老人はうなずく。

穏やかに笑っている。

網の目をくぐり抜けては戻ってき、結ばれてはまたくり出される竹針と網糸の音だけが、間断なくつづいていた。

夜なかの海へ出て行けんようなやつは、漁師にゃなれん、と老人はうなずきながら言う。

「わしが言うのは、そういう海のことじゃあない」

老人の手は動いている。陽に灼けて節くれ立った頑丈な手だ。

「そうじゃのう……」

と、彼は、独りごちるように言う。

「おまえには、まだわかるまいがのう……」

と、言って、ちょっと眼を陽ざしの中へあずけた。

真昼間の網干し場は森閑《しんかん》として、ほかには、人影も見あたらない。あるとも思えぬ風にのって、ひとひら、ふたひら、桜の花びらが眼の前ののどかな宙に浮かんで舞っていた。

「暗い海はの、こういう真昼のさなかにも、ある。陽が照って、太陽はきらきら輝いとる。海も凪《な》いどる。波もない。穏やかで、明るうて……気も晴れ晴れする、ええお日和《ひより》じゃろうがや。こういうお日和の海にもの、暗い海は、あるので」

「どこが、暗いの?」

と、龍彦は、けげんそうに、たずねる。

「どうして、暗いの？」

重ねて、たずねる。

船溜りの突堤を越えた先の海は、内海の美しい島影もあちこちに浮かばせて、見晴《みは》るかす沖合いまで、文字どおり春は朧《おぼろ》でのどやかで、麗《うら》らかな景色であった。

龍彦のまなざしは、その海へ注がれて、何度もあちらへこちらへと往復した。

「まあ、ええ」

と、老人は、言った。

「それほどムキにならんでも、ええ。わかる時がくりゃあ、わかる。どれほど晴れて、凪いどってもの、暗い、陰気な感じのする海がの、あるもんじゃ。海には、そういうことがある。そういう時が、あったりする。どこが、どう。なにが、こうと、ひとには説明できんでもの、自分にはわかる。五体が、感じるんじゃの。水の感じ、海の感じ、それが暗うて、陰気での……。

そういうことが、あるもんじゃ。

ほかの漁師は、平気でどんどん出ていくのに、自分一人が、二の足を踏む。厭《いや》ぁな感じがするんじゃの。こりゃあ、漁師の勘かもしれんし、そうじゃのうて、人間の勘とでも言わんとならんものかもしれん。ほかの漁師はどんどん出て行きよるんじゃからの。平気な顔して。自分だけが、出とうもないと、むしょうに思う。腰があがらん。ふしぎなことじゃが、海には、そういうことがある……」

老人は、ぽつり、ぽつりと話した。

「わからんで済みゃあ、それが一番じゃがの。それに越したことはないがの。海を相手にしとるとの、そうもいかんことにもなる。暗い海にも、陰気な海にも、出ていかんとならんこともある。漁師じゃからの。男じゃからの。わしも、おまえも、この島に住んで、この海を相手に暮らさにゃならん、男じゃから。のう」

と、老人は、龍彦の方へ顔をあげた。

柔和な眼で、龍彦を彼は見た。

「おまえも、これから、いろんなことに出くわすじゃろ。けどの、こういうことも、おぼえとけよ。出とうもないと思う海には、出るな。近寄るな。それも、男らしいことなんぞ。出んことも、男じゃから、できることなんぞ」

龍彦は、そう言って自分を見た老人の柔らかな、しかしふしぎな感じのする強い光をためたまなざしを、鮮明に思い出すことができるのに、その老人の顔形《かおかたち》が、どこか朧でぼんやりとしてとりとめのないのが、なさけなかった。

祖父だと思って思い出そうとするその顔は、春の陽ざしに隈《くま》なくさらされていたはずなのに、かげろうにつつまれて、どこか輪郭をくずしていた。

「水がの」と、老人は、言った。

「それは、水がの、しらせてくれることかもしれん。暗い感じ。陰気な感じ。水が、それを教えてくれるのかもしれんと、わしは、思うたりするんじゃがの」

「出るなって?」

「うむ」

「出たら?」

「うむ?」

「なにか、起こるの? 悪いことが」

「うむ……」

老人は、しばらく黙って、竹針だけを動かしていた。

そして、言った。

「なにが起こるか、わからんところじゃ。海はのう」

「板子一枚下は地獄」

「そうそう、それじゃ」

老人は、眼を細める。

細めて、また、龍彦を見た。

「おまえは、利発な子じゃからの、わしも話しときたかったんじゃ」

「暗い海のこと?」

「うむ」

「でも、よくわからん」

「それでええんじゃ。わかる時がきたらの、思い出しゃあええのよ。ジイさまが、昔、話しとった。おお、これがそうかと、思いあたりゃあ、それでええんじゃ」

春の網干し場は、麗かな陽にあたっていると、うっとりとして眠り落ちそうになる。

海も、波音ひとつたてず、その陽を浴びてゆったりときらめいていた。

島の春は、まさに平安で、濃密に熟《う》れ、たけなわだった。

龍彦の記憶の中で、この日、老人がふと語り出した話も忘れられなかったが、それよりももっと忘れがたく心に残っているのは、この折の、今まっさかりという春のその深さの方だった。

老人の口を、ふと開かせたのも、その春が力を揮《ふる》ったという気がしてならなかった。

陽ざらしの春の、その深い静謐《せいひつ》さ。

それが、妖しかった。

思い出すと、記憶の中で、この日のことが、妖しい動きを見せはじめるのも、龍彦にはこの春の日の真昼間にあった静けさのせいだったと、思われてならなかった。


眼をつぶると、その静けさが、蘇《よみがえ》る。音もなくやってきている。

陽がふっている。さんさんと。

老人が、話している。

その声に、桜の花びらが散りかかる。

龍彦は、耳を澄ます。

すると、一艘の和船の櫓《ろ》の音が、いつも、その春の静けさの底の方から、涌《わ》いてくるのだった。

2

龍彦は、島の石垣道をのぼりながら、絶えず手でその石の肌に触れた。

おぼえているような気がするのは、この石積みの狭い段段道くらいしかなかった。

人家や建物といえば、船着き場をあがった所の海ぞいに十四、五軒、あとはこの石垣道の両側にぽつんぽつんと十軒たらず、あるきりだった。

その内の何軒かは、廃屋のようだった。

漁協で教えてもらった年寄りの住む家を三軒ばかりたずねたが、祖父のことを思い出してくれた人間は一人しかいなかった。島で最年長という九十三歳になる老人だった。

「そりゃあ、梅田の爺さまじゃないかの」

と、その年寄りは、言った。

「そうです。梅田です。梅田俊蔵です」

龍彦は、祖父の名を、後に謄本《とうほん》で知ったのだった。

「俊蔵を、おぼえていらっしゃいますか」

「そうかいの……そんなお名前じゃったかいのう……はあもう、はしから昔のことは、かすみましての。眼もかすみゃあ、耳もかすんで……」

老人は、足も不自由なようだった。

「なんせあんた、わしらが、まだ若い時分のことじゃからのう……」

「はい、六十年くらいは前のことになるかと思いますが……」

「そうじゃろうの……それくらいにはなるじゃろうの。おってじゃったで。梅田の爺さま。わしらは、そう呼んどりましたがの。一本釣りの名人じゃった」

「一本釣り……」

「そう。櫓こぎの和船で沖へ出て、釣り糸一本、手釣りであげる腕前で、あの爺さまに歯の立つ者はおらんじゃった」

「そうですか……」

龍彦は、不意にこみあげてくるものに、たえた。

なつかしさが、全身を駈けめぐった。

年寄りが、なにかを話しかけていた。

その言葉も、束《つか》の間、聞こえてはいなかった。

「え?」

と、すぐにわれに返って、聞き返しはしたけれど。

年寄りは、あんたはどういう人かと、龍彦にたずねているのであった。

「孫です」

と、龍彦は、応えた。

「孫？」

「はい。梅田俊蔵の、孫です」

年寄りは、けげんな顔をした。おどろいているようであった。

「おぼえていらっしゃりはしないでしょうか。五歳まで、わたしも、この島におりました。俊蔵と一緒に暮らしました。いや、暮らしたはずです。祖父一人、孫一人の家族です。ほかには、誰もいない家族です。いつも、祖父の傍にいました。くっついて、離れなかったはずです。五歳の、小さな男の子です。おぼえていらっしゃいませんか。

船着き場や、船溜りや、突堤なんかの様子も、いまはすっかり変ってしまった感じがして、幼心《おさなごころ》に残っているあの頃の面影は、まるで探し出せませんけど……昔の船溜りを、わたしは、よくおぼえています。ねえ、ありましたでしょう？　石組みの突堤で囲われた船溜りにそって、広い網干し場があって、漁具小屋や、浮き玉のガラスの浮子《あば》なんかを入れた木小屋や、トタン小屋や、倉庫のような船小屋や……そんなのが、あちこちの砂地に建っていて……ね？　そうでしたよね？　あの網干し場で、一ん日《ち》網繕いをする祖父の傍に、わたしもいたんです。そんな男の子を、おぼえてはいらっしゃいませんか」

龍彦の口調には、一所懸命な感じがあった。

年寄りにもそれはわかり、真顔で彼は困惑の表情を見せた。

「はての……そんな子供が……あの爺さまにのう……」

そう言って、首をかしげた。

思い出せないと言うのだった。

龍彦は、しかし、そのことについては、そうかもしれない、と思うほかはなかった。

龍彦の方でも、五歳の龍彦の記憶の中に、祖父以外の人間たちとの関わりがまるで痕跡をとどめていなかったから、そういう意味では、祖父のいなくなった島は、自分には無縁の土地と言うほかはなかった。

まして、その祖父の顔でさえ、つぶさには思い出せない歳月が、過ぎていた。

誰一人、自分が知らないのだから、誰一人、自分を知る人もいなくて不思議はなかった。

そして、また、そんな人間たちを探すために、龍彦はこの島へ帰ってきたのでもなかった。

望みは一つ。ある春の日の網干し場へ、眼をつむれば蘇るその春の真昼間の中へ、現実でも、龍彦は、立ち戻りたかったのだ。

やみくもに、湧き立った衝動であった。


龍彦は、陽のあたる石垣道をのぼっていた。

九十三歳の年寄りに教わった道だった。

梅田俊蔵の家は、その坂道の途中にあったという。

「いまはもう、跡形も無《の》うなっとるがの……」

そう聞いた時、龍彦の心がふるえた。

かなしくてふるえたのではなかった。

あるおどろきに、高鳴ったのだ。

（そうだ）

と、龍彦は、思った。

その道を、おぼえている。確かに、自分は、石積み垣の石で畳んだ段段道を、歩いたり、走ったり、転げたりして、のぼり下りしたおぼえがある。そんな気がしたのである。

（そう。僕の家！）

龍彦は、とっさに、確信した。

そしていま、その道をのぼってみると、のぼるにつれて、胸は一層ふるえ立って、苦しいほどに高鳴っているのだった。

どんなに眼を凝らし、心を凝らして思い出そうとしても、いつもかげろうにつつまれてどこかその輪郭をくずし、見えていて見えない、見えないはずがなくて見えなかった祖父の顔が、急にその輪郭をとり戻してくるようにさえ思えたのだった。

（ジイさまが、いるのだ。ここに、帰ってきているのだ。そして、住んでる。住んで、ここで、待っていたんだ）

そうだ、僕が帰ってくるのを、待ってくれているんだと、龍彦は、思った。

少年の頃の龍彦に返っていた。

梅田の家の跡は、どこにも見あたらず、ただ生い茂る灌木《かんぼく》の林があるだけで丈《たけ》高い枯れ草や雑木《ぞうき》におおわれていた。

しかし、龍彦の眼はかがやいていた。つよい精気をおびて、あふれるような涙をためて。

彼は夢中で、その藪地へ、走り込んだ。

「ジイさま！」

少年の声であった。


その藪地をつつんでいた色濃い春の陽ざしにも、ふしぎな静謐さがあった。

龍彦にだけは、そう思えた。

（帰ってきた……）

と、彼は、思った。

心底からの、安堵だった。

3

真昼間の網干し場は森閑として、しきりに陽に灼かれていた。

網の目をくぐり抜ける繕い針の音だけが耳もとでする。陽を吸ってこんもりとふくらんだ網。

その感触が心地よい。気の遠くなるような平安。

気がつくと、その網にくるまれて、寝転んでいる。

起きあがる。

祖父を、見る。

眼をあけていても、やがて、重くなる瞼。

つい、うとうととする。

龍彦は、また、われに返って、祖父を見る。

そんなことが、二、三度つづいた。

そのたびに、龍彦は、祖父の手がとまっていて、祖父はその顔をあげ、なにかに気をとられるか、それを見るかしていたような気がしたのである。

いまも、そうだった。

祖父の手は、すぐに動きだし、顔はその手もとの網目の上へ落とされた。

「どうしたの?」

「うむ?」

なにごともない、ふだんの顔に戻っていたが、龍彦は確かに見た。

祖父の顔は、船溜りの方へ向けられていて、その方向にあるものを、見つめていた。それが、船か、水か、もっとちがったものだったかは、わからなかったけれど。

龍彦が、それを口にしかけた時だった。

祖父は、再び顔をあげた。首を立て、ぐっとまわすようにして、船溜りを見た。

その眼は、やがて一点に注がれて、とまった。

視線の先には、祖父の持ち船の和船があった。

その船は、水からはあげられていて、船溜りの端の砂地に休息していた。そこが、陸《おか》にあがった時の、祖父の船の定まった憩い場所だった。

いつもと変らぬ、ふだん見馴れた風景がそこにはあるだけで、昼の船溜りはひっそりとしてのどかで、しごく平穏だった。

平穏でなかったのは、祖父のじっと凝らしたような異様な眼の色だけであった。

事情はわからなかった。

だが、龍彦は、急に立ちあがっていた。

和船のそばまで行ってみようと思ったのだ。眠気ざましにもなるし、ひとっ走り……と、身軽にひょいと起きあがった。

「動くな」

と、声がとんだ。

低い、ずしりとした声だった。

聞いたことのないその祖父の声の感じに、あっけにとられ、ぴくんと身をすくめた龍彦は、やがて、恐る恐る後ろを振り返った。

祖父は、しばらく黙ったまま、船溜りの方へ、その尋常でない眼をあずけていた。

やはり船を見ているのか、水を見ているのか、その先の海へ放った眼であったのか、わからない視線だった。

わけがわからなくはあったが、龍彦には、なにがなし、固唾《かたず》をのむような、緊張した一時《いっとき》だった。

ふと、そんな張りつめた沈黙の時間がとぎれて、

「まあ、すわれ」

と、祖父は、言った。

険《けわ》しさのとれた声になっていた。

手も、再び網繕いに戻っていた。

「厭なやつが、きとったんでの」

「ん？」

龍彦は、確かめ返した。

「いやなやつ？」

「そうじゃ」

「……きとったって？」

「船溜りにじゃ」

「船溜り？」

もう一度、確認するように、龍彦は下の船溜りを見た。

「誰も、おりゃあせんが」

「見えんだけじゃ。うかつに、姿は見しゃあせん。なりもでかいが、肝もすわったやつでのう。あれだけ大けな図体して、見せともないと思うたら、魔法のように、消えてみせる……。すぐそばにおるのにな、影も形も消してみせる。そういうことを、するやつじゃ。けたはずれの化け物での」

「ばけもの？」

龍彦は、息をのむ。

「おうさ。なにをするかわかりゃあせん。いや、なんでもするじゃろ。あいつが、したいと思うたら、でけんことはないかもしれん」

「ジイさま……」

怯《おび》えた顔で、祖父を見た。

「いまも、おる」

「ええ？」

「おるじゃろうで」

「どこに！」

龍彦は、ほとんど叫ぶような声をたてた。

「龍彦」

と、祖父は、切り返すように、低い声で受けた。真剣な、叱咤《しった》する口調があった。

「しっかりせい。腹に力を入れて、しゃんとせんか。どっかりとせえ。ええか。おまえを怯えさすために、大仰《おおぎょう》に、恐ろしげな、つくり話をしとるんじゃないんど。これは、ほんまのことなんぞ。おまえが、いま、たてた声。それも、ちゃんと、聞いとるかもしれん。恐れの、ヘナチョコ漁師の小童《こわつぱ》。そう思うたかもしれんので。あいつに見くびられたら、したい放題、手玉にとられて、あげくの果てに、地獄へ引きずりこまれると思え」

「ジイさま……」

余計、声はふるえていた。だが、喘《あえ》ぎ喘ぎ懸命にそれを押し殺そうとして、龍彦は咽《のど》をびくつかせた。

「海の中におるものに、陸で話す人間の言葉が聞こえるはずがない。そう思うかもしれんが、あいつだけは、別じゃ。別じゃと思うとって、まちがいはない」

「海の中に……おるの?」

恐る恐るの声だった。

「そうじゃ」

と、祖父は、答えた。

「こんな話は、しとうはなかった。いや。せんで済みゃあ、済ませたかった。知らんで、済んでいく漁師も、現《げん》になんぼもおる。知らぬが仏じゃ。海を軽う考えて、ばかにしてもいけんがの。精を出して働きゃあ、恵みもくれる。食べていける。そういう漁師も、いっぱいおる。みんな、この海で暮らしとる。おまえも、そういう漁師にの、なってくれりゃええがと、願うとったんじゃ」

祖父は、言葉を切って、ちょっと沈黙した。

そして、しみじみと龍彦を見た。

「言わんで済ませられりゃあの、そうしたいと思うとったことを、つい、口にした日じゃった、今日は。のう……」

「近寄るなって、言った海のことだね？」

「おうよ」

「出るなって、水が教えてくれる海……。いまが、そうなの？　ジイさまにゃ、そんな感じがしとるんか？」

それには答えず、祖父は、独語するように、言った。

「あんな話をした日にの、出てきて見せるなんての……。あいつのやりそうなことだ」

「どんなやつなの！　まだ、いるの！」

やにわに、首をまわして、龍彦は振り返った。

抑えがたい感情に衝《つ》き動かされたのだった。

陽ざらしの船溜りは、静かだった。

どこにも、どんな異変の片鱗《へんりん》も、感じとることはできなかった。

「サメだ」

と、祖父が、言った。

「サメ？」

龍彦は、一度戻しかけた顔を、とっさに反転させた。

胸がびくんびくんと動悸を打っていた。

「見せやせん。めったなことで」

祖父は、そう言ったが、この時、龍彦には見えなかったけれど、舫《もや》っている漁船の間にゆるゆると頭をもたげているものがあった。

T字型をした奇怪な生き物の頭だった。

音もなく、水も揺らさず、ゆっくりとその頭は水の表にもりあがり、さざ波一つたてずにまた沈んでいった。

祖父だけが、それを見ていた。

後になって、この時のことを祖父から聞かされたが、

「おまえには、とても見せられない、化け物顔じゃったからの」

と、祖父は、言った。

シュモクザメという名を龍彦がはじめて耳にしたのも、その時だった。

シュモクザメは、頭が大きくT字型に左右へ突き出していて、その右と左の先端部に一つずつ眼を持った、不気味な姿のサメである。

人間を襲撃する「人食い」と呼ばれるサメの中でも、ホオジロザメと並んで、最も獰猛《どうもう》なサメと言われている。

龍彦も、その現実ばなれのした奇怪なあやかしめく姿は、祖父からも聞かされたが、のちに

図鑑でも写真でも厭というほど見漁って、熟知することになった。

サメが、何億年も前から進化の形をとめた太古の原始動物であるというのが、このシュモクザメの妖しい姿を思うと、納得できた。

祖父には、ときどき、その姿を見せるのだという。

祖父が漕ぐ和船よりはずっと大きなサメだと、祖父は語った。

「天気もええ。潮の按配も上上じゃ。魚もよう食う。こりゃあええと思うとってもの、ぱたっと食いがとまってしまう。場所を変える。そこもだめ。あっちもだめ。こっちもだめ。八方ふさがり。こういう時はの、たいていあいつじゃ。どっか近くに、やつがおるんじゃ。へえで、ついてまわっとるんじゃの」

「船に？」

「そうじゃ。けどの、そうでない時もある。魚は食う。はしからあがってくる。こりゃ当てたのと、ホクホクじゃわの。そんなさなかに、スウーッと身をくねらせて、舳先《みよし》を大けなのがよぎる」

「シュモク？」

「そうじゃ」

「魚は、釣れてるのに？」

「おうさ。海は自分の思うがまま。おまえの漁もわし次第。そう言うとるんじゃ、やつは」

かと思うと、沖へ出て、急に眠気につかまる時があるという。

「眠うて、眠うて、どうしようもないんじゃの。ついうとうとっとして、はっと気がつく。櫓が、眼の先を流れとる。ぐるーり、ぐるーり、廻りながらの」

「拾えないの？」

「そんなこと、させるもんか」

「帰れないじゃない」

「そうよ。ほかの船に見つけてもらうのを、待つだけじゃ」

またある時は、大きな背鰭《せびれ》だけが、一日中船のまわりをまわっていることもあるという。

「なんにもしないの？」

「ああ、しない」

くる日も、くる日も、それがつづくのだという。

「むろん、なにごとも起こらん日もある。起こりはせんが、気が滅入っての。滅入って、滅入ってならん。そんな日にゃあの、わかるんじゃの。いま、この船の真下のずぅーっと深い所に、やつがいる。じいっと、身をひそませとる。それが、わかる」

しかし、と、祖父は言った。

「そりゃあ正味、なんにも起こらん日もあるで。やつに忘れられたかと、思うくらい起こらん日もな。ぎょうさんある。それでなけりゃあ、狂い死にでもせんことにゃ、体の方がもつまいて」

祖父は、笑って話したけれども、龍彦は涙声を発した。

「ジイさま……」

突然、心が真っ暗に染まるような気がしたのだ。

長い間、龍彦は、この日の、この時の祖父の言葉を、忘れたことはなかった。


わずか数箇月ののちに、ある朝、祖父は海へ出て行ったまま、帰ってこない人となった。

一艘の和船だけが、沖の海に浮いていた。

祖父の体一つが、消えてなくなり、その後どこからも現われなかった。

船には、祖父の行方を絶った原因が推し量れるどのような痕跡も、残ってはいなかった。

持ち物も、釣り道具も、釣果の獲物も、櫓も、すべて残されていたというのに。

龍彦は、疑わなかった。

「あいつ」だと、思った。

すると、いきなり、精強に肥えた巨大な体をうねらせ、ゆっくりと眼の前に躍りあがるシュモクザメの姿が見えた。

六十年、消えない姿だった。

4

龍彦は間もなく、遠い縁類に引きとられて島を離れることになった。

六十年。人並みに、妻も持った。子供も育てた。働きづめに働いて、気がつくと、その妻も、子供たちも、赤の他人も同然の人間たちになっていた。

六十年の歳月が、一瞬の幻影のように、消えていた。

消えたと思った時から、まるでそれが消えるのを待ってでもいたかのように、シュモクザメは、ひっきりなしに龍彦の日常に現われるようになった。

「家にね、いるのが、うとましい。一刻もいたくないんだ。外へ出る。歩きまわる。歩くしか仕方ないんだ。ほかにすることがないんだからね。なんにも思いつけないんだから。毎日、そうやって歩いてたんだ。このまま、歩いていればいい。行き倒れるまで、歩きゃいい。そう思ったんだよ。ジイさま。

ちょうど桜が満開だった。満開の桜の木の下を歩いていた。歩きながらね、ひょいと、僕は上を見たんだ。仰《あお》のいて、眺めたその桜の宙空にね、ドーンと打ちあがった花火のように、サメがね、躍りあがって、泳いでいるんだよ。大きなシュモクザメがね、一匹！

とたんにね、矢も盾もたまらずに、帰りたくなったんだ。ここへ。この島に。

そうだ。帰る所がある。そう思ってね。嬉しくってね。とびあがった」

龍彦は、ぽろぽろ涙をこぼしはじめた。

「帰ってきて、よかった。ジイさまを知ってた年寄りが、さっき、こう言ったんだよ。その頃五歳って言やあ、あんたの親が、ちょうどわしと同じくらいの年格好じゃないかのッて。両親は、僕が二歳の時に死んだんで、僕はなんにもおぼえていませんと答えるとね、おおそうじゃった、そうじゃったって、急に思い出してねえ……」

その年寄りは、言ったのだった。

龍彦の父が、漁へ出て行方知れずになったこと。母は、それと前後して、テングサとりに海へ出ていて、やはり行方がわからなくなったんだと。

はじめて聞く両親の死の消息だった。

「そうだったんだね？　ジイさま。ジイさまだけじゃなかったんだね、あいつにやられたのは。このことが、僕に知らせたくはなかったんだね。途方もなく恐ろしいやつなんだって言ったジイさまの言葉の、ほんとうの意味が、僕にも、わかった。そして、そんなやつのいる海へ、毎日、出て行っていたジイさまの、ほんとうの心の内が……」

龍彦は、石垣道を下っていた。

そして、船着き場とは反対の山道へ入って行った。その山道をたどれば、島の裏手の海ぎわへ出た。

足は一刻も休まなかった。

どんどん彼は歩き、やがて、その五体は海へ、その水の中へと、消えて行った。

消えて行くさなかにも、消えてしまってからも、龍彦は言葉にも出して願い、心中にも念じた。

シュモクザメに会いたい、と。

会ってみせる、と、彼は念じた。

そこに、きっと、父も、母も、そして祖父も、いるだろうと思えたからだ。

僕の家族。ほんとうに親しい人間たち。それを根こそぎにして奪い去った一匹の巨大な海魔。

いま、その兇悪な魔への慕わしさで、彼は気も狂わんばかりに焦《こ》がれ立っていた。

「ジイさまは、僕を、一人残して行ったんじゃないんだ。ほんとうは、この島に置いておきたくはなかった。この島の外へ、出したかった。一刻も早く。そう思ったんだよね。そうだよね？　ジイさま……」

龍彦は、心からくつろいだ顔になって、笑んでいた。

妖しい笑みであった。

緑_{ろく}青_{しょう}忌_き

緑青忌

1

「おかあはん。お客さんどっせ」

辰子《たつこ》が告げてきましたんや、確か。

あれ、いつのことやったろ。

「誰え?」

「本田《ほんだ》さんていうてはるえ。若い人」

「知りまへんで、そんな人」

「さよか。ほな、断りますわ。そやけど、ちょっと男前どっせ」

「お待ち」

「よろし、よろし。立つのがまた、一騒動やし」

「誰がいな」

そらまあ足腰弱《よわ》なって、のつこつしてはいてますけど、立ったらしゃんと歩けます。まだ老いぼれてはおりまへん。

「杖ついとくれやす、おかあはん。またもんどりうたはって、おつむからひっくりかえらはったりしたら、あとが怖おすよってにな」

「要りまへん」

「ああ、そっちゃおへん。表に来といやすねんやわ」

うちの廊下は長いからこういう時にくたぶれますねん。

ま、憎たれ口を叩き叩き出た玄関の外に、その人、おいやしたわ。

祇園《ぎおん》のお茶屋の中でも、うちはもう古株でしてな、構えも昔のまんまどすさかい、格式張って見えますのんやろかなあ。ま、一見《いちげん》はんなんかには、ちょっと敷居高おすやろな。その人も、表の暖簾《のれん》の外に立っといやした。

長い暖簾の向ここにな、おズボンの膝から下だけが、見えてました。

「入っておもらい」

「どうぞ」

と、女将《おかみ》の辰子が催促の声かけますとな、割り合い落ち着いた足どりで、緊張しはった様子ものうてな、悪びれもせんと、入っといやしたんどす。

しっかりとした顔立ちの、ちょっと色黒のな、好男子どした。

「本田道彦《みちひこ》という者です」

「はじめて、お会いしますわな？」

「はい」

「なんどすやろ。わたしにご用と言わはんのは」

「あの、突然で、申し訳ありません。その上、大変失礼なお願い事で、さぞご迷惑なことだろうと思いますが、こちらさんには、素敵な水鉢をお持ちだと聞いたものですから……」

「水鉢？」

「はい。昔、西城寺《さいじょうじ》家にあった水鉢だそうなんですが」

「西城寺？」

「はい」

わたしは、辰子と顔を見合わせました。

「西城寺て……あの、北白川《きたしらかわ》にいてはった、お公家《くげ》さんの……」

「そうです。そこのお庭に据わっていた大きな銅の水鉢だと聞いたんですが……」

わたしは、束《つか》の間、口をあけ、まじまじと、その背の高い、どこかスポーツ選手のような感じもする若い人を、眺め返してましたんどっせ。

まァ、なんてことやろな。何十年ぶりのことどっしゃろか。西城寺さんの名ァを耳にするやなんて。

ほんまに、それは久しぶりのことに、身近で聞くお家のお名前どした。そのお名前と一緒にな、蘇《よみがえ》ってくる人の顔、人の声、人の姿やなんかもな、ほんまに、こう、思いがけんと、眼の前に、いきなりどしたんどっせ。

ちょっと、眼潰《めつぶ》しのような。

暗やみから、不意の鉄砲。

そんな気がしましたわいな。

「へえ、まァ、そうどっかいな。すると、あんさん、西城寺さんのご縁のお方で？」

「いや。縁もゆかりもないんですが、大変風趣のある水鉢だと、以前から聞いておりましたんで、見せていただけるものならと……いや、こういうことは、見ず知らずのわたしなんかが、いきなり飛び込みで、直《じか》にお願いしてもだめかなとは思ったんです。誰かの紹介とか、仲に入ってもらう人をちゃんと立てなきゃとか。一番いいのは、客として上ることなんでしょうが、とてもそんな身分ではありませんし、祇園の『千山《せんやま》』さんといえば、老舗《しにせ》中の老舗だともいうことですし……そんな大それたことは望めもいたしません」

その人なあ、そんな大それたこと、でけんでけん言わはっといて、ちゃんとそれしてなはる。

ひるみも、臆《おく》しもせんとからに、言うだけのことは言うてなはる。

「飛び込み、直訴で、当って砕けろですかいな」

「申し訳ありません。ここの前、何度も、こないだ内から、往《い》ったり来たりはしたんです。今日、やっと、ふらふらっと、その気になりまして」

「けど、どないおしやすの？」

「はい？」

「ご覧になって」

「あ、はい。画材に、ならないかと」

「がざい？」

「はい。絵のモチーフに……つまり、題材に、ぜひさせていただきたいのです」

「絵」

「はい」

「あんさん、絵描きはんでっかいな」

「いや、まだ学生ですけど、芸大の」

「へえ、まァ」

とは言いましたけどな、すぐに不審な気もしましてな。

なぜって、あの水鉢の出所《でどころ》なんて、誰にも話したことおへんもん。西城寺さんのお庭にあった物やなんて、知ってはる人は、ないと思いまっせ。

わたしが、喋ったことあらしまへんのやさかい。

そらな、うちにもお馴じみさんのお客はんは多士《たし》済済《せいせい》。いろんな世界のお客はんが、見えておくれやす。分野はちごても、一流のお人たちが、多おます。

眼も肥え、口もうるさい方は、ぎょうさんいてはりますさかい、中には、訊《き》かはる方も、なかったとは申しまへん。

ま、苔庭《こけにわ》の隅の目立たん所で、立木のねきに置いてますんやけどもな、なんせあんさん、差し渡しが一メートル近い銅鉢でおすさかいな、目立たんようにというてもな、目立つ時には目立ちますがな。

水張りまっしゃろ。そやさかい、内には錆《さび》がこんように、あれ、白めのようなもんどっしゃろな、内引きしてあるらしおすけど、外まわりは銅どすがな。これに、緑青《ろくしょう》がふきますのや。なあ。放っておくと、錆どすさかい、やっぱり腐ったり朽ちたりするのんやないやろかと、思いますわな。どことのう薄汚れた感じにもなりますし。違うのやそうどすな。あの錆はもっと奥が錆るの、むしろ防いでるんやそうどすな。

けどな、あの緑青の濃い緑。まァ、美し時がありますねん。いつもがいつもというわけやおへんけど、なにかの折に、ほんまにな、はっと思わず眼をみはり、息のむような、深い深い色見せて、緑放《みどりはな》って、それはそれは鮮やかな、みずみずしい姿に変ってみせてくれます時がな。

あれ、緑青の華やて、うちでは言うてますねん。

華咲かせて見せてくれてるんやて。

こうな、深うて、しんとして、色めいて、静かでな、なんや知らん、きらびやかな夢幻の物がな、なりひそめて輝いてる。緑青の宝石やて、思いまっせ。

見飽きまへんな。

眼がはなせまへん。

美しおっせ。

古い銅の水鉢に魔法かなんかが、かかったような気ィがしますねん。

へえ。そうどす。緑青にはな、そないな夢か幻めいて眼ェ疑わせるような時間が、時どき、おます。

不思議な錆どす。

放りっぱなしにもしとられへんし、錆取ることも手かげんせんと、きれいに消してしもたら、あんさん、せっかくの、あの魔法のかかったような姿も、見られへんことになりますしな。

庭の隅に、寂寂《さびさび》と目立たんように放っておきたい景色ではおすのやけど、これでなかなか厄介な手のかかる水鉢どすねん。

けどな、ああ、今、ええ色してるなァと、心では思てても、わたし、口には出しませんねん。

ほれ、あれ、お見やす、どうどすなんて、うち、お客はんに、それ言うたこと、一ぺんもおまへんのや。

けど、目ざといお人は、眼ェつけはります。

ちゃんと、見ておいでやす。

ほして、訊かはります。

「あの鉢、ええなァ」

とか、

「立派な錆ふいてるなァ。どこの物や」

とか言わはる内は、ええのんどす。

当らず触らずおつき合いもさせてもろてますけども、鉢の出所《でしょ》やゆかりに話がゆきましても、わたしはとんと知らん顔の半兵衛で、いっつも逃げてますのんや。西城寺さんのお名前なんか、出したことおへん。

また、お客はんの方からな、出されたことも、これまでには、あらしまへん。

これな、お約束どしたさかいに。

あの水鉢の処分を頼まれました時のな。

ま、その出所知ってますのんは、そやから、あの鉢運んだ運送屋の男衆《し》さんと、頼まはったご本人と、それ引き取ったわたしとな、あとは当代の女将の辰子、この四人だけどすねん。


へえ。わたしはな、なにげない顔はしてましたわ。

けど、この日の、この不意の闖入者《ちんにゅうしゃ》には、あ、闖入者はおかしおすかいな、この芸大の学生はん、身分も名前も、一応、告げてはいてはりますもんな。

ま、闖入者でも、訪問者でも、どっちゃでもよろしけど、この人に、気ィゆるしたわけではおへん。

不審は、不審どしたがな。

西城寺はんの水鉢は、美し緑青をふくだけのただの水鉢やあらしまへん。

その緑青が、しんから美し眺めをつくってみせますのはな、古い銅の外飾りに彫《ほ》り込まれていてる、彫刻の図柄といいますかいな、絵図のせいでもあったんどす。

本田道彦。

そない名乗らはった、ちょっと男前の学生はん。

へえ。ほんの短い時間どしたけど、わたしは、そのお人の顔、まじまじと眺めてましたわ。まだ、暑い日ィどしたで。

京都も、とうに、秋に入っていてましたのになあ。

2

西城寺高子《たかいこ》さんと、お会いしたのも、ひょんなことからのご縁どしてな。世が世なら、わたしらなんか、お側近《そば》うに「おみ顔《かお》」なんか拝めるようなお方やおへん。

お父さんが男爵さんで、昔の華族さんどすわな。お母さんがお公家さんの出。明治と大正の天皇さんにお仕えなさった、高等女官さんどすのやさかい。

なんせあんさん、「明治さんは」「大正さんは」でおっしゃろ。

涼しい顔して言わはんのどっせ。

「明治さんはおみからださんがご立派で、おみ大きゅうあらしゃいましたね。おにぎにぎさんであらしゃいましたけど、なんでござんすわね、大正さんの方は、こう申してはあれでござんすけれど、お少しはね、おむさむささん。お弱《よわ》さんであらしゃりました」

もうお年でおしたさかい、ちょっと嗄《しわが》れたお声でね、ゆっくりゆっくりとお話しなさるんどす。

お肌の抜けるようにお白い、お餅《かちん》て、あちらさんのことばではいうのんどすけど、ほんまにお餅みたいな柔《や》らこそうなお肌しといやすお人どした。

へえへえ、……思い出してきますわ。こうして、お話ししてますと、あれこれ蘇ってまいります。

わたしな、その頃な、妙なことやっておりましたん。

そ。戦後の世の中も落ち着きかけて、あれ、日本映画のな全盛期の頃どしたわ。黄金時代いうんどっしゃろか。名画も、名監督も、目白押《めじろお》しで、大けな名前の俳優はんなんかもな、まァ、ぎょうさんいてはりましたわ。

次々に、大監督や、名監督といわれてはる折り紙つきの一流監督はんたちが、大作や、問題作を、それこそ腕競うようにして、練《ね》りに練って、お金もかけて、世に問うておいやしたわ。

まァ、賑《にぎ》やかどしたえなあ。お盛んどしたがな映画界も。活気があって。力があって。そう。スタッフにもキャストにも、力のあるお人が、ぎょうさんいてはりましたがな。やることも大きおしたが、胆すわってましたえ。プロ根性がおましたわ。

その時代にな、わたし、ちょっと、あることでお手伝いさせてもろてましてん。へえ、映画の。

イヤ、びっくりしはりまっしゃろ。

祇園のお茶屋の女将が、映画やて？

そら、祇園と、映画の関係者のお人がた、舞台や芸能界のお方がたとのご縁は、昔から、切っても切れしまへん。えらいごひいきにしてもろうてます。

殊《こと》に、そんな時代でもおましたさかい。綺羅星《きらぼし》のように大スターの役者はんがたが出入《ではい》りしはる。あがってくだはる。お仕事にもつこてくださる。

これ、花街のいのちの大けな花の一つどす。甲斐どすがな。

けどな、そんなんと、ちょっとちがいますねん。わけありでしてな。

へえ。いうたらな、こういうことでおすねんやわ。うちのご常連にな、ある映画監督はんがおいやしてな。お名前いうたら、びっくりしはるような日本を代表する大監督さんどっせ。

芸術性の高い高い映画、凝《こ》りに凝った映画造りで有名なお方どすけどな、そのお方がな、ある日、ひょいとおっしゃいましてん。

「女将。セリフの指導を、してくれんか」

となあ。

「へ？」

寝耳に水。鳩に豆鉄砲どすわ。

あっけにとられて、わてな、きょとんとしてましたがな。イエな、こういうことでおますのや。

その時、とり掛かってはった大作がな、まァ始めからお終《しま》いまで、べったり京都のことばづけで、俳優はんはもちろんのこと、監督自身が音《ね》をあげてはるいうのんどす。

「アクセントやな、言いまわしが、みんなあかん。まるで、できとらん。このままだと、いつまでたっても、カメラまわすことができん。ごまかし物の映画だけは撮るつもりはないからな」

その監督はんも、京都にお住まいなんどっせ。ま、それだけにな、余計に気にならはるんでっしゃろけど。

なあ。えらいことどっしゃろ。助けてくれんかて、こない、いわはんのどす。

けどなあ、へ、一口に京ことばとお言いやしてもな、世間でよう耳にしますけど「京都弁」てな言われ方で呼ばれるようなものやあらしまへん。京都のことばは「京ことば」。こう呼ぶのが正しおす。

正しおすけど、この「京ことば」、これがほんまに厄介どすねん。一括《くく》りに括れしまへんねん。なんせ千二百年の古都。都のことばどすよってねえ。

御所ことばもあれば、町方のことばもある。その町方のことばいうても、室町の問屋街なんかの商家のことば、西陣なんかの職人ことば、祇園に代表されるような花街ことば、それに農家のことばもありまっしゃろ。

これみんな、一つにはでけしまへんねん。

時代がたてばたったで、また、ごちゃごちゃと、ことばは交じり合いますしな。生き物どすし。

それにわたしら、花街一すじ、ここが天下どっしゃろ。その花街のことばかて、気随《きずい》につこて、ここ大明神で生きてきてますねんだけでな、でけてるかどやろか、わからしまへんねん。

へえ。お断りはしましたんです。とってもそないな怖いお話、どないな顔して乗れますのん?

けどな、つくづく、思いますのんどっせ。

人間て、業《ごう》の深い生き物どす。

手も足も出んお仕事やと、それは自分が一番よう知ってますのにな、とどのつまりが、なにかをポーンと一足跳《と》び。ま、跳んだかどうかは知りしまへんけど、気がついたらな、乗ってましてん。

へえ。あの映画のスクリーンにも、のってましてんで。

そらま、大けな字ィやおへんけどな。

けど、その大監督が撮らはった映画のスクリーンにどっせ、スタッフ紹介の字幕の中にわての名前がのったんどす。

「京ことば、指導監修」

確か、そんなんやったと思います。

へえ、もう、それからはな、ちょくちょくお声もかかってきて、京都が舞台になったものとか、祇園や花街が出るもんとか、京ことばが主役はんのセリフにあったりとかしますと、なあへ、頼む頼むていわはって、押しまくられて……まァなんやかんやと、顔出すようになりましてん。時代物やら、現代物やら、たんとフィルムはあゝのんどっせ。

撮影所通いもしましたわいな。

嘘やおへんえ。これ。ほんまのことどっせ。

祇園の「千山」は、お茶屋と映画と二股かけて、それも、京ことばの指導やて？　監修というな。ええ度胸や。

へえ、そら、山ほどポカポカやられましたわ。

やれ、ああは言わん、こうは言わん。あれがまちがい、これがペケ。何サマやと思てんねん。言われましてな。いけずも、悋気《りんき》も、雨あられ。というのは、ちょっと大げさどっけどな。

耳ふさいでても、聞こえてくゝのどすよってな、ふさがんことにしましたんどす。

それに、相手が、飛ぶ鳥落とす大監督はんどっしゃろ。賞も取らはる。日本一の作品賞にも輝かはる。世界の映画祭でもグランプリ。その人のスクリーンどすさかいにな、その陰口も、まあ、おおっぴらには叩かれしまへん。

ま、そないなことも、あったかもしれしまへんわな。

わたしはな、割り合い、ケロッとしてましたで。

難儀なお仕事どしたさかいに、一所懸命な所もおしたいな。世間のやっかみなんか、あんさん、つき合《お》うてられしまへんわ。そんな気概も、いっぽでどっかに、あったかもしれしまへんなあ。

そういう時代のことどしてん。西城寺さんにあがりましたんも。

映画会社がな、段取りつけてくだはりましたんでおす。

もちろん、さよどす。

映画でつかう御所ことばのことでな、あの、何度か、お教え乞《こ》いにうかごうたんどすねやわ。

……ああ、そうどす、そうどす。お精霊《しょらい》とんぼがな、山ふもとの道に沿うて、長い長い川のように群れて流れて飛んでましたわ。

お盆の頃やったんやろか。

3

なんせもう五十年近うも前の話ですよってな、記憶も後先《あとさき》してまっしゃろし、みんながみんな覚えてるわけやおへんえ。

ただな、利発なお女中さんがいてはって、西城寺さんは、高子さんとそのお女中さんとの、お二人きりのお暮らしやったと思いまっせ。

「常《とこ》」さんいう名のお人でしてな、高子さんが確か十八歳で宮中のお目見得《めみえ》すまさはって、正式にご出仕なさったのが、その何箇月か後やったというてはりましたが、その時、ご一緒につれて上られたとか、どうとかと、聞きましたわな。

高子さんは、一年で本官にならはって、従《じゅ》六位、権掌侍《ごんのしょうじ》。その時の、ご家来やったそうで、お役名は、針妙《しんみょう》とかいうてはりましたわな。

高級女官さんは、一人で四、五人、家来を使《つこ》ていてはりましたんやと。

高子さんの源氏名は、「新竹《にいたけ》」やったと思います。

「源氏名どすか?」

て、わてもな、いきなりどしたんで、まァ鈍《どん》な顔して、聞き返しましたんどっせ。

「はあ。宮中では、みなさん、お局《つぼね》持ちの旦那さんがたは、源氏名をお持ちです。昼顔《ひるがお》の典侍《てんじ》、小菊《こぎく》の内侍《ないし》、桂《かつら》、八重菊《やえぎく》、緋桜《ひざくら》、松風《まつかぜ》……まだまだ、二十人以上はいらっしゃいましたから、早百合《さゆり》の典侍、藤袴《ふじばかま》の権典侍とか……それが仕来《しきた》りでございました」

「へえ。まァ」

「それに、一文字のお名のおかたは、士族の出身」

「桂……さんとか」

「はあ。そうでございます。二文字はいただけないんでございます」

「まあ」

「二文字、三文字は、お公家さんの出」

「へえ、へえ」

「ですから、うちの旦那さんは、宮中では、新竹の内侍さんと、お呼ばれでした。お姉さんが『芙蓉《ふよう》』の内侍さん」

「へえ?」

わたしはな、別に深い意味があって訊き返したわけやおへんのえ。ただ高子さんにご姉妹《きょうだい》がおありやとは存じあげませんでしたよってな。

それも、お揃《そろ》いで宮中にあがってはったやなんて、まるで知りまへんさかいに。

そんで訊いたんどすねんで。

けど、この時、常さんが見せはった、ちょっと不思議な表情……。それはな、ほんのちょっとどっせ。束の間、見えて、すぐに消さはった表情どしたけどな。

かえって、不思議な気ィがしましたのや。

（おや？）

と、わたし、思いましてん。

ちらっとな、走った狼狽《ろうばい》。うろたえ。困惑。

……そんな感じのするものどしたえな。

けど、わたしも、そ知らん振りに、その場はやり過ごしましたわいな。

「へえ、そうどすか。旦那さんと呼ばはるんですか」

「はあ。そうお呼びしますんです。わたしども、家来の者は」

「すると、常さんなんかの……」

と、わたしは言いかけて、口ごもりはしたんですけど、

「あの、失礼どしたら、かにんしとくれやっしゃ。そのご家来さんがたにも、上へのぼって行かはる道と言いますかいな……つまり、ご出世の道というのは……」

「いえいえ。わたしどもは、お末《すえ》、雑仕《ざつし》の類いでございますから。一番下の『おしも』です。なんでもいたしますんです。それが性に合うてますんですわ」

穏やかに物言わはるけど、「雑仕の類い」「おしも」とスラッと言うてのけはって、にこともしはらん。動じも、へつらいもしてはらへん。

わたしな、最初にこの人に会うた時、なんやしらん、そない思たんどす。西城寺家を取り仕切ってはるのは、このお人やなと。すぐに察しはつきました。

広いお庭がな、半分以上は畑になってましてなあ、そんで、手もしっかりかけてはるんですわ。ああ、どっかの農家に貸してはんのやなと思たんどす。

「いえいえ」

と、常さんは、造作もなげに言わはった。

「わたしが、すンのです」

「へ？」

「出が、田舎《いなか》の地主の娘ですから」

「まァ、へえ。さよどしたんどすか」

「昔は、もっとお広かったんですよ」

「へ？」

「恐れ多いことですが、戦後にみんな潰されて、畑にねえ……。まだ殿様《とのさん》も、お督様《かみさん》も、ご気《き》丈《じょう》であらしゃいて……」

「畑に出はりましたんでっか？」

「いえいえ。そんなことはなさいません。初《はな》はな、男手さんにもきてもらいましたけど。ほら、向こうの塀囲い、あそこのもっと向こうまで、お屋敷でございましたから。わたしも、まだ若うございましたしね」

「ほな、あなたはんお一人で？」

「はあ」

わたしな、びっくりしましたわ。

「お蔵も、お台所や、座敷《おまし》なんかもな、もっとたんとありましたんです。みんな消えてしまいましてな、嘘のようです。お殿様や、お督様が、せめて、それ見んと亡《の》うならしゃいましたんが、気の慰《なぐさ》めにはなりますけど」

「まあ。お殿さんも、奥方さんも？」

「はあ。はやり風邪でございましてね。お手をつないでお身罷《みまか》り遊ばしましたようにね……」

「まあ、へえ……」

確か、この時聞いたんやと思いますねんけど、わたしたずねましたんやわ。

「あの、西城寺さんがお退《さが》りになりましたんは、いつの頃でございましたんどすか？」

「旦那さんのことですか？」

「へえへえ」

「大正のはじめでございます」

「へ？」

わたしな、この時も、ちょっと変やなァと思いましたんどっせ。

そやかてな、わたしが映画会社の人から聞いてましたんは、明治の終る頃、お上りになって、退官しはったのが、昭和のはじめ、あれ三年たら四年たら言わはりましたで。へえ、それやったら、明治、大正、昭和の三代の天皇さんにお仕えになったんやなと、思たんどすさかい。

「大正、でおすのんどすか?」

「はあ」

「はじめ、といわはりますと……」

「四年でございます」

「四年……」

「はあ」

わたしもな、けげんな顔してましたんやろな。しつこう、こんなことたずねますのも、そらまあ、失礼どすわな。

ところが、常さん、

「それが、なにか?」

と、スラァと、逆にたゝね返してきはってなあ。

「あ、いえ、わたし、あれでおすねん。もすこし、その、お長うお勤めなさったとお聞きしてましたものですよって……」

かえって、こっちが慌てましてん。

「さいでございますか。それは多分、お人違いだと思います。旦那さんのお退《さが》りは、大正四年。

二十二歳で遊ばしました」

「二十二歳……。そうしますと、宮中には、四年間……」

「さいでございます」

「あの、その折、あなたさんも、ご一緒に……」

「はあ。そうでございます」

「すると、あの……昭和のはじめ頃にご退官にならはりましたんは……」

「おアモジさんの、お姉さんのことでございましょう」

「おアモジさん?」

「はあ。姉という字を、そういう風につかわれます」

「へえへえ。そうしますと、西城寺高子さまには、お姉さんがおありで……」

「はあ」

「恐れ入ります。存じあげませんことで。まァ、えらいふつつかなことで」

「いいえ。寧子《さだこ》さまとおっしゃられて、旦那さんよりは一つおアモジさんでしたが、同じお歳のご姉妹です」

「へ?」

また、わたし、びくっとしましたがな。

このかた、ほんまに穏やかな顔して物言わはるけど、なにかこう、油断がなりまへんねん。

もう、先《せん》に見せはった不思議な気のする表情なんかは、おくびにも出さはらへん顔してはりましたけど。

「双子《ふたご》さんです」

サラッと、言うてのけはりましたわ。

「なにかと昔は、忌引《いみび》きのようなこと、あれこれ申しましたでしょ」

「へえへえ」

「それで、一つ、お歳を上にあげられましたんです」

「まァ、へえ」

「宮中でのお目見得も、一年ほど、後先《あとさき》がございましてね。ご一緒じゃございませんでしたけど、あちらは、お長うお勤めでした」

「そのかたが、『芙蓉』の内侍さん……」

「まあ、ご存じでしたか」

「あなたさんが、おっしゃいましたやございまへんか」

「はあ、さいでしたか」

ことらなげどしたんどっせ。

「すると、宮中でのお位《くらい》は、同じご姉妹でも、芙蓉の内侍さんの方が、一年ご先輩で」

この時もな、わたしは、ごくごく当然のことを言うたつもりなんどっせ。

それが、そやないんどす。

また、この人、ちらっと、妙な素振り見せはってな、ほんのほんの、それ、ちらっとどっせ。

そやから、あたふたとは申しまへん。

そやけど、わたしには、そないな風に見えました。

「いえ」と、常さんは言わはりました。

それから、短い間合いがあって、

「先にご出仕なさいましたのが、旦那さんで、一年遅れて遊ばしたのが、寧子《さだこ》さまの方でございます」

と言わはった。

双子はんどすねやさかい、どっちが先に上がろうと下らはろうと、そんなんちょっともかましまへんのえ。ただ、単純に、一歳お上のかたが、先やろと、わたしは思ただけどすねん。

このお人が、そないな反応見せはらへんかったら、わたしは、なんとも思わんで、そいで済むことどしたんや。

妙な興味やせんさく心など、みじんも持ったわけやおへん。

けど、「おや？」という気が起こってみると、妹が先、姉が後、その女官暮らしも、たった四年で妹は早々と退官し、姉は十七、八年も宮中にとどまっていてはる。そう言えば、なんか、わけありかいな、ていう気イもしてきますやん。

ま、ちょっとなあへえ、狐《きつね》と狸《たぬき》の化かし合いみたいな気味合いも、なきにしもあらずどしたけど。

「あのう……」

と、わたしは、訊きましたわいな。

「その芙蓉の内侍さんのお姉さまは、お退《ひ》きにならはってからは……」

「お亡くなりになりました」

「へ？」

「東京のお宅の方にお住まいでございましたが、おふさぎごとが多うございましたそうで、お殿様も、お督様も、ご心痛であらしゃいましたんですけどね。お退き遊ばして間ものうでございました」

「まァ。そいじゃ、こちらの高子さまは、ほんとの……」

「はあ。お独《ひと》りさんにあらしゃいます」

「けど、ご親戚がたとか……」

「ございません」

「お友だちとか……」

「あらしゃいません」

「女官さんがたのおつき合いとか」

「ございません」

これな、何度かうかがう内に、とんびとんびにな、知ったお話なんどっせ。

ほんまに、西城寺さんの高子さんは、めったに腰落ち着けて長話してくだはるようなおかたやおへんどした。

たいがい、常さんと、わたし、話してましたわ。
お座敷にも、上げてもろたり、そやなかったり、広縁の端近《はしぢか》でな、お座布《ざぶ》一枚出さはって、腰掛けてな。あの、お水《ひや》が一杯。いつも、そうどした。

今思いますとな、そんなわたしの眼の前に、いっつも、変らず、動かんと、物も言わんと、同じ場所に同じ姿で、じっと静かにすわってた物が、も一つありましたんや。緑の庭先、蹲踞《つくばい》の大けな石の上にな、それはでんとすわってました。わたしな、聞くまでは気がつきまへんどしたんどす。

その古い水鉢の胴まわりに彫ってある飾り彫りの図柄がな、ただ緑青色した、まァお古い水鉢やなあくらいにしか見えてませんどしてん。

空の星座の絵ェがな、彫刻されてますんやと。あの、それ、ありまっしゃん。ギリシャ神話に出てくる人や動物なんかが、さそり座とやら、白鳥座とやら。あれですねんて。

そない言われてみますとな、わたしがすわってました位置からでも、その牛は見えましたわ。大きな長い角ふりかざして、人間に襲いかかる躍りあがった猛牛の姿がな、上から下見おろして、こう、のしかかってくるような……。

「おうし座の、牡牛ですわ」

と、常さんは、言わはりました。

この牛が、問題どしてん。

けど、まさか、思いもかけしまへんわな。

その銅の水鉢の牡牛に、まァ、なんて、西城寺さんの家を打ち壊してしまうほどの、あやしいドラマが宿るやなんて。

わたしな、映画づいてましたやろ。

そやからその頃、なにかというと、見るもの聞くもの、すぐにこれ、あ、ドラマや、芝居や、演劇やて、とにかくまァ、劇的どしたんやわ。そう。劇的劇的してましてん。妙なこっとすわな。ええ歳した、それもお茶屋の女将が。

けど、そうでしてん。いうたらドラマ漬けどすわ、頭の中が。なんでもかんでも、そないな見方、考え方に、ついなるような所がおしてな、余計、ドラマチックな記憶にも、なってますのんやろな。

藤四郎《とうしろ》が玄人《くろうと》気どりで、お公家はんの家、取材に行ってますねんやもんな。お笑い草どすわ。そんなことの、しっぺ返しも、あったか知れしまへん。

恐ろしことの奥の方にな、ちょうど芝居の中の人物たちが、うごめいて、動いてはんのを見てるような……覗かされていてるような、そないな恐ろしさがおましたわな。芝居の中の、恐ろし場面や、激しい絵面が、今でも記憶に残ってて、蘇ってでもくるみたいな。

「色深い魔物がすんでおりましたんです、その牡牛」

と、常さんは水鉢を指差さはって、言わはったけど、わたしもな、そのお話、聞かされました時、ちょっと、しばらくは、ことば失うておりましてん。

「あれ、幾つの頃やったかいなあ……」

ついさっきもな、わたし、たゝねましたんで。

「誰がいな」

て、辰子は、言います。

「誰がて。わたしどすがな、この」

「よろしか。おかあはんは、ついこないだ、今年の葵《あおい》まつりのお誕生日に、白寿《はくじゅ》のお祝い、してもらわはったばっかりどっしゃろ。ご自分で逆算しとみやすな。そういうとこから、ぼけはくるんどっせ」

辰子は、そない言いますねん。

言われんかて、わかってます。それにしてもあの常さん、お幾つやったんやろかなあと、今ひょいと思たさかい、ちょっと訊いてみただけどす。

西城寺さんは、六十を越してはりましたやろしな。そこそこ同じお歳恰好どしたんやろか。

4

西城寺さんにうかごうて、あれ、足掛け二年ばかしは経《た》ってましたやろな。急にな、常さんの方から出向いてきはりましたんどす。

えらい形相《ぎょうそう》しといやしてな。うちの、裏口から入ってみえて、お水を一杯飲ませてくれと言わはるんです。そのコップをきれいにあけはると、いきなりどした。地べたにひれ伏さはってな、頼まれてくれと言わはる。

ほんとうは打ち壊してこなみじんにでもしてしまいたいのやが、それができひん。八つの歳からお世話になってる西城寺家から、今一つ形見にやるからなんでも取れと言われたら、これしかないやろ。

「そう思って持って出てはきましたものの、持って行き場がないんです。けど、これ、とにかくわたしが持って出た。ほかの人の手になんか、渡しはせんと持って出た。このことだけが、しっかりと、自分で自分に向かって言える。もうそれさえできたら、いいじゃないかと……こちらへ参ります道みち、思ったんです。ふっとその気になったんです。頼んでみよう。お願いしてみようと」

常さんは、そない言わはって、莚《むしろ》で包んで縄ひも掛けたその荷をな、なんの前触れもなしに、いきなりうちに、持ち込んできはりましてん。

まァ、びっくりしましたがな。

「いったい、どないおしやしたんどす」

「家が、なくなりましたんです」

「へえ?」

「家も。土地も。旦那さんも」

「なんどすて?」

「そうでございますんですの。いつかは、こんなことになる。ここへ行き着く。早《はよ》からわかっておりましたことなんです。なんとかしよう。手を打とう。昔から、思い思い、案じに案じてきたことでしたんですけれどね、結局、なんにもできません。できませんでしたの、わたしには。西城寺家の人間ではないわたしにはは」

憔悴《しょうすい》しきった顔してはりましたけど、少しずつは平静になろなろしてはるようにも見えましたわ。しどろもどろのお話しぶりではおましたけど。

「おわかりには、なりませんわね。こんな話し方をいたしましても。ですからね、ここへ参ります道みちで、わたし、心をきめましたの。わかっていただけるように、お話はしなければと。さよでございませんと、こんなお荷物、どう処分していただいてもよろしいんですけれど……そのお願いを……お頼みなんかできませんものね」

「ま、ま、ちょっと、上っとくなはい。奥で聞きまひょ。とにかく、奥で」

わたしは、そない言うよりほかに、わけがわかりまへんどしてな。

そうどしたわな。あれも、暑い日ィどしたわ。

「……こちらさんが、いつかご不審がられたことがございましたわね。口が裂けても、明かしてはならんことを、わたし、今しておりますんです。どうぞ、そのおつもりで、聞かしゃりましたおあとは闇《やみ》に。流しゃってくださいましね」

「へえ。そのつもりにさせてもろてます」

「恐れ入ります。うちの旦那さんが、十八でお目見得遊ばした年、ほんとうは寧子さまもご一緒に、宮中へお上りの筈《はず》でございましたの。それが、突然、お取り止めになりましてね」

「へえ、まァ……」

「ご出仕になれない事情が、持ちあがりましたの」

「へえ……」

「お腹《なか》に、あの、ややさんがね」

「へえ?」

「相手のわからん、お身持ちにね」

あ、こりゃ大事《おおごと》やと思いましてん。

「お殿様も、お督様も、とうとうその男の素性はなんにもお知りやさんずくに、あっちへ行かしゃりましたけど、お心の中を思いますとね。おいたいたしいことでござしゃりました。寧子さまは、ただただご無言、貝の口とじたように、誰にも、なんにも、おっしゃりません。困ったことでございましたんですけどね……」

わたしら、常さんの顔、ただ見まもって、頷くほかはあらしまへんもんなあ。なにをどう聞いてよいのか、悪いのか。

わたしらもな、面食ろうてましたんどす。

「あれは、ちょうどその前の年の、夏のお月見の夜でございました」

「へえへ。十六歳にならはったら、袖の下切らはる、お袖とめのあのお月見」

「はあ。さいでございます。その夜に、ちょっと事件がございましてね。ぬ、も、じ、に、と、も、じ、ま、し、て」

「へ？」

「ああ」

と常さんは、すぐに言いかえはりましたけど、御所ことばですねんやわ。

「盗賊に入られましたの」

「盗賊？」

泥棒とは言わはらへんでしたで。

「はあ。盗賊が入りまして……朝が明けますまで、誰もそれに気がつきませんでしたの」

と、一度は言わはりましたけど、すぐに言いなおさはってな。

まァ、額にじっとり汗かいてはって、そっちのほうが異様どしてん。

「……いえ、後になって、あれが盗賊だったのだと、わたしは、思いはしましたけれど……そんなこと、とても申しあげるわけには参りません」

「ほな、泥棒を、見はったんどすか？」

「はあ……あの……いえ……」

と、唐突に、常さんは取り乱さはって。声も上《うわ》ずった感じでな。それも、すぐにおさめはりはしましたがな。

「さよでしたんでございます。真夜中のことでございますし、広いお屋敷内のお寝間は、離ればなれにおとりですし……わたしも、あれ、なんで起きたのか、よくわからないんでございますけどね……お庭つづきの向こうの座敷《おまし》に、明かりがちらちら見えますの。その明かりの動き方が、なにか気になりましてねえ……お庭づたいに参りますと、寧子さまのお寝間の障子が、すこおし開いておりましてね。枕もとの電気スタンドが、ともっておりました……。

動くのは、ステンドガラスの傘を透した、その灯《ひ》でございました。

宵にわたしがお吊りした、お蚊帳《かちょう》の中で、その時、眼にした光景は、いまだに、消えて行きません。

お寝巻《ねめし》の前ははだけ、帯《おもじ》の紐も、襦袢《おひよ》も、ほどけて、下《した》の物もとられてなさって、お足開《みや》かれ……その、その上に、黒い半纏《はんてん》、股引《ももひき》姿の男が乗って……からみついておりました。その半纏も、股引も、ほとんど脱げて、ほどけっ放しで、もう、裸も同然のようになりましてな……」

常さんは、一言一言、息ついでは呑み、たどたどしげに話さはっといでやしたけど、思い起こさはりますのんか、思わず眼ェつぶらはってな、しばらくは、黙って肩で息ついておいやした。

「……腰ぬかして、からだが震えて、その場が動かれませんのです。短い髪した、いなせに、頭刈りあげた男でした。頑丈な……がっしりした……色浅黒うて……首の太い……。もう息も、わたし、ようつきませんでな……頭《おつむ》の中も空っぽになって。……聞こえますのは、男の低い息づかいと……咽《のど》の鳴る音と……唸り声と。それが絶えず……低うて聞きとれはしませんでしたけど、なにか、息殺して、宥《なだ》めたり、すかしたり、囁《ささや》きかけたり、してますように聞こえますの。

その内にでしたけど、蚊の鳴くような、喘《あえ》ぎ喘ぎの、寧子さまのお声があるのに気がつきました。

『そもじ』

『そもじ』

ただそれのみのお声でしたけれど……。

お苦しそうに。いえ、うわことみたいに……」

息殺してますのんはな、わたしらのほうどしたわ。

こんなお話、しはってもよろしのかいな。聞いててもええのんかいなて、一方では思い思いもしてましたけどな。

「だしぬけにでございましたんです。お蚊帳《かちょう》の吊り紐が一つ切れたか、外れたか、ばっさり青麻が落ちまして、その裾《すそ》を男は持ちあげまして、ずるずると造作もなげに、寧子さまのおみからだを、外へ引きずり出しました」

「へ？」

「障子もするりと開け放って、畳の上から、その外の広縁へ」

「あの濡れ縁にでございますか？」

「はあ。わたしね、とてもこれが現実のこととは思えませんでね。まるで、悪い夢のしわざか、お芝居でも見ているようでございましたんですよ」

またちょっと言葉を呑み、黙って息だけついといやした。

「二人とも汗びっしょりでございましてね。空には、お月さんでございましょ。その光が、二人のからだを、きらきら、濡らして、光っているように見えました。

こう申したんでございますよ。

『どうでェ。そもじさんも、このほうが、よっぽど、お好き好きさんじゃねェのかい』

『まあ待ちな』って、男は申しましてね、それから、寧子さまの襦袢《おひよ》の裾とか、袖とか、もう乱暴に押しひらきまして、それで顔や、胸の汗を、平然と拭っておりました。

『そもじ』『そもじ』が始まりましたのは、すぐにでございましたけど。

わたしは、もう逃げ出したくて、一目散にと思うのでございますけどね、蹲踞《つくばい》の石のかげに身を隠すのがせいいっぱいで、動くこともできません。眼と鼻の先ですので」

わたしな、よっぽど、口にしょうかと思たんどっせ。なんで大声あげはらへんのどすかいなて。なあ。ちがいます？

けどまあ、でけませんわな。寧子さんがそんなご様子ではな。常さんかて、もっとお若うおしたやろし。

「男のことばが筒抜けですの。耳もとで聞かされてるようなものでしょ。寧子さまは、ただ

『そもじ』『そもじ』だけで、ほかのことはなんにも口になさいませんが、男の囁《ささめ》ごとが、まあ、なんとも野卑で、下品で、太太しゅうて……生きた心地もしませんでした。

あの水鉢はさんで、濡れ縁の上と下でございましたんです」

常さんな、そないおっしゃりました。

「そんなさなかの、いえ、あれはもう、『そもじ』『そもじ』のお声が聞こえんようになって、男も、静かになったと、ほっとした時だったと思います。二つほど手前の座敷《おまし》の障子が、確かに、ひそっと動いたという気がしましたんです。動いて、閉まったと」

わたしらも、顔あげましたがな。

「高子さまのお寝間でございました」

「へ？」

「後になりましてね、やっぱりそうでしたんやと、頷けましたんですがね。もちろん、盗賊騒動で、朝になったら、いろいろ盗まれ物も出たんでございますけれどねえ。どなたさんも、この夜のことは、おくびにもお出しにならない。ただ、寧子さまのお腹がね、明くる年には大きゅうおなりになって」

「まァ……」

「たった一夜の、出来事でございましたのにね」

「へえ、まァ」

「その年の春、おするすると宮中へお上りでございましたのは、高子さまお一人で」

「寧子さまは、そんで、どないなさいましてん？」

「お腹が、大きゅうなられまして」

「それは、わかりましたがな。その後《あと》どす。後」

「ですから、一年遅れて、お上りになりましたんです」

「お子は？」

「さあ」

「さあて、あんたはん」

「お身二つにはなられたとは思いますが、後のことは、わたしどもにも、どなたにも、わかりません。寧子さまは、一時ご体調を崩されてご静養いうことにはなりましたが。世間では、どなたさんも、ややさんのことなど、皆目《かいもく》お知りになりません。一年たって、もとのきゃもじなお寧子さまにお戻りになって、すっきりとご出仕ならしゃいましたんです」

「待っとくれやす。あんたはんのお話は、しっかり聞いときませんとな。その、きゃもじな、言いますのは？」

「華奢《きゃしゃ》で、おきれいさんで、ご清潔な、と申すことばです」

「はあ、はあ。さいでおすのんかいな」

「『千山』さんのご不審は、まだスキとは行きませんのでしょう？」

この人、こういう所が、怖おすねん。

「へえ、そうどすねんけど。も一つスッキリしてしまへん」

「奇妙《けもじ》なことが起きましたのはね、寧子さまのご出仕と、ちょうど入れかわるようにして、高子さまが宮中をお下がりにならしゃいましたこと。これでございましょ？」

「そうどすがな。それどすがな。あ、やっぱり。なにかおすのんどすか？」

「はあ。おすと申しあげるよりほかございません」

「へえへえ」

「高子さま、つまりうちの旦那さんは、お下がりになりますとね、あることをお命じになりました。肩先に牛の刺青《いれずみ》をしている、植木職人を探せと。歳は二十七、八歳から、三十四、五。男盛りで、野放図で、野太い声の……ちょっと無頼漢《ぶらいかん》。とおっしゃいました。はてなと、わたし、思いました」

「やっぱり、覗《のぞ》いてはりましたんやな」

「そう思いはしましたが、肩に牛の刺青というのが、わたしは見ておりません。けれど、旦那さんでなくても、わたしだってその男、探し出せたら、放ってはおきません。なにしろ盗賊でございますから」

「ぬもじにともじされといやすんでっさかいにな」

「はあ。ですから、おアモジさんの……」

「お姉さんの、ですわな」

「はあ。寧子さまの仇討《あだう》ちを、思い立たれたなと、こう推察しましたんです。今なら、それができますもの。ややさんのことは、恐らくお殿様とお督様、このお二人のほかには知る人はございませんでしょうし。産婆さんのお口どめはできてましょうし。どこでどんなご処分をなさったか、わたしも、無論旦那さんも、宮中に上った後の、留守のことでございましょ。知らされてはおりません。寧子さまも、取り上げられたら、後は他人。きっぱりご縁は切ってございましょうし。盗賊本人は、まさかややさんごとなんて、夢にも思いませんでしょう。後は野となれ山となれの、ほんまものの無頼漢ですしねえ。ははあァ。旦那さん、なにかを考えられたなと、わたし思いましたんです」

「そのための、お下がりなのやと」

「はあ」

「なるほど、なるほど」

「さりげのう、しかも時があんまり経ちすぎてもしまわん内にと。急のご退官の意味も、やっと呑み込めましたんです」

「へえへえ。それなら、わてにもわかります。やっぱりご姉妹どすなァ」

「はあ」

と、常さんは応えはりはしましたけど、冷《つべ》たい、冷えたお声でな、そのあとこないお言やした。

「ところが、それが大間違い。大まやかしでございましたの」

それな、ほんまに、ぞっとするような、ちりけもとにくるお声どしたわ。

「へえ？」

わたしな、あっけにとられて。これやからなと、また舌打ちどすわ。この人、どっか摑めん所がおすのんやわ。

「わたしはね、探しました。手を尽くして。それこそ耳も足も頭も、もうフル回転で。と申しますのもね、旦那さんが植木職人とおっしゃった、そのことばにハッとしたんです。そう言えば、どこかで見覚えがあるような気がしましたの。うちのお庭に入ったことのある職人。もちろん、常雇いの植木屋が西城寺家にはございます。そこから当たりはじめました。植木屋にもいろいろ内証や事情があって、常時抱えている職人と、そうでないのとがあるらしいんですね」

「へえへえ。おっせ。うちは、きまった家の人以外にはいじらせまへんけど、時どき、そんな飛び込みも、やってきまっせ。渡りの人って言いますけどな」

「そう。そういう人がいるんですってね。腕一本で全国を渡って歩く。渡り職人」

「そうどす。いてはりまっせ」

「腕のいい人も中にはいて、手が足りない時なんかに臨時に雇うこともあるって」

「はあ、はあ」

「国蔵《くにぞう》じゃないかなァていう職人さんがいましてね。とにかく、その人探してもらったんです。けどどこ当たっても、つかまらないって言うんですよ。でも餅は餅屋。そういう人たちに当たってもらうのが一番ですものね。ですけど、三年くらいは梨《なし》の礫《つぶて》で、どこからも、なんの手掛かりも、入りませんでした。ある夜ふけのことでしたんでございます」

と、常さんは、言わはった。

ですよ。

「おしまい湯をいただいて、お湯殿からあがったばかりのわたしの前に、ぬっと、その黒い大きな人影が立ちはだかりましてね。ほんとに音もないって感じで、いきなりでございましたんですよ。

『おまえさんかい？　おれを捜《さが》してるってェのは』

言うのと同時でございました。その廊下から、お庭の奥の暗がりへわたし引きずり込まれておりました。手拭や、あの……わたしの腰紐や……そんなもので、手足を括られ、猿ぐつわもされてまして……こう、こう申すんでございますよ。

『いいってことよ。あっちのとうさんは、今のところ、げっぷが出るほど、すっかり足りて足りきってるわさ。昨日も、おとといもだからよ。ほんに、ありゃあ、いい玉だぜ。四、五年前に、一ぺんよ、まァ行きがけの駄賃にと、遊《あす》んでやったぬもじさんをよ、一ぺんきりで味を覚えて、ホの字で、焦がれて、忘れられねェなんてよォ。たいていの、お好きさんじゃねェぜ、あれァ。おまけに、きりがねェときてる』

そう申しましたんです」

わたしらな、もう、あっけにとられてました。

話が、どんどん、思いもかけん方《ほう》へ進んで行きまっしゃろ。

もう、あれよあれよでおますがな。

「常さん！　ほしたら、あんさん……」

「いいえ。わたしのことなんかよござんす。けれど、なんて……なんてことなんでしょう！

宮中を下がらしゃりましたんは、恋い焦がれる盗賊男に会わんがため。いいえ、それよりなにより、あのお月見さんの夜に、この盗賊に狼籍《ろうぜき》はたらかれたお人が、もう一人あらしゃったということが、わたし、なににも増して、衝撃でございました。身が震えて、動転しました。同じ一夜のお寝間のことで、寧子さまは身籠《みご》もられた。ご自分はなんともない。おするするとご出仕なされた。お腹の中では煮え返ってあらしゃったんですわねえ。どうして、あちらさんにできて、こっちにできない。お嫉《たけ》られて、お妬《ねた》みで、お立腹《いきまき》で、うちの旦那さんは、宮中へ上らしゃりましたんですわ。

その宮中に、一年遅れて、お姉さまも上られた。さあ、チャンスじゃございませんか。今は俗世に寧子さまはいらしゃりません。この絶好の機会を、ただただ、待ち焦れてあらしゃったのかと思いますと……」

「まあ、ちょっと、常さん……」

と、わたしのほうが、その剣幕に、おろおろして、声かけようと思いますのに、

「いいえ！」

と、振り払って、きかはりもしィへんのどす。

「騙《だま》されたのはわたしです。お殿様も、お督様も、物の見事にお騙しやして、お二人さんの亡き後は、わが物顔にしたい放題。あの与太者を引きずり込んで、言われるままにお宝つこうて……それも、いずれは続かなくなる。限りは眼に見えてますでしょ。考えてもごらん遊ばせ。お宝もない。家も土地もない。名誉もない。ただ歳ばっかり寄る年波の、すっからかんにならら

しゃった。そんな女に、あのぬもじが、見向きもするもんですか。その通りにおなり遊ばした。食いつぶされて、しゃぶられて、なんにも無うなってしまわれたんです。ええ。打つ手は何度もありました。けど、わたしは放っておきました。西城寺家のある内は、とにかく黙ってお仕えするつもりでございました。もう、それも、お終《しまい》さんです」

そない言わはりましたんどっせ。

涼しい顔というたらよろしか、きついお顔といいますか。

溜飲さげたお顔どしたわ。

「ちょっと、お待ちやす。ほしたらあんさん……高子さんは、どないしはっておいやすんです？」

「どないも、こないも、あるもんですか。人から人へと転売された家も土地も、もう待ったなしで、あそこ、ビルが建つんですと。お覚悟お召し遊ばしませよと申しあげて、わたし、お小刀《さすが》一本、置いて参りました」

「まァ……」

わたしは、また、うろたえていてましたんどす。

そうでおっしゃろ？

かりにも、ご主従《しゅじゅう》の間柄やおへんか。

旦那さんに、ご家来はんでおますやろ？

まァ、その居丈高《いたけだか》なこと。びっくりしましたんどっせ。

5

遠い遠い昔のお話でおす。もうなにもかも朧《おぼろ》になってますのやけど、北白川にな、わて、駈けつけました時、西城寺はんは、もうあのお家のどこにもいてはりはしませなんだ。その後の消息も、聞いた覚え、おへんなあ。

歳月は、怖おすなあ。けろっと、そんなこと、みんな忘れてしもてましたもん。

へえ。そうでおます。

「色深い魔物がすんでおりましたんです、その牡牛」

と、指差さはった牛のいる水鉢だけが、うちの庭に残ってます。

この牡牛に、どこかよう似た所のある刺青やったそうどっせ。まだお若い頃の高子さんな、ようあの広い濡れ縁に出はって、その刺青のぬもじはんと……その、なあ。あれどすがな。お睦《むつ》みやしたんやそうどすねん。男はんの足が絶えても、眺め暮らしといやしたんやと。時には、もろ肌脱がはって、物狂いのあれこれな、おしやしといやしたんですと。

けど、なんでこの鉢、常さんが、持ち出さはりましたんでっしゃろなあ。

美しい鉢です。あそこに残しておくのは勿体《もったい》ない。これだけはもろて行きますて言わはったんやそうどすけど……なあ？　も一つようわからん気ィがしまへんか？

「こちらさんは、綺麗なお庭をお持ちやから」と言うことは言わはったけど。わたしな、しばらくは、思てましてん。もし生きてはるのんやったら、この水鉢と縁切らはるようなこと、決して、あの人にはでけへんやろなと。

けど、ま、そんなこともな、もうどっちゃでもよろしねん。

水鉢は、今、うちにおます。とうとう、取り戻しには見えへんかった。

そない思て、五十年。そう。五十年にもなんのんどっせ。今年、わたしも白寿どす。

暑い、暑いと言いもって、のつこつしてた夏どすねん。いいえ、暦の上では、もう秋も立ちましたけどな。

その水鉢を、見せてくれと、はじめて言うてきたお人です。

へえ。わたしな、あの若い芸大の学生はんに、鉢、お見せしましたんや。

この人が、どないなお人か知らしまへんけど、美し物は、美しさがおわかりになる人にお見せするのが、本懐いうのとちがいます？　へえ。三十分ほどな、黙って静かに見といやした。

いいえ、あれこれ、スケッチもしやはりましたえ。どうぞと、わたし、言いましたさかい。

「梅雨《つゆ》のな、か細いか細い糸雨に濡れてる折が、一番どす。この緑青のお鉢はな」

教えてあげもしましてん。

なんでですやろなァ。わたしな、ひょこっと思いましてんやわ。寧子はんがお産みやしたお子の行方のことをな。へえ。わけものう。そうどすねやわ。思いましたん。

ほてからな、言いましてん。

「どんな絵に、なんのやろ。描き上がったら、うちにも、いっぺん、見せとくれやすな」

「はい」

と、ご返事しはりましたえ。

ちょっと嬉しそうなお顔、しはってな。

隠れ川

1

元旦の遅い朝の膳《ぜん》について、湯気のたつ白味噌の汁の椀から紅糸飾《べにいとかざ》りのふっくらとした手鞠《てまり》麩《ふ》を箸《はし》ではさみあげたところへ、能子《のうこ》が戻ってきて、告げた。

「大原野《おおはらの》の、ご隠居さんどっせ」

「大原野？」

釵子《さいこ》は、箸の手をとめて、

「微妙《みみよう》はんか？」

と、顔をあげた。

「へえ」

「死なはった？」

「まあ、なにをいうといやすのん。ご本人からですがな」

「へえ？　いまの電話がか？」

「そうでおす」

「おへんやろ。暮れにあんた、病院へ、見舞いに行ってきたばっかりやないか。それも、絶対安静たらいうて、面会謝絶でしたんで」

「知りまへんがな、わたしに息巻《いきま》かはったかて」

「おへん。先生《せんせ》に、うち、聞いたんやさかい。ようならはっても、手足の麻痺やら、言語障害、これは出るやろいうてはったえ。つい五日前のことどっせ」

「七日前どす。帰りにおうち、『しまい天神《てんじん》』さんの縁日《えんにち》に寄ったいうて、しょうもないビラビラかんざし、買《こ》うてもどらはったやないのん」

「おや、そうどしたかいなあ」

「そうどした。二千円やいうのを、あんた、これ五百円にさせましたんやでて、まあ、鬼の首でもとったみたいに、相好《そうごう》くずしてお帰りでおしたがな。ぎょうさん人も出てましたやろに、あんながらくたかんざし一本、なにもそこまで値切らんかて……誰が見てたか知れしまへんえ」

「見られて、どこがどうどすのや?」

「きっとおうちのことやさかい、あの地べたに毛布をしいたがらくた市の店先で、ねちこう腰おろさはって、もう一声、一声いうて、負けよし、負からん、やらはったんどっしゃろな」

「そうどすえ。どこがおかしおすのんか?」

「よろしゅどす。うちが見られたわけやおへんのすさかい。けどまあ、これがあの有名な閨秀画家たらなんたらゆわれて、雅《みやび》な山水花鳥を描《か》かはるお偉い先生やなんて、誰も思いはしまへんわな」

釵子は、鮮やかなみどり色の糸麩をかけた手鞠麩を眼を細めてつまみあげ、ふうふう吹きながら口へ運んだ。

「能子はん。味噌《おむし》がちょっと辛おすえ」

「イヤ、そうどすか?」

「けど、この麩《ふう》はおいしおす。やわらこうて、しこしこして……やっぱりお正月のお汁には、『麩嘉《ふうか》』さんのこの手鞠麩。これがないとあきまへんなあ。赤いの、も一ついれとくれやす」

「へ」

差し出された塗り椀に、可憐な玉がつぎ添えられた。

「まあ綺麗やこと。白いお汁にはんなり沈んだ……この色の映《は》え映《ば》えしいこと! 見とおみやすな」

釵子は独《ひと》り、嘆声をあげた。

ガラス越しの木立ちの庭に明るい陽がさしこんでいた。

「で、どないおしやすのん?」

「へえ?」

「大原野ですがな。もう長いこと会《お》うてへんし、お見舞いにもきてもろうて、そのお礼もいいたいし、こっちが出向かなならんとこやけど……外歩きはまだとめられてはるねんて。けど急にお会いしとうなった、いうてはるねんやわ」

「こいて、いうの?」

「そうどすがな。お正月やし、お仕事もほっこりしはる時期やないやろかと思て、お遊びがてら、お足運《みや》んでもらうわけにはいかしまへんやろかて、いわはりましたえ」

「ほんまに、あのひとやったんか?」

「大原野の微妙どすて、いわはったがな。暮れに退院して、もうなんでもあらしまへんて、ちゃんとご挨拶もしはったし、しっかりした声でしたで」

「へえ……こら驚きや」

鈫子は、飲み残しの屠蘇《とそ》の酒杯に口をつけ、

「で、いついな」

と、言った。

「あしたはどやろて、いうてはったえ。ご都合聞かしてほしいんやと。お迎えの車も回してくれはるそうえ」

その時、

「あらっ……」

と、だしぬけに、鈫子はとんきょうな声をたてた。

「まあ、びっくりするやおへんか」

「シイッ」

と言って、庭の木立ちへ眼を凝らした。

「なんどす？」

「鶯《うぐいす》え。……確かに啼《な》いたえ……」

二人は、瞬時、耳を澄ませた。

庭は穏やかな冬日和《びより》であった。

「逃げたやおへんか」

「いいえ。いてます」

「大きな声、たてはるさかい」

「外まで聞こえますかいな」

「初音どすか……」

「そうどす。春告げ鳥の初音どす」

「なにかええことおすのんやろ。この家《や》の主《ぬし》のおうちが聞いてくれはったら、それでよろし。うちは、飯炊き婆《ままたきばば》どすさかい」

「能子はん。あんた、いっつも、そんなじじむさいこというといるさかい、あべこべになゝのどっせ。あんたが姉で、わたしが妹。世間じゃみんな、そない思うてますのんやで」

「よろしおっしゃん」

「なにがええことおすかいな。あんたが婆婆《ばばばば》してはったら、姉のわたしは、その上に、とってもいない余分な歳を上乗せして、見られることになるのどっせ」

「そらまあえらい鈍《どん》なことで……」

「能子はん」

と、釵子が言った時だった。

「あ、啼いた……」

と、能子が、今度は、その口を遮《さえぎ》った。

二人は、再び庭へ眼を向け、しばらくして、その顔をどちらからともなく見合わせた。

「芸術院会員やろか……」

と、能子が、真面目な口調で呟《つぶや》いた。

「なにいうといるのん。あんなもん、きますかいな」

釵子は、無造作に言い捨てた。

しかし、なにがなしに和《なご》やかな笑んだ顔に二人はなった。

元旦の鶯は、初音だけを聞かせてどこかへ飛び去ったようではあったけれども。

2

大原野は京都の郊外、西山の麓《ふもと》にひろがる一帯で、洛西《らくさい》ニュータウンが出来たり竹山が切り開かれたりして開発の波をかぶっているが、のどかな田野や竹林の中を行く古道なども無論まだ残っていて、昔ながらの土地の名にふさわしいひなびた景色や味わいもそこかしこにとどめてはいる。

京の料亭『千川《せんかわ》』の本宅は、この大原野にあった。高塀囲いの屋敷の門札には『高住』と書かれている。

「まあ何年ぶりどすやろ、センセが見えとくれやしたんは」

「このお屋敷が建った時の、新築のお祝いによばれて以来ですよって……そう、三十年にはなりますやろ」

「イヤ、なにいうといやすのん。そらご無沙汰はしてますけど、それほど間違うやおへんえ。ほれ、いつぞやの芸術院賞、あの時の祝賀会も、うちを使うとくれやして……」

「ええ、そりゃあ『千川』さんにはね、上ってますよ」

「それに、ほれ……ああ、なんでしたかいな……これどすねん、厭《いや》どすなあ、この頃物忘れてばっかりいてますねん。なんせ、センセは、たくさん賞をおとりになっといやすさかい、覚えきれしまへんのすけど……そのたんびたんびには、お会いしてますやないのん」

「ええ、ええ。お祝い届けてもろうたり、およばれしたり……おうちには、ご迷惑のかけっぱなしで……」

「なにをおっしゃいますやら、センセ」

「いいえ、そうどす。けどねえ、お店へ行ったり、おうちに会うたり、そんなことは、そりゃなんぼも山ほどおしたけど、大原野のこのお屋敷にこうして伺うのんは、これが二度目。三十年ぶりのことどすねん」

長い廊下を歩きながら、微妙はちょっと振り返って、しかしまじまじとした眼で釵子を見た。ほんの一瞬のことだったが。

そして言った。

「イヤ、そうどしたかいな。ほんまに？」

暮れに脳卒中で倒れ、もち直しても後遺症は残るだろうと言われた女は、旬日《じゅんじつ》を出ずして退院し、いくらか歩行の緩《ゆる》やかさや綸子《りんず》の裾《すそ》のさばきかげんによわよわとしたところが、あると思えばあるかに見えもする気がしたが、ほかにはまるで変事の翳《かげ》りも寄せつけない立居振舞いであった。

『千川』の水で洗い抜いた先代の女将の姿形はすこしも損《そこな》われてはいず、しぜんな老いに静かに染まっているだけに、はんなりと落ち着いて、婉《えん》でさえあった。

枯れぎわの艶とでも言えようか。

「さすがやわなあ」

「へえ？」

「も一ぺん、お店へ出したいくらい。代《だい》ゆずるの早すぎたんとちがう？」

「ま、きついてんごういわはって……」

釵子は、

「さ、着きましたで。さあ、どうぞ」

と、微妙に請《しょう》じ入れられた奥座敷の敷居ぎわで、しかし、束《つか》の間、立ちどまった。

しんと瞳が鳴りをひそめ、それから、ゆっくりと眼の奥で動きはじめるのが、釵子自身にもよくわかった。

するするとひとりでに自分の視線が泳ぎ出し、座敷の宙を一わたり眺め渡して、また、ゆっくりともどってきたという感じがした。

「まあ、センセ。なにしといやすのんどす。お入りやしておくれやすな」

「残してくれてはるのやねえ……」

「へえ?」

「この襖《ふすま》」

「おや、ま……」

微妙も、やっと気づいた風に、座敷のまんなかあたりまで入ってきて坐った釵子の傍に、並んで坐した。

あらためて釵子は、広い座敷の内を、見回した。

「大事に使うてくれてはる」

「あたりまえやおへんか。センセに描いていただけた、大事な大事な襖どす。あの時やって、お頼《たの》申してええもんやら、びくびくもんで、冷や汗三斗《さんと》でおしたんどっせ。なんせ日の出の勢いで、脂の乗り盛りのセンセでおしたさかい。それをまあ、二つ返事で、描こういうて下はって……」

「いいえ。新建《しんだ》ちの、この家を見せてもろて、急に、その気になったのよ。『この家にいれる襖を描いとくれやす』。おうち、そないいうたんえ。京の『千川』が建てた新し本宅どす。やわな家やおへんえいう、おうちの挑戦、受けただけどす」

「イヤァ、あのいわれかた。いじめんといておくれやすな」

「ほんまのことえ。この家に、見合う襖、ふさわし襖を、いれとくれやす。おうちは、そないいわはったんどす」

「そんな大それたこと。いけずいわんといとくれやすな。うちは、なんにもいわしまへんえ。どうぞ、センセのお好きなものを、お好きなように、自由に描いとくれやすて、お願いしただけどすがな」

「あんたがいわへんかってもな、わたしには聞こえましたんどす」

「どうぞもう、いちびらんで下はいな。そいでのうても、この襖、なんぼお親しゅうしてもろてるいうたかて、今ならあなた、とってもとっても、おいそれと描いてもらえるものやおへん。センセは、どんどんお登りやして、雲の上のお人におなりやしたさかい。あんな些少なお礼やなんかで、済む代物やあらしまへん。なんや申しわけのうて……肩身せもうおすのんえ」

「なんのなんの。たんと画料はいただきましたわ」

「イヤ、いわんといて下はいな」

「わたしはね、おうちが住まはる家やさかい、描いたんどす。覚えてはる？　この家じゅうの、襖という襖、一枚残らず、筆入れてええのなら、引き受けましょうていうたこと」

「へえ。忘れるもんどすかいな。もうびっくりしましたがな。そんなぜいたくなこと、望んでも、叶《かな》えられることやおへん。願ってもないことどしたがな」

「あの、襖が描きあがった日……いえ、ここへ運びこんだ日どしたわな。はじめて、おうちらが、この襖の絵を眼にしはったんは」

「へえ……」

二人の女の視線は、眼の前の襖の上へ注がれていた。

上質の鳥《とり》の子《こ》紙の襖には、畳に近い下縁のあたりにそって、幅二、三十センチばかりの薄墨色の帯が、ただ一本、横に長く襖をよぎって描かれている。あとは白紙である。

その隣の襖も、そうだ。鳥の子紙はほとんど空白のままで残っていて、ただ一すじ、幅広の墨色の帯が、どの襖も横切っている。

一枚一枚、眼を移して行くと、墨の帯は次第に下縁を離れ、襖の中ほどあたりをよぎり、その墨幅もやや太みを増したり、細まったりして続いている。

つまり、釵子たちのいる部屋の十二枚の襖は、一本の薄い墨色の帯がどの襖にも描かれていて、その帯でぐるりをとり巻かれている風にも見える。

襖はこの部屋ばかりでなく、次の部屋も、その隣も、そのまた隣もという具合に、一枚一枚開けて行くと、屋敷中のどの襖にも、墨色の帯が一本走り、その墨色も微妙に濃淡調子を変え、帯の姿も形を変え、ときには下り、ときには上り、長押《なげし》近くでとぎれたり、なかには空白の白襖があるかと思えば、一刷毛《ひとはけ》はいたように、あるかなきかの墨影を縁の端にほんのわずかとどめていたりする襖もあった。

しかし、それらのどの襖を、どんなに丹念に眼を凝らして眺めても、その薄墨の帯が、なにかの形あるものを描いているとは思えなかった。

不思議な墨絵の襖だった。

「覚えてはる？　あの日、おうちが、どないに困った顔しはったか」

「イヤ、そうどしたかいな」

「そうどした。一時間も、二時間も、あっちへ立ったり、こっちへ坐ったり……家じゅうの襖の前を歩き回ってはりましたがな。おうちだけやおへん。ほかの人たちも、みんな首をひねっといやした」

「ど胆抜かれたんどすわ。それでいてな、なんや心つかまれて……知らん間に、ひきこまれていてる。雄渾《ゆうこん》な、荒々しい……かと思えば繊細な……素敵に優美な……たおやかな……こう奥深い……なんともいえず幽玄な……上手にいえしまへんけどもな、ふしぎな墨の筆勢やら、色や、滲《にじ》みや、掠《かす》れ具合の調子一つ一つにも、なにかがあるとわかるのどす。しんと静かで、端正で……かと思うと、鳴りどよもしたり、ざわめいたり、暴《あば》れ立ったりしてるのどす……」

「よろしよろし。お愛想いわんかてよろしがな」

「ほんまどすて。ほんまに、あっと、うち、声あげたんどっせ。急に、見えてきたんどす」

「『川や……おへんか』。そう。おうちは、そない聞かはった。『これ、川どすやろ、センセ』いうて」

「へえ。今でも、うちは、そない思うてますのんえ。これは、川や。一本の、大きな川や。川の百態万態を、描いとくれやしたんや。いや、もしかして、これは、一本やのうて、千の川かもしれへんやないの。そない思うと、ほんまに川が、襖のなかを流れはじめていてるようで……そうや、そうやと、とびあがりたいよな気持になったんどす。『千川』の川を、センセ、描いて贈って下はったんやわ」

「そう。おうちは、そないおいやした」

「ちごうても、よろしゅうどす」

「ちがうていうたりしまへんえ。おうちに描いて、あげたんやさかい。好きなように、思わはったらよろしねん。ただな、一つ。おうちは、あの時、こないいわはった。『アア、これ、センセ、お店の襖にしたいわァ』て」

「へえ。今でも、ときどき、思いますえ」

「それだけは、お断り。『千川』の襖を描けといわれたら、わたしは断ってます。これは、『千川』の女将に描いた絵やおへん。高住微妙はん。あんたに描いた絵どすさかいねえ。あんたが一生暮らさはる家の中の襖やから、描いたんどす」

「どうどす？　センセ」

と、この時、急に微妙が言った。

はしゃぎ立った感じのする声だった。

「三十年ぶりに、お会いになる絵どっしゃろ。回ってごらんにならしまへんか？」

釵子は、ゆっくりと首を振った。

「いいえ。結構。おうちにあげた絵どすさかい、おうちが一緒に暮らしてくれはったら、ええのんどす」

そう言って、釵子は、静かに襖の上に眼を戻した。

「まだ使うてくれてはるとは、思うてもみんことどしたわ」

「うちの家宝どすよってん。朽《く》ちてのうなる日がくるまで、襖は、ここを動かしまへん」

やや黄ばんだ鳥の子紙に、三十年の歳月の古びの跡がうかがわれた。


その日、微妙は、『千川』の座敷で出るような料理の膳をしつらえて、釵子をもてなした。

同い年の、幼なじみの女同志が、二人っきりの膳を並べて、こんなに長く同じ時間を共に過ごしたことは、かつてなかった。

後で思えば、微妙がこの日、唐突に、こうして釵子を招いたのは、あるいは虫の知らせのようなものだったのかもしれない。長の別れを告げるための。

そう釵子は思うのである。

よく喋り、よく食べもして、陽気に賑《にぎ》やかに「センセ」「センセ」を連発して釵子をもてなしていた微妙が、手に持った箸を落とし、ぐらりと体の均衡を失ったのは、まったくとつぜんのことだった。

釵子は、人を呼ぼうとし、その呼ぶ声が口から出てこず、ひたすら声を失ったまま、両の腕に微妙を抱いて、うろたえきって過ごした時間のことを思うと、身がふるえた。

魔が支配した時間に思えてならなかった。

「微妙はんっ……微妙はんっ……」

と叫ぶのに、その声が、出てこなかった。

「誰か……誰かっ……」

と人を呼ぶのに、咽《のど》は言葉にしてくれなかった。

そして、不思議な、別の声だけが、言葉だけが、かわりに口をついてあふれ出てくるのだった。

――微妙はん。ようお聞きやっしゃ。わかるわな。聞こえてはるか。あの襖の墨の帯はな、川なんかやあらへんねん。あれは、蛇。蛇なのえ。道成寺《どうじょうじ》の蛇どすがな。

言うまいと思っても、その言葉が洩《も》れて出てきた。

女を捨てた男を追って、どこまでも追いかけて、大水が出て渡れぬ大河を、その執心《しゅうしん》一念が毒蛇となって泳ぎ越し、道成寺の釣り鐘の中に逃げこみ隠れた男を、鐘ごと蛇体を巻きつけて、復讐の焰《ほのお》は火となって、男を焼き殺したという〈清姫《きよひめ》〉の話は、道成寺説話となって、『今昔《こんじゃく》物語』や、能や、歌舞伎でも、有名である。

説話はどれも、男を殺した清姫の執心は晴れることなく、毒蛇となって、法力にも屈服させられず、再び、大河の水へ逃げのび、生きつづけていると語っている。

釵子が襖絵の画材にしたのは、この一ぴきの蛇体であった。

口にするつもりはなかった。微妙の夫、高住明友《あきとも》は、もうとっくに死んでいたから。

けれども、釵子の口からは、言葉があふれて出るのだった。

——微妙はん。聞こえてるか。聞いとくなはったか、おうち。微妙はん。微妙はん……。

その言葉に、応《こた》えたのか。微妙は、かすかに、瞼を動かせ、なにかを言いたげな表情を見せた。ただ頷《うなず》いただけのようにも思われたが。

二人のほかには、誰もいない座敷だった。

釵子には、自分の発する声が、やがて、自分のものではない気がした。

(『誰かきて!』と、必死にわたしは叫んでいるのに……)

と、釵子は、思った。

闇の渡り

1

日本野鳥の会・県支部の事務局長、尾迫《おさこ》雄一郎のもとに、最初にその話を持ち込んだのは、一通の北海道からの手紙であった。

――尾迫さん。ご無沙汰をしております。お元気でいらっしゃいますか。私も、お蔭《かげ》さまで、やっと札幌《さっぽろ》の暮らしにも馴《な》れました。

という書き出しに続いて、いきなり「さて」と、工藤健太郎は記《しる》していた。

――さて、突然ですが、あんまり信じられなくて、びっくり仰天したものですから、なにはともあれ、尾迫さんにおたずねするのが一番だと思って、ペンをとった次第であります。

尾迫さん。日濃美《ひのみ》干拓に、鳥たちが帰ってきているというのは、本当でしょうか。昨年の秋の渡り、今年の春の渡り、どちらも盛大に、鳥たちは渡ってきた。昔いた顔ぶれが、ぞくぞくと戻ってきている。そういう便りを、私はつい先日唐突に受け取ったのですが、もちろん冗談だと思いました。

　尾迫さんもご存じの、もとN市の野鳥保護の会のメンバーでもありました蔡田篤子君からの便りです。その葉書を同封しますので、ご一読下さい。

かつては、「鳥の種類も、その数も、日本有数の野鳥の宝庫」といわれた日濃美干拓、あの二百九十ヘクタールの干拓地も、県が国から買い取って、大規模な開発造成工事に着手して以来、思えば足かけ十年近く、抗議、陳情、要望、抵抗をつづけてきたわれわれの努力や、反対運動の甲斐もなく、一昨昨年《さきおととし》、ついにあの二百九十ヘクタール、全工区にわたって埋め立て完了の日がやってきたとき、声をあげて泣きましたよね。

ほんの一握りの葦《あし》のしげみも、干潟《ひがた》や湿地帯も残さず、文字どおり一木一草もない、見渡す限りただいちめんに黒々と、分厚いヘドロで埋め尽くされた広大な空き地の眺め。

あのときの、真っ黒な、ヘドロにおおい尽くされた、恐ろしい空き地の眺めは、いまだに忘れることはできません。

私などが生まれる前の、綾ケ浜とよばれていた頃の海のことを、よく話して下さったのは、尾迫さんでした。

美しい遠浅の砂浜で、そりゃあ綺麗な、賑やかな海水浴場だったと。

それが、戦後の食糧難対策で、農地として干拓され、十幾年もかかってやっと干拓耕地に生まれ変ったと思ったら、今度は農業用水の確保の不備や、肝腎《かんじん》の入植者が集まらなかったりして、せっかくの干拓地はそのまま放置。

無駄な労力と、歳月と、税金の浪費。

でも、その浪費のお蔭で、この広大な人工の陸地は、その後さらに二十七、八年間、ほったらかしにされっ放しの、雨風にさらされっ放しで、人間には無用の大地ではあっても、ちゃんと自然は生きていて、日濃美干拓は、世間に忘れられている間に、知らぬまに、別の貌《かお》を持ちはじめていた。

「人間の勝手で潰《つぶ》された海も、人間の勝手で造られた陸地も、用が無くなれば、ほうり出して、荒れ放題。そんな年月が、三十年近く、ここにはあったんだよ」

と、尾迫さんは、おっしゃいました。

「その間、人間はなんにもしなかったけど、自然は、そうじゃなかったんだよね。長い歳月をひたすらかけて、営営と、黙黙と、ここを、ただの荒れた空き地じゃあないものに、変えたんだ。自然が、そうしたんだ。自分の力で。死に地を、復活させたんだ」

そうおっしゃいました。

野鳥の宝庫として、蘇らせた。

二百四十種類もの野鳥が生息する日濃美干拓。

あの深い葦のおいしげる群生原も、周辺の海辺にできる干潟も、あちこちにひろがる湿地帯も、確かに野鳥たちには恰好の塒《ねぐら》や、餌場や、遊び場を、ふんだんに持っていて、それになにより、ここが、長い間、人の出入りしない、人間にはほうっておかれた土地だったということが、逆に、鳥たちの幸運だったと、よく尾迫さんは、わがことのように相好《そうごう》をくずして、話しておられた。

あの顔が、眼に浮かびます。

鳥についての、たくさんのことを、尾迫さんから教わりました。

私がはじめて尾迫さんにお会いしたのも、日濃美干拓地ででした。

高校を出て、就職したての頃だったと思います。

まだ鳥のイロハも知らず、無論、バード・ウオッチングなんてものではとてもなく、ただ、干拓地にタカが出るという話を聞いて、物珍しさのタカ見たさで、双眼鏡一つをぶらさげて出掛けたのでした。

「タカはね、寒くならないと、平地におりてこないから、ちょっとまだ時期が早いなあ。確かに冬場、ここに棲《す》みつくんだけどね」

そう言って、やたらとうろうろしている私に、声をかけて下さり、やってきたら、教えてあげるし、見る手伝いもしてあげようと、約束もして下さった。

あれが、私と野鳥との縁のはじまりでした。

冬の干拓地の朝まだき、葦の枯れ野に現われたオオタカを、まのあたり、近近と眼にしたあのときの感動は、今でも鮮やかに蘇ってきます。

あのオオタカが、私を野鳥の世界へ、そして尾迫さんや、お仲間のみなさんたちとの交遊の世界へ、導いてくれた入口だったと、疑わずに、私は思います。

あの頃の日濃美通いは、ほんとうに、毎日毎日が、見ること聞くこと、一つ一つが新鮮で、勉強になり、楽しくて、充実した日日でした。

思えば、日濃美干拓の、あれが華の時期だったと言えるのではないでしょうか。二百四十種類の鳥の中には、二十一種の猛禽《もうきん》類に、オオタカ、ハヤブサ、ナベヅル、マナヅル、カラフトオオシギなどの特殊保護鳥類もまじっていて、その盛名はつとに高く、全国のあちこちから、愛鳥家や、バード・ウオッチャーたちが、つめかけてきていましたものね。

県が、突然、干拓地利用を発表し、二十数億円でしたか、国からさっと買い取って、ハイテク産業ゾーンとか、レクリエーション・ゾーンとか、アメニティー・ゾーンだとかいって、日濃美干拓地開発の造成工事を一気に進めはじめてからの日日は、今思い出しても寒気立つ、情《なさけ》なさの連続の毎日となりましたよね。

一度殺して、死んだも同じ自然が、奇蹟的に生き返って、長い歳月かけて懸命に自力で咲かせた華なのに、その華を、またぞろ、情容赦なくむしりとる。踏み潰す。

あの巨大な排砂管から放出される厖《ぼう》大《だい》なヘドロの量の際限のなさ……。

あれを眺めていると、怒りも、狂気も、無力感も、どれがどれともわからずに、勃然《ぼつぜん》と涌《わ》いてきて、私は、自分が人間の姿をしていることに、総毛立ちました。

その恥ずかしさに、気が狂いそうでした。

そうでしたよね。

埋め立てに流し込まれたヘドロの量は、あの広大な干拓地を、全面くまなく三メートル近くも嵩《かさ》あげするほどの量だと、新聞も書いていましたよね。

そんなヘドロで埋まった干拓地は、もう二度と生き返りはしないでしょう。今度こそ、本当に死ぬでしょう。永遠に、息の根をとめて。

どれほど嘆願したでしょうか。

野鳥が生息するためには、それに必要な生態系のバランスのとれた環境がなくてはならない。開発構想にバード・サンクチュアリも組み込んであるというのなら、せめて百ヘクタールはそれに当ててほしい。

それはできない。鳥公園は三十ヘクタールだ。

県や町の言うことは、そうでしたよね。それも、全面均等に埋め立てた上での三十ヘクタールだと。

そんなことをしたら、野鳥はいなくなる。せめてサンクチュアリだけは、埋め立てなしの現在の環境をそのまま残すべきだ。

それはできない。

……ああ、こうして書いておりますと、あの理不尽な恐ろしい日がやってくるまでの、長い、腹立たしい歳月が、再び私の上に蘇ります。

その間も、干拓地は、工区を分けて確実にヘドロの放出を浴びつづけていましたよね。

尾迫さん。

一昨昨年の、ついに全面埋め立てが完成した日、あなたは、おっしゃいましたよね。

「これで、野鳥の宝庫、日濃美干拓は、終った。消えてなくなった」と。

このヘドロの埋め立ての上に造られる人工のバード・サンクチュアリ。

それは、この干拓地が、昔、何十年もかけて人工の埋め立て地の上に実現させた野鳥の宝庫とは、似ても似つかぬものだ。

「私たちは、鳥の塒を根こそぎ破壊して、追っ払った。鳥に、この迫害を、忘れろという方が無理だ」

私も、そう思いました。

いや、あの日、あのヘドロいちめんの大埋め立て地を眺めた人たちは、みんな、そう思ったにちがいありません。野鳥の会の人たちも、野鳥保護の会の人たちも、そして自然保護団体の人たちも。

あれは、もう二度と蘇らない、虐殺された日濃美干拓の死の姿でした。

誰もが、その姿を、脳裏に深く刻みつけた筈《はず》です。

それが、つい三年前のこと。

無論、バード・サンクチュアリなど、まだ形にもなってはいないんでしょう?

そんな日濃美干拓に、鳥たちが帰ってきたというのです。

そんなことが、あり得よう筈がないと、何度電話でたずね返し、確かめ返しても、

「帰ってきた」

と、彼女は、言います。

それを、見たと。

本当なんでしょうか。

尾迫さん。

どうぞ、同封の蔡田篤子君の葉書を、読んでみて下さい。


工藤健太郎の手紙には、もう一枚白紙の葉書が同封されていて、後日電話で話したいから、都合のよい日時を知らせてくれ、とあった。

2

工藤健太郎からの電話が掛かってきたのは、数日のちの夜半、遅くにであった。

「こんな時間で、よろしかったんでしょうか」

「はいはい。いいんです。このほうが、ゆっくりしますんで」

健太郎は、無沙汰やだしぬけの便りの詫びなど、一通り挨拶を交した後で、急にうちとけた感じの声になった。

「ところで、もうお出かけになりましたか？　サンコウチョウ」

「ええ、ええ。五月の初めにね、二度ばかり、あのあたりの山歩きはしたんですがね。まだ逢《おう》瀬《せ》が果たせないんですよ」

「それはそれは。気がもめますね。彼、とびきりの美形ですからねえ」

「どうもねえ。あれに逢わないことには、アア、初夏は来《き》ぬ、てな気分にはなれないんですよ」

「しかし、あの広葉樹林の新緑は、素敵でしたねえ」

「ご一緒しましたかねえ」

「はい、連れて行っていただきました。僕の恋人を紹介しようとおっしゃって」

「いやいや……」

と、雄一郎は、穏やかに笑った。

サンコウチョウというのは、体の三倍以上もある長い尾羽を持つ紫黒色の小鳥で、その啼《な》き声が「ツキ、ヒ、ホシ……ホイホイホイ」と聞こえるところから、月と日と星、三つの光を名に持った、つまり三光鳥である。

あまり人目には触れない山奥に棲む夏鳥で、目のまわりとくちばしの鮮やかな瑠璃《るり》色の青さが殊のほか美しい、森の貴婦人とでも呼びたくなるような、珍重される鳥である。

無論、美鳥は、たいてい雄ときまってる。

雄一郎は、一年に一度だけ、この鳥に会いに出かける。

毎年、同じ山の同じ林に、その鳥はやってくる。

「この林は、めったに人には教えないんだがねえと、釘を刺されました」

「アハ、アハ……」

と、雄一郎は、声をたてて笑った。

「そんなこと、言いましたか」

「はい。図鑑やなんかの知識だけで、僕があんまり、その啼き声の不思議さや、姿の美しさに惹かれて、見たい鳥の筆頭に、その頃いつもあげていたもんだから、きっと、お師匠さんとしたら、見て見ぬ振りができなかったんじゃないでしょうか」

雄一郎は、たのしそうだった。

「そうでしたか、あなたを連れて行きましたか。いや、あそこは、ほんとに、僕たちの密会の場所でしてね。一年に一度、あれの顔を見んことには、落ち着かないんですよ」

「見て、ほっとなさるんですよね。今年もちゃんと、忘れずに、渡ってきてくれたかと。するとね、会わずにいても、冬までは、この国のどこかに、あれも、いるんだと、心が和《なご》む。いや、はずむとおっしゃったかなあ。はずんで、浮かれた気分になる。これが、たのしいんだねえと」

雄一郎は、始終、おかしそうに笑った。

「あなたは、相変らずだね。物覚えのいい人だ」

「でもご安心下さい。あの逢い引きの場所は、今一人であの山へ入っても、とても探し出せはしませんから。これは、本当です。道なき道の、山また山の、山奥でしたものね。あのときも、感心したんですよ。なんの苦もなく、案内して下さったでしょ。迷い込んだら、とても抜け出せそうもない山でしたもの。本物の愛鳥家は、こうでなくちゃいけないんだと、つくづく思ったんですよ」

二人は、じつに屈託なげに、話していればいつまででも続きそうなたのしい話を交し合ってはいたが、逆にいえばそれは、話すべき本題に入るのを、少しでも先へのばそうとしてでもいるように、見えなくもないところがあった。

書斎の椅子にすわっている雄一郎の眼は、受話器をとったときから、何度も、机の上の一枚の葉書の方へ流れ、そして外された。

今もまたそうだった。

そこには、小さな細密な文字がびっしりと並んでいる。


――お仕事うまく行っていますか。お正月にはお帰りかと、心待ちにしていましたが、お会いできず、この喜びや、この感動を、一番先にあなたにじかにお伝えしたくて、じっと口に封印をして辛抱していましたが、それも限界に達しました。

閉ざしても封じても、封じきれないコトバが、ついにあふれ出て、この葉書を書かせているのだと、思って下さい。

健太郎さん。青天の霹靂《へきれき》、驚天動地。奇蹟というのはあるのですね。

昨年の秋、私は、ビロードキンクロとクロガモの大群が渡ってくる現場に行き合わせました。どこでだったと思います？　あの日濃美干拓の造成地でです。最初は夢かと思いました。息がとまりそうでした。心臓が破裂しそうで。でも夢ではなかったことを、私の双眼鏡は知っています。真黒の体に目の下の三日月状の白斑、真白な次列風切《じれつかざきり》。くちばしの根元のオレンジ色。はっきりと見ました。見たどころか、一日《いちんち》私は彼等と一緒に過ごしました。誰も信じはしないでしょう。でもこれは本当です。

そして、ああ、なんてことでしょう。奇蹟は二度も三度も起こるものでしょうか。今年の春には、もっともっと大群の、オオソリハシシギ、チュウシャクシギ、アカエリヒレアシシギ、ホウロクシギたちが、渡ってきたんですよ、健太郎さん！

私は思わずとびあがりました。声をあげて泣きました。万歳《ばんざい》を叫びました。躍りあがって「帰ってきた！　帰ってきた！」と歓声をあげたのですが、でも誰にもまだ話してはおりません。一言でも話したら、この夢のような奇蹟が、それこそ本当の夢のように、アッという間に消えて行くような気がして、話せないのです。この葉書を書きますのも、我慢に我慢を重ねたあげくの果てのことだと、思って下さい。

あなたにだけは一日も、いや一瞬も早く、知らせたいと逸《はや》りに逸る心を、私がおさえきれなかったのだと、思って下さい。こんなに離れてさえいなければ、こうしたコトバも不要です。とんで行って、黙ってあなたを、ただ引っ張ってくればいいのですから。あの日濃美干拓地へ。ほんとに、ほんとに、そうできたらと、私は何度思ったでしょう。あの鳥たちを、あなたに見せてあげることができたらと。

もう余白が尽きました。どうぞご自愛をね。

「もしもし……尾迫さん……聞こえてます？」

受話器の奥から流れてくる健太郎の声で、つと雄一郎はわれに返った。

「ええ、ええ。よく聞こえてますよ」

「あの……」

「蔡田さんの、葉書ですね?」

「読んでいただけましたでしょうか……」

「読みましたよ」

「ご感想を……聞かせて下さい」

束《つか》の間、雄一郎は、沈黙した。

「……あなたは、どう思っているんですか?」

「あり得ないことだと思っています」

「そうですね。おそらく、ちょっとこんなことは考えられませんし、また、僕も、そういう話を聞いたことはありません。しかし念のために、あちこち当たってもみましたし、日濃美へも行ってきました」

「申しわけありません。とんだお手間をお掛けして……」

「いやいや、こういうことは、ただあり得ないからといって、黙殺したり、笑いとばしたりはできません。鳥の場合もそうですし、人間の世界のことも、そうだと思います。考えられないようなこと、あり得ないと思われるようなこと、それがあったりするんです。早い話が、鳥の渡りにしたって、そうでしょ? なぜ渡るのかということ一つにしたって、わからないことだらけです。世界中の鳥の学者や、研究家たちの、最大の関心事でありながら、いまだに、万全な答えが出ない。説明のつかない事柄が、山ほどある。

まあ日本では、春渡ってきて繁殖し、秋南へ立って冬をそっちで過ごすのを『夏鳥』、反対に秋、北の方からやってきて冬を越し、春には北へ帰って繁殖するのを『冬鳥』と呼ぶし、春から夏は北の地方で繁殖し、冬は南方で暮らすために大移動する旅の途中で、秋と春にちょっと日本に寄るのを『旅鳥』、また、そういう国外旅行はしないで、日本の国内だけを、季節がくれば、北から南へ、高地の山から里の低地へと移動するのがいる。これが『漂鳥《ひょうちょう》』。

ざっとまあ、渡りといえば、この四つのタイプに分けられるし、あとは渡りをしない鳥、つまり一年中、同じ場所や地域に棲んでるのが『留鳥《りゅうちょう》』。

この区分けは、まあ愛鳥家なら、誰でも知ってることでしょうが、あなたもご存じのように、絶対的なものじゃあない。『留鳥』が『漂鳥』を兼《か》ねたり、『夏鳥』や『冬鳥』が、なかには『留鳥』となったり、『漂鳥』であったりする場合も、あります。

同種の同名の鳥なのに、渡る鳥と、渡らない個体がある。その理由や説明は、つくようでいて、つかない領域もある。わかりきったことのようで、案外わかっていないこと、解明されない事柄は、たくさんあるんです。われわれ人間から見たら、不思議な、奇怪な事柄が。理解や、判断のおよばない、そんなものを寄せつけない世界が」

雄一郎は、淡淡《たんたん》とした口調で、話した。

「鳥には、鳥の世界がある。そういうことじゃないんでしょうか。人間には介入できない、永久に、それはできない、理解を絶する世界が、鳥には鳥であるんです。そう考えることが、僕は正しいのだと思うんです。そうは思いませんか?」

健太郎は、声もたてず、静かに聞いていた。

「なんでもかでも、人間の能力ですれば、わからないことはない。筈はない。いや、わかったと思っている。これは、人間の思いあがりというものです。鳥の学者や、研究家や、愛鳥家といわれる人たちが、現在、鳥について知っていると思っている事柄、持っている知識、それが、すべて、鳥の側からみても当っている、正当なことかどうか……これは、大いに疑問です。あくまでも、それは人間の側の、人間流の理解です。いうならば、人間の都合というものです。もっと言えばね……」

と、雄一郎は、言った。

「蜃気楼《しんきろう》です、それは一種の」

「……蜃気楼?」

「ええ。人間には、存在したり、見えたりはするけれども、鳥の実体ではないかもしれない。実体だと、われわれには見えるだけでね。僕はね、いつも、そう思うんです。鳥たちには、そんな、蜃気楼のような世界を背負ってるところが、あるんじゃないだろうかってね」

「それを、背負わせてるのは、人間で……」

「そうです、そうです。もちろん、そんなこと、彼等の知ったことじゃない。彼等はただ、彼等だけが心得ている世界に、正直に、棲んで生きているだけでね」

雄一郎は、嬉しそうな声を、健太郎に返した。

「そういう意味で、鳥の世界は、鳥に詳しく、鳥をよく知っていると自負している人間たちにとっても、基本的には、闇とでも、言うべきかもしれません。まして、現実には、まだまだ人間にはわからない、解明されていない事柄が、たくさんあるわけですからね。そういう意味でも、鳥は、大きな闇の世界を抱えていると、言ってよいかもしれません。人間には理解できない、どんなことが起こったって、不思議じゃあない。僕は、そんな風に考える人間なんですよ……」

雄一郎は、ゆっくりと言葉を切った。

なにがなしに、健太郎は、ひそかに唾をのみ下した。

「しかしね、だからといって、蔡田さんのこの葉書にあるような鳥たちが、やってきたかもしれないと、考えたわけじゃありませんよ。

日濃美は、一昨昨年の再造成で、野鳥の生息に必要な環境、条件を、根こそぎ奪われました。翌年、鳥たちがどうするか。春と秋の渡りの時期はもちろん、ほとんど一年中、どの季節のどの日にも、誰かが日濃美には詰《つ》めたでしょう? 固唾《かたず》をのんで、その動静を見守りましたよね。結果はご存じの通り。惨憺《さんたん》たるものだったでしょ。いつもの習性で、渡ってきたのもいたけれど、あの鳥たちの、塒が探し出せなくて、困ったような……戸惑いぶり、狼狽《ろうばい》ぶりというか、動転ぶりね……あの途方に暮れたような……その内にぱらぱらと、歯が抜けたみたいに、知らぬ間にね、いなくなって行く姿……。あれは、忘れられないねえ……」

「言葉が、ありませんでしたねえ……」

思わず健太郎の声が噎《むせ》んだ。

「一年かけて、鳥たちは知った筈です。ここにはもう棲めないんだと。ここからは、もう追っ払われたんだと」

「――――」

「その翌年の日濃美が、その鳥たちの理解を、なによりもはっきりと、決然と、証明してくれました」

「そうでしたね。日濃美干拓が、これで死んだんだと、私も、しっかりと諒解《りょうかい》しました。同時に、僕たちが、殺したんだと。どんなことをしてでも、あの造成を阻止しなければならなかったこの僕たちが」

健太郎は、強い語気で言って、ちょっと沈黙してから、続けた。

「……その年の、その荒涼たる日濃美の春の渡りの時期を、しっかりと眼の内に刻み込んで、私はこっちへ赴任したんです」

「ええ、ええ」

と、雄一郎は頷いた。

「ですからね、蔡田さんが見たというのは、その後の秋の渡りと、今年の春の渡りですよね」

「はい」

「見たと言われれば、調べないわけにはいきません。あるいは、昔の記憶を残すか、取り戻すかした鳥たちが、あったのかも……という一縷《いちる》の望みは持ちました。僕にできる限りの手は尽くして、その望みの鳥たちの痕跡を、探しました。祈るような気持でね。現場にも、人にも、当たりました。が、ありません。無論ね、一番肝心な、蔡田篤子さん、ご本人にも会いたくてねえ……会うことが、なにより手っ取り早いし、確実だし、また、大事なことだと思ったんでね……」

「すみません」

「あなたが謝ることはない。当然のことをしたまでです。でもね、会えなかったんですよ」

「え?」

健太郎の、けげんそうな声がした。

「蔡田さん、病院らしくてねえ……」

「病院ですって?」

「はい。その病院をね……教えてくれないんですよ、お家《うち》の人。とても会えるような状態ではないからって」

「ですが、尾迫さん、尾迫さんへその手紙を書きました前の日に、私、彼女と電話で話してるんですが……もちろん、同封しました葉書が突然舞い込んだからですが……」

「ええ、そうでしょうとも。ですから、そのときは、お家におられたんでしょう。元気なお声でしたか?」

「はい。とても興奮して、鳥たちが帰ってきたことに、われを忘れて……こう、有頂天《うちょうてん》になっているという感じでした。はしゃぎ立って。彼女が独《ひと》りで喋りまくったと言ってもいい電話でしたが……」

「なるほど、なるほど。で、どんな風に話したんですか。いや、その渡りを見たときの、様子やなんかのことなんですが……話したんでしょう？　そういうことも」

「無論です。それを聞かなきゃ、私の方が納得しません。いや、結局、納得できはしなかったんですけどね……」

「僕に手紙を書くくらいの……信憑性《しんぴょうせい》は、感じたということですね？」

「いえ。信憑性ではありません。祈り、願い……そうしたものの方です。もしかしたら……本当だったら……そういう気持です」

健太郎は、長い時間をかけて、蔡田篤子が、彼女の視界に突然一羽の小さな鳥影がよぎるのを見つけ、それが二羽、三羽となり、次第に数を増し、やがて涌くように、彼方《かなた》の空に現われた叢雲《むらくも》のような大群が、見る間におし寄せてきて視界に溢れ立ったと語った折の模様から、逐《ちく》一《いち》克明に話しはじめた。

雄一郎は、その話が終るまで、とき折相槌《あいづち》を打ちはしたが、黙って聞き役にまわった。

話し終えた後で、雄一郎は、言ったのだった。

「気がつきませんでしたか。そのとき、蔡田さんは、怪我をしていた筈なんですがね」

「怪我？」

「はい。顔に少々と、それから足の骨を折ってた筈です」

「ええ？」

「日濃美干拓でね、ミキサー車にはねとばされたんです」

「ミキサー車？」

「ええ。日濃美はね、今、土木工事で、ミキサー車や、クレーン車や、トラックなんかが、たくさん入ってるんですよ。その工事関係者の一人が、覚えててくれましてね。夕暮れ前で、もう薄暗くて、避けようがなかったと、運転手も言ってましたがね……ふらふらと、急に車の蔭から出てきたって言うんですよ。双眼鏡を首に掛けてて、頻《しき》りに鳥のことを口にしてたっていうから。いや、こっちの病院の方はね、運び込んだ病院もわかってて、名前も、蔡田篤子さん。ちゃんと確認もとりました」

「ちょっと待って下さいよ……」

　と、驚いている健太郎の声が、追ってきた。

「すると、先刻の病院っていうのは……」

「はい。別の病院らしいんですがね……」

　雄一郎の声には、言い淀んだ感じがあった。

「……どうもね、その怪我の後、様子がおかしくなられたらしくてねえ……」

「様子……って、言いますと？」

「精神状態の方なんでしょうねえ。お家の方は、はっきりとはおっしゃいませんのですが……」

「精神状態……？」

　と、言ったまま健太郎の声は、とぎれた。

「あなたが気がつかれなかったというと……その電話の後なんでしょうかね。この葉書だって、鳥のことを除けば、ちゃんとした文章になってますものね」

長い沈黙がやってきた。

いつまでも、受話器は、その沈黙だけを伝え合っていた。

3

日本野鳥の会の県支部事務局宛や、あるいは直接、尾迫雄一郎の耳に、渡り鳥の大群を日濃美造成地で見たという通報が、唐突に持ち込まれるようになったのは、それから一年ばかり後のことである。

もっとも、年に一、二回の件数ではあったが。

そして、奇妙な話だが、その鳥たちを見たという人たちは、その後、なんらかの形で、たとえば心身のトラブルとか、なにかの不幸に、見舞われることが、多かった。

雄一郎が或《あ》る感慨を持つようになったのは、さらに数年たった頃からである。

その幻の鳥の渡りは、まるで、人間から人間の内へ渡ってゆく鳥たちの幻影ででもあるかのような気が、彼にはしたのだった。

海婆《うみんば》たち

少年は十一、二歳、初夏の明るい磯の干潟《ひがた》を、小休みもなく走りまわっていた。

もっとも、時々、思い出したように、砂浜に立ちどまったり、潮溜まりにしゃがみこんでみたりはする。時には、かなり長い間、陽ざらしの岩の上に足を投げだし、腰をおろしていたりもした。

しかし、それは、休んでいるのではなかった。

彼は、絶えず、遊んでいた。ちょうど、気に入ったためずらしい遊び道具に夢中な子が、なにをするにもそれが手放せずに持ち歩き、矯《た》めつ眇《すが》めつ眺めたり、弄《いじ》りまわしたりでもするように、少年は、手に持っている一つの道具と、絶えず遊んでいたといえる。

松江《まつえ》は、そんな少年の後をついてまわりながら、磯風に頻《しき》りにほつれるおくれ毛を掻《か》きあげ掻きあげして追った。

「ねえったら。ちょっと、それだけは、おやめ。悪いことは言わないから。海で笛を吹くのは、およし」

少年の耳もとへ、磯風に逆らいながら、懇願《こんがん》するように、彼女は声を張りあげる。

「ね。年寄りの言うことは、聞きなさい。いい子だから、そうしてちょうだい……」

かきくどくような口調の下から、しかし、「ああ！」と彼女は、急に厳とした声を思わず発したりもする。

「違うでしょ、指が。指。その指は夕《しゃく》でしょ。右手の最初は夕《しゃく》の穴。そう、夕《しゃく》、中《ちゅう》、六《ろく》、下《げ》が、右の指。そうそう、親指でしっかり筒を支えて……ほら、そんなに右をさげちゃあだめ。笛はね、お作法。姿、形、これが大事。根《ね》のお作法がきちんと、しゃんとしてなきゃあ、正しい音は出やしないのよ」

そんなことを言ったりするかと思うと、急にまた、もとの懇願調にもどる。

「ねえ、あんた、ね、お願いだから、これだけは聞いてちょうだい。海はおやめ。海だけは。海辺で、その笛を吹くことだけは、しないでちょうだい……」

とりすがらんばかりに、泣きつくような声になる。

少年は意にも介さない。どこ吹く風と、気ままに、身軽に、あちこちと駈《か》けまわる。

松江は息を切らしながら、諦めずに追おうとする。しかし、少年の足にはかなわない。ぜいぜいと咽《のど》は鳴り、肩は荒い息をついた。

そんな松江のすぐ横で、のんびりとした声がした。

「およしなさいよう、お姉さん」

妹の露江《つゆえ》だった。

「いいじゃないの、まだ子供でしょ。ピイとも、ヒャラとも鳴ってるわけじゃないんだから。

ただものめずらしくて、鳴らない笛を、ああして持って遊んでるだけじゃないの。そんなにめくじらたてなくても」

「なに言ってるの。あなたには、なんにもわかっちゃいないのねえ。鳴り始めてからじゃあ、遅いじゃないの。考えてもごらんなさい。あの笛が、こうしてまた、いまお天道《てんと》さまの下で、陽の目を見て、わたしたちの眼の前で、この潮風《しおかぜ》にあたってるのよ。この浜辺に出てきているのよ。よく平気でいられるわねえ」

「担《かつ》ぎ性《しょう》ねえ。笛に手足が生えたわけじゃあるまいし」

「担ぎ性だって？」

「そう。担ぎ性で、怪談好き。それでもって苦労性。どうでもあの笛、お姉さんは、怖い怖い因縁笛にしてしまわなきゃ、気がすまないんでしょうけどねえ」

「まあ、なんて昼行燈《ひるあんどん》な人かしら。うすらとんかちなこと、言わないで。そんなふうだから、あなた、しっぺ返しを食らうのよ。ほんとにあなたって、懲《こ》りない人ねえ。笛を、ばかにしたばっかりに、人生棒に振ったっていうのに」

「またその話ですかいな」

「あなたが、そうさせるんじゃない。好いて好かれて、せっかく摑《つか》んだ玉の輿《こし》にも、乗りそびれ、拾ってくれる人もなし、とうとう一生、泣きの涙で憂《う》き目をみて、いかず後家で、人生お幕《まく》。笛を、見くびり過ぎた罰《ばち》だと、思わないの？」

「おやまあ、そいじゃあれですか。お姉さんの乗んなさったのは、あれ、玉の輿でしたんか？

拾ってもらって、お行きになれはしたけども、わたしの降《お》りた後釜に、お乗りになっただけじゃない」

「降りたんじゃないでしょう？　降ろされたんでしょうが、あなたは」

「気持よさそうにおっしゃること。いっつもそこへ話の腰が落ち着くと、鬼の首でもとったみたい」

松江は、つと眼を干潟の上へ投げ、少年の姿を探した。

「とにかく、あなたは、口を出さないでちょうだい。笛のことなんか、まるでわからない人なんだから」

「よくおっしゃるわ。間違った手穴を平気で教えて、気がつきもなさらない人が」

「あら、なんのこと？」

「さっき、あの子に言ったじゃないの。右手の最初は夕《しゃく》の穴って」

「ええ、言いましたとも」

「夕《しゃく》じゃないでしょ。最初の指は上《じょう》の穴。上《じょう》、五《ご》、干《かん》、次《じ》と、右指は行くんでしょ。お姉さんがおっしゃるのは、能管《のうかん》の指穴です。あの子の持ってる笛は、竜笛《りゅうてき》。手穴の順が逆ですよう」

「おや、そうだったかしら」

松江は、けろりと言ってのけた。

眼は相変らず少年を、気づかわしげに追っていた。

露江は、うんざりしたように、白毛頭《しらがあたま》の首を振った。

「なにがそんなに心配なのよ。笛は、鳴らなきゃ、ただの竹筒。棒っ切れも同然でしょ。お姉さんの怪談ばなしは、あの竹筒が、鳴った上でのお話でしょ。何年先か知らないけど、かりに鳴ったとしても、あなた、それは音が出たってだけのことで終るのが、関の山。そうでしょうが。玄人《くろうと》さんの笛方《ふえかた》が、それも何人もの玄人さんが、吹いて、試して、どうにもならない。とどのつまりが、『鳴らない笛』と、匙《さじ》を投げたっていう代物《しろもの》なのよ。そんな笛が、あの坊やに、どう、どうこうできるってのよ」

露江の眼も、少年を追っていた。

「そりゃあ、あの子に、ピィとかヒャラとか、音くらいは、はずみで出せる日が、将来あるかもしれないわよ。よしあったとしたって、あなた、ずっと先の先のことでしょ。とり越し苦労はおやめなさいよう。ばかばかしい。そんな雲でも掴むような、遠い遠い先のことを、気に病んで、右往左往するほど、わたしゃ、まだ耄碌《もうろく》してません。なにをおろおろしてなさるの。あの子がどんなに上達したって、手に負えるような笛じゃあないでしょうが」

今度は松江の方が、うんざり顔になって、はでな溜め息をついたのだった。

「ほんとにあなたは、気楽な人ねえ。なんにもわかっちゃいないのねえ。極楽とんぼって、あなたのこと。音が出ようが出まいがさァ、そんなことは二の次です。あの笛が、今、あそこにある。あの子が、それを持っている。そのことが、放っておけないのよ。なにが起こるか、わからない。わからないから、怖いのよ。気が揉《も》めるの。やめさせたいの。ただの笛じゃないんだから」

「ただの笛よ」

と、露江は、言下に、言い捨てた。

「そりゃ名器は名器でしょうけどね。ただの笛。お化け笛なんかじゃありません」

「シィ……」

と、松江は慌てて口に指を立て、凄い眼で露江を睨《にら》むように見た。

それから、辺りを覗《うかが》った。

思わず息をひそめたような、素早い、おびえた眼の色だった。

「なんてことを言うの」

「厭《いや》ァねえ。誰もいやあしませんよう。笛はあそこにあるんだから」

少年は、少し先の波打ちぎわを走っていた。

「担ぎ性ねえ」

露江は、こともなげに言った。

そして、ふっふっ……と小首をすくめて、忍び笑った。

「なにがいたって、枯れ木に目鼻で白毛頭のおいぼれ婆《ばば》が、二人ひっそり首寄せ合って、ひそひそ話しのこんな風体《ふうてい》、見たらあなた、そっちのほうで逃げ出しますよう」

露江は、独《ひと》り身をくねらせて、さもおかしげに声を忍んで、また笑った。

初夏の干潟は、あちこちに、磯遊びや貝掘りの人出を散らして賑やかだった。

陽ざしを避けて、二人の老女は砂浜の岩陰に腰をおろし、しかし眼だけは、いつも少年の上に注がれているようだった。

露江の口から、不思議な声音が洩《も》れて出た。

「……練貫《ねりぬき》に鶴繡《ぬ》ったる直垂《ひたたれ》に、萌黄匂《もえぎにおい》の鎧着《よろいき》て、鍬形《くわがた》打ったる兜《かぶと》の緒《お》をしめ、黄金《こがね》づくりの太刀を帯《は》き……切斑《きりふ》の矢負《お》い、滋籐《しげどう》の弓持って、金覆輪《きんぷくりん》の鞍《くら》置いたる連銭葦毛《れんぜんあしげ》の馬に打ち乗り……」

「おやめなさいよ、そんな片言《かたこと》平家物語は」

にべもなく、松江が水をさす。

「でも、あらかたは、合ってるでしょ」

露江は、柳に風である。

「年の頃なら十六、七。薄化粧にお歯黒《はぐろ》染めて、匂うような公達《きんだち》武者……沖に浮かんだ味方《みかた》の船に追いつかんと、一門親族乗せたる軍船必死にめざして、ただ一騎《き》……さっと海にぞ乗り入れたり……」

露江は、不意にのどを鳴らし、噎《むせ》び声になって言った。

「……ねえ。まだ幼顔《おさながお》の残る少年武者が、たった一人で馬泳がせて……味方の船に乗り遅れまいとして、必死に泳ぎ出た海ですもの……そりゃわたしだってねえ、あそこは何度聞いたって、悲しくって、切なくって、泣きましたよ。

『ややあ、その馬、よき大将軍とこそ見まいらせた。見苦しくも、敵に後ろを見せ給うな。

返させ給え。戻させ給え』

熊谷次郎直実《くまがいじろうなおざね》に、呼びとめられて、振り向くでしょ。せっかく岸辺を離れたのに……ずいぶん沖まで出てたのに……。兜の内は、まだ紅顔の少年武者とも知らずに、大の男の熊谷は、扇をあげてさしまねく……。ねえ。その敵将の扇が見過ごせなかったばっかりに、せっかく泳ぎ出た海なのに、引き返してくるでしょう。味方のもとへ帰ることも、公達の花のいのちを生きることも、諦めて、馬の手綱をとって返す。あの瞬間のね、平敦盛《たいらのあつもり》少年の心の内を思うとねえ……お姉さんの言うことも、わからなくはないのよ、わたし。人の魂《たましい》の世界のことは、推し量れはしないもの。ひょっとしたらと、思ったりもすることが、そりゃあ、あるわよ、わたしにも」

「あってくれなくて、よござんす。やれ怪談ばなしだの、お化け笛だのなんて言って、お腹の中じゃ笑ってる人に、なにがわかるもんですか。敦盛さんの話にしたって、そう。どうせあなたのことだもの。お芝居か、浪速節か、寄席の講談ばなしに出てくる、物語の中の人物。遠い遠い昔のお話。なにを今さら血迷ってと、せせら笑ってるだけじゃないの」

「だって、耳無し芳一じゃあるまいし、武一郎《たけいちろう》さんのあの笛に、平家の公達武者の思いがとり憑《つ》いてるなんて言われたって、『まあそう』なんて顫《ふる》えあがって、仰天して見せるわけにもいかないでしょ」

松江は、ひょいと首をまわし、しんとした冷えた眼で、露江を見た。

じっと見据えるようにして、そして言った。

「あなたって、ほんとに、情の強《こわ》い人ねえ。冷酷で、執念深い！」

「まあ。なによ。その言われ方」

「そうでしょう？　武一郎の死にざまを、あなただって、見たでしょう。その眼で、あの人の死んでく姿を。一部始終、見たでしょうが。あれが、なんでもない死だって言うの？　不思議とも、異常とも、思わないって、あなた、言うの？」

「おお怖《こわ》」

と大仰《おおぎょう》に、露江は、身をすくめた。

「いっつもそこへ話がいくと、その顔。その眼。これが実の姉妹《きょうだい》を見る眼かと、顫えがくるわ。心が冷えあがるみたいで」

「冷えあがってるのは、わたしの方よ。武一郎が、あなたとの許嫁《いいなずけ》の縁を御破算にして、姉のわたしの方をと言われた時には、そりゃあわたしも、びっくりしたわよ。寝耳に水で。でも、その理由を聞いて、二度びっくり。なんてとんまで、ばかな女かしらって、これはあなたにも、言ったわよねえ。かりにも夫になる人よ。一生連れ添う相手でしょ。幼馴じみで、気心はよく知り合って、好いて好かれて縁組みにと運んだせっかくの仲だのに、まあ、あの人の、いったいどこを見て暮らしてたのかと、呆れたわよ」

武一郎は、大きな海産物の卸《おろ》し問屋の跡取りだった。

昨日のことのように、松江には、その日の情景が眼に浮かぶのだった。

武一郎は、折目正しく端坐して、愛用の笛を一本、松江の前に置き、その歌口《うたぐち》を黙って懐紙ですっと横に拭ったのだった。うっすらと紙は紅色《べにいろ》を滲ませていた。

「そりゃあの人は、笛吹き職でもなんでもないわよ。家業は家業。笛は趣味。でも、あの人の笛好きが、伊達《だて》や酔狂《すいきょう》の道楽ごととは違ってたということくらい、あなたにも、わかってた筈《はず》よ。百も承知のことだと、わたしゃ思ってましたよ。

あの人が、しょっちゅう言ってたことでしょう？　笛は、魂の楽器だって。人間の生命を支えるものは、呼吸。人は気息で生きている。だから気息は、人の魂の大根《おおね》の元《もと》だ。いや、魂の生気や動きが、人の気息をつくるんだ。その気息を吹き込んで、音に変えるのが笛だ。笛は、気息の調べを奏でるもの。魂の通る道なんだ。いや、魂に、いちばん近い調べを音にする道具だ。

だから、心ある笛吹きは、むやみやたらに、他人に笛を触《さわ》らせない。また、人も、不用意に、触ってはならない。もし手にとらせてもらえても、決して歌口には触《ふ》れぬこと。まして、吹いてみたりするのは、以《もっ》ての外《ほか》。これほど礼を失することはないのだから。置く時には、指穴は横向きにする。決して上に向けて置かないこと。手穴に塵《ちり》やほこりが入らないようにするためだ。……子供の頃から、あなた、何度も聞かされてたことでしょう？」

松江の声は、とめどもなかった。

「そりゃわからなくはないわよ。あの人が、家の仕事を継いでからは、お商売か、さもなきゃあ、空いた時間はみんな笛にとられて、あなたはかまってもらえない。明けても暮れても、仕事か、笛か。いっつも、あなたは置いてけぼり。恋は盲目、娘心の浅はかさで、恋しさつのったあげくの果てよね？　つい辛抱を忘れたのよね？　毎日あの人が手にする笛。魂を吹き込む笛。あの人を夢中にさせる笛……。そう思うと、われを忘れたのよね。留守にあの人の部屋に入ったことも、大事な笛に触ったことも、みんな魔がさしたこと。思わず、その歌口に、あなたが口で触れたのも、わたしには、よくわかったわ。でも、なんてばかな女だろうとも、思ったわ。

そうでしょう？　あの人は、ただの笛好きなんかじゃないってことが、ほんとに、あなたにはよくわかっていないのよね。再三再四、上方《かみがた》や東京やの、笛の専門職のお家からも、笛方にならないかと、誘われたり懇望されたり、引く手あまたの誘惑に、耳一つ貸さなかった人よ。仕事にしたら、好きな笛が吹けなくなる。笛は好き勝手に吹く。気ままに、好きなものを、ただ、好きに。素人で結構だ。好きな笛が吹けなくなる。自分の笛が、自分流に吹ければいい。そう言って、家業の商家を継いだ人よ。あの紅のついた笛を見せられた時、わたしゃ、正直言って、一言も、口にする言葉がなかったわよ……」

松江は、大きな溜め息をついた。

「でも、言いわけだけはしてあげましたよ。あなたの気持も、なんとかして伝えたい。わかってもらいたいと、平謝りに謝って、一生懸命頼みましたよ……」

武一郎は、ただ黙って聞いていた。

「そう。言うことなんか、なかったのよね、あの人には」

そして、黙って、こともなげに、武一郎は傍の大火鉢の火の中へ、その笛を、ぽんと投げ込んだのだった。

「大事にしていた選り抜きの笛の内の一本だったのにね。ほんとに、ぽんと、無造作に……」

松江は、遠い日の、その束の間の光景を蘇らせでもするように、一瞬眉根を寄せ、瞑目した。

しばしの沈黙がきた。

風が凪《な》いだのか、急に磯の香が強く立った。

「歌口は、笛吹きの魂を吹き込む口。無言でそう言ったあの人の言葉が、聞こえたわ。あなたにも、聞こえたのよね？　自分がどんなにとり返しのつかないことをしたのか。許されないことをしたのか。それがよくわかったのよね。納得したから、武一郎を諦めた。諦めがついたんでしょ？　あの人も、あなたがそのけじめをわきまえてくれたと思ったから、その後も、あの家へ、出入りするのを拒みはしなかったのよ。拒むどころか、長い間、妹として、あなた、ずいぶんあの人の世話にもなってきたでしょう？」

松江は、詰《なじ》るように言った。

「それを、なに。あんなに尋常じゃない死に方をしたのに……とてもただごととは思えない亡くなり方だったのに……不思議とも、なんとも思わないって言うの？　あの人の身の上に、なにが起こったか。気づかいも、心配もしないって言うの？」

「また蒸し返そうって言うの？　遠い遠い……過ぎた昔のことじゃない」

へきえきした声で、露江は応えた。

「あれが、昔！」

と、松江は磯場の少年を、鋭い指をふるわせながら指さした。

「あの笛が、今ここにあるじゃない！　この海辺に！」

「仕方がないでしょ。あの子が持ち出しちゃったんだから。それも、言うなら、お姉さんのせいじゃないの」

「わたしの……ですって？」

「そうでしょうが。武一郎さんが亡くなった時に、笛はみんなお棺の中に入れてあげたのに、あの笛だけが、どうしてお蔵に残ってますの？」

不意をつかれて、松江はひるんだ。

「あの『敦盛』という名前のついた笛が、お義兄《にい》さんを殺した張本《ちょうほん》。この笛さえなかったら、お義兄さんは死なずにすんだ。そう言って、あの笛だけを、お棺に入れさせなかったのは、お姉さん。これと一緒じゃ、お浄土へも、この人行けない。成仏できない。笛が、そうさせないって……。そうでしたでしょ？　だからわたしは、別にお供養でもなさって、始末しなさるんだと思ったわ」

「ええ。しようとは思いましたよ……」

「それができない」

「だってあなた……あれは、あの人が、いちばんお気に入りの、手塩にかけて吹き馴じんだ笛だもの。あの人の生命や、魂が、いちばん籠《こも》った笛だもの。宿《やど》した笛だもの」

「だから、責めてるんじゃありませんよ。お義兄さんの、なによりの遺品ですもの。形見ですもの。手放せる筈がないじゃありませんか。二度と見るのも厭な笛。でも、手放せもしない笛。だったら、あなた、お蔵の奥にしまい込むより仕方がないじゃありませんか」

松江は、急に露江の肩をわし摑み、しなだれかかるようにして泣いた。

「そうよ……わたしの間違いだった……あの時、仕末しとくんだった……そうしなきゃいけない笛だったのに……」

「そうじゃないわよ、お姉さん……いいこと……こう考えましょうよ。これはもう、何度も昔、あなたに言ったことだけど、あなた、聞きわけてくれない。簡単なことじゃない。確かに、あの笛がなかったら、お義兄さんはあんな死に方をしなくてすんだかもしれない。そういう意味では、お義兄さんを殺したのは、あの笛とも言えるわよ。あの子が今、持って遊んでる笛だわよ。でもね、それは、あの笛につけられている『敦盛』という名前とは、なんの関係もないことなのよ。それはただ、あの笛を作った笛師が、笛に与えた単なる名前。笛の銘。それだけのことでしょうが。

これがもし、あの源平の須磨《すま》の浦で、馬をとって返したばっかりに、首を打たれた敦盛が、鎧の下に身に帯びてたっていう、例のあの有名な『青葉の笛』とか、『小枝《さえだ》』の笛とかっていうのなら、別だわよ。そうじゃないでしょ。お義兄さんの持ってた笛は、ただ名笛にゆかりの深い平敦盛の、その名にちなんで、笛師がつけた銘じゃないの。敦盛の霊だの、魂だのって、そんな話とは、まるで無関係な笛ですよう」

さめざめと涙を流していた松江は、いつか泣きやんでいた。

「……そりゃあ、恐ろしいと言えば、確かに恐ろしい笛だったと、わたしも思いはしますわよ。並みの吹き手が吹いたくらいじゃ、本物の音を出さない笛。お義兄さんが手に入れたのも、何人もの本職の笛方さんが、どう取っ組んでも、思うように吹き切れなくて、結局、『不出来な笛』、『鳴らない笛』と、そっぽを向いたっていう曰《いわ》くつきの品だったからなんでしょう？　笛師の家で、何十年も、吹き手にめぐり会えないまま、寝かされていた笛だったたって」

「そうですよ。作った笛師の子供さんの代になって、武一郎は買ったのよ」

松江の声は、ふだんの調子に戻っていた。

「そして、本音を、引き出したのよ。吹けば吹くほど、まだその奥に音が隠れているって、わたしにも、よく話してたわ。話されなくたって、日に日に、音色が立って、変ってくるのが、素人耳にもわかりましたよ」

「そうね、不思議な笛だったわね……」

露江も、相槌を打った。

「毎日、毎夜……この海辺に、あの人は立った。ここが、あの人の、お稽古場だった。あの笛には、ここがいちばん合うんだって、あの人は言っていた。そして、笛が、そのとおりに、どんどん音色を立てはじめてくるのが、ほんとにあの人、嬉しそうだった。もう、そのことに夢中だった。毎日、ここで過ごす時間が、少しずつ長くなっていったわ。その分だけ、そしてあの人は、家業のことも、他のことも、忘れていった」

「お姉さん……」

「いいえ。ほんとうよ。ほんとうに、そうだったじゃない。しまいには、お商売のことなんか、まるで忘れた人になった。そうだったでしょ？　どんなに頼んでも、引きとめても、この浜へ、出てきたわ。もう、わたしたちには、とめられなかった。阻《はば》むことも、遮ることも、できなかった……」

「ええ。そうね。普通じゃない、尋常じゃないって、あなたは言い出して、そのうちに、『敦盛』、『敦盛』と言いはじめるようになったんだわ。なにかが、ここへ、お義兄さんを呼び出すんだって」

「その通りになったじゃないの。敦盛さんの最期は、海辺」

「ここはね、一の谷でも、須磨の浦でもありません」

「だからどうなの。海があるわ。笛があるわ。『敦盛』という名の笛が」

「ばかばかしい。さっきも言ったでしょうが。それを言うなら、『青葉の笛』とか、『小枝』の笛とでも言ってちょうだい。だったら、怨霊話の体裁くらいは整うわ」

「あなた、見たでしょう！　どうでも海がお稽古場に必要なら、ほら見て、こんなに広い砂浜がここにはあるわ。岩場だって、いくらでもあるわ。だのに、あの人、おしまいには、水の中へ入ってたわ。最初は、水際。踵《かかと》を水に浸してた。膝くらいの日もあったわ。何度も見たでしょ？　膝が腰、腰が胸……そう、胸までつかって、あの人、笛を吹いてたでしょうが」

「だから、そうなの？　遠い昔、沖の海へ出て行けなかった少年の、悲しみが……心が、魂が、お義兄さんの笛に感応したとでも言うの？　のりうつるんだとでもおっしゃりたいの？　『敦盛』の笛が、沖へ、沖へ、出たがってたとでも言うんですか」

「出たじゃない！」

と、松江は、叫んだ。

のどをふりしぼるような声だった。

「出たでしょう！　武一郎を、遠い沖へ……二度と浜へは戻れないほど遠い沖まで、連れて行ってしまったじゃないの！」

「笛が、連れてったんじゃないわ。嵐の夜に、ここへ出たお義兄さんに、気がつかなかったわたしたちが、悪いのよ。連れてったのは、あの颱風《たいふう》。颱風の夜のあの暴風雨」

松江は、肩で荒い息をついていた。

つきながら、気力が萎えて行くのがわかった。

「……あなたって、ほんとに、物の見えない人ねえ。どうして、そんな暴風雨の夜に、武一郎がこの浜へ、出てこなきゃならないのよ……。笛を持って」

「そんなことは、わからないわ。お義兄さんに、聞いてでもみなきゃあ。あの笛の音の工夫に……そうすることが、必要だったんじゃないかしら」

露江は、一呼吸おいて、言った。

「芸術にとり憑かれた人の、心の内なんか……わたしなんかに、わかるもんですか」

武一郎の死体は、嵐が通り過ぎた翌日の午後、この浜からは十キロばかり離れた内海の定置網の支柱に流れついているのが、見つかったのだった。

笛だけが、このもとの岸辺に打ちあげられていた。海藻や流木などの山といっしょに。

松江は、その折に思ったことを、今も、また思った。

(どうして、還《かえ》ってきたりするの、あなただけが!)

颱風が持って行かなかった笛に、むらむらと憤怒が涌き立つのであった。

松江は、ゆっくりと、こうべをもたげた。

「いいわ」

と、そして、独りごちた。

「遺恨なのね、それは、あなたの」

「え?」

と、露江は、たずね返した。

けげんそうな眼を、松江に向けて。

「イコン……ですって?」

「そう。意趣晴らしでもしてるつもりね。昔降ろされた玉の輿の」

一瞬、呆れたような顔に、露江はなった。

が、動じる気配も見せなかった。

「血迷わないでよ。厭な婆さん」

「婆さんは、おたがいさまよ」

二人の老女は、潮風に吹かれながら、そして、少し離れた岩場の上へ、それぞれの視線を投げた。

笛を持った少年は、いっときもじっとしていなかった。

あっちの岩からこっちの岩へと、飛んだり跳ねたりして、動きまわっていた。

「いやな子だねえ……落ち着きのない……」

「子供は、ああでなきゃあ、あなた……」

松江は、眉をひそめている。

「でも、どういうんだろうねえ。あの子のお父さんも、そのまたお父さんも、その上のお父さんも……笛なんか、見向きもしなかったのにねえ……」

「ええ。だから、ほっとしてたのにねえ……」

露江が、応える。

二人の老女には、少年が、曾孫《ひまご》に当たるのか、曾々孫に当たるのか、もっともっと下の代の男の子になるのかが、さだかにはわかりかねた。

わかることは、老女たちには少年の姿がつぶさに見えたが、少年には、彼女たちの姿は決して見えないということだった。

無論、少年以外の人間たちにも、彼女たちは、見えなかった。

二人の老女は、肩を寄せ合うようにして、しかしいつまでも、じっとその少年を見まもっていた。

ふふふ……と、松江が、想い出し笑いを、洩らした。

「なんですよう」

と、露江が、たずねる。

「あなたって、ほんとに、ばかな人ねえ……」

「おたがいさま」

「ほら、あの、笛の歌口……」

「え?」

と、露江は、首をまわして振り返る。

「紅《べに》なんかつけてするからさあ。さもなきゃ、あんた、あとで、拭《ふ》いときゃよかったのに」

涼しい声で、松江は、すっと首を寄せ、耳もとへ囁いた。

「どじな人だねえ」

磯の空の太陽は、まだ高い所にあった。

一本の笛がこの世にある間は、消滅しない女たちだった。

雀色《すずめいろ》どきの蛇《じゃ》

1

ことのはじめは、早咲きの京の椿をあちこち訪ねて歩いていてた日のことでおした。

ほら、よう言うたりしますやろ。怖《こわ》いものに出くわすのは、禍《わざわ》いが起こる時間、やってくる時刻のようなものがあって、世間では、大禍時《おおまがとき》とか、逢魔《おうま》が時《とき》とか、恐ろし呼び名をつけて呼びまっしゃん。まがまがしいものが姿を現わす。魔に逢う時間は、夜でもない、昼でもない。明るうもなく、暗うもなく、うす明るさと、うす暗さが、溶けてまじり合いはじめる夕間暮《ゆうまぐ》れ。暮れ合い。黄昏《たそがれ》どき。

ま、そういけば、定石どおり。怪談噺《ばなし》でもはじまりそうな話し口にもなりますけど、そやおへんねん。

もう大寒も過ぎ、節分のお年越し、あしたは立春という日でおましたんですけど、なになにあなた、京都の二月は春が立っても、なかなかどす。まだ一山も二山もこの先、きつい底冷えのする日がつづきます。

それがまあ、常になく、暦のめくりも嘘みたような陽気でしてな、ほっかりと暖こうて、どこへ行ってものどかな日ざしがもう燦燦《さんさん》て感じどしてな、汗ばむような日でおしてん。

わたし、ちょっと人には言えしまへんけどな、しんしん冷えた春先のな、ごく早咲きの侘助《わびすけ》が、それこそ人目に隠れるようにして、ぽっと素敵な花つける場所知ってますねん。唐紅《からくれない》の小振りな一重の一輪、二輪が、緑の葉かげでほんまになんとも言えん風情《ふぜい》で、かれんに、けなげに、凜とした花つけて見せますねん。

「アア、こりゃあかん」

と、慌てましたがな。

あの侘助には、この陽気は国崩《くにくず》し。せっかく見つけた風情も情趣も打《ぶ》ち毀《こわ》しや。そない思いもしましたけど、また一方では、

「しめしめ。これで、ほかの早咲き名所の花たちも、いっぺんにひらきよるやろ」

と、にんまり、心もはずんでな、椿日和や、椿日和やいうて、まァ子供みたいにはしゃぎもしまして、その日も出掛けましたんです。

そりゃ寒の椿もよろしで。雪の椿も。雨の椿も。けど、このぽかぽか陽気のお日和に、梅でもない、桜はまだ先いう時季の、中は椿が舞台の花です。

京都には、そんな椿の名所、名木、歴史の由緒故事来歴、伝承伝説なんかも絡《か》らまりついた古木、原樹なんかが、あなた、そりゃもうぎょうさんありまっせ。品種も、姿も、色とりどり。

なんせ千年、千二百年の古都ですさかいなあ。お寺さんかて、神社かて、名家、名庭、山もあれば、森もある。旧家もあれば、色町もある。洛中洛外、文化も自然も、積もりに積もった名所だらけの都です。

椿狂いや、愛好家には、趣向を凝らした景観もあれば、手つかずの鄙《ひな》びた野趣もふんだんに、探せばきりのない所でおす。

わたしがその日歩きましたのは、いうたら洛西《らくさい》の京椿で、嵯峨《さが》の大沢の池のほとり、大覚寺、天龍寺やら念仏寺のヤブツバキもまわりましたが、二尊院やちょっと南の地蔵院の侘助なんかがもうどんどん咲いてましたんで、毎年お正月の内には訪ねていてる秘密の場所のあの侘助は、どんな景色になってるやろと、急に気が気でのうなって、その西山の南の里まで足のばしてみましたんです。

深い竹林の脇の藪《やぶ》にその木はおすのんですけどねえ、細い小径《こみち》を入った奥に、三本ばかり、かなり大きな幹寄せ合うてひっそりと茂ってますのん。

場所は、小塩《おじお》の山ふところ、としか教えられしまへん。

侘助は、筒咲き、猪口《ちょこ》咲き、ラッパ咲きなど品種は二十種近うもあるそうですけど、ぱあァと花びら押しひろげてこれ見よがしに全開するような花やおへん。

ごく小さい一重の小輪、それもそおォッと半開きの細い筒咲き。このひかえめな花の姿が、よろしんどす。百華の内でも、その美しさや気品の高さは第一等やと、思います。

小塩の侘助も、このお正月に訪ねた折には、ほんの数えるほどの花を、ところどころにぽっとほころばせて、その密かな姿《なり》の按配がまた一興で、冬の人けない枯れ枯れとした野道の奥で、竹の落ち葉の積もる小径に腰をおろし、わたしはそのわずかばかりの花を眺め、森閑とした時間を飽きずに楽しんで、充分に満足して帰ってきたんどす。

小塩の椿いうたらな、桜の名所で「花の寺」ともみなさん言わはる勝持寺《しょうじじ》いうお寺さんがありますねん。

このお寺さんのねきの神社にも大きな椿の木はありますし、すぐ近くの人家にもな八重椿の大けなのが塀の上からひろげた枝を張り出してます。そやから、花のさかりの頃は、このお寺の辺りの道は落ちた椿の花だらけで、それを知っといやすお人は、案外大勢いてはりますねん。

そやけど、わての侘助は、なんべんも言うてますけど、同じ小塩の里にあっても、そうそう人に知られるような場所にある木とちがいます。

おそらくその近くの土地の人か、それも椿に関心のある人しか、知ってはらしまへんでっしゃろ。

花の色は唐紅《からくれない》と言いましたが、その色濃い赤の感じはちょうど黒侘助の黒紅色を想わせますし、黒侘助やとしたら、花がちょっと大きめで、黒侘助は中輪ですよってな、そうすると、やっぱり、極小輪の紺侘助ということになるのんですやろねえ。赤みの強さが微妙に鮮烈で、濃うて深い侘助どす。

小塩の山里の野の道は、その日もまるで人けのうて、ただ、お正月にきた時にはいちめん末《す》枯《が》れた冬の田舎景色やったのに、まだひと月もたってへん同じ里とも思えんほど、のどかな春の明るさが、日ざしも風も麗《うら》らかで、ここまでくるとさすがに都の喧騒を遠く離れてきたいう気がしましてん。

人知れず立つ侘助の木は、五分か六分どころの枝にみずみずとした美花を鏤《ちりば》め、わたしは思わず嘆声を発し、走り寄りました。

いいえ。走り寄ろうとしたその足が、木の見える小径へ入った所で、はたと停まったのでおます。

息もとめて、わたしは、しばらくその場を動きませんでした。

その束《つか》の間の、わたしの視界の中に存在した光景が、奇妙にはっと息をのませ、わたしの身を立ち竦《すく》ませ、足を動かなくさせましたんでおす。

椿の木の根に、ふしぎな物が這いつくばっておりました。

わたしには、最初、それはそんなふうに見えました。

そして、それは物ではなく、人やと、やがてわかりました。

そう。人でした。

白とも灰色ともつかぬふしぎな着衣を身につけた、いや、身につけたというよりも、どこかぞろりとした感じの襤褸《ぼろ》をまとい、そのよれよれの布の色めと同じような乱れほつれた髪の毛を短う後ろで束ねていて、男とも女とも判じかねましたんですが、老人にはちがいおへなんだ。

地面に這うて、顔を寄せ、その老人は、ゆるゆると時折体を揺るがせては、骨ばった細い腕をさしのばし、土の上から一つ二つと、落ちた椿の花を拾っていてるんどす。

拾いながら、低い声でな、なにやら歌みたようなものを歌《うと》てるような気ィもしました。口の中でな。

そうして、一つ、また一つ、拾うた侘助、頭の髪に挿《さ》してんのどす。

白い薄い頭いっぱい、落ち花挿しましてな、ひょいと、その人、立ちあがりましたんです。

立ちあがって、よろよろと、正体もない身ごなしで、今度は木の枝の侘助へ手をのばしました。

たんですがな。

わたしが声をあげたのは、その時どした。

「アア、だめ！　その花、とったら、あかん！」

わたしは夢中で、声かけながら、かけ寄りました。

わたしも驚きましたけど、その人もびっくりしたんでしょうな。

ひょろひょろっと侘助の枝に手を掛けて、掛けたはずみでぽっきり折れたその一枝を摑んだまま、わたしのほうを振り返った顔……。

あの顔は、一生、忘れられへんでっしゃろな。

老いさらばえて、そげ落ちた肉。驚愕、仰天して見開かれた、カッとした大きな眼の玉。

その張り裂けんばかりに見開かれた眼を、わたしは、その折、不意を衝《つ》かれたとっさの驚愕、仰天の表情やと思たんどすけど、後になって、それは大きなまちがいやったと、気づくことにもなったんどす。

けど、それはともかくとして、それはそれは恐ろしい、物凄まじい顔やったと、言うほかはおへなんだ。

能の女面《おんなめん》に、般若《はんにゃ》という鬼女の面がおますやろ。二本の鋭い角生《つのは》やし、怨みの妄執物凄まじう、眼も口も嫉妬の炎を吐くような害意に燃え、人の心の闇に棲《す》む悪の恐ろしさ、狂おしさ、またその尽きない哀しさまでも、邪気に托して表現した鬼の面どす。

鬼どすけど、男はけっして顔に掛けない、女だけの面でおす。

その般若の上に、も一つな、凄い、もうこの上はないという極限の鬼面が、能にはおす。女の怨念、執心、嫉妬の心の極みが行き着いた所。般若よりもさらに獰猛、獣性みなぎる鬼女の面どす。

能では、「蛇《じゃ》」という一字で、その面は呼ばれてます。

そうどすねん。

その「蛇」の面を、唐突に、わたし、思い出したんどすがな。侘助の木の下で、わたしをいきなり振り返った人の顔の上に。

2

「ま、おいない」

寄弦《よりづる》さんは、そない言うて、よろよろと歩き出し、長い長い時間をかけてな、わたしをその住まいへ連れて行かはった。

なんや知らんそれはもう逆らいがたい夢の手に腕わし摑まれてでもいるような、有無《うむ》を言わさぬ力に引っ張られ、連れられて行くような心地でした。

そうですねん。夢と言えば、この人に出会うたあの瞬間から、わたしはなにかわたしでなく、夢見心地なものの手に五体あずけでもしたような、そんな気がしてならしまへんのん。

侘助の枝摑んで振り向いた人の顔に、恐ろしい「蛇」の面が重なったのは嘘やおへんけど、ぎょっと言葉を失って立ち竦みはしながらも、わたしはふっとけったいなことを考えてました。

(ひょっとしたら、これ、「おばけ」やないやろか)

「おばけ」というのはな、節分の日にだけ許された一種の仮装の習俗どす。身形《みなり》を変えたり、芝居がかった扮装したり、若い娘が年寄ったり、年寄りが桃割れ結うて若い娘の着物を着たり、ふだんの自分でない者に姿や形を変えて、外出もし、神社やお寺さんへ厄除けの節分参りに出掛けたりもしたんです。わたしの娘時代には、まだそんな習わしも残ってましてん。

その顔も鬼の仮面で、異様な着衣《なり》もなにかの扮装で、頭に挿した椿の花もするとなにやらお狂言か芝居にでも出てきそうな物狂いめきもして……と、そんなことを瞬時、考えたのは確かでおした。

その人がふらっとよろけるようにまた動き、木の根もとから一本の長い棒を拾いあげましたのは、ちょうどそうした時でしてん。

杖どした。

杖にしっかりと手をかけて、体を立て直さはると、その人は改めてゆっくりとわたしのほうへ眼を向けました。

わたしがその時見つめていたのは、老いの体を支えている一本のその杖のほうでした。眼がその杖からしばらく離されしまへなんだ。

身の丈《たけ》よりも少し高い、ちょっと太みの自然木を使いこんだものであるのは一目見てわかりましたが、その杖身の半分近くが幾つもの色糸でぐるぐる巻きに巻き締められていてるんです。もうだいぶその色も褪《あ》せ、所どころ糸もほつれておりましたけど。

わたしは、自分でも驚いてました。不意にその言葉が口をついて出たんです。

「五色の糸……ですんやろか。それ」

重ねて、わたしは言いました。

「もしかして……それは、卯杖《うづえ》？　そうどすか？」

胸の奥にいきなり波に揺られるようなわたしを揺さぶるものが生まれ、なにかとりとめもなくわけもわからぬその動揺に、わたしはうろたえながら、でもまっすぐに顔をあげ、眼の前の異形の人を左見右見《とみこうみ》、矯《た》めつ眇《すが》めつしたのんです。

相手も、同じことどした。驚いて、大きな眼を見張ったまま、わたしを見つめ返してました。

「ちごたら、かんにんしとくれやっしゃ。ひょっとして……寄弦さん？」

相手も、わたしも、長いこと、その後言葉が出ェしまへなんだ。

それはそうですねん。

なんせ、あなた、五十年。五十年どっせ。

ようまァその名が、ひょいとわたしの口にのぼって出てきたと、自分でもびっくりしてますねん。

けど、この人は、ゆるゆると、その驚いた顔の表情こともなげに消してきましてな、やがてぼそっと、けげんそうに言わはった。

「おうち、どなたはん?」


わたしもな、物覚えはもうすっかり悪なって、昔のことは、はしからはしから忘却の彼方《かなた》ですわ。けど、ふしぎどしたいなァ。卯杖を忘れていてしまへなんだのはなァ。

卯杖いうのは、なんでも奈良・平安の昔に、宮中で行われたお正月の厄除《やくよ》け行事なんですて。

「寄弦さん。あんたが教えてくれはったんえ。ほれ、梅、桃、椿の木を切って、あれ、五尺三寸やったかいな。その長さの木を束にして、それに五色の糸を巻いて、それで地面をたたいてな、邪鬼悪鬼を払うんやと。その杖を『卯杖』て言うねん。卯杖は、破邪尚武の杖ですねんで、あんた言わはったやろ。宮中ではそんな杖やけど、わての杖は、椿の木、これ一本。卯杖にあやかって、破邪、破魔、邪悪の調伏《ちょうぶく》。この一本の杖にはな、わての念力が籠《こ》めてありますのや。あなた、そない言わはって、祭壇にお祀《まつ》りしてある、五色の色糸巻いた杖を、わたしに見せてくれはったやおへんか。覚えてはりまっしゃろ?」

わたしは、よろよろとよろけかげんで歩きはするが、意外にその足どりは一歩一歩しっかりと地面を踏んで、小塩の野道を歩いて行く彼女に並びながらな、何度も何度も同じことを、くり返しくり返し、その耳もとへ話しかけたんでおす。

彼女は、わかっているのか、そうではないのか、うなずきもせず、斥《しりぞ》けもせず、ただ黙黙と歩いてました。けど、「ま、おいない」と言わはってこれ歩いてはるのやから、侘助の木のねきで話したことはみんなわかってはるのんやと思い直して、わたしもついて歩きました。

節分の「おばけ」でもなく、わたしの見まちがいでものうて、まぎれものう寄弦さんやと、歩くにつれて確信もし、もう忘れて跡形もない筈《はず》のあれやこれやも、遠い遠い記憶の果てからひょいひょいっと戻ってくる気もしましてな。

なんや知らしまへんけども、わけわからずの涙もな、ほろりほろり出てきよりますねん。

なんでこんな姿にな、こないな顔にならはったんやろ。

そらわたしかて老いぼれてまっせ。老いが荒らして嬲《なぶ》って行く。日に日に荒らされ、嬲られて、もう昔に返す袖《そで》もない、どう翻《ひるがえ》しも舞うても見せられへん。起きたら暮れる。暮れたらまた起きなならへん朝がくる。老いが、わたしをわたしでのうする。いたぶって、いちびって、いちびりまわす道連れどす。

けど、どう思《おも》ても、寄弦さんのこのざまは尋常やおへなんだ。老残、老醜……そんなものとはちごてました。ちがうと、わたしには思われましてん。

「な。思い出せまへんか? そうどっしゃろな。出せまへんわな。ほんの四、五日……そう、四、五日くらいのものでしたもん。あの霊媒師の役が、わたしにまわってこなかったら、あなたとお会いするようなご縁も、なかったんですもんね」

そうどすねん。この人との縁は、ほんの四、五日間だけどしてん。

わたしの女優人生も、まだ全盛期へのぼりつめたとは言えへん頃のことでしたが、上げ潮には乗ってました。

舞台のお役で、神おろしや、死霊、生霊、もろもろの霊魂を招き寄せる女霊媒師の役を演じたことがおすのんです。主役で、難儀《なんぎ》な役どした。

霊媒師で、祈禱師で、口寄せ巫子《くちよせみこ》で、蠱物《まじもの》もするという恐ろしい役で、その霊術に梓弓《あずさゆみ》を使う女でおすのんです。

こりゃもう、現実の霊媒師や口寄せ巫子に当らんことには手も足も出せしまへん。中でも厄介なのが梓弓。これどした。

梓の木で作った弓。その弦を鳴らして霊をおろすんですのやけど、昔から古典の文献や、文学、伝承、歌枕や、古い習俗なんかにも、「梓」「梓弓」「梓巫子」などと言われて、この巫呪《ふじゅ》の術はな、「梓にかける」とかよばれたりするのんやそうどすけど、今ではほとんど廃《すた》れてしもて、東北のほんの一部の地方にわずかに残《つこ》ってるとか、いないとか。

そんな弓でしたんでな、どないな風に使たらええのか、困り果てたんでおす。

あれ、誰が見つけてきはったんやか、もうそんなことされいに忘れてしもてますけど、

「いた。いた。弓使うのが、いる!」

言うてな、四方八方探したあげくに見つけてきてくれはって、それもこの京都にいるて言わ

はりまっしゃん。そらもう跳びあがりましたんどっせ。

そのお住まいも、ついさっき、この人やとわかった時、急にぱァっと頭の中に返ってきました。確か東大路を越して一条通りのどんづまり、吉田山《よしだやま》の東のふもと辺りやったと思います。銀閣寺も近くにあって。

「なあ、ちごておまへんやろ、寄弦さん。あなたが言わはったことやさかい。蟲物祓《まじものはら》えに卯杖を使《つこ》とるのは、わてしかおへん。そうどしたやろ？　あの杖は、その杖どっしゃろ？」

わたしは、まァ、いろんなことが、後から後から思い出されて、あれもこれもと訊いてますのに、見とみやす。まるで無反応。これですねん。打てど叩けど鳴らない鼓《つづみ》にならはって。そそ。寄弦さんいうのもな、この人のほんとのお名前やあらしまへんねん。梓の弓の弦を使わはりまっしゃろ。そんで皆さん、寄弦さん寄弦さんて呼んではりましたんで、わたしもそうさせてもろてるだけどす。

巫覡《かんなぎ》。つまり、神に仕えるお務めしはる人をな、そう呼ぶのやそうですけど、その巫覡の職能やそうどすねん、「寄弦《よりづる》」いうのは。

これも、この人から直《じか》に教わったこっとっせ。

そんなことをな、こうして今も話してますように、あれやこれやとな、もう後先ものうわたしは話したんです。あの侘助の木の下でも。

その時どした。聞くだけ聞いたあげくの果ての一言でしたんです。

「ま、おいない」

そない言うて、ひょろひょろと、歩きはじめはったんです。

枯れ枯れて、嗄れて、人の声とも思われぬさらばえ果てた薄暗い声どした。

わたしに応《こた》えてくれはった声でしたんやろか。どうでしたんでっしゃろか。

3

侘助の木のある小径を出て、竹林や野の道を竹山ぞいにぐるりと半キロほども歩きましたんやろか。

大けな農家の納屋の中へ寄弦さんは入って行かはった。納屋というても二階もあって、農具や機械があれこれと収納された土間の奥に、黒い板戸の納戸がついた六畳ほどの畳部屋がありましてん。

「こゝ家はな、わての昔のお客はんや。よう弓鳴らし、し申しましたで。梓にかけてな。代代、お心ばえもよろしゝでな。そんで、これだけの身上《しんしょも》持ちにおなりたん。知っといるか。大枝《おおえ》の柿。おいるわな。あしこにも、大けな柿畑持ってはんのえ」

這うようにして框《かまち》をあがり、火鉢の火を掻きおこし、それに手をかざすまでに、彼女はそれだけのことを、間を置き、間を置き、ぽつんぽつんと、言わはった。

誰に言うわけでもない、独り言のように、わたしには聞こえました。

塗りの剝げたまあるい卓袱台《ちゃぶだい》、水屋、炭箱、部屋の隅に柳行李《やなぎごうり》が一つ、あとは目につく物というたらなんにもない殺風景な部屋どした。生活用具はたぶん奥の黒板戸の納戸か押入れの中にでも入っとんのでっしゃろけど、ここがこの人の住み場所なら、なにをおいてものうてはならんものが見つかりません。

「ここに、お住まいですのんか？」

「へえ」

造作もない声でした。けど、それがわたしのいうことに応えてくれたはじめての言葉どした。

「おあがり。いまな、お年越しの豆、焙《い》るとこどしたんや。そや、ほうらくがいるねンな。きのから探しとンにゃけど、どこにしまいこんだか、出てきよらしまへんのや。そやそや。おうちな、ちょっと母屋へ行《い》て、借りてきとくんなはれ。お豆さんもな。一合ほど」

寄弦さんはそない言うて、骨と皮ばっかりの長い指の萎《しな》べた手を、いかにもほっかりとした感じで火にかざしておいやした。

けものめいた猛猛《たけだけ》しい物の気が躍るような、息吐くような、あの恐ろしい顔つきは、ふしぎに消えていて、どこか和《やわ》らいで静かになった感じが、かえってわたしには生気をなくして深く老い衰えた顔に見えました。

「さ、おあがり。こっちへ、おいない」

今、豆とほうらくをとりに行けと言わはったばっかりやのに、そんなことはけろっと忘れてはるような口振りどした。

「あの……お祭壇は……」

と、わたしは、言いました。

長い房のついた金襴《きんらん》の弓袋に入った弓も、首や手に幾重にも掛けはって揉《も》みしだいて呪文や祭文《さいもん》をとなえはる水晶や珊瑚《さんご》の玉も入った木欒子《もくれんじ》のお数珠《じゅず》、ほかにも憑霊のお道具ではのうてはならん物がいろいろおすのんやけど、確かあれ、外法箱《げほうばこ》とか言いましたかいな。

梓弓鳴らさはる時に、必ず身の脇に置かはって、肘ついたり、弓立て掛けはったり、その上に寝かせたりして使わはる、錦の布で張った箱が一つおすのん。

「これがのうては、どんな神口《かみくち》も、生《い》き口《ぐち》も、死に口も、でけまへん。寄弦、口寄せには、のうてはならんもんですねや」

と、昔、吉田山のお住まいで、寄弦さんは言わはった。

神口言いますのはな、神さんが乗り移らはって神のお告げをなさるんですわ。生き口いうのは、生きてる人の霊魂招き寄せはること。死に口は死霊。死者が乗り移って話す口寄せですのやわ。霊にもいろんな霊がおすのんどす。招き寄せる力や方法も、人によっていろいろやそうですねん。

外法箱は、霊媒師に霊を招き寄せる力を授ける拠り所のような物らしおすねん。

「中に、なにが入ってますのん?」

「それは教えられまへん。というても、これ知らはらへんことには、おうちの演《や》らはるお役にも、性根が入りませんわな」

「はい。ぜひぜひ、聞かせておくれやす」

「これ、おうちの胸一つに、蔵《しも》といとくなはるか。ほかのことやないさかいにな。お芝居で演じはるお役やいうても、ええかげんな気持でかかってなはったら、この世界のことは、怖《こわ》おっせ」

「はい」

「およそのことは、教えまひょ。箱使う人はな、人それぞれで、神さんのお像とか、信じる仏の由緒深い仏像とか、そんなものを象《かたど》った藁《わら》人形やとか、いろんな物の骨とか、頭蓋骨とかな、なかには人の髑髏《どくろ》とか、またお天狗さんの面とかな……ま、使う蠱物《まじもの》はさまざまでっしゃろ」

「まじもの?」

「へ。蠱物いうのは、まァ、おまじないの物、とでも思わはったらよろしやろ。おまじないして、人を呪《のろ》たり、惑わしたり。ありまっしゃろ。あれも蠱物。妖術、怪術、魔性のもの、それも蠱物。そういう妖しい、手に負えんものも蠱物て言いますけんど、ややこし考えをしんと、ま、霊術使わはる人の力の中心、出どころ、芯になるようなもの。そない考えはったらよろし。そういうもんが、入ってますのんや」

「あのう……」

「わてのお箱どすかいな。それはどなたにもお見せでけまへん。ただ、一つだけ申しまひょか。卯杖のこと、話しましたさかいな。あれはわてだけが使《つこ》てる、わて独自の念籠めた祭祀のお道具です。椿の原木、使《つこ》てるて申しましたわな」

「はい」

「このお箱にもな、じつは、椿が入ってますねん」

「え?」

「かりに、あるお像とでも言うときまひょか。そのお像のまわりをな、椿の花で埋めてますねん。花敷いて、上にもかけて。これ、真っ白な花どっせ。白でのうては、あかしまへん。花は白無垢。純白どす」

そう言うて、寄弦さんは、すらすらと、その椿の名を口にしはった。後でわたしも実際に調べて確かめたんですけど、どれもみんな殊《こと》に美種、気品の高い、白椿でおしたんどす。

「白玉《しらたま》。白妙《しろたえ》。白唐子《しろからこ》。加茂本阿弥《かもほんなみ》。都鳥《みやこどり》。白妙蓮寺《はくみようれんじ》に、雪見車《ゆきみぐるま》。それに、初嵐《はつあらし》に、白侘助
……」

そない言わはって、祭壇の前立たはって、お庭の見える廊下へわたしを誘われました。

そんなに広うはおへなんだけど、高いめの生け垣に囲われた樹木の多い平庭どした。

「見とみやす。いま言うた白椿、みんなここにありまっせ。どういうかげんか、わての霊力には、白椿が性に合いますねん。精神、五体五感、これ洗うてくれますねん。浄《きよ》めて、澄ませて。身も心も、真《ま》っ新《さら》にしてくれます。霊が相手の世界では、十人十色、百人百色。なにが力になってくれるか、わからへんような所がおす。ふしぎなもんどっせ」

と彼女は言って、大きな瞳の女ざかりの寄弦さんは、にっこりと笑わはった。

「こんなん、参考にならしまへんか」

「なります。なります」

わたしは声はずませて、しみじみとそのお庭を眺めたもんどす。

あの季節はいつでしたやろ。ほんまに白い花が、小さいのや大けなのや、一重や八重に見えるのやらが、あちこちに咲いていて、よく見ると生け垣の中にもそれは咲いてました。

「あの垣根のも?」

「そうどっせ。侘助に、妙蓮寺、白妙も入ってますわ」

あの吉田山のお住まいは、いったい、どないしはったんやろ。なにより、それが聞きとおした。そして、ためらいはしましたけど、心をきめて、率直にそれ聞くことにしたんです。

「ねえ、寄弦さん。あの立派な祭壇のある吉田山のお家。あのお住まいは、どないしはりましたんです?」

「へ?」

と彼女は顔をあげ、わたしを一度見はしはったけど、よく聞きとれてないような振りしはったんやと思います。

「まあ、おぶなと、いれますがな」

「いいえ。かまわんといておくれやす」

そう言いながら、わたしは、上り框に投げ出されている長い杖を手にとりました。

「これは、あなたの卯杖ですやろ? あなた以外の寄弦さんや、巫子さんたちは、けっしてこんな杖を持ったり、使うたりはしない。これはわての専売特許。日本広しといえども、わてだけどす。そう言わはった、あの杖でっしゃろ？

杖というても、日常ついて歩く杖とはちがいまっせ。魔を打つ、邪を打つ、鬼を打つ、災厄を打ち砕く。うちのこの、お庭の椿を切って作った椿の卯杖。あなた、そない言わはった。白椿の中でも、一番好きな、一番自在に気の吹き籠める、第一等の花は、『月《つき》の笛《ふえ》』。そりゃあ惚れ惚れするような花どっせて、あなたおっしゃった。一重の小輪の筒咲きで、ほとんど全開することもなく、黄色い清楚な葯《やく》だけがほっそりとした筒の奥に、ほんのりと隠れて見える。わての卯杖にぴったりの花どすねん。そない言わはって、わたしも見せておもらいした、祭壇に祀ってあった杖。これは、あの、『月の笛』の杖どっしゃろ？　そんな杖を、あなた今、外歩きに使うてはりますのんか？　ふだんづきの土まみれにして、野道歩いてはりますのんか？」

寄弦さんは、小さく小さくふるわせていやはりました。

首を、小さく小さくふるわせて、下向いて、また押し黙った人になって、けれどもよくよく見ると、その折れた首を、小さく小さくふるわせていやはりました。

「あの祭壇は、あの蠱物箱は、あのお数珠は……どないしはったんですか。寄弦の大事な大事な執《と》り物《もの》、あなたの命《いのち》、命をかけて使うと言わはった弓。あの弓は、梓の弓は、どこにおますの？　そこの板戸、開けたら中におますのんか？　蔵《しも》うといやすのんか？」

口ついたらとめどものう、後から後から言葉があふれて、とめることがでけしまへんねん。やめよう、やめようと、心の内では、必死に思てるんです。こないに老いさらばえはった、見るかげものうならはった人に、自分はなにをしてるのか。この人に、こんなふうに物を言い、こんな仕打ちの口をきく。どんないわれがあるというのか。どんな理由も、どんな資格も、ありはしない。

昔わずかな縁を持ち、それもお世話になりこそすれ、なんのわだかまりもほかにない、むしろ恩にこそきてお礼の一つも二つも言わななならへん人やないか。

一目見たら、なにわからずとも、昔にかわる逆境に落ちてなはるこの老残ぶりは、ひどい。酷《むご》い。悲惨やないか。見てられへんなら、見て見ぬふりこそしてあげんと。それやのに、わたしときたら、なんて思いやりのない、無慈悲なことしてんのや!

頻《しき》りに心でそない思いはしたんですけど、そのひどい、酷い、異様な老残ぶりの深さこそが、わたしの心をこの人から離させようとはせんのどす。

侘助の椿の下で、だしぬけに現われた鬼女の面かと思われたあの「蛇《じゃ》」の顔が、どないしても不審で、忘れられへんで、頭の中から消えへんのです。

なんでや。なにがあったんや。

それが、この人から聞きとおした。同じ女の、老いた女の、見て見ぬふりして通り越せへん執着、とでも言うたらわかってもらえまっしゃろか。

眼の前の寄弦さんが奇怪な泣き声放って、仰のけざまに大の字に両手を泳がせ後ろへ倒れはったのは、突然のことどした。

いや、泣いてはいてはらしまへんなんだ。泣き声にしかそれは聞こえへんような、泣き声よりももっともっと悲痛な、苦しそうな声どした。

「そうや。その寄弦や。おうちの知ってはる寄弦や」

と、そして、叫ばはりました。

叫ぶ声もない、嗄れた激しい声どしたけど、叫び声に聞こえました。

「見とおみ。権勢張ったあの寄弦の、なれの果てが、このざまや。出てくるのや。やってくるのや。明けても、暮れても。夢の中でも。覚めて現《うつつ》の、この日常でも。きさらす。きさらすねんで」

「寄弦さん。しっかりおしやす」

「なに言いさらす」

「やってくるて、なにがどすねん？」

「わてや」

と、言わはりました。

「わてて？」

「わてやというたら、わてやないかい。わてがやってくるのや。こいつ」

寄弦さんは、「こいつ」と激しう手をあげて、横に縦に腕振らはって、起きあがろうとしはりました。何度も、その手をわたしのほうへ差しのばして。

「はい？」

「つえ……」

と、わたしには聞こえました。

「この、杖どすか?」

わたしは慌てて駆けあがり、抱え起こして、椿の卯杖を手渡しました。

寄弦さんは、それを摑んで、わたしの手を振りほどきました。

「今も、きとる。ここに、出とる」

「なにが、どす?」

「これは、子供や。このばけもんが。やめんか。えい。やめろというのや。この餓鬼めが。ガキのなりして、色気づいて。なにさらしてけっかるねん」

卯杖を横になぎ払い、払っても払っても、まとわりついてくるものから逃れようとしてはりました。

寄弦さんは、それが男の子やと言わはんのです。男の子で、しかもそれは、自分なのやと。

「なんですて?」

「わてなんや」

と、言わはりました。

女の子供も、若い娘も、若い男も、出てきよる。青年も、壮年も、中年も、老年も。老若男女。いろんな男や女が、とっかえひっかえ、やってきては、いろんなことを、いろんな仕方で、したい放題しくさるのや、と言わはんのです。

暴れたり、戯《ざ》れかかったり、嬲りにきたり、殺しにきたり、八つ裂きにされたり……するのやそうどす。魑魅魍魎《ちみもうりょう》が、寝ても覚めてもやってきて、それが全部、どの魑魅も、どの魍魎も、自分なのやと言わはんのどす。

わたしは、言葉を失いました。

眼に見えない幻界や夢界のものを、一張りの弓弦をかき鳴らし、その弦の音の上に呼び出し、招き寄せる梓弓。

静かに耳傾けていると、ふしぎな世界へ入って行く。沈み落ちて、深い水底をたゆたうような、またふと呼び覚まされる幻の手に心をゆすられているような、あの梓弓の音を、わたしは思い出しておりました。

遠い昔、寄弦さんが、聞かせてくれはった音どした。

その弦の音の道が、一すじ濛濛《もうもう》とけむりたって、わたしには見えるような気がしました。言いまっしゃろ。夕暮れの黄昏れていく時刻のことを、ほれ、雀色どきと。雀色どき。美し名ァの色をした言葉どっしゃん。

「弓が鳴ると、その道は、雀色どきにけむるのや」

と、寄弦さんは、昔、教えてくれはった。

その雀色どきの濛気立つ一すじ道を、音もなくやってくるもの。

また、訪れて、帰って行くもの。

それがみんな自分になったと言わはるんですから、弓捨てはって折らはるのも、ま、無理おへんわな。捨ててしもても、まだ道だけは、残ってるて言わはんのやもん。ここに。ここに。残ってるて。

性《しょう》の強い消えへん道が、五体の内に残ってるのんどすやろか。数えきれない人たちの魂を通した道ですもんな。弓でも、数珠でも、蟲物箱でも、寄弦さんの霊力でも、太刀打ちできひん、なにか恐ろし異変が起こったんですわな。

「ただな、椿の杖だけは、手離せへんのや」

と、言わはった。

「吉田山のあの家を思い出す、これが形見や。たった一つの」

「そうどしたか」

「あとは、捨てた。みんな捨てた」

捨てられへんのが、椿のあのお庭どしたんやろと、わたし、思いました。

寄弦しかできん人間が、世の中やり直そう思たかて、どだい無理や。おまけに、離れんやつらを持っとる。こいつらと一緒にな、路頭に迷《まよ》た。ここの主《あるじ》に拾われなんだら、とうの昔にくたばってるやろ。

そない言わはってな、はじめて、涙見せはりましてん。

なんと、九十八歳におなりやそうですねんで。

時どき、むしょうに、やみくもに、椿が見とうなんねんですて。椿を見てると、やってくるものたちの足も、気のせいか、間遠《まどお》になっていてたりする。小塩の侘助見つけてからは、五体動けば這うてでも、あそこへ行きたい思うんですと。

世の中、ふしぎなもんどすわねえ。

一ぺんだって、あそこで鉢合わせしたことなんかあらしまへんもん。

ふしぎやねえ。

そない思たとたんのことでおしたんです。

ひょっとして、この人に会うことがなかったら、椿はわたしの暮らしの中へ入ってくる花ではなかったかもしれへん。そないな気がしたんです。吉田山のあの白い椿が咲いていたお庭。あそこが、わたしの椿の、発端だった。

打ち消せない思念どした。

老いて、女優とは名ばかりの、仕事がこなくなってもう久しい暮らし。椿歩きが、少しずつ、なによりの楽しみになり、それに気を紛らせて、憂さを払い、鬱憤晴らし、一日一日、際限ものうそんな日が積もり、また積もり、積もりに積もって年経《へ》て行くのは、ただこの老い。

老いの道。

という思いにとらわれましたさ中でおす。

不意に胸をゆすって通るものがおした。

わたしは女優。この五体で、たくさんの人間たちを演じてきた。わたしが、わたしでない人間になる。それがわたしの仕事どした。どれだけ、そんな人間たちに、この五体を明け渡してきたでっしゃろか。

それを思うと、なぜでしたやろ。

突然、わたしは、息をのみ、のんだ息を、とめました。

外はいくらか薄暗さのたち迷いはじめていてる、そうどす、雀色どきにさしかかる頃合いどした。

坂

この世とあの世の堺《さかい》には、坂があると言いまっしゃろ。黄泉平坂《よもつひらさか》。ご存じですわな。と言うても、その坂、上り坂やら、下り坂やら、どんな坂やら、わたしにも、見当もつかしまへんのやけど。越えたい越えたい坂でしたんや。黄泉平坂。この坂一つ、越えてしまえば、楽になれる。そしたら本望。ほかになんにも言うことはない。望みは一つ、その坂越え。ただそればっかりを、どんなに願うて暮らしましたか。明けても暮れても、手を合わせて、お頼《たの》ん申してきましたのや。どうぞその坂、渡してくだはい。そこまで連れて行っとくなはれ。そしたらあとは、這うてでも、転げてでも、その坂、上りも、下りもします。突き落としてもろてもよろしんです。坂口までやっとくなはれ。お迎えにきとくなはれ。どうぞ、どうぞて……それはもう、毎日祈らん日はあらしまへなんだ。

満で数えてもあなた、もう、九十五になりますねんで。老いの坂なら、もうじゅうぶん、老いさらばえて、蹌踉《よろぼ》い蹌踉《よろぼ》い、越えて歩いてきましたわいな。最期の坂へ行き着きたい。行き着かせておもらいしたい。心底《しんそこ》、思《おも》て、手を合わせて、願い暮らしてきましてん。

なにをいまさら老朽《おいくち》が、ご大層にそんなこと、願わんかて、祈らんかて、かたがつくのはどっちみち、遅かれ早かれ、もうじきじゃ。眼の前に見えてある。その時は、すぐにくる。おどろおどろに、身あがいて、騒ぐほどのことかいなて、言わはるお人もありまっしゃろ。そのとおりですのんや。わたしも、もうここ十四、五年、そない思うて、自分に言うて、言い聞かせて、生きてきましたのや。連れ合いが八十三で往生しました時からな。

「お爺ちゃん。すぐにわたしも行くさかい。待っててや。そう長うは待たさへんで。じきにお迎えはくるやろし。な。ちょっとの間や。辛抱おしや」

そない言うて、そない思て、一足遅れてくるお迎えを、待つことにしたんですねや。

なにしろあなた、きれいに惚《ぼ》けて、子供のようになって逝《い》った人ですさかい。わたしがそばについてへんと、人の暮らしのでけへん人になってましてん。恍惚の人とやら、老人痴呆とやら言うて、世の中、そんなんちょっとも珍しことではのうなりましたわな。けど眼の前に、その現物がでんといてますとな、そりゃもうえらいことですわ。家中《いえじゅう》が、わやくですわ。おまけに、常の人間やのうなってはいましてもな、どっかで、わたしはわかるのどっしゃろ。なにをするにも、わたしやのうては、言うこと聞かしまへんのどす。そのわたしがまた、あなた、もうお迎えがいつきても、ふしぎはないような婆《ばば》でっしゃろ。お父ちゃんと三つしか、歳はちがわしまへんのやさかい。そりゃ今よりかは、まだましでしたえ。よれよれ婆《ばば》にはちがいはのうても、まだしゃんとはしてました。けどまあ、婆は婆ですねん。のつこつ婆が面倒みて、することというたら、知れてますわ。ろくな看護はでけしまへんけど、せんと、あなた、眼の前の人が暮らせしまへんわ。生きて行けしまへんやろ。一生懸命でしたわ、わたしも。今思えば、火事場の馬鹿力。あれですわ。それも、三年近うは続いた、休みなしの火事場ですわ。

　ほんまに、よう続いたと思います。息子も、嫁も、匙《さじ》投げて、もうあかへん、このままやったら、お婆ちゃんが参ってまう。へたばる前に、なんとかせな……。そんな話が出はじめた矢先のことでおしたんどす。風邪引いたのがもとで、あなた、肺炎起こして、病院へ担ぎ込んだその日にぽっくり。お婆ちゃんの躰がもたへん、もたへん言うて、みんなが思いつめてたさなかのことでしたさかい……なんや知らん、傍《はた》の気持が通《かよ》たんやないやろかて、ぎょっとしましたんですねや。年寄り一人に振りまわされて、もてあまして、途方に暮れることばっかりの毎日でしたさかいねえ。あげ句の果てが、嘆《なげ》いて、呪うて、……心が荒《すさ》んで、棘立《とげだ》って、人でなしな口きいたり、悪態《あくたい》ついたり、罵《ののし》ったり……なあ、わたしでさえもが、そうでしたんや。息子や、嫁の胸の内でも、いろんな思いが、渦巻いたり、山と積もりに積もったり……あったやろと思いますねん。そりゃ、よう尽くしてくれたんでっせ。あの人たちがいてへんかったら、わたし一人では、とってもあの瀬は、よう乗り切ってはおりまへん。骨身を惜しまず、世話してくれましたんや、あの人たち。

　けど、死なれてみると、なあ、思い出しますねん。お爺ちゃんに手こずらされた、あの恐ろしい毎日毎日を。知らず知らずに、心が荒れて、恐ろしい人間になってました。鬼やら蛇《じゃ》やらが、心のなかを出たり入ったりしてました。あれがわれかと、思うだけでも、寒気《さむけ》立ってゾッとします。きっとな、きっと、息子や、嫁たちにも、同じ思いが、あるやろと思いますねん。わが身を責めて、臍《ほぞ》嚙んで、消えてのうなってはくれへん後悔抱えてな、いてるやろうと思いますのや。

それが、情《なさけ》のおすのんや。ようしてくれましたもん。心を砕いて、労も厭《いと》わず、じゅうぶんやさしゅうしてくれましたもん。けどなあ、惚け老人を一人、身内に抱え込むいうことは、心に鬼も、一緒に棲《す》み込ませることやと、わたしは思いますねんで。知らず知らずに棲んでますのや。心に鬼が。これが、悲しい。情ない。辛《つろ》おすわ。他人《ひと》には見えん鬼でも、あなた、わが身の鬼は、わが身がしっかり見てますねん。あの鬼は、忘れられしまへんねん。鬼が動くあの心の、恐ろしいうす暗さ。あれは、忘れられしまへん。消しても、消えてくれまへん。人でなしな暗がりどす。鬼は消えても、棲んだ跡の荒れた洞《ほら》、暗い穴《うろ》、残ってますのや、ここに。ここに。

……そんなめを、あの人たちにも見させるのかと思うとねえ、かわいそうで……情のうてなりませんのや。苦しおすのん。悲しゅうて。

せやからあなた、お爺ちゃんとも、常々《つねづね》言うてましたんえ。惚けるのだけは、せんとこな。子供たちに迷惑かける。辛いめ見せる。あの子たちの荷物になったら、ホームにかて、どこへかて、さっさと行こな言うてましてん。惚けるか、あほ、言うてた人が、ころっとこのざまでっしゃろ。ついて行きとうおした。西も東もわからん所で、赤子みたいなあのざまで、路頭に迷わはるやろ思うと、居ても立ってもおられしまへん。一緒について行きとおした。

いいえ。これが、わたし一人のことなら、造作もない。とうにあっちへ行ってますわ。首くくるなと、なんなとして。わが身一つの始末くらい、どうなと、いつなとつけますがな。お迎え待つことあらしまへん。けど、それがでけしまへんやろ？

そうでっしゃろ？　子供たちがいますがな。息子や、嫁や、家の面子《めんつ》もありますがな。孫もおります。あの人たちのことが一番。それ第一に考えてやりませんとな。爺《じじ》は惚けて、さんざん家を掻《か》きまわして、そのうえ、婆が縊《くび》れて死んだ。そんなことがでけますか？

わが身勝手はでけしまへんやろ？　お迎え待たなしょうおへんねん。けどまあ、それも、もうすぐや。そう遠くはないことや。じきや、じきや思うてな、凝《じ》っと辛抱したんでおす。

それがどうどす？　もう十五年。今に今にと思いながら、十五年がたちましたがな。

耳も聞こえんようになって、眼も、あらかた見えしまへんねん。手も足も、痺《しび》れ放題、痛み放題、湿布のお化けみたいにあなた、どこもかしこも、鎮痛消炎剤たらいう外用薬を貼りづめですねやけど、いっこうにようなりまへん。手にも足にも、力が入りませんさかい、立ったら、ふらふらっと行きますねん。仰《あお》のけざまにひっくり返る。行く先々でガラスは割る。襖《ふすま》は破る。物は壊す。後ろ頭は傷だらけ。お婆ちゃんは、なんにもせんでええ。したらあかん。みんなに言われてますんやけど、それでもな、去年あたりまでは、這うたり、物につかまったりして、動いてました。そりゃ寝てるのが、一番楽ですのやけどな。寝たきりになったら最後、躰は見る間に萎《な》えまっしゃろ。もう起きあがれしまへんがな。それだけはなるまいと、動かん手足も、動ける間は、動かさなあかへんのやと、できる限りは、起きてなあかんとつとめました。それも、もうでけしまへんねん。頭で物を考える力も、すっかりのうなりました。ほんまの、寝たきり婆《ばば》になってしまいましたわ。

けどなあ、あれだけは、惚けることだけは、すまいすまいと思てるのどす。必死に、思てるんですねん。頭だけは、惚けられへん。しっかりせんと。はっきりしとかな。お迎えがくるまでは。一生懸命、そう思てます。

黄泉平坂。あの坂、越えたい越えたい思てます。なんで越させてくれはらしまへんの。怨みます。呪います。聞こえまっしゃろ、わたしの声。聞いてくれていやはりまっしゃろ。

ここにも鬼が棲みつかん内に、早う。

どうぞ。

八雲が殺した

1

小泉八雲《やくも》が書いた一群の怪談物語のなかに、『茶わんのなか』と題する作品がある。

世間では、八雲の怪談・奇談物には、ほとんど原典となる粉本《ふんぽん》があり、江戸時代に出た通俗本や怪談集などから選んだ話をその下敷きにしている点をあげつらい、純粋な創作小説とは呼べないと見るむきもあるけれど、そうしたせんさくはさておくとして、現在では、《八雲の怪談》が文学的にも名高い評価を得ていることは、確かである。

『茶わんのなか』というごくごく短い一篇も、例の『雪おんな』や『耳なし芳一のはなし』などと並んで現在ではよく知られた有名な作品の一つであるから、改めてその内容を紹介する必要もないかもしれないが、村迫乙子《むらさこおとこ》のある懊悩《おうのう》にそれは奇妙な関わり合いをもってもいることだし、とりあえずここでは、八雲の『茶わんのなか』の粉本となった原話《げんわ》のほうを、全文かかげることにする。

〈新著聞集〉(明治二十四年刊)の巻五、第十奇怪篇に、その原話は載っている。

茶店《ちやみせ》の水碗若年《すいわんじやくねん》の面《おもて》を現《げん》ず

天和四年正月四日に、中川佐渡守殿年礼《ねんれい》におはせし供《とも》に、堀田小三郎といふ人まゐり、本郷の白山の茶店に立《たち》より休《やす》らひしに、召仕《めしつかえ》の関内《せきない》といふ者水を飲《のみ》けるが、茶碗の中に最《いと》麗《うるわ》しき若年《じやくねん》の顔うつりしかば、いぶせくおもひ、水をすてて又汲《く》むに、顔の見えしかば、是非なく飲みてし。其夜《そのよ》関内が部屋へ若衆来り、昼は初めて逢ひまゐらせつ。式部平内《しきぶへいない》といふ者也。関内おどろき、全く我《われ》は覚《おぼ》え侍《はべ》らず。扨《さて》表の門をば何として通り来れるぞや。不審《いぶかし》きものなり。人にはあらじとおもひ、抜うちに切りければ、逃出たりしを厳《きび》しく追かくるに、隣の境まで行きて見うしなひし。人々出合ひ其由《よし》を問《と》ひ、心得がたしとて扨やみぬ。翌晩関内に逢はんとて人来る。誰と問ば、式部平内が使ひ松岡平蔵、岡村平六、土橋文蔵といふ者なり。思ひよりてまゐりしものを、いたはるまでこそなくとも、手を負《お》はせるはいかがぞや。疵《きず》の養生に湯治したり。来る十六日には帰りなん。其時恨《うらみ》をなすべしといふを見れば、中中あらけなき形なり。関内心得たりとて、脇指《わきざし》をぬききりかかれば、逃げて件《くだん》の境めまで行き、隣の壁に飛《とび》あがりて失ひ侍りし。後又《のちまた》も来《きた》らず。

と、ある。

八雲は、この話をそっくり土台にし、無論登場人物もそのまま使って『茶わんのなか』という短篇に仕立てあげている。

つまり話のあらましはまったく同一のものであるが、八雲の作ではそのニュアンスがいくらかちがっている。

原話をわかりやすくかいつまみながら、その点にひとまず触《ふ》れておこう。

正月年頭の挨拶《あいさつ》まわりに出た中川佐渡守の一行が、途中茶店で休憩した折、供の関内という若党が咽《のど》をうるおそうとすると、とりあげた水飲み茶わんのなかに眉目秀麗《びもくしゅうれい》な若者の顔がうつっているので、びっくりしてその水を捨て、再び新しく汲みかえるが、何度汲みかえても若者の顔は茶わんの水のなかに現われる。さてもふしぎなことがあるものかなと、気味悪く思いはしたが、遂には一息にその水を飲んでしまう。

この件《くだり》を八雲は次のように書いている。

――(略)こんどは何やら愚弄《ぐろう》するような笑《え》みを浮かべているのである。関内は、それでもじっと怺《こら》えて驚かずにいた。「何奴《なにやつ》かは知らぬが、もうその手には乗らぬぞ」関内は、そうつぶやくように口のうちでいうと、その茶を、顔ぐるみぐっと飲み干して、それから出かけた。途々《みちみち》、なんだか幽霊を一人嚥《の》み下してしまったような気がしないでもなかった。(恒文社刊・平井呈一氏訳による。以後の引用もすべて同じ)

ところがその夜、見知らぬ若衆が関内の部屋を訪ね、「昼間初めてお目にかかった式部平内という者です」と名乗るから、関内は不審に思い、「自分にはそんなおぼえはないし、知り合いもないが」と首をかしげる部分では、

――（略）関内はふいとその顔を見て、あっと驚いた。目の前にいるのは、自分がきょう、茶わんのなかに見て嚥み下した、あの薄気味のわるい、美しい顔をした幽霊なのである。かの幽霊がにやにや笑っていたように、今この客も、やはりにやにや笑っている。が、その笑っている唇の上にある両眼が、まじろぎもせずにじっと自分を見すえているのは、明らかにこれは挑戦であり、同時にまた侮辱でもあった。（略）
「いや、拙者、とんとお見知り申さぬが」関内は、内心怒気を含んで、しかし声だけはつとめて冷やかに、そういってやり返した。「それにしても、お手前、当屋敷へはどうして忍び入られたか、その仔細を承りたい」
「ほほう、それがしにお見おぼえがないといわれるか」客はいかにも皮肉な調子で、そういうと、すこし詰め寄りながら、「いや、それがしをお見おぼえないとな。したがお手前、今朝《こんちょう》身どもに、非道の危害を加えられたではござらぬか」
関内はたちまち佩《は》いていた小刀に手をかけると、客の吭笛《のどぶえ》目がけて、烈しく突いてかかった。しかし、刃先には何の手応《てごた》えもなかった。とたんに、闖入者《ちんにゅうしゃ》は音も立てずに、さっと壁ぎわに飛びのいたと思うと、その壁をすっと抜け出て行ってしまった。（略）幽霊は、ちょうど蠟燭《ろうそく》の灯が行燈《あんどん》の紙をすかすように、壁を抜けて出て行ったのである。

と、書いている。

そして翌晩、三人の男たちの訪問となり、男たちの名がちょっと変えてはあるが、次のような場面となる。

――「われわれは、松岡文吾、土橋久蔵、岡村兵六と申す、式部平内殿の家来の者でござる。昨夜主人がまかりでた節、貴殿は小刀をもって、主人に討ってかかられた。主人は深傷《ふかで》を負われたゆえ、余儀なくその傷養生に、今より湯治に行かれる。しかし、来月十六日には御帰館になられる。そのおりには、きっとこの恨みをお晴らし申すぞ」

関内はいうを待たせず、いきなり大刀を抜いて飛びかかりざま、客を目がけて左右に斬《き》りなぐった。が、三人の男は、隣家の土塀のきわへさっと飛びのくと見るまに、影のごとく土塀を乗りこえて、そのまま……

と、いう形で八雲は筆をおき、一行空けてすぐそのあとに、次のような文章をかかげてこの一篇を結んでいる。

――ここで、この話は切れている。これから先の話は、何人《なんぴと》かの頭のなかにあったのだろうが、それはついに百年このかた、塵《ちり》に帰してしまっている。

わたくしは、あるいはこうもあろうかという話の結末を、自分でいろいろに想像することはできるけれども、どうもしかし、西洋の読者に満足をあたえるようなのはひとつもなさそうである。わたくしはむしろ、関内が幽霊を嚥んだそのあと、どういう次第になったかは、おおかたの読者の想像にまかせておいた方がよいように考える。

すこし長い引用になりはしたが、小泉八雲の『茶わんのなか』は、以上のように原話にそって話がすすめられながら、原話を未完の物語として、読者に読後の想像を喚起させるという形で終っている。

村迫乙子は、むかし学生時代にこの作品を読んだ。

その折、右のごとく、作品の終末に載せられている八雲の言葉と、さらに、作品の冒頭に記されている彼の言葉に、興味を持った。『茶わんのなか』は、こういう書き出しではじまっているのである。

——諸君はこれまでに、どこかの古い塔の、どんづまりは何もないただクモの巣だらけの、どっち向いてもまっ暗がりななかの急な階段を、登ってみようとしたことがあるだろうか。でなければ、どこか断崖《だんがい》を切り開いた海ぞいの道をたどり歩いて行って、もうひと足曲ると、そこはもう絶壁になっている、そういったところへひょっこり出られたことがあるだろうか。そういうときの経験の感情的価値というものは、これを文学的見地からみると、そのとき呼びおこされた感覚の強烈さと、その感覚の記憶の鮮明さとによって、その価値が決定されるものだ。

ところで、日本のある古い物語の本のなかに、めずらしいことにそれとまったく同じような感情的経験を覚えさせる、小説の切れはしが残っている。……これはおそらく、それを書いた作者がものぐさであったか、それとも版元と喧嘩《けんか》でもしたか、あるいは、何かのひょうしに机の前から呼ばれて、そのままそこへ再びもどらずにしまったか、さもなくば、文章の中途で、不慮の死のために筆を中絶したかしたものであろうが、いずれにしても、その物語がなぜ未完のままになっているのか、その理由はだれにもわかっていない。わたくしは、ここに、その代表的な例をひとつ選んでみた。

という前書きがまず記されていて、『茶わんのなか』の物語がはじまるわけである。

乙子は、この八雲の前文と、末尾の後文とを読んで、八雲が「未完のままになっている」「小説の切れはし」と呼ぶ日本の物語に興味をおぼえ、その原話もついでに読みたいと思った。八雲研究家などの資料を二、三、漁《あさ》っているうちに、それが、先にかかげた〈新著聞集〉に載っている『茶店の水碗若年の面を現ず』という短い物語であることが、わかった。

そして、乙子は、その原話も合わせて読むことができたのだが、読んだあとで、首をかしげた。

首をかしげるというよりも、幾つかの疑問を持った。

どうして八雲は、これを「未完の物語」と呼んだのだろうか。

乙子には、その原話は、「小説の切れはし」とは思われず、「それを書いた作者がものぐさであった」とも、考えられなかった。「版元と喧嘩」かなにかして机の前をはなれ、「そのままそこへ再びもどらず」じまいに投げ出された話とも思えなかったし、「不慮の死」で「筆を中絶したかした」作だとも、無論思わなかった。

作者が誰ともわからない著聞の話《わ》だねを集めた本に載っている話であるから、その文学的な価値は高かろうはずはなかったが、すくなくともこの原話は、これで立派に独立し、末尾の、

——後又《のちまた》も来《きた》らず。

という一語で、物語は完結していると、思われた。

それにくらべれば、八雲の『茶わんのなか』の方が、字数が多い割りに、情景描写などは鮮明になってはいても、また八雲が狙《ねら》ったテーマの点でそのニュアンスのちがいを考慮に入れるにしても、物語の完成度は数等劣っているような気がしたのである。

なによりも、当時小説好きの学生だった乙子に納得がいかなかったのは、原話の最も重要な部分であると思われる文章が、二十四、五字ほど、八雲の『茶わんのなか』では抹殺《まっさつ》されているという一点だった。

この言葉があるからこそ、この物語は存在する価値があり、物語として完結もするのだと断言できる、つまりこの作品になくてはならない重要な文字が、二十四、五字、脱落しているのである。

八雲が、この文字を読み落とすはずはないから、これは彼が故意にけずった文字と見なければならなかった。

そして、この文字をけずったことによって、おそらく、八雲は原話の風貌《ふうぼう》を大きく変え、怪談としての奥行きをさらに押しひろげ、深めようと意図した、いわばそれは小説づくりの苦心の配慮ではなかったかと察しられはするけれど、推察がつくだけに、乙子には、その結果に疑問が残った。

八雲の作品はすべて、いまでこそ邦訳されて日本人の誰もが読むことができるけれど、もともと外国で出版され、西洋の読者へ向けて書かれたものであったから、乙子は当時、あるいはそれは、西洋人と日本人との物の考え方のちがいででもあろうかと思いもしたが、それにしても、八雲の『茶わんのなか』は、この原話の二十四、五字が示す重要な世界の欠落があるために、通俗ばなしの原話にもはるかに及ばない不出来の作になった、という感想を持った。

未完の作というならば、それはまさに、八雲の『茶わんのなか』こそ、そう呼ばれるにふさわしい作であった、と、彼女は考えた。

原話にあって、八雲が抹殺した二十四、五字の文字。

それは、前出の引用文を相互に確かめ返せば一目瞭然《りょうぜん》とすることだが、次の一文である。式部平内の家来三名が、主人公を訪ねてきて、恨みごとを訴える場面の個所にあった。八雲の『茶わんのなか』では、会話形に直されている部分に、その言葉は書かれていなければならないものだった。

すなわち、

——思ひよりてまゐりしものを、いたはるまでこそなくとも、手を負はせるはいかがぞや。

という一節の傍点の部分である。

村迫乙子には、八雲がこの一文を無視したことが、なんとしても理解できなかった。

この一文があるからこそ、茶わんのなかにうつった顔の謎《なぞ》が解け、その謎が解けるからこそ、この物語の怪奇さに、一層深い恐怖や凄《すご》みが生まれてくるというのに。

（この物語の恐怖の花は、ここにあるのに！）

（その花があるからこそ、この物語は、底知れない恐ろしさをはらむことができるというのに！）

（ああ、なぜなんだろう）

村迫乙子は、『茶わんのなか』と、その原話を読んだあと、しばらくの間、そうした疑問にとりつかれ、思い出すたびに歯痒《はがゆ》い思いに身をよじり、ときには地だんださえ踏みたいくやしさを、このいまは亡い明治の文人に勃然《ぼつぜん》と感じたりしたものだった。

しかし、とはいえ、それももう、はるかな昔日《せきじつ》のある一時期、幼く若く多感であった頃のできごとではあった。

2

村迫乙子は、一昨年、夫に先立たれ、昨年、一人息子を手放した。

今年、五十歳になる。

一人息子とはいうが、高夫は、乙子の実子ではない。

乙子夫婦が子供のできない体質をおたがいに持ち合っているとわかったのは、結婚して五、六年たった頃だった。その後、知人の子をもらって育てた息子である。だから、血のつながりはない。

しかし、乙子には、実の子同様、手塩にかけて成人させたという実感がある。それは、亡くなった夫にもあっただろうと、乙子は思う。子供を育てる苦労やよろこびを、人並みに、高夫が自分たち夫婦にも与えてくれたと自覚できる、それだけで、乙子には満足であった。

「老後を、この子に託したりすることなんかは、夢見まい」

それは、夫と最初から話し合ってきたことだった。

だから、高夫が結婚して所帯を外に持つときまったときも、乙子は、それほど騒ぎもあわてもしなかった。

息子を手放すべき時期がやってきたのだと、観念した。もともと、自分たちには持つことが許されなかった息子である。本来の生活にもどったのだと、乙子は思うことにした。

しかし、高夫の結婚が、夫の生前でなかったことに、なにかほっとして救われるような思いがあるのは、これはやはり淋《さび》しさとか空《むな》しさみたいなものなのだろうか。夫はそれを味わわずにすんだという感情が、どこかにあるからなのだろうかと、乙子は考えてみたりはする。

まだ年老いたとは思わないが、夫と息子をつづけて失い、誰もいなくなったという感じは、ふと底がなく、押し殺しようもない気がした。

さいわい、夫が遺した貸ビルと貸マンションの経営を引き継ぐことで、暮らしに不自由はなかった。離れた土地に所帯を持った高夫も、ときどき電話くらいは掛けてよこす。独りになりはしたけれど、路頭に迷うというほどの行き暮れた身の上ともいえまいと、乙子は、わが身をなぐさめて気をとり直す日々にも、馴《な》れた。

今年に入って、桃の花が咲きはじめた時分であった。出張の帰り途《みち》だといって、高夫がひょっこり顔を見せた。

結婚以来、はじめてのことだった。

「泊れるの？」

「いや、夕方の新幹線に乗らなきゃ」

「まあ。じゃ、あんまり時間ないじゃない」

「そう。鼠《ねずみ》にひかれてやしないかと思ってさ。ちょっと、顔見に寄っただけ。一緒にめしでも食おうと思って」

「厭《いや》ァねえ。こんなことだったら、ちょっと電話でも入れてくれときゃいいのにさあ。といってるひまなんかないのよね。サアたいへん。材料、仕入れてこなくっちゃ」

「いいよいいよ。外で食おうよ。そのつもりできたんだから」

「だって、おまえ、せっかく家に帰ってきたのに……」

「だから、時間は有効にさ。どっか駅の近くで食べてりゃ、ぎりぎりまでゆっくりできるだろう。そのままとび乗りゃいいんだから。さあ、着替えた着替えた」

乙子は、せきたてられるままに外出支度に着替え、久しぶりに息子と持つ時間の短さをなげきながら、その短い時間いっぱいを、すこしでも自分のそばにいてすごそうとしてくれる息子の気持がうれしかった。

前ぶれもなくやってきて、そっけなさとやさしさを同時に見せて、すぐにまた去って行く。むかしから、そういうところのある子だった。

一つ家のなかにいて、高夫がずいぶん遠くに離れている人間のような気がし、もう届かないと思ってのばした手の先を、意外に近くで無造作につかんでくれていたりした。

そんなむかしのあれこれが思い出されて、涙が湧《わ》いた。

巣離れするまで、育てたのだ。もうこのあとは、どこへでも飛んで行ってしまったらいい。手をのばしたりはしないから、そこで、好きなように生きればいい、と、腹はきめたつもりでいるのに、こうして不意に、間近でその顔を見、声を聞かされたりすると、乙子の心は、望んではならないものを、ふと夢見て、揺れるのだった。

所帯を持ってはじめて見る息子は、どこか大人びて、がっしりとした感じがあった。

「どう？　うまくいってるの」

「ご心配なく」

「心配なんかしてないわよ。しなくてすむから、せいせいしてるわ」

「そう。それでいいんだよ。僕のことなんかよりさ、自分のことを考えなきゃ」

「あら、どんなこと？」

「このまま、一人でやってくのかい?」

「やってくって?」

「生活さ」

「やってるじゃない」

「いや、この先ずっとさ。おふくろは、まだ若いんだからさ」

「まあ」

と、乙子は吹き出した。

「おまえ、お母さんに、再婚でもしろっていうの?」

「だめだよな?」

「あたりまえでしょ」

「そりゃまあ、おやじとおふくろ見てりゃ、だめだってことはわかるけどさ」

「わかってれば、よけいな心配はしないでちょうだい。いったでしょ? おまえが家を出るときにも。母さん、一人になったなんて、思わないでちょうだいよって。いつだって、父さん、そばにいてくれてるわ。亡くなったからって、母さん、父さんとの暮らしが終ったなんて、いっぺんだって考えたことありゃしないのよ。あんなひとにめぐりあえて、夫婦になれて、母さん、ほんとに生まれてきてよかったと思ってるのよ。姿形《すがたかたち》がなくなったって、この縁だけは切れやしないわ。父さんは、そういうひとだったのよ」

「わかった、わかった。撤回するよ。そういうだろうと思ってたんだよ」

高夫は、なかばへきえきして眉根《まゆね》を寄せたような顔で、しかしたのしそうに笑った。

その日、高夫に連れられて、村迫乙子は陽当《ひあ》たりのいい内庭のある明るいレストランに入った。

「まあ。こんな洒落《しやれ》たお店があったの?」

「あれ。知らなかった? もう三、四年はたってるよ。ほら、いつかアイスクリームの手の込んだやつ、いろいろ買って帰ったことがあっただろ」

「ああ、おぼえてる。夢の国のお菓子みたいな……あんまりきれいで、食べるのもったいないわねっていったあれ?」

「そうそう。あれが、ここの特製だよ」

「そうなの」

「おやじ礼讃《らいさん》もいいけどさ、たまには、こういうところへも、おふくろ引っ張り出さなきゃな」

「あら、方々連れてってもらったわよ。おまえが知らないだけなのよ」

乙子は、すっかりはしゃいでいた。

(今日はいい日。思いがけない日だったわ)

と、あらためて、思った。

運ばれてくる食器も凝《こ》っていたし、料理もうまかった。

気持のいいテーブルの広さや落ち着きに、食器や料理のいろどる景色が実によく似合った。

高夫のくったくのない食べっぷりを眺めているのも、たのしかった。ナイフやフォークの小気味よい音。グラスの水の澄んだ輝き。こうばしい肉の焼けた香り。時のたつのも忘れて、乙子は、息子と囲んだ食卓の晴れやかさを満喫した。

「あ、そうだ。ちょっと電話しとかなきゃ」

途中で高夫が座を立った。

そんな高夫の動作も、むしょうにきびきびとして頼もしく見え、乙子は眼で追いながらゆっくりとワイン・グラスを手にとった。

磨きこまれたグラスを透かして、深紅色の液体が静かに揺らぐのが美しかった。

乙子は、瞬時、その手をとめた。

口もとへ運びかけたグラスは、心持ち高めにかかげられ、乙子の視線はそのグラスのまろやかなふくらみに注がれていた。

白い光がうつっていた。

よく見ると、それは人の姿だった。

乙子は、つとこうべをめぐらせて、自分のうしろを振り返った。

すこし離れたテラスのテーブルに、男が一人すわっていた。純白のスーツに陽が当たり、その輝きが乙子の手にしたワイン・グラスにうつっているのであった。

白い光に映えて、若々しいおもざしが清潔だった。

乙子は、グラスに眼をもどし、赤い液体にうつっている白い光を、しばし眺めた。

液体の揺らぎのかげんで、光線は、ふとこなごなに砕けたり、また鮮やかに像を結んで見せたりした。

(まあ、きれい)

透明なグラスをとおして、なかの深紅の液体に、その映像はまるで浮かんでいるようだった。

束の間、乙子は、そんな光の戯れに見蕩《みと》れながら、ゆっくりと何口かにわけ、赤い液体を飲みほした。

ボーイが、あとを注ぎにきた。

そこへ、高夫ももどってきた。

「花嫁さん?」

「ちがうちがう。会社だよ。あれに、電話なんかするもんか」

「あら、威張ることないじゃない。奥さん、大事にしなきゃだめよ」

「してるしてる。さあ、食べて。ほら、まだワインも残ってるじゃない」

高夫は、再び旺盛にナイフとフォークを動かしはじめた。

乙子は、そんな高夫から、ワイン・グラスへ眼をもどした。

白い光は、もう消えていた。

(おや)

と、うしろを振り返って見た。テラスのテーブルにも、男はもういなかった。

高夫を新幹線の駅に送って街へ出た頃には、陽がかげりはじめていた。

村迫乙子が、三十年近くも頭に浮かべることのなかった小泉八雲の名を、とつぜん思い出したのは、この日の後、二、三日してからであった。

3

寝つきの悪い夜、乙子はすこしアルコールを入れる。それが習慣のようになっていたが、高夫と別れた日の夜は、そんな必要もなかった。

彼女は、かなり酔っていた。

なにをするのもおっくうで、外出着も脱ぎ散らしたまま、宵《よい》の口から早々と床に入った。

眠りはすぐにやってきた。

眠ることが、彼女には、なによりのたのしみだった。この睡眠の時間のなかでだけ、彼女は夫に会うことができた。

眼に見えない幻の夫ではなく、現実の姿形をそなえた生身《なまみ》の夫が、彼女のくるのを待っていた。生前とどこにも変わりのない二人の暮らしが、そこにはあった。

だから、乙了は、眠りにつく前、いつも思った。

(どうか、このまま、めざめがやってきませんように)

今日こそは、さめない眠りでありますようにと、祈るのが常だった。

高夫と別れた日の夜も、彼女は一刻も早く夫に会いたいと思った。会って、息子が訪ねてくれたことを、報告したい。高夫の話題で、今夜は夜っぴて、泣いたり笑ったり、話のたねが尽きないだろう。

ワインの酔いも手伝って、乙子は昂奮《こうふん》ぎみだった。

だが、翌朝、めざめた乙子は、しばらくぼんやりとして、蒲団《ふとん》の上にすわったまま動かなかった。

(なぜかしら。あなたがきてくれないなんて……そんなことは、ないわよね)

(いや、きっと夫はきてくれて、わたしたちはいつものように会いもし、喋《しゃべ》りもしたのだが、つい度をすごして酔っぱらいすぎたわたしに、その記憶がないだけなのだ)

頭のしんで、まだゆうべの酔いの名残りが、きりきりした。

その翌日も、また翌々日も、しかし乙子は夢のなかで夫に出会うことができなかった。

めざめるたびに、彼女は小首をかしげ、ふと息をひそめるような真剣な面持ちで、前夜の記憶のなかをうかがい、くまなく、せわしなく、探しまわった。

どんな些細《ささい》な記憶のかけらも、見逃さずにはおかないといった一心な点検の眼であった。

(どうしたのかしら。なぜなのかしら)

なにかが、いつもとちがっていた。

夫に出会えないだけでなく、記憶のどこかが、奇妙に景色を変えていた。

いや、景色という表現は、適切ではない。

記憶のなかには、確かに夫はいなかったが、夫以外のものが、いた。

いた、と、乙子には思えるのだった。

そう思うと、前夜も、前々夜も、またその前の夜——つまり、高夫に会った日の夜にも、乙子は、自分が、まちがいなく夢は見たのだという気がした。

ただ、その夢に、夫が現われてくれなかったので、夫を探し探して、見るべきはずの夢をもとめ、一晩中その夢を待ち望んだ彼女には、ついに出会えなかった夫同様、その夢もまた、見なかったのだと、思いこまざるを得なかったのではあるまいか。

夢は、見ていたのだ。

見ていたが、夢のなかには夫はいず、夫がいない夢などは、乙子にとって、見る必要も価値もない、まるで無意味なものだったから、彼女は、そんな夢を見たことさえ忘れ、ひたすら、夫にめぐりあえる夢だけを追いもとめて、むなしく朝を迎えることになったのだ。

しかし、三日も同じようなむなしい夜がくり返されると、さすがに乙子も、その夢の世界の異変に気がつかざるを得なかった。

ふと立ちどまり、うかがうように、夢の記憶をあらため直して、乙子は、そこに、夫以外の人間の顔が確かにあったと、気づいたのだった。

ぼんやりと輪郭の定まらぬ、見知らぬ男の顔だった。

そして、三日間、その顔は、自分の夢のどこかにまちがいなくあったと、自覚したとき、乙子は、急に腹立たしい不快な気分におそわれた。

会えるはずの夫には会えず、見も知らない男の顔が、どうして夢に出てきたりするのだろう。

三日目の朝だった。そんな腹立たしい気分で寝床をかたづけながら、乙子は、とつぜんその手をとめた。

男の顔が、もしかしたら彼ではなかったかと、一瞬思い当たる顔があった。

三日前のレストラン、陽の当たるテラスのテーブルで、眼に眩《まぶ》しい純白のスーツを着てすわっていた男。

（しかし……）

と、乙子は、思った。

年齢は三十前だろうか、若い清潔な顔立ちの男だったという以外に、彼女は、その男の顔を、よくおぼえてはいなかった。

束の間うしろを振り返って見た印象が、漠然と視野に残っているだけで、男が食事をしていたか、茶を飲んでいたのかさえ、記憶にはないのだった。

乙子が、あのとき振り返ったのは、その男に注意をはらったからではなく、ワイン・グラスの表面にうつった白い光の晴れやかさに、心奪われたからであった。乙子の関心は、あくまでも、手もとの赤いグラスを彩る光の造形の美々しさのほうにあった。つい見惚れて、その白光の正体を、反射的に眼で探した。そこに、あの白いスーツの男がいた、というにすぎなかった。

したがって、男の顔をつぶさに見たわけではなかったが、しかし、彼ではなかったかと思いついたとき、乙子は、アッと小さく声をあげかけたのである。

ワイン・グラス。その赤い液体にうつっていた人間の影。

(そう。わたしは、あのとき、なにか素敵な蠱惑《こわく》的な、おいしい美しいお酒を、飲んでいるような気分になった。きらきら輝く光線の、あの色や形の美しかったこと。口にするのがもったいなくて、いつまでも眺めていたいような、ぜいたくな気分をたのしみながら、わたしは、あのワインを飲みほした……)

乙子は、その回想の途中で、再び、小さく声をあげかけた。

(そう、飲みほしたのだ、わたしは、あのワインを)

そう思ったとき、まったく唐突に、村迫乙子は、むかし読んだ一冊の本、その本のなかにあった一篇の短い物語を、思い出していたのである。

遠いかなたの記憶のなかから、するすると波間をわけて泳ぎ寄ってくるすばやい生き物。

乙子は、そんな感じで、とつぜんに、小泉八雲を思い起こしたのであった。

そして、思い起こした自分におどろき、かつ深くうろたえてもいた。


一瞬のとっぴな連想が、同時に奇妙な連鎖反応を起こし、遠近さまざまな記憶を集めて一どきに彼女のまわりに押し寄せてきた。

乙子は、そんなふうに感じた。

しかし、その夜からはじまった、もっと奇妙なできごとまで、まだ彼女は予知していたわけではなかった。

4

四日目の夜、乙子は、はっきりと、その男の顔を見た。

目鼻立ちのひきしまった、すがすがしい若者だった。

のびのびしたその体軀も爽快《そうかい》だったが、立ち居ふるまい、話しかける言葉、その声の、ひとつひとつが礼儀正しく、清潔感にあふれていた。

乙子は、しきりに彼と話し、彼も熱心にうなずいたり、短い言葉を返してきたり、気持のいい声をたてて笑ったり、真顔になったり、微笑したり……しじゅうおだやかに、乙子の話し相手をつとめた。

白いスーツ。白いワイシャツ。その白さが眩しくて、乙子は何度も手をかざし、真夏の陽ざしを仰いででもいるように眼を細め、しばたたいた。

どんなことを話したのか、まったくおぼえてはいなかったけれど、めざめてみると、その青年の印象は、鮮やかに残っていた。

それは、乙子がかつて経験したことのない、心が浮き立ち、花やぐような、ふしぎな清涼感のあるめざめだった。

そして、乙子は思った。

（まあ、なんてことなんだろう。こんな信じられないことが、ほんとに、世のなかにはあるんだわ！）

この朝、乙子がおどろいたのは、無論、彼女が、小泉八雲の『茶わんのなか』を思い浮かべたからである。

うつるはずのない人の顔がうつった茶わんのなかの水を、顔ごと飲みほした男のもとへ、顔の主《ぬし》が訪ねてくる。

（そう。きっと、あの青年も、わたしを訪ねてきたんだわ）

と、彼女は思った。

そして、むかし、その物語に本気で腹を立て、原話でいちばん重要な眼目と思われる一節を八雲が『茶わんのなか』では書いていないことを、躍起になって歎《なげ》いた頃の自分を、あるなつかしさと共に思い出していた。

——思ひよりてまゐりしものを、いたはるまでこそなくとも、手を負はせるはいかがぞや。

（そう。茶わんの水に浮かんだ顔は、ただの奇怪な、妖怪変化《へんげ》などではないのだ。それは『思ひよりてまゐった』、つまり、思いを寄せて恋い慕い、その恋慕の情を伝えんがための一念で現われた若侍なのだ。関内という男は、その水を一気に飲みほした。若侍の恋慕の思いを、その恋の執着が見せた顔を、体内に受け入れた。「恋は成《な》った。思いは受け入れられた」と、よろこび勇み小躍りして、若い美男の侍は、男のもとを訪ねたのだ。飲んだ者と、飲まれた者との誤解がそこにはあったのだが、その一途な恋慕のいじらしさを、いたわることさえもせず、いきなり「化け物。幽霊め！」と切りかかり、手傷を負わせるとは、いかがぞや。と、主人の恨みを、家来たちがのべにきた。関内は、それにも切りかかり、家来たちは消え、『後又《のちまた》も来《きた》らず』という一語で、原話は締めくくられる。つまり、顔を飲みこんだ男の体内には、恋の思いが恨みと変わった若者の執着が、もう一生消えることなく宿り、男自身の血や肉となって棲《す》むだろう。恋の一念が見せた顔は、すでに飲まれてしまっているのだから。

『後又も来らず』この言葉こそ、この物語を完成させる、見事な結末なのだ。来る必要はないのだから。ほんとうの恐ろしいことは、いずれ、関内の体のなかで、起こるだろう。水は飲まれているのだから）

乙子は、むかし、そう思ったのだった。

だのに、八雲は、この結末の、重要な、実に見事な締めくくりの一語も、彼の『茶わんのなか』からは抹殺している。

（八雲って、なんてトンチキな、小説のわからない男だろう。しかも、原話を、おくめんもなく『未完の物語』と、きめつけている。未完にしたのは、八雲自身ではないか！　原話の花や実に気づかず、それをむしりとっておきながら！）

と、乙子は、かつて憤慨したのである。

——思ひよりてまゐりしものを……

その言葉が、しかしいまふしぎにこころよく、胸をはずませさえして思い出されるのであった。

かりに、自分の夢が、八雲なんかとはまったく関係のない偶然の暗合だったとしても、自分を思い、自分を慕って、あの青年が夢のなかに現われたと考えることは、たのしいではないか。こんなうれしいことがあろうか。

（そう。あれはきっと、神様が、高夫の代りにわたしに与えて下さった、夢のなかのわたしの息子。彼を、息子と思えばよい。息子代りにして暮らせ。そういって下さっているのだ）

乙子には、真実、そんな気がした。

（いいえ。もしかしたら、神様なんかじゃなくて、あなたなの？）

と、乙子は、心のなかで問いかけた。

夫が、そうしてくれたのかもしれない。

（そう。あなたなのね？　だからあなたは、遠慮して、出てこないのね？　代りに、あの子を寄越しているのね？　どうだ、息子代りにしたらって、あなた謎かけてるのね？　わたしたちが、仲よくなれるかどうか、あなたは陰に隠れて、観察してるんでしょ？　試してるのね？　安心して。合格よ。あの子だったら、立派に高夫の代りをつとめてくれるわ。いいえ、立派すぎるわよ。あなたがいて、あの子がいて……ああ、そんな暮らしができたらって、わたし、どんなに思ったか。

見つけて下さったのね。そんな暮らしができる息子を。そうでしょ？　どうだいって顔して、あなた、わたしとあの子のいるところへ、いずれ、きっとひょこっと現われて、びっくりさせるつもりなんでしょ？　そんなことに気がつかないわたしだと、思ってらっしゃるの？　ええ、ええ。いつだって、いいことよ。大威張りで、出てらっしゃい。何百遍でも、いってあげるわ。ありがとうって。ありがとう。ほんとにあなた、ありがとうね）

乙子は、涙にむせんでいた。

親子三人、水入らず。そんな暮らしが、この先ずっと続くのだと思うと、乙子は、一生、（もう、なにもいらない、このほかは）

と、涙があふれてくるのだった。

（こんな日がこようとは、思ってもみなかった）

生きていてよかったと、しんから彼女はよろこびの声をあげたのだった。

夢のなかの青年は、夜ごとに彼女を迎えてくれた。

会うたびに、二人の気心も知れ、呼吸も合って、うちとけ合い、親しさは日増しに湧いてきて、乙子はもうすっかりその夢のなかの息子に夢中だった。

夜のくるのが、待ち遠しかった。

今日こそ夫が出てくるか、明日は現われるにちがいないと、その日を待つたのしさにも、心が躍ってならなかった。

そうした日々が、しばらくつづいた。

そんなある日のことだった。

ここのところ、朝ごとにカーテン・レールの金具のひびきがはずみきった音をあげて、朝の光を部屋中へ一気にとりこんでいた乙子の寝室が、その日、昼近くになっても、ひっそり静まりかえっていた。

乙子は、ほの暗いその寝室の中央で、蒲団の上にすわりこみ、腑抜《ふぬ》けたように身動きひとつしなかった。

彼女は、思考力を奪われていた。

なにが起こったのか、いくら考えてもわからなかった。

ゆうべの夢が、どこからはじまり、どこで終ったのか、たどり返す力もなかった。

わかっていることは、夢のなかの青年が、もう息子ではなくなったということだけだった。

あの清潔感にあふれたすがすがしい青年のどこに、あんなに獰猛《どうもう》な、あんなに淫蕩《いんとう》な、あんなに野卑な、獣性がひそんでいたのだろうか。

青年がふるった快楽の卑しい技《わざ》のすべてが、いま乙子の裸身のいたるところに、名残りの跡をとどめている。

いつ、あんなことになったのか。

気がついたときにはもう、乙子は彼の裸体に組み敷かれ、翻弄《ほんろう》されていた。

あの旺盛な疲れを知らない、好色な裸身を、彼は、どこに隠しおおせていたのだろうか。

思いつける限りの痴態を乙子に強《し》いて、乙子を骨抜きにした肉体。

青年のその無数の肉体の記憶が、いま、なまなましく乙子の裸身によみがえってくる。

乙子には、わからなかった。どうして、こんなことになったのか。

彼女はただ、なにも見る力のない眼を、見ひらいて、ぼんやりしているだけだった。

次の夜も、そうだった。

その次の夜も、次の夜も、青年は飽くことを知らないけもののように、乙子をむさぼり、乙子にも、けものになることを強いた。

乙子は、夫の名を呼んだ。

声が涸《か》れるまで、叫んだ。

涸れたあとも、叫ぶことをやめなかった。

しかし、夫は、現われなかった。

現われるのは、彼だけだった。

眠るまい、と、乙子は思った。眠りさえしなければ、彼に会うこともないのだから。

思いながら、乙子は、眠った。

眠りが、乙子を誘うのか。

乙子が、眠りへ急ぐのか。

それも、乙子には、わからなかった。

夢のなかで、乙子は、ときどき、自分の裸身が、眼を見はるほど若やいでいるのに気づく。

日増しに、その若やぎは、色艶《いろつや》を深めているように。

乙子は青年に凌辱《りょうじょく》されているとき、近頃、不意に思うのだった。

美しい顔をした幽霊に、いきなり怒りの刃《やいば》を向けて、烈《はげ》しく突いてかかった一人の男のことを。

気味悪いもの。理に落ちぬもの。理解を絶するもの。怪。

ただそれが怪であるために、有無をいわせず刃を抜いて切りかかった男。

あの関内という男には、ほかに理由などいらなかった。ただそれが怪、不気味なものであるということのほかには。

純粋な殺意。

それは、あるいは、そう呼ばれるべきものかもしれない。

八雲は、その殺意を実行に移した男が、移したあとで受けねばならないなにかの報復を、『茶わんのなか』で、書いた。

——思ひよりてまゐりしものを……

そんな情実の匂いは、八雲には、不必要だった。

怪と、怪でないものとの、ただ純粋な対立だけが、八雲には必要だったのだろう。

乙子は、なぜそんなことを自分が考えたりするのか、わからなかったが、しきりに関内という男の抱いた殺意のことが、頭のなかを去来した。

(いや、やはり、あの物語は、恋の物語でなければならないのだ)

とも、思った。

そして、あの関内の殺意のなかには、いわれのない恋慕を受けた男の衝撃が、なくてはならないのだ。それがあったから、彼は猛然と刀を抜いたのだ、と。

……あれを思い、これを思い、だが行きつくところは、殺意だった。

一杯の赤い液体をたたえたグラスが、眼の前で、揺れる。

あのワインのなかに、この肉体の悪魔が、ひそんでいた。

あの美しい酒が、わたしの体のなかで、いま悪魔の肉に変わりはじめている。

乙子は、とりとめもなく、そんなことを考えた。

考えながら、毎日が、消えては、やってくるのだった。

5

季節は、夏にさしかかっていた。

日傘がなければ、街なかは歩けなかった。

村迫乙子は、横断歩道を渡りながら、日傘の柄をふと肩の上で、とめた。

その前の人混みを、一人の青年が歩いていた。薄荷《はっか》の匂いでもかげそうな、洗いざらしの涼やかな純白のスーツが軽快だった。

誰も、気づきはしなかった。

乙子の体が、異様にふるえはじめたのを。
その青年は、次の横断歩道の信号で立ちどまった。
前を、車が走っていた。ひっきりなしに、車の群れが走り抜ける。
日傘を握っていた手を急に、乙子は放した。
青年の、真後《まうしろ》に、彼女は立っていた。

エッセイ

筆の文句

色紙などにものを書いたりしなければならないときに、私はわりあい不用意に、というか、とっさに思いつく言辞がなかったり、あるいは逆に考えあぐねた末に結局適当な文句が見つからなかったりすると、ついつかってしまう言葉がある。

こういうところでことさら披露するほどのご大層なものではないが。

『僕は地獄にいるだろう。魑魅魍魎《ちみもうりょう》と戯《たわむ》れて、遊び呆《ほう》けているだろう』

というやつである。

地獄とか、魑魅魍魎などという語句があるもんだから、一種おどろおどろしい印象をあたえるらしく、

「あなたらしい」

と、よく言われる。

私は、自分がおどろおどろしいものを書いているとは考えていないから、そういうとき、あこの人は私のものをちゃんと読んでくれてはいないなと思いはするが、まあめくじらたてる

ことでもなく、「そうですか」とは応《こた》えるけれど、べつにその言葉についての説明や講釈などはしたことがない。もっとも、そんなものが必要なほど意味深長な言葉でもない。ただ、束の間、その筆跡を渡した相手に、ひどく申しわけないことをしたような気持になるのが常だった。

おそらく、この人、この色紙を、もてあますだろうなと、思うのである。普通、色紙なんていうと、額に入れたり、壁にかけたり座敷に飾ってあったりする。地獄や、魑魅魍魎なんて言葉の書き込まれた代物《しろもの》を、そのデンで、そうした場所に掲げるには、やはり二の足三の足踏む人が多かろう。人に贈る言葉ではない。色紙などには、適性を欠いた文句だと、私も思う。

けれどもつい、書いてしまうことがある。ふしぎに私の肌に馴じんで、つと口をついて出る言葉の一つになっている。

この文句、じつは私のある小説の中で、主人公が遺書がわりに記した次のような言葉の一節から抜き出して、つかっているものである。

『五月　青葉の燃えどきに　ぼくのいのちも燃えつきて、
六月　死出《しで》の山を越え、
七月　三途《さんず》の川渡り、
さて、八月は……。
八月は　ぼくの生まれ月《づき》。ぼくは地獄にいるだろう。魑魅魍魎と戯れて　遊び呆けているだろう』

まあ小説中のこととはいえ、遺書がわりにつかった言葉の一節を抜萃してと、眉をひそめる人もあるかもしれないが、この抜萃部分はある意味で、私の日常感、大げさにいえば人生観、ないしは人間観のようなものと、重なり合うところがあるからなのかもしれぬ。

地獄は、私が私らしく、人間らしく生きようとすれば住まなければならない身の置き場所だし、人間、本来魑魅魍魎たる生物《いきもの》であるのだから。

「IN・POKET」（一九八五年八月）

水の世界

　僕のペンネーム。おおむね、不出来の筆名である。まあ自分で命名したのだから、ぼやいたところで仕方がないが、気に入らない、いいとこなしの名前である。

　由来というほどの大袈裟《おおげさ》ないわれもない。

　強《し》いていえば、姓は曙色《あけぼのいろ》の海、名は瀑布《ばくふ》の滝。どちらも、水の容相を世界にとりあげてみただけのことである。

　海の町で生まれた人間だから、海はある意味で僕の原生界。陽が沈む落日の海よりは、昇る朝日のほうが、まあ活性はあるだろう。赤は陽性の色でもある。かくして、ごく単純に「赤江」の文字が定まった。しかし定めてみると、字面《じづら》の感じは曙の海にはほど遠い。

「瀑」は、前記した如《ごと》く、水しぶきをあげて立つ滝である。字義に「水のわき出るかたち」、「あらし」という意味も持っている。嵐という世界が、僕の人格の中では割に手薄である。その補強の役にも立てたいと思ったのである。水のわき出るかたちというのは、大いに気に入ったものだから、これに決めたのであるが、さてつけてみると、「爆」とか「漠」とか「貘」などという字にまちがえられ、水の世界がけしとんでしまうのが、本意でなく、厄介である。気に入らない所以《ゆえん》である。
もともと筆名などは不用にしたいところだが、僕の場合、本名と同姓同名の作家があったものだから、本名はすっぱり捨てたのである。僕ではないといくら説明しても、納得してもらえなかった煩《わずら》わしさもあった。この時に、僕は、わが本名に訣別した。爾来《じらい》、僕は本名にまったく未練も執着もない。もう、本名は忘れている。

「小説現代」(一九八七年四月号)

踊れ、と彼が言ったような

僕の小説でのデビュー作といえば、『ニジンスキーの手』になるだろう。講談社の小説現代新人賞をもらった作品だ。それ以前に僕は、ラジオや舞台の脚本などではかなりあちこちの懸賞募集に応募したりもしているが、小説で出したのはこれが初回だった。幸運にもそれが受賞した。

題名にも使ったように、実は世界的な舞踊手で今では伝説的な存在でもあるニジンスキーその人が書きたかったのであるが、彼が華々しい名声を得て舞踊界の寵児《ちょうじ》の座をほしいままにした時期はわずか五、六年間のことで、発狂。その後の長い人生は人に忘れられ、狂気の中で暮らした人物である。僕の場合、彼を書くにあたって、この狂気の後半生を見逃しにすることが多分できなかったのだと思う。精神に異常を来してからのスイスのサンモリッツ暮らし、さらにチューリッヒでの病院生活、この舞台を捨てた後の狂気の人の身辺が、資料や調べの点で、当時の僕には不足感が多すぎた。サンモリッツやチューリッヒへ出かけて行かなければ、僕なりのニジンスキーは摑めない、と思った。それができなかった。そこで、ニジンスキーを書くことは諦めざるを得なかったが、書けないとなると余計にこの幻の舞踊手は、僕の中でその劇的な肉体を宙に描いて跳梁《ちょうりょう》した。踊る男ニジンスキーが消えてくれないのは、今書け、俺を書けと、彼が頻《しき》りに僕を促すのだとさえ僕には思われた。そんな事情で僕は、ニジンスキーの再来といわれる日本人舞踊手を主人公にすることを思いついた。書けないニジンスキーを書くための苦肉の策とでもいえようか。僕自身がニジンスキーの見えない手に操られて、執れない筆を執ったというようなところがある。

この作を書いたことで、僕は小説書きの人生を始めなければならなくなったが、振り返れば、不思議な一作だった。書けないと思った人物に、書くことを強《し》いられて、書く味を覚えたような。踊れ、と彼が言ったような。

「家庭画報」（一九八三年八月号）

月夜の晩にピエロどの

月夜の晩に　ピエロどの
文《ふみ》が書きたや
筆貸しゃれ

昔、学生の頃に読んだ確かベルトランの著書『夜のガスパール』の中にあった詩句だったと思うのだが、いまその本が探し出せず、訳者の明記もできなくて、引用の礼を欠くけれども、この詩片、なにかのはずみに、昔から、奇妙にひょいと口の端《は》にのぼってくることがある。戯文調《ぎぶんちょう》のちょっと古怪な風韻に、大時代な幻術でも跳梁《ちょうりょう》しそうな小世界があり、月夜の明りの妄想性には見合っている。鵞毛《がもう》のペンのインクの匂い、羊皮紙の書面に躍るあやしの言語や絵文字の形……中世風の、古びたロマネスクの情趣、そんなものが、つとたちこめて、謎めいた月光の或る雰囲気を、身辺に運び込んでくる。

たとえば物に倦《う》んでいるとき、無為に時間をつぶしている折、そうした場合が多いようだが、どういうかげんかこの詩句を、とつぜんわたしは口ずさんだり、頭の中に思い浮かべていたりする。ちょうど呪文でも、唱えるみたいに。まあ呪文にしたところで、まるで意味はないのである。何もしたくなくなって、グダッとわたしはひっくり返るか、物ごとすべてに飽き果てて、呆《ほう》けていたいと思ったりしているさなかのことだから、文などついぞ、書きたい筈もわけもなく、まして筆など、誰に借りようか。見るのもご免蒙りたいといった状態にあるのだから。

いや、そういう状態のさなかだからこそ、わたしがわたしの知らないところで、逆に、もっと文を書け、どんどん書け、筆を借りても文章書けと、自分に向けて発信するこれは一種の無意識信号みたいなもので、呪文といえば、それはまさしく意味ある呪文で、いわばわたしの潜在意識が自己発奮をうながすには恰好の文句だと、記憶にとどめた詩句かもしれぬ。奇妙にひょいと出てくるのは、奇妙でも不思議でもなく、生来怠け癖のあるわたしを、どこかで、わたし自身が、そういう形で自動制御しているのだ……などと、昔、勘ぐってみたこともなくはなかった。無論、当ってはいない。

ただ単に語路のよさで口馴じんだ言葉であるのは、まちがいない。

じっさいそれは、思わぬときに不意に訪ねてくる遠来の客みたいなところがある。客の種類や用向きは、まあ何であるにせよ、訪れてくるものに、ひとつの光芒の世界があるのが、案外わたしの気に入っているのかもしれないと、わたしは考えることにしている。密《ひそ》かに背戸でも叩くような物腰が、その客にあるのもいい。迎えに立つと、音もない明るさが射し込んでいる。

「ああ、客がやってきた」と、わたしは思う。

物に倦んで、飽き果てて、動くものの何もない、静まり返ったがらんどうのわが視野に、光だけが逍遙している。物言わぬ客の気配がその光の奥でする。しだいに増してくる明るさ。あたりに満ちる光の嵩《かさ》。相変らずひっそりと、その光の深みの奥で客は逍遙しつづけている。と、幽《かす》かなものが、めざめかける。五感の音律、あるいは精神の諧調のようなもの、そぞろな気分、ふとした遊心のようなものが。夢想が羽をのばしかける。その羽に、なにかがしきりに戯れかかる。それが、光の、あるいは客の、手や、足や、息づかいの感触だとわかる。わたしの内で、静謐なものが、いま動いている、と感じる。静かで、動く筈のないものが。

〽月夜の晩に　ピエロどの……

たわいもない、西洋の戯言《ざれごと》めいた言葉の破片に、蠱惑《こわく》的な力がこもりはじめている。月の光。なにやらこれには正体不明な、微妙な惑乱力がやはり、腕を揮《ふる》う境地があるのかもしれぬと、そんな刹那、わたしも思う。

わけても秋、月の季節がやってくると。

「毎日新聞」(「秋の客」改題　一九八四年一〇月二三日)

あやかしの鼓への辞——劇場プログラム掲載文——

創作・創造作業にたずさわっている人間たちには、そのジャンルやメディアのいかんを問わず、また本人の好むと好まざるとにかかわらず、その前途に、まず踏み込まねばならない《夢想の領域》とでもよべる広大無辺な天地が、横たわっているにちがいない。たとえば、感性の大密林とそれはよびかえてもよいだろう。

この天地に触れずして、また踏み込まずして、どのような創造作業も真《しん》に成り立ちはしないだろうし、窮極の完成も見ないであろう。避けて通るわけにはいかない、また眼をつぶって素通りすることもできない世界である。

世のなかには、夢想の世界を見くびりすぎたり、あなどったりする人たちもいるけれど、この密林《ジャングル》の輝かしさや、未踏の恐怖にみちた迷路をたどり踏査することの苦渋の洗礼を受けずして、どんな創造活動が可能だろうか。この領域が存在するからこそ、創造作業は価値ある魅惑の所産ともなるし、昂奮的な芸術の光彩も帯び得るのだと、わたしは常々疑わない。

夢野久作《ゆめのきゅうさく》さんは、とりわけ、この《夢想の世界》の構造に通暁《つうぎょう》し、きわめて堪能な作家であった。

亡くなられてすでに久しいけれど、『ドグラ・マグラ』のごとき変幻自在な魔境の文学領域を、光の飛沫《しぶき》や雫《しずく》を蹴散らし燦然と泳ぎつくしてのけてみせる傑出した大作も、後進のわれわれに遺しておられる。

わたしは、たいへん不勉強な後輩で、夢野久作さんの作品はごく限られたものしか読んではいなかったが、このたび、西武劇場から『あやかしの鼓』を舞台にかけたいという話が持ち込まれ、多少言い訳めきはするけれど、時間的にも余裕のない急な仕事づくりで、万全も期せず、夢想の世界の達人に真剣勝負で手合わせする心構えも、工夫を凝らす手数も持てなかったことが、いま残念でならない。

小説『あやかしの鼓』は、みなさんもご存じのごとく、夢野久作さんの作品系譜のなかでは、おそらく処女作と呼んでよい作品だろう。それだけに、夢野文学の眺望のなかでは、初花《ういはな》の趣《おもむき》があり、小説の首尾、完成度の点で、かならずしも上々出来の作とは言えまいけれど、すでにその後の作家活動の稟質《ひんしつ》も本領も、充分に顔を覗かせている貴重作である。加えて夢野さんは、日本の古典芸能、芸事、芝居事情などにたいへん精通した方であった。

常々わたしも芝居は好きで、戯曲を書く仕事も、私的には、わたしの領分のなかでそれほど無縁なものではない気もしてはいたが、小説書きの仕事に染めた手が抜けられず、大げさに言えば、小説の麻薬を飲んで片時もそこから離れられずに生きてきたようなところがある。麻薬は業苦。辛酸の種。地獄の憂き目は歎《なげ》きはしても、クスリが折ふし垣間見せる光輝や蠱惑のちからに惹かれて、このところ、小説だけを唯一の道連れにしてすごしてきた。

はからずも、今度、西武劇場の山田潤一さん、演出家の石沢秀二さんから舞台の声をかけられて、旧知の僚友にでも会えたような懐かしさがし、むかしの棲《す》み処《か》へ引き戻されるような気さえした。

小説と演劇は、わたしにとっては、これまでも不即不離のようなところがあって、若い頃演劇や映画の世界に身を置きたいと考えた時代もあっただけに、その懐かしさは一入《ひとしお》だった。

とは言っても、商業劇場の舞台に戯曲をかけるのは初めての機会である。奇《く》しくも夢野さんの処女作と組むことになり、オリジナルな書きたい放題、したい放題な戯曲ではないが、それなりになにかをせねばなるまいと考えはした。

最初、夢野久作さんの世界を借りて、創作戯曲の線が出したいとか、丁々発止《ちょうちょうはっし》と渡り合う会話劇に仕立てたいとか、いろいろサマ変りな狙いはなくもなかったが、時間的な制約を考えたりすると、いずれも果たせず、結局逆に原作によりかかりすぎた向きもなきにしもあらずという眺めになった。夢野さんの筋立ての美味しい部分は素直に頂戴し、その上にいくばくかの、わたしなりの演劇的空間が展開できればという仕掛けになった本である。

いますこしく追記させていただくなら、この芝居を、鼓と人間の闘争劇にわたしは仕上げたかった。仕上っていないところが心残りではあるが、大なり小なりこの劇の登場人物たちは、それぞれの立ち場で、鼓と闘わざるを得ない人生を生きる人間たちである。

その問題の鼓に、この世の生を与えた鼓師と、その鼓師から出来た鼓を受けとった女性《にょしょう》・綾姫とを、二人ながらわたしは妖怪の世界の人物にした。妖怪の天界と人間界とにわたる確執劇である。

妖怪をあつかった先行戯曲はあまた名作もあり、その点ではこと珍しくもないが、なにかそこらあたりのあやしい演劇的時空が、うまく表出できればよいがと、ひたすらいま念じている。

演劇は、夢想の翼のありったけを打ちそよがせて、現実を蹂躙《じゆうりん》してほしい。蹂躙されることを願って、観客は劇場の椅子に腰掛ける。

願わくば、そうしたものの片鱗が、束の間でもよい、この舞台のどこかに現われ、或る花を、あるいは実《じつ》を、結んでくれないものかと望んでいる。

ともあれ、演劇も、また麻薬。

未熟な本を書いたことを不遜にもいまわたしは忘れ、馥《こう》しい麻薬の匂いを身辺に運び込まれて、心そぞろな状態である。

「パルコ・西武劇場プログラム」(一九八一年一一月)

首塚の酒

京都から丹波《たんば》の亀岡市《かめおかし》へ抜ける山陰街道は、現在では国道九号線、車で走っているかぎりでは、そのむかし山また山の奥深い峠道が幾まがりにも険しくかさなり連なっていたであろう趣《おもむき》も探し出せなくなっているが、亀岡市との境界にある長いトンネルへさしかかるあたり、老《おい》の坂という地名が残っている。

このあたりは、天下に名だたる大江山《おおえやま》のまっただなか、例の百人一首などでも有名な『大江山生野《いくの》の道の遠ければ、まだ文も見ず天《あま》の橋立《はしだて》』と小式部内侍《こしきぶのないし》が歌ったあの山岳地帯であるが、老の坂は、この大江山の峠につけられている名前である。

天正のころ、丹波の亀山城にいた明智光秀《あけちみつひで》が、本能寺の織田信長《おだのぶなが》を襲うため密《ひそ》かに入洛した山路も、この老の坂越え道であった。

さらにいまひとつ、老の坂には有名な故事が語り伝えられている。

大江山といえば、鬼の棲《す》む山。平安王朝のむかし、夜な夜な都へ出没して人民を苦しめた鬼・酒呑童子《しゅてんどうじ》とよばれる妖怪がこの山には棲んでいたわけだが、時の朝廷の命により源頼光《みなもとのよりみつ》率《ひき》いる四天王の武将たちが、この鬼を退治する。さて、その鬼の首を都へ持ち帰る途中、彼等はこの老の坂の山中で一休みしたところ、いざ出発というときになって、打ちとった鬼の首が動きもすごきもせず、持ちあがらなくなったというのである。しかたなくその場所へ首を埋め、塚をつくったという物語が残っている。

この酒呑童子の首塚が、現在も、老の坂の山中には遺されている。

亀岡市へむかう九号線のトンネルへ入るすぐ手前のあたりを山奥へ踏みわけ入る小径《こみち》がある。小型の車が一台やっと通れるようないまでも草深い枝道で、それと知って探さなければ、この間道の入口はなかなか人目にはつきにくい。また、首塚という古跡のあることも、知っている人は意外にすくない。

いつだったか、わたしがそこを訪れたのは春も終り、初夏の陽ざしも色濃い時季であったけれど、山中は小暗く、寒く、陽は照るのに体のしんがしきりに冷えこんで、軽装で出かけたわたしは往生した記憶がある。

塚は、木立ちにおおわれた小さな円墳の上にあり、円墳は巨大な杉や檜《ひのき》の根もあらわにむき出し、古怪な樹木たちの根にがっしりとからめとられているかに見えるそのおどろおどろしいたたずまいが、なんとも薄暗く、印象的だった。

さて前置きが長くなったが、この首塚詣での折に、わたしはふしぎな匂いに出会った。古ぼけた祠《ほこら》とその裏に玉垣で囲った小さな石盛りの塚が円墳上にはあるのだが、この石盛りのそばに立つと、うっすらと奇妙な匂いがたちこめているのに気づいた。樹木の匂いか、土の匂いか、山の匂いか……と、わたしは首をかしげたが、わからない。帰りぎわに、ふと祠の棚に置かれている二つ三つの湯呑み茶碗に眼をとめて、あ、と思ったのであった。

　そう。ここは酒呑童子の首塚。別名首塚大明神とよばれて、首から上の体の病気に霊験があるという祠だ。供えられているのは、酒であろうと気がついた。そう思って湯呑み茶碗に鼻を近づけてみたが、日時のたった内容物はただ透明な液体で、雨水なども降りこんでいるのであろう、それとわかる香りも失せ、水か酒かの判別はもうつかなくなっていた。しかし、気がついてみると、その匂いは、円墳の上にいる間、どこに立っても、消えないでいる匂いだった。

　たぶん、この祠の信者たちは、塚に酒をかけるのだろう。長い年月、くり返され注がれつづけたその酒が、土中にしみこみ、土の匂いとも、樹木の匂いとも、森や山の匂いともなって、消えないものに変ってしまっているのだろう。空をおおう樹林につつまれたほの暗い円墳全体が、ひっそりと、静かに香っているのである。

　いや、香るという表現は適切ではない。けっしてそれはこころよい匂いなどではなかったからだ。かといって、不快な臭気ともちがった。歳古《としふ》りたものの発する、苔《こけ》むして齢《よわい》を経《へ》たものの放つ、あるかなきかの、しかし確かに消えずにこの地にとどまっている、幽《かす》かではあるけれど、それは色濃くあたりにたちこめ、眼に見えない宙空にさまよいついてでもいるような、ずっしりと根の深い、重い、鈍《にぶ》い、なんともふしぎな匂いだった。

　老いの坂という地名、鬼の棲んだという物語を残す山中、妖怪の首が埋まると伝えるにふさわしい古色ただよう円墳のそのおどろのたたずまい……などなどのせいだったか、酒の古い匂いが醸《かも》すひっそりとしたあやしさは、ふと身じろいでなんとなくあたりを何度もうかがわせるような、奇妙に静かな凄みがあった。

土にしみ、土をくぐって、土のなかで歳古りた酒が、土の精気とまじりあい、樹木ににじみ、山気にただよい出して匂う香りは、こうしていま筆にしてみると、なにやら物語めいて生色をおびてはくれないけれど、わたしがこれまでに嗅いだどんな酒の匂いとも重ならない、ふしぎな類《たぐ》いのものであった。

そしてそのとき、わたしは、酒が、この首塚では、荒唐無稽なむかし噺《ばなし》に、ある種の実《じつ》の気配を吹きこみ、よみがえらせている、と思った。

虚実の玄妙なわたりあいを、束の間、五感で感じとり、これもまた旅あるがゆえ、酒あるがゆえかと、うなずいた。

酒は、歳古ると、けだし、妖しい。

魔の領域を、垣間見せる。

「酒」（一九八二年二七周年記念号）

世阿弥《ぜあみ》の屏風

正月は、屠蘇《とそ》の酒が皮切りで、まあ客があってもなくてもたいてい飲むことになり、終日酔中に明け暮れる、ご多分に洩れない酒びたりで新年を迎える口であるが、その正月の酒の話で、奇妙な思い出が私にはある。

もう幾年か前のこと。顔なじみの連中とわが家で飲んでいるところへ、別口の知人から、「飲みにこい」と、招きの電話が入り、二、三人と連れ立って押しかけたのであるが、その知人宅で、飲んだり食ったり座も盛りあがってしごくいい気分のさなか、「なにか書け」と、今度は色紙を差し出され、筆も墨も用意してある。

まあつまらない小説なんかを書いていたりするもんだから、ときおりこうしたこともあるにはあって、字の嗜《たしな》みはからきしなくても、頼まれれば色紙も書くし、また書くときはたいてい酔っぱらっていることが多く、酔いを含んでいた方が、書体にくつろいだ賑やかさも出て、筆が破調に躍ってくれる。どうせまともな字は書けないから、もっぱらまともな正気を離れた酔いに浮かれて、酔いに隠れて、恥を忘れて書くのである。

先方も、そんな私の習癖をよく心得ていて、どさっと色紙の大箱を眼の前に持ち出した。見れば大筆も揃えてある。書くなら大筆が性に合う。そこらへんも見透かされていて、手もなくわたしは乗せられて大言壮語したのである。半分は酔いの悪戯《いたずら》っ気も手伝って。

「もっと大きいので行こうよ」

「どうぞどうぞ。そら画仙紙もここにある」

「いや、あの襖《ふすま》」

「襖?」と、相手はさすがにぎょっとした風だったが、それも束の間、すぐに座を立ち、次の間から屛風を抱えて現われた。

「これじゃ、どう?」と、負けてはいない。

まあ、書く方も書かせる方も、正月酒に酔っていたからできたようなことだったが、それからが一騒ぎ。そんなに大事な屛風でもなかったのかもしれないが、秋草の絵柄を散らした古そうなその大屛風に、なんと私は恐れ気もなく、大悪筆を揮《ふる》ったのである。

どんな文句を書いたのか公表はひかえるけれども、世阿弥の伝書中のある言辞を選んだ。

一月ばかり後のこと。その知人に会った折、くだんの屛風が破れたことを知らされた。親戚の子供がきて座敷で走り廻っているときに、はずみで破ったのだそうである。

嘘のような話だが、その親戚の家の姓が『藤若《ふじわか》』と、いうのである。ご存じの如く、世阿弥の少年名は『藤若』と呼ばれていた。二条良基《にじようよしもと》が与えた名である。

私は些《いささ》か慄《ふる》えあがった。世阿弥が自ら破ったという気がした。酔興で書いた文字への、心への、ある怒り、啓示のようなものではなかったかと、いまだに思い出すたびに、慄えあがっているのである。

「国立能楽堂・29号」(一九八六年一月)

鳥辺野《とりべの》のこと

ちょっと前、ある小説の材料漁《あさ》りで、京都の鳥辺山墓地へでかけたことがあった。

東の鳥辺野、西の化野《あだしの》、北に蓮台野《れんだいの》などと、史上に名うての葬送地、三つならべてみただけで、なにやら絢爛《けんらん》たる情念の世界が目白押しという観があり、古都に見合ったすごみが湧くから、まずはふしぎというものだが。

それはさておき、墓場を見物するというのも不謹慎だが、その日の私の主な仕事は、まさしく墓場を見物することにあった。東山の麓の一角、山あり谷あり林ありの小高い丘を墓石が埋めつくしている。初冬の夕暮れ時だったので、人かげはまるでない。私には連れがいて、同行三人、まあ気楽に喋り合いながら、一時間近くは墓の山を上り下りして歩きまわった。風変りな風景に出会った。青いペンキ塗りのブリキ板が、いたるところの墓石にくくりつけてあるのである。最初は気にもとめなかったが、あんまり数が多いので、眼を近づけてみると、雨ざらしの文字はあらかた消えかけ、「墓台帳の整理のため、この墓の縁故の方は届け出てくれ」という旨《むね》の通達板であった。いずれも立派な墓である。しかも参り手のない墓が、これほどあるのかと、おどろいた。ホテルに帰って、もっと私はおどろいたのだが、その夜一時間近く、私の部屋は凄まじい正体不明の物音で揺さぶりつづけられた。窓をあけたが風はない。雨もない。あの部屋鳴りの原因がいまだに私はわからない。

鳥辺野は、やっぱりなにやら底知れぬすごみの横たわる地であった。

「毎日新聞夕刊『視点』」（一九八二年三月二四日）

花前の京で

春の彼岸《ひがん》、仕事をかかえて出た旅先だったが、京都での滞在中にその仕事とも手が切れて、ちょっとぼんやりできる時間がやってくると、花が見たいなあ、とにわかに思った。

といって、花どき前のこの時季では、桃か梅かというところ。その花たちも、いわゆる名所、名木のありかは知らぬでもないし、それぞれに訪ねてなじみ深いところはいろいろにあるにはあったが、都をはずれた野の花、山の花が見たくて、洛中洛外はるかにはずれて遠出をした。鞍馬《くらま》、貴船《きふね》の山々よりさらにもう一峰東北部の、山間に隠れひそむようにしてある静原《しずはら》という小さな村里。そこに梅林があると聞き、人里はなれた山中の花たのしみに出かけたのだが、数百本の梅木立ちにはわずかに四、五輪、ほころびかけた白花が探し出せただけで、林は全木ひっそりと蕾《つぼみ》の姿でなりをひそめ、期待は見事にはずされた。

都の梅はひらいても、洛北はるかな山里では春は名のみの風情であった。

いずれ都も、これから花どき。花に浮かれた喧噪《けんそう》がはじまる季節もすぐ目の前だが、どういうものか、爛漫《らんまん》の花色に染まった騒然たる都の姿を、わたしはあまり好きではない。

人も花精にあおられて色めきたつ姦《かしま》しさや、人心いりみだれとりのぼせる上気さかげんが、五感の内で別の乱気を触発し、ひどく落ち着かない人間にわたし自身がなってしまうからかもしれない。

しかし本来、花はそうした人心の惑乱、酩酊の気を誘い、魔性のちからをふるうもの。世に一木も一草の花の気配も絶えたなら、人もわれもここになく、寒い闇地に凍えるだろうが、都の花には、魔性の蠱惑《こわく》が二重にかさなる構造をおびるところがあるようで、あるいは、そんなところがわたしには、花の都をたのしめなくさせているのかもしれない。

つまり、一つは花の魔性。いま一つは、千有余年のこの古都がもつ、土地そのものに内蔵する都の魔性とでもいうべきものか。

花どきの京都には、この二つの魔性、眼に見えない巨大な魔の気が、二つながらに競いあって、おたがいに身の盛りきわみのちからをふるいあう、もの狂いめく期間がある。あるように、わたしには思われる。

花が都の魔魅の身をよびさますのか、都が花の精気に一入《ひとしお》ちからを与えるのか、さだかには判じがたいが、都があげてもの狂うこの季節に見せる姿は、眼に見えても見えなくても、精神の内も外も騒然とかきみだし、安穏な気分ではすごしにくい。

魔性のものは、匂やかに、馥郁《ふくいく》と、対面したい。たおやかに、身に浴びたい。精神の羽も、しずかにさしのばし、悠然と、優然と、その幻境へはばたいて、心おきなくあやかしの色にもひたり、のびやかに飛翔しめぐりたいものである。

静原の里の花は見そびれたが、四月の都でなくてまだしも心は一時、安らぎはした。

「京都新聞」（一九八六年四月二日）

火と水と草花の儀礼

苦しい時の神頼み、という言葉がある。日ごろ特別に神仏などに手をあわせたことのない人間でも、切羽《せつぱ》つまると、

「ああ、神さま仏さま！」

と、つい思わずやる。

やったところで、神も仏もこの世の苦難を露《つゆ》ほども哀れと思召《おぼしめ》したりはしてくれないのだが、やるだけはやる。

人為のおよばぬところで音《ね》をあげるしかない人間のこうした弱さを、私はとても好きである。合掌したり、十字を切ったり、手を天にさしのばしたり……それは、ひどく人間的な言動だし、人間が生きていくことの健気《けなげ》な有様がとつぜん思い知らされて、それはほとんど、人間がもっとも人間らしさを見せる唯一の、やさしみにあふれた姿ではないかとさえ思えてくる。そこが、好きだ。

しかし、好きではあるが、私はやらない。

「神さま」とも、「仏さま」とも、私は決して叫ばないことにしている。

別にだからといって、こんなこと、ちっとも自慢になる話でもなんでもない。無論、私が実に人間ばなれのした意志強健な剛の者だとうそぶいているわけではないし、ひとの助けを当てにしない独立独歩、人性潔《いさぎよ》い人間だなどと広言しているわけでもない。それどころか、私はたいへん意気地のない人間で、しょっちゅう音をあげっぱなしで暮らしている。またこのことは、私が、イエス・キリストやアラーや釈迦仏陀の如き強大な心頼みの存在を持合わせない人間だということとも、無関係な話である。

いうなれば、単なる私のお返し、儀礼なのである。

なにへのお返し、儀礼、なのかを書くことにしよう。

私が、その或る死者風習についての知識をなにかの物の本で読んだのは、いつ頃のことだったか忘れてしまった。或いは、誰かから聞かされた話だったかもしれぬ。

とにかく、物心つく頃だったにちがいない。読んで、なにかが（大げさにいえば人生が、或いはこの世の仕組みの一端が……）わかった、と確かに思ったのだから、それ相応の子供時分であった筈だ。

世界の死者に関する風習について、いろいろと考察してある本であったような気がする。

古代インドでは、葬式の際、死者に木の枝をたくさんつけて火葬場へ引っぱっていく。なぜなら、死者が地面についた足跡をたどって再びこの世に立戻らないように木枝で地面の足跡を消すのだとか、シベリヤ地方でも、雪で野辺送りの跡を消し、枯葉や木枝をばらまいてその道をわからなくしたり、また小さな甕《かめ》に水を入れ、別に草の束を作って、墓地からの道の途中に隠しておく。そうすると、甕の水は海となり、草の束は大森林と化し、死者はそれらにさえぎられて二度と帰ってこれなくなるとか、アフリカでは茨《いばら》をまき、北ボルネオでは灰をまき、スエーデンでは草の実の種子をばらまいて、死者を惑乱させ妨害する。また、葬儀の際に灯す火は、死人を遠ざけ、死霊を追い払う防衛の火だ……というようなことが、世界の原住民の間で行われていたさまざまな死者風習の話のなかで、妙に私の記憶に残っているのである。

これらのことは後に、渡辺照宏《わたなべしょうこう》氏の著書で、改めて系統だてて私は頭のなかにおさめる機会を得たのだが、当時はただ一途に、葬制に関する火や水や草のもつ不思議なはたらきに興味を奪われ、それがまた妙に頭にこびりついて、私に抜き去りがたい一つの確信を植えつけたのである。

渡辺教授によれば、『火でも、水でも、草木でも、穀物や果実でも、灰や塩でも、すべて死者の戻ってくるのを妨げる呪術的行為』であり、『怨霊、死霊を遠ざけるのが当面の目的であった』そうである。だが、『文明が進むと、死者に対する恐れが薄くなり、むしろ追慕や愛情がましてきた。死者を敵とせずに、生者の味方として懐柔《かいじゅう》する考えが強くなった。そこで行為は同じでも、（略）火も水も草木もいまや死者と生者とを隔てるための障壁ではなくて、死者の生活を楽しくするための好意の贈りものである』ようになったのだという。

火といえば、われわれが日頃、神棚や仏前にかかげるお灯明がそうであり、水といえば、お水、御神酒《おみき》、お茶湯、などはすべて水だ。また草木というならば、榊《さかき》や香華《こうげ》、供飯《ぐはん》がそうだ。

神と仏という概念は、この場合いささか異同の観なきにしもあらずだが、しかしわれわれが常日頃、宗教的にか、或いは好意でか、また祖先の供養や死者への愛慕の情などによるものか……いずれにせよ、形はさまざまにちがってもごく身近に、これらのことはとり行い、たえず肌身に接している事柄だ。死者との、或いは目に見えない崇拝者とのつながり合いをもつ行事、または日々の儀礼となり得ているということはいえるであろう。

私の家にも、神棚はあり、仏壇もある。

家族の者は毎日灯明をあげるし、水や茶も供える。榊や花の水も毎朝かえ、古くなれば新鮮な供花と生けかえる。よそからもらい物などをすると、まず最初に神仏へ供え、そのおさがりを頂戴するということになる。

私の家に限らず、人々が盆命日には、線香やろうそく、水、花をかかえて、墓参りをするのはごく当り前の行事となっている。

誰も、疑いはしない。

自分達が捧げる線香やろうそくの火が、手桶や器のなかの水が、花立てや花筒に供えた華が、本来死者と生者のなかを隔《へだ》て、死者の霊を人界の外へ追い放つ魔よけ、呪術の役目をもっていようなどとは、夢にも思いはしないだろう。

本来一本のろうそくや線香の火は、死者を寄せつけぬ無限の火焔の壁の象徴であり、一掬《ひとすく》いの器の水は、人界と霊界を永遠に隔てる茫洋たる底なしの海であり、一茎《ひとくき》の供物の花は、抜け出ることのできぬ森と草原の象徴なのである。

知らないから、できることなのである。

或いは、その後の時代に起こり、教え馴らされた宗教の教義や慣習、また渡辺氏の言葉の如く文明が進んだせいで、いつのまにか変化を遂げた人情による習慣として行っているのである。

現在、誰もが、疑いはしないのだが、この死者風習がもつ起源的な呪術の効用は、こうして実は、われわれが今身辺に理解している事柄とはまったく逆の意味合いをおびているものなのだ。

そんなことはどっちにしたって、重要な事柄ではない。風習が風習として現在人の心に生きていれば、それで充分だ、という人がいるかもしれない。火は黄泉路《よみじ》を照らす往還の道しるべ、死者の身を温めなぐさめる明かりであり、水や草花は死者への餞《はなむけ》、愛着の証《あかし》だ。ごく自然にうなずけることではないか。風習が生きているとは、そういうことだ、と。

もっともな話である。

ただ私自身は、そうは思わなかったというだけのことなのだ。

私は、この火と水と草花の風習がもっている原初の意味を知って以来、神棚にも仏壇にも、灯明《とうみょう》やお茶湯や香華を供えることは、とにかく自分の手ではいっさいしなくなった。

「ちょっとこのお茶とご飯、あげてきて」

と、いわれても、私はことわることにした。

現在でも、だから私の家では、家族の者は私に決してこのことは頼まない。

「バチが当るわよ」

とか、

「ご先祖サマをないがしろにして」

とか、

「不信心者。冷血漢」

などといって威《おど》しはするが、私はまったく手を出さない。

おおよそ信心などとは関わりのない人間だから、威されても別にどうということもないけれども、私がしないのは、そんなこととは無関係な一つの或る確信によるのである。

私は多分、それをこんな風に考えているのではないかと、自分では思っている。

つまり、死者の世界というものは、宗教教義や文明につちかわれた現代人よりも、古代民族ないしは未開の原住民たちのほうが、より身近に、本能的に感じとり、理解できる領域が広く多かったのではあるまいか、と。

今でこそ、死や、神や、仏は、さまざまに展望され、解釈づけられ、もっともらしい幾多の姿や理論も与えられ、またそのせいで深遠な人心の奥底を揺さぶる力ももつことができるようになったのだが、そうでない古《いにしえ》の始まりの時代には、もっと人間はそれらのものと不離不即に密接しあって生きていただろうと思われる。後代、もしくは現代の人間たちが死者の世界について知るよりは、彼等が動物的な肌で嗅ぎとった死後の世界（もしそんなものがあるとすればのことであるが）のほうが、私には信じられるのだ。

死者の世界は、いずれにしろわれわれにはわからない世界である。同じわからなさなら、原初の無に近い時代の人間の感覚のほうが、死にはより近い何かの感応力をもち合わせていたかもしれない、という気がなぜだか私にはするのである。

その人間たちが死に対してとった死者風習は、少なくとも、現代の人間たちのそれよりは、より本質的なものであったろうと思われる。

火や水や草花が、死者を遠ざけ笞《むち》打つ風習とわかりながら、灯明をともしたり、茶水を手向けたり、供花をすることが、私にははばかられた。

神や仏を熱心に信じ頼りはしないといっても、日常の儀礼を欠く以上は、たとえ一時の苦しまぎれの言葉だけであったにせよ、

「神さま、仏さま」

と、私には助けを願い、叫ぶことができない。

それが、神仏へのエチケットであろうと、私は思う。だから、どんなに原稿が書きあげられなくて苦しくても、私はその言葉だけは口にしない。

私の、〈火と水と草花〉へのお返しの儀礼である。信心のない人間は、こういうときにひどく辛い。辛いが諦めているのである。

「青春と読書」（一九七四年一月）

熊が出る夢

寝て見る夢、つまり睡《ねむ》りの中で見る夢のことを、私はほとんどおぼえていない。そのおぼえていなさかげんは、じつにさっぱりしたもので、なにかを見たという気はしても、目醒めたあとの夢の記憶はたいてい跡形もなく、その点では、夢に心乱されたり、煩《わずら》わされたりすることはめったにないし、夢見をあれこれ気にしたり、せんさくしたりするタイプの人間ではないようである。

だからまあ、これは私の数少ない記憶の中にとどまっている夢の話のレパートリーの内の一つになるのだが、どういうわけか、一年に何度か私は熊の夢を見る。

この年明けにも、やはり見た。

何度も見るから仕方なしに記憶にも残ってしまうのだろうし、残れば、なぜまたそれが熊なのかという不審の念も、仕方なしに湧いてくる。私の人生、どこをとっても、特別熊と関わりを持つような因縁は、まるでない。私自身の精神界にも、熊は無縁な動物で、熊と私を結びつける要素はまず、どんなに点検してみても、どこからも出てきそうにない。フロイトの言う

「夢を発生させる刺戟源」が、つまり熊に関しては、私の中では皆無であると断言してもまあいいだろう。そんな動物の夢を、ことさらに選んで、なぜ私は見るのだろうかと、時に首を傾げてみることがあるのである。それももう、ずいぶん長く、常習的に、断続して見るのだから。

夢の内容は、人気《ひとけ》ない山中で一頭の巨《おお》きな熊に出遭うというだけのものである。薄暗い森林の中の径《みち》を私は歩いている。熊は、のっそりとその前方に現われることもあるし、はるか彼方の藪木立ちをゆっくりと蹴散らしながらその巨体を躍らせてまっしぐらに近づいてくることもある。熊との距離は、近かったり、遠かったりはするけれども、言えることは、私が「熊だ」と気づいているから、熊にも私が見えているにちがいないと私は思い、ぎょっとして立ち竦《すく》み、金縛りの状態となり、進退谷《きわ》まりながら、近づいてくる熊を私は眺めている。血の気がひいて行くその瞬間に、夢から醒めるというのが常だった。

正確に言えば、熊に襲われるという夢ではなかった。醒めずに夢が進行すればそうならざるを得ないだろうというところで、夢はいつも消えてしまう。夢占《ゆめうら》や、夢解《ゆめとき》などという夢判断の専門家が昔わが国にもいたし、中国の『詩経』などには「熊、羆《ひぐま》の夢は、男子には吉兆《きっちょう》」という言い伝えもあるそうだが、そんな夢の分析解釈はともかくとして、私には、一頭の熊が私の夢の中に棲みついて、血の凍るような思いを私に与えるということが、なんとも怪態《けたい》なのである。獰猛《どうもう》なるもの、狂暴なるもの、恐怖なるもの……そうしたものを、私が夢の内に飼い棲《す》まわせているというこの不可思議な習《なら》い性が、いつも解《げ》せないのである。

まあ夢なんてものは、おしなべて怪態のもの、その部分にこそ夢の本領もあるのだろうが。

「小説ＷＯＯ」（一九八六年三月号）

夏日徒然

夏になると、というのは泳ぐ季節がやってくるということなのだが、私はふいにサメのことを想い出す日が何日かある。

想い出すというよりも、それは理由もなくとつぜん頭のなかに浮かんでくる、といったほうがよいかもしれぬ。

毎年夏がやってくると、私は、何度かかならず習慣のように、サメの夢を見る。自分ではいつもそのことを忘れているのだが、きまって夏、私の夢のなかにはサメがあらわれる。だから、サメがあらわれると、アア夏ダナ、と、私は暦《こよみ》の日読みにでも気づくみたいに、夏が確実に今年も自分の上にめぐってきたのだという実感をもつ。

サメの夢は、いまでは、私の夏には欠かせないひとつの年中行事のようなものにさえなってしまっている。

もう長いこと、そうである。

サメは大抵、たったいっぴき、ばかでかいやつがあらわれる。そうでなければ、なぜかメダカの子よりももっと小さい、ちょうどアミ、ミジンコ状をした無数の極微の大集団であったりする。どうしたわけか、その中間が、夢のなかにはない。つまり、普通サメといえばすぐに思いつくような、現実性のある適度の大きさというか、そういう意味で迫真性をそなえたサメではないのである。

そこが夢の夢たるゆえんなのかもしれないし、あるいは夢占いや分析学者の手にでもかかろうものなら、さだめしさもありなんと思われる理由づけが導きだされる格好の材料ともなり得る部分なのかもしれないけれども、あいにく私には、夢見をとやかくせんさくしたり、気にわずらってかついだりする習癖がない。だから夢のなかのサメが、ずばぬけて巨大であろうと、カスミのようなミジンコ状の大群だろうと、そんなことはいっこうにかまわないのだ。

たしかに私の夢のなかのサメは、いわゆる現実的ではない。ばかでかいやつは、魚類図鑑で調べてみるまでもなく、ホオジロザメか、ヨシキリザメか、ヨゴレか、……とにかく、その種の俗に人喰いといわれる獰猛《どうもう》なサメの姿をしている。ホオジロザメの大きいのには、体重が二、三トンもするやつがいるというから、かなり大きくはなるのだろう。だが、私の夢にあらわれるサメは、二十メートル近くはある。クジラ級の大ザメだ。

普通、人を喰うサメは、一メートル五、六十から七、八メートルくらいまでのものだといわれている。二十メートル近くのホオジロザメとなると、これはもう明らかに夢想の世界の産物だ。現実には、いる筈があるまいと思われる。

無論、サメのなかにも、これに近い大型種が存在しないわけではない。ジンベイザメとかウバザメという巨大種は、十七、八メートルはたっぷりあるという。しかし、この種のサメは体型もちがい、動きもきわめて鈍重だ。人間にはまったく危害を加えないし、食糧もプランクトンを常食としているそうである。私の夢のなかのサメは、たえず人間の足や腕をくわえている。ジンベイザメやウバザメでないことだけは確実である。姿もちがう。動きも流れるように迅速だ。サメは浮袋をもたない魚類だから、動かないでいれば沈んでしまう。沈むまいとすれば、たえず動きつめていなければならないという話をどこかで聞いたことがあるが、なめらかに水をわけて直進してくる兇悪な身ごなしや、そのすばやさは、ぼんやりと小山が動きでもするように海底に浮かんでいるジンベイザメやウバザメの動作とは、はっきりちがったものであった。サメのなかでずばぬけて巨大種だといわれるジンベイザメやウバザメに匹敵する巨体をもち、彼等にない獰猛さと敏捷な身ごなしをそなえた肉食ザメ。それが、私の夢のなかに棲《す》んでいるいっぴきの大ザメの輪郭である。

そして、夢のなかに、この大ザメがあらわれてこないときは、なぜだかこれとはまったく逆の、極小のサメの大群を私は見るのである。

私の記憶ちがいかもしれないが、サメには卵生種もあると聞いたような気もするが、ともかくサメの子は、物の本によると普通、五、六ぴきから五、六十ぴき程度の分娩で、すでに四、五センチ大の稚魚《ちぎょ》の状態で産みおとされるらしい。そのとき稚魚が、もう一人前の成魚の姿をしているのかどうか、そこのところは私にはわからないが、物の本には、生まれたとたんにサメの稚魚は独立し、自由に泳ぎ、自分の身もまもることができると書いてあった。

つまり、サメが最も小さい状態でいる場合が、この稚魚の大きさだと考えてもよいだろう。サメによっては、成魚が三十センチ程度という種類もあるらしいから、この種のサメの子はあるいはもっと小さいのかもしれないけれど、それにしても、私の夢のなかで私に襲いかかってくる小ザメの大群は、もっともっと更に小さく、一ミリ二ミリと計ることもできないほどの小粒である。その小さないっぴきいっぴきが、しかもよく見ると、すべて成魚の狂暴なサメの姿を立派にそなえているのである。

だから、カスミのように群がりよせてくるこの小ザメの大群も、そしていっぴき、巨大な鰭《ひれ》を張り、尾をそよがせて出現する大ザメも、どちらも、現実にはありえない夢想の世界の生き物なのだと、私は夢を見るたびに、夢のなかで自分にいい聞かせ、納得はするのである。

これは夢だ。

恐ろしくはないのだ、と。

だが、そのたびに、私はあぶら汗を流し、叫び声を発し、その叫び声はたった一人でいる深い海底で誰にも聞こえる筈のない声なのだと自分でわかり、わかりながら、私にむかってまっしぐらに泳ぎよってくるサメに絶望の声を放ち、やがてサメの鼻息を聞き、腕も足ももぎとられ、もぎとられた自分の足や片腕が、サメの下顎に食いとられたままもち去られるのをはっきりと見る。

大ザメは、きまって私の足や腕をもぎとって行く。

小ザメの大群は、アッという間に私の全身に蝟集《いしゅう》して、私は、鋭い兇暴なカスミにつつまれたとたん、絶息する。

いや、絶息するのだろうと、私は思う。

夢はいつも、そこで醒めてしまうからである。

醒めた後、しばらくは私は息を殺し、絶息する直前の体の感覚を想い起こそうと努力する。サメが私の足や腕をもぎとる刹那の感覚が、体のどこかに残っている筈だ。と、正気で私はそのとき考える。小ザメの大群におしつつまれる瞬間のあの総毛立つ体の感じが、まだどこかにある筈だ、と。

夢がむなしいのも、夢がまた恐ろしいのも、このときだと、私は思う。

確実に私の生身の肉体を、恐怖が支配したのである。私の肉体に限っていえば、恐怖は、仮想のものではなく、正確に私の肉体の上で、あるいは肉体のなかで、ないしは肉体とともに、生きた現実のものであった筈である。

それが、跡形もなく消え去っているということが、私にはいつも理不尽で、信じがたい事柄に思えてならないのだ。

サメが食いちぎってくわえていたのは、私の腕や足だった。食いちぎられるときの感覚が、どうして想い起こせないのだろう。夢はうたかたのものだけれども、私は見たのだ。この肉体から切りはなされた自分の腕や足を、はっきりと自分の眼で。それを見たという視覚が、鮮明に残っているのに、なぜもぎとられるときの感覚が残っていないのか。

そんなことを、ともかくいつも、夢の後で私は瞬時、息をひそめて考えるのが習慣となっている。

毎年夏、何度かは、そんな目に私は遭う。

なぜ、サメが夏、私の夢にあらわれるのか。

それは理由もなくとつぜん頭のなかに浮かんでくる、と私は冒頭に書いた。しかし、最初は、やはりそうではなかったというべきかもしれない。ずっと昔、夢を見はじめた頃には、理由があった。と、私は思うべきかもしれない。少なくとも、それが原因ではなかろうかといってい えなくもないできごとが、私の身辺にはあったのだから。

中学時代のことである。陸地の岩場から十メートルとは離れていない内海で、私のすぐ近くで泳いでいた中学生が、サメに襲われた。大腿部を嚙みとられ、病院にかつぎ込まれたが、出血多量で彼は死んだ。

かなり水泳者はまわりにいたが、誰もサメの姿を見かけなかった。サメなど、でるような海ではなかった。また、そんな被害が過去にあったという話も聞いたことはない。海水浴場でこそなかったが、遊泳禁止地区でもなく、釣や潮干狩りの格好の場所で、夏になれば水泳はあたりまえの海浜だった。

私には、よくわかっている。このときの衝撃がいまもって忘れられないのだ、と。

それは、サメに襲われなかった者の、つまり運よく助かった者の感じるある疚《やま》しさではないのかと。

私は泳ぐことがたいへん好きである。かなり泳ぐし、かなり潜《もぐ》る。また飛び込むのもなぜか好きだ。年をとって海とは遠ざかりがちではあるが、毎年夏がくるたびに、泳ぎたいと熱心に思う。今年こそは何をおいても、と強く思う。思いながら、なんとなく雑事にかまけて、それが果たせないでいる。果たせなくなって、気のせいか、夢のなかのサメは眼に見えて兇暴さを増してきたように思えることがある。近頃、そのことを考える。

今年もまた夏がやってきた。

まだ、夢は見ていないけれども……。

「青春と読書」（一九七四年九月号）

引出しの中

引出しに限った話ではないが、引出しといえば、鍵のかかったもの。これを眺めるのは好きである。無論、中身の正体は、わかっているより、いない方がいい。したがってわたしが関心のもてるのは、おのずと、他人の引出しということになる。

覗き趣味とも、これはいささかちがっている。中身を見たり知ったりするのは、あまり好きではないからである。ただただ、ガッチリ錠をおろして封印されているヤツを、外から眺めているのがいいのだ。

磨《みが》きこんだ時代戸棚の黒檀の引出しでも、安物ベニヤの引出しでも、かまわない。持ち主が鍵さえかけていてくれれば、わたしはたぶん「オヤ」と注目し、それから適当に眺め飽きるまで、その引出しを楽しむだろう。

そんなとき、引出しは、わたしにとっていくらか物の役に立ってくれている、と思えるのである。

それ以外に、わたしは引出しに興味をもつことはない。あってもなくても、よいのである。

あればガラクタ収納庫になってはくれるだろうが、なくても別に不自由はない。

昨年、子鼠《こねずみ》が一匹、引出しの中で死んでいた。いつとび込んだものか、ミイラ状になっていた。一昨年丹波《たんば》の黒谷《くろたに》でもとめた手漉《てす》き和紙を、わたしはその中へしまい込み、忘れていたのを想い出して、開けて気がついたのであったから、子鼠は一年以上閉じこめられていたにちがいない。小さな非道感を味わった。

わたしは今、その引出しには鍵をかけている。勿論、手漉き和紙には指一本触れぬまま。人が聞けば笑うだろうが、わたしは死んだ鼠には、恐怖がある。カミュの『ペスト』を想い出すからだ。ペスト菌は何十年も紙や布の間で生き続けるという例の結びの名文句を。

「小説新潮」(一九七五年四月号)

春を探す

春は、ひとけない奥山の、たとえば廃村の跡、そこかしこに二つ三つ廃屋なども残されていて、ひっそりと陽炎《かげろう》などももえている、真昼間の日なたがいい。なにかの本が、一冊、手もとにあってもいい。人のいなくなった森の匂い、山のぬくみが、動かない。

そんな日なたの陽だまりに寝て、僕は、死にたいと、いつも思う。死ぬなら、そうした日なたを探して、のびのびと横になりたい。

軽い眠けにつかまれそうで、つかまれない夢心地も、すこしはたのしみ、陽にも灼《や》かれて。

願わくば花のもとにて春死なんと、いにしえの歌びとは言ったけれど、桜の花の木の下に身を横たえたいとは、思わない。

眠るに眠れない花の、ちょっとただならない気配もしたりする世界が、この花にはあるのが、うとましい。

しかし、花は、あったほうがいい。花ざかりの森は好きだ。廃村の跡かなんか、廃屋も手つかずで長閑《のどか》に抱え込んでいる、そんな無人の山や森が咲かせている花の木や、花の草なら、いくらでも、身のまわりにあってほしい。

「もう生きません。さようなら」

誰に告げるわけでもないが、それはこの世に生きたものの、森羅万象《しんらばんしょう》、誰かれとない、仲間たちへの挨拶にはなるだろう。

もう物言わなくてもこれで済む、この一声が最後の声と、ゆっくり懐かしがられもする、幕ぎわのとどめの言葉だ。

名残《なご》りをたのしんで詠《うた》えばよい。

芝居を書いていても、小説をつくっていても、幕ぎわの最終セリフ、その一言で幕をおろす訣別の言葉が、僕は好きだ。

開幕の一声よりも、なんの造作もなく出てきて、苦労がないからである。

生きたくないと、僕はよく、小説のなかでも主人公たちに言わせることがあるけれど、生きたい生きたいと思っている人間たちより、そっちのほうが好きだからだ。生きてるぞ、どうだ生きてるだろ、生きてやるぞと、言わなくていい。そういう人たちよりもっと、生きたくないと思うことは、強靭に生きていることの証《あか》しのようなものなのだから。

生きろ、生きろと言うよりも、生きたくないと思って生きる、そっちのほうが人間らしくて、ずっと数等、自然である。

人間らしくて、ずっと自由で、人間らしくて、頼もしい。

明るい、強い顔をして、僕は「生きたくない」と、言いたい。

人間というものは、人類というものは、そうした生き物だろうと、僕には思えるからだ。暗くじめじめした思想ではない。晴れ晴れとした青天の大地を持って、人間はそうして生きていたいと、僕は折節《おりふし》、思うのである。

「もう生きません。さようなら」

と、歌える日がくるまで、そうしていたい。

きたら、春の日なたの陽だまりを、僕は探しに出かけるだろう。

そう。それは、春がいい。

「京都新聞」（一九八六年四月一六日）

編者解説

東 雅夫

作品集〈赤江瀑アラベスク〉全三巻の二冊目となる本書『魔軍跳梁 赤江瀑アラベスク2』は、赤江作品の核心を示唆する言葉のひとつである〈魔〉をキイワードに、これまで紹介の機会が少なかった後期の作品——すなわち一九九〇年代から二〇〇〇年代に書かれた珠玉の短篇の数々に主眼を置いて、編纂・構成されている。

ただし若干の例外もある。巻頭に掲げた「花曝《はなさ》れ首《こうべ》」（「小説現代」一九七五年十一月号）は、かの山尾《やまお》悠子《ゆうこ》氏鍾愛の一篇として夙《つと》に名高いが（講談社文庫版『花曝れ首』解説／「幻想文学」五十七号の赤江瀑特集にも再録）、これは赤江が一九七〇年の衝撃的な作家デビューから五年を経て、醇乎《じゅんこ》たる、本格的な幻想と怪奇の世界に筆を染めた、最初の記念すべき傑作でもあるのだ。

これが編者ひとりの勝手な思い込みではない証左として、右の山尾氏の解説から達意の一節を引こう。この作品を単行本で初めて読んだという山尾氏は、読んですぐさま「花曝れ首」を「好みのベスト作品群の上位」に位置づけたと記し、しかも「氏の他の作品とは少し様子の違ったところがある」、それは「これが幻想小説であるということ」だと指摘する。

「それにしても、音のない、小糠《こぬか》雨のけむる化野《あだしの》の竹細工屋で、秋童春之助ふたりの魔が庭先から座敷へと上がってくる場面は、比類なく美しい。秋成、鏡花等、霊魂、精霊、魔族の跳梁する世界を描いた作品と比べてみても、決して遜色はない、と言うより、これほど色彩感にあふれた、印象的な魔の出現をとらえたシーンは他に見当たらないほどである。名場面と言うべきだろう」

私は全面的に、この山尾氏の言葉に賛同するものである。第一作品集『獣林寺妖変』(後に『ニジンスキーの手』と改題再刊)や『罪喰い』、長篇『オイディプスの刃』などの初期傑作群に圧倒されつつも、幻想文学マニアの立場から赤江作品に接していた一読者として唯一、物足りなく感じられたのが、〈幻想小説〉としての有り様の部分だったからだ(とはいえ、幻想と現実が絶妙に混淆される赤江世界なればこそ、「小説現代」という至って現実寄りな文芸の〈場〉に、確固たる地歩を築き得たともいえるのだが……)。

赤江自身が、この点にどこまで自覚的であったのか、今となっては知るすべがないけれども、翌一九七六年刊の〈オカルト〉色濃厚な短篇集『野ざらし百鬼行』(本書には「小説現代」七六年六月号初出の「悪魔好き」と、「小説新潮」七六年十二月号初出の「月曜日の朝やってくる」を収録。かたや〈悪魔との契約〉、かたや〈意想外の幽霊〉をテーマとする傑作である)や、「花曝れ首」と並ぶ怪異幻想系の逸品として、山尾氏も名を挙げている「春喪祭」(「太陽」七六年四月号に発表。現代における最恐にして最美な幽霊譚のひとつだろう)が、堰《せき》を切ったかのように登場しているのは、まことに示唆的といえよう。

一九八〇年代の作品からは、昭和五十九年（一九八四）に『海峡』とセットで、第十二回泉鏡花文学賞を受賞した短篇集の表題作である「八雲が殺した」（「小説宝石」一九八一年七月号）と、「毎日新聞」八九年八月二十一日付夕刊に載った掌篇「坂」の二篇を採った。後者は後期の赤江作品においてクローズアップされる〈老〉というテーマを先取りした作品である。

一九九〇年代から二〇〇〇年代の作品については、先に初出一覧を掲げておこう（作品の発表順）。

「徒《あだ》しが原《はら》」　「問題小説」一九九一年十一月号
「隠れ川」　「小説新潮」一九九二年一月号
「月迷宮」　「問題小説」一九九二年十月号
「階段の下の暗がり」　「問題小説」一九九三年二月号
「闇の渡り」　「小説現代」一九九三年三月号
「海婆《うみんば》たち」　「問題小説」一九九三年六月号
「宵《よ》宮《みや》の変」　「問題小説」一九九五年八月号
「魔」　「問題小説」一九九七年三月号
「雀色《すずめいろ》どきの蛇《じゃ》」　「問題小説」二〇〇一年二月号
「緑青《ろくしょう》忌《き》」　「問題小説」二〇〇四年九月号
「玉《たま》の緒《お》よ」　「問題小説」二〇〇六年二月号

こうして一覧にしてみると、現実に隣り合って存在するらしい非在の飲食街に迷いこむ「徒しが原」、懐かしい土地の追憶の中に棲みつづける「月迷宮」、無残に蹂躙《じゅうりん》される渡り鳥たちの楽園をめぐる「闇の渡り」など、幻《まぼろし》めく場所、幻視の空間を扱った作品群が、意外に数多く書かれていることに、まず気がつくだろう。

あるいはまた、ひとたび赤江魔術《マジック》にかかれば、京都郊外の宏壮な邸宅も（「隠れ川」）、祇園祭の喧噪のさなか生起する現代的な〈神かくし〉も（「宵宮の変」）、幽霊たちが跳梁する雑居ビルも（「階段の下の暗がり」）――ひとしく此岸と彼岸が対峙し、ときに妖しく混じり合う世界に、ゆるゆると変容を遂げるのであった。

そうした赤江魔界の消息を〈語り〉によって明らかにしたのが、奇《く》しくも〈老人〉と〈幼童〉の組み合わせによるふたつの物語――「海婆たち」と「魔」ということになる。

しかし右の両篇に限らず、後期の赤江作品においては、迫りくる老残と忘却を強く意識した老人たちが、しばしば物語の主役となる。それは前期の赤江作品が、伝統芸能の世界に魅了された〈壮漢〉たちの物語であったことと、鮮やかな対照を成しているといえよう。

赤江流オカルティズムの極み、その弥終《いやはて》とも呼ぶべき鬼気迫る「雀色どきの蛇」、工芸品に秘められた不可思議な愛憎劇を描き出して壮絶な「緑青忌」、原節子《はらせつこ》を思わせる往年の大女優の数奇な晩年を酷烈に描いた「玉の緒よ」……あたかも〈白鳥の歌〉に比すべき、二〇〇〇年代に入って世に出た三つの物語が、ひとしく爛熟《らんじゅく》の果て、老者の孤影を印象づけることは、決して偶然ではあるまい。

しかも、この三篇には若き日の文学青年ならぬ〈映画青年〉であった時代の作者の面影が、かそけくも揺曳することを、忘れずに指摘しておくべきであろう。


ところで、本書のタイトルにおける〈魔軍〉とは、本来は仏教用語で「仏道を妨げる一切の悪事のたとえ」（『広辞苑』）の謂《い》いだが、ここではもっと広い意味で「魔の軍勢」全般を指している。欧州の古伝承にあらわれる〈Wild Hunt〉――西洋版の百鬼夜行なども「罪喰い」の作者の視野には踏まれていた気がするのである。

第一巻のエッセイ篇には、わりあい長めの作品を収めたので、本巻には短いが印象深い作品の中から、とりわけ〈怪異幻想〉の翳《かげ》ただならぬ逸品を蒐《あつ》めてみた（各篇の初出は、それぞれの末尾に記載した）。

なお、掉尾《とうび》に据えた絶品「春を探す」は、実は第三巻に収めるある作品へと水脈《みお》を曳《ひ》いている。いかなる作品か、愉しみにお待ちいただきたいと思う。

二〇二一年三月

本文中における用字・表記は明らかな誤りについては訂正し、原則としては底本のままとしました。また、難読と思われる漢字についてはルビを付しました。底本は以下の通りです。『月迷宮』(徳間書店、一九九三)、『霧ホテル』(講談社、一九九七)、『弄月記』(徳間書店、一九九七)、『日ぐらし御霊門』(徳間書店、二〇〇三)、『赤江瀑名作選』(学研M文庫、二〇〇六)、『狐の剃刀』(徳間書店、二〇〇七)、『オルフェの水鏡』(文藝春秋、一九八八)

現在からすれば穏当を欠く表現がありますが、作品内容の時代背景を鑑みて、原文のまま収録しました。

(編集部)

著者紹介　1933年山口県下関生まれ。日本大学藝術学部中退。70年「ニジンスキーの手」で小説現代新人賞を受賞しデビュー。74年『オイディプスの刃』で角川小説賞、84年『海峡』『八雲が殺した』で泉鏡花文学賞を受賞。2012年没。

検印
廃止

魔軍跳梁《まぐんちょうりょう》
赤江瀑アラベスク2

2021年4月30日　初版

著者　赤《あか》　江《え》　瀑《ばく》

編者　東《ひがし》　雅《まさ》　夫《お》

発行所　(株)東京創元社
代表者　渋谷健太郎

162-0814/東京都新宿区新小川町1-5
電話　03・3268・8231-営業部
　　　03・3268・8204-編集部
URL　http://www.tsogen.co.jp
暁印刷・本間製本

ISBN978-4-488-50505-9　C0193

猫好きにも、不思議好きにも

BEWITCHED BY CATS

猫のまぼろし、猫のまどわし

東 雅夫 編

創元推理文庫

◆

猫ほど不思議が似合う動物はいない。
謎めいたところが作家の創作意欲をかきたてるのか、
古今東西、猫をめぐる物語は数知れず。
本書は古くは日本の「鍋島猫騒動」に始まり、
その英訳バージョンであるミットフォード（円城塔訳）
「ナベシマの吸血猫」、レ・ファニュやブラックウッド、
泉鏡花や岡本綺堂ら東西の巨匠たちによる妖猫小説の競演、
萩原朔太郎、江戸川乱歩、日影丈吉、
つげ義春の「猫町」物語群、
ペロー（澁澤龍彦訳）「猫の親方あるいは長靴をはいた猫」
など21篇を収録。
猫好きにも不思議な物語好きにも、
堪えられないアンソロジー。

アメリカ恐怖小説史にその名を残す
「魔女」による傑作群

Shirley Jackson

シャーリイ・ジャクスン

丘の屋敷

心霊学者の調査のため、幽霊屋敷と呼ばれる〈丘の屋敷〉に招かれた協力者たち。次々と怪異が起きる中、協力者の一人、エレーナは次第に魅了されてゆく。恐怖小説の古典的名作。

ずっとお城で暮らしてる

あたしはメアリ・キャサリン・ブラックウッド。ほかの家族が殺されたこの館で、姉と一緒に暮らしている……超自然的要素を排し、少女の視線から人間心理に潜む邪悪を描いた傑作。

なんでもない一日

シャーリイ・ジャクスン短編集

ネズミを退治するだけだったのに……ぞっとする幕切れの「ネズミ」や犯罪実話風の発端から意外な結末に至る「行方不明の少女」など、悪意と恐怖が彩る23編にエッセイ５編を付す。

処刑人

息詰まる家を出て大学寮に入ったナタリーは、周囲の無理解に耐える中、ただ一人心を許せる「彼女」と出会う。思春期の少女の心を覆う不安と恐怖、そして憧憬を描く幻想長編小説。

あまりにも有名な不朽の名作

FRANKENSTEIN◆Mary Shelley

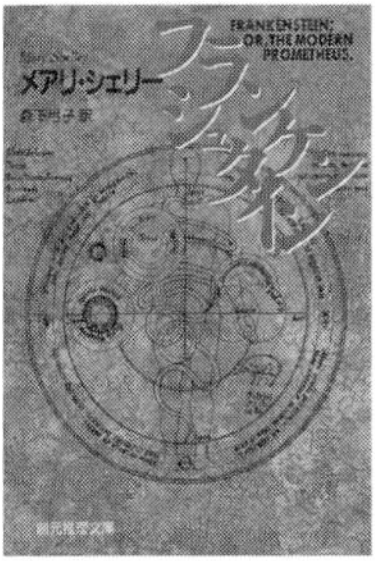

フランケンシュタイン

メアリ・シェリー
森下弓子 訳

創元推理文庫

◆

●柴田元幸氏推薦――「映画もいいが
原作はモンスターの人物造型の深さが圧倒的。
創元推理文庫版は解説も素晴らしい。」

消えかかる蠟燭の薄明かりの下でそれは誕生した。
各器官を寄せ集め、つぎはぎされた体。
血管や筋が透けて見える黄色い皮膚。
そして茶色くうるんだ目。
若き天才科学者フランケンシュタインが
生命の真理を究めて創りあげた物、
それがこの見るもおぞましい怪物だったとは！